Über die Autorin:
Jessa Maxwell hat als Journalistin u.a. für *The Atlantic* und *The Washington Post* gearbeitet, mehrere Bilderbücher veröffentlicht und schreibt auch Comics und Graphic Novels. Sie lebt mit ihrem Mann, zwei Katzen und einem großen Hund in Jamestown, Rhode Island. The Golden Spoon ist ihr erster Roman.

WER DEN LÖFFEL ABGIBT

KRIMINALROMAN

JESSA MAXWELL

Aus dem amerikanischen Englisch von
Kristina Lake-Zapp

Das merikanische Original erschien 2023 unter dem Titel »The Golden Spoon«
bei Atria Books, einem Imprint von Simon & Schuster, New York.

Besuchen Sie uns im Internet:
www.knaur.de

Aus Verantwortung für die Umwelt hat sich die Verlagsgruppe
Droemer Knaur zu einer nachhaltigen Buchproduktion verpflichtet.
Der bewusste Umgang mit unseren Ressourcen, der Schutz unseres Klimas
und der Natur gehören zu unseren obersten Unternehmenszielen.
Gemeinsam mit unseren Partnern und Lieferanten setzen wir uns für
eine klimaneutrale Buchproduktion ein, die den Erwerb von Klimazertifikaten
zur Kompensation des CO_2-Ausstoßes einschließt.
Weitere Informationen finden Sie unter: www.klimaneutralerverlag.de

Deutsche Erstausgabe Oktober 2023
Knaur Taschenbuch
© 2023 Jessa Maxwell
© 2023 Knaur Verlag
Ein Imprint der Verlagsgruppe
Droemer Knaur GmbH & Co. KG, München
Alle Rechte vorbehalten. Das Werk darf – auch teilweise –
nur mit Genehmigung des Verlags wiedergegeben werden.
Redaktion: Gisela Klemt
Covergestaltung: ZERO Werbeagentur, München
Coverabbildung: Collage unter Verwendung von
Motiven von Shutterstock.com
Satz: Adobe InDesign im Verlag
Druck und Bindung: CPI books GmbH, Leck
ISBN 978-3-426-52978-2

2 4 5 3 1

Für Tim, die Glasur und den Kuchen

PROLOG

BETSY

Betsy drückt ihr Handy ans Ohr und versucht, etwas zu verstehen. Der Wind heult, Regen prasselt gegen die Scheibe.

»Wir stecken hier draußen fest. Es wird wohl noch eine Weile dauern.« Melanies Stimme knistert. »Der Sturm hat mehrere Bäume entwurzelt. Wir warten darauf, dass die Einsatzkräfte die Straße räumen, aber bislang sind sie nirgendwo zu sehen. Wir werden wohl erst …«

»Ihr seid von Grafton Manor abgeschnitten?« Betsy spürt, wie Panik in ihr aufsteigt. Das ganze Team hat bereits Feierabend gemacht, alle haben eilig zusammengepackt und sind vor dem Unwetter in die Stadt zurückgekehrt. Nur Archie, sie und die Kandidaten sind noch auf dem Landgut. Diese Vorstellung erfüllt sie mit Furcht. Schaudernd zieht sie ihren dünnen Kaschmirpulli enger um sich.

»Was haben Sie gesagt, Betsy? Die Verbindung reißt immer wieder ab. Jemand muss nach dem Zelt sehen! Darin lagert tonnenweise Kameraausrüstung. Mir ist klar, dass Sie nicht für das Technikzeug zuständig sind, aber könnten Sie bitte rausgehen und nachschauen, ob die Zeltklappen geschlossen sind? Ich bete nur, dass das Zelt dem Sturm standhält. Angeblich soll es noch schlimmer werden. Tut mir leid, dass ich Sie darum bitten muss, aber leider fällt mir niemand anderes ein. Ich habe versucht, Archie zu erreichen, doch er geht nicht ans Telefon. Wäre es möglich, dass Sie …« Melanies Stimme reißt mitten im Satz ab.

»Ich mache das schon«, erwidert Betsy ungehalten. Auf keinen Fall wird sie den Mann um irgendetwas bitten, nicht ausgerechnet ihn, nach dem, was er getan hat. »Auch wenn es absolut ... inakzeptabel ist.«

Leicht verärgert legt sie auf. In den zehn Jahren, die sie die *Bake Week* nun schon moderiert, hat sie noch nie die Drecksarbeit erledigen müssen. Während eines sintflutartigen Regengusses das Zelt zu überprüfen, noch dazu bei Dunkelheit und Sturm, steht definitiv nicht in ihrer Jobbeschreibung. Sie holt tief Luft. Zum Teil ist es ihre Schuld, dass das Team in der Stadt ist. Sie konnte die Vorstellung einfach nicht ertragen, dass ständig jemand mit schmutzigen Schuhen und Ausrüstung durch das alte Herrenhaus stapft.

Ein Blitz zuckt vor dem Fenster auf, gefolgt von einem heftigen Donnerschlag. Betsy betritt ihren begehbaren Kleiderschrank und greift nach der schweren gelben Regenjacke ihres Vaters. Als sie die Arme hineinschiebt, stellt sie enttäuscht fest, dass die Jacke nicht mehr nach seinen Zigarren riecht, sondern leicht modrig, nach Moschus, wie alles, was in Grafton Manor länger nicht benutzt wird. Nach Verfall. Ein Geruch und ein Zustand, gegen den sie permanent ankämpft.

Sie verspürt einen Anflug von Schuldgefühlen. Richard Grafton wäre am Boden zerstört, wenn er das alte Herrenhaus so sehen könnte. Er hatte Grafton Manor geliebt, und er hätte eine Möglichkeit gefunden, es zu erhalten, ganz gleich zu welchem Preis. Seufzend streckt sie sich, um eine alte Metalltaschenlampe von einem der oberen Regalböden zu nehmen.

Die Taschenlampe in der Hand, geht sie durch den Flur zur Haupttreppe. Der Regen trommelt wie verrückt gegen die beiden bodentiefen Fenster im Foyer. Betsy eilt die Stufen hinunter zur Haustür und fühlt sich schon jetzt verletzlich. Schutzlos den Elementen ausgeliefert. Sie setzt die Kapuze auf, öffnet die schwere

Holztür und kämpft gegen die Böen an. Das Zelt steht keine drei Meter vom Haus entfernt, doch der Regen ist so stark, dass er aussieht wie ein weißer Schleier. Betsy wappnet sich und geht hinaus. Der Wind peitscht ihr das Wasser schräg ins Gesicht, sodass sie kaum etwas sehen kann, als sie die von zwei Löwen flankierte Eingangstreppe hinuntersteigt. Die Köpfe der Löwen ruhen müde auf den überkreuzten Tatzen, als hätten sie sich dem Unwetter ergeben. Sie geht über den kurzen Kiesweg zum Rasen. Sobald sie einen Fuß daraufsetzt, versinkt ihr rechter Absatz im Matsch und bleibt stecken. Beinahe hätte sie das Gleichgewicht verloren. Sie schlüpft aus dem Schuh und versucht, ihn auf einem Bein hüpfend herauszuziehen. Der durchweichte Boden gibt den Schuh mit einem schmatzenden Geräusch frei. Betsy schiebt ihren nassen Fuß hinein. Trotz der Regenjacke ihres Vaters ist sie schon jetzt völlig durchweicht. Aufgebracht denkt sie an die Aufräumarbeiten, die vorgenommen werden müssen, bevor sie weiterdrehen können. Alles wird sich verschieben, und das kostet Geld, jede Menge Geld. Diese Staffel gerät zu einem grauenhaften Desaster.

Nachdem sie den Medien Material vom ersten Drehtag zugespielt hatten, schrieb die *Post:* »Die Chemie stimmt nicht«, und das unter der Headline WAS WIRD AUS DER BAKE WEEK? Als ginge die Presse davon aus, dass das Problem sie beide wären. Sie und Archie. Niemand hatte sich je über *ihre* Chemie beschwert, bevor *er* kam. Es hatte überhaupt nie ein Problem gegeben, *bevor er kam.*

Wütend öffnet Betsy die Zeltklappe und schaltet ihre Taschenlampe ein. Der Regen trommelt lautstark auf das spitz zulaufende Leinendach. Sie lässt den Lichtstrahl durchs Zelt gleiten. Jede der Backstationen ist sorgfältig vorbereitet, wie immer am Ende eines Drehtages. Das Team räumt auf, bevor die Bäckerinnen und Bäcker am frühen Morgen zurückkehren, um erneut jede erdenkliche Oberfläche mit Mehl und Teig zu beschmutzen. Jetzt stehen die Standmixer akkurat in Reih und Glied, die Siebe und Backutensilien liegen sorgfältig arrangiert auf den einzelnen Tischen. Eine fröhliche Kulisse aus Pastelltönen und hellem Holz. Eine *nette* Kulisse, die hervorragend zu der publikumsnahen Nettheit der Sendung passt. Außerdem sind die Kandidatinnen und Kandidaten – sorgfältig ausgewählt und bis ins kleinste Detail überprüft – in der Regel ebenfalls nett. Dafür sorgt Betsy. Manche von ihnen sind vielleicht ein wenig verbissen, das ja, aber sie geben sich so viel Mühe, strengen sich so verzweifelt an, perfekt zu sein, zu gewinnen, und genau deshalb darf man ihnen ihre Verbissenheit nachsehen. Betsy weiß, dass sie niemals so hart arbeiten musste wie manche von ihnen. Bei der derzeitigen Gruppe ist das nicht anders. Selbstverständlich gab es einige ... Herausforderungen. Diesmal war es sicher nicht einfach.

Ein weiterer Blitz zuckt am Himmel auf, und als wäre er ganz in der Nähe eingeschlagen, kracht unmittelbar darauf der Donner. Betsy schaudert und durchquert das Zelt. Auf der rechten Seite sind die Kameras nebst Zubehör aufgereiht. Es sieht so aus, als wäre hier alles in Ordnung. Der Boden ist trocken.

Sie lässt den Lichtstrahl ein weiteres Mal durchs Zelt schweifen, bereit, ins Haus zurückzukehren und sich mit einem Glas Portwein aufzuwärmen. Bereit, zu vergessen, was heute passiert ist, oder es zumindest zu versuchen.

Doch dann fällt ihr Blick auf etwas im vorderen Bereich des Zelts. Ein Gegenstand liegt auf dem Tisch der Jury. Sie richtet die Taschenlampe darauf. Es sieht aus wie ein Kuchen. Jemand muss ihn nach der Back-Challenge des Tages dort vergessen haben, was seltsam ist. Für gewöhnlich arbeitet das Team gründlich, nach einem Drehtag bleibt nichts zurück. Jetzt kann sie sehen, dass der Kuchen fertig gebacken ist, eine Scheibe ist bereits abgeschnitten. Kirschrote Flüssigkeit tropft vom Präsentierteller und läuft an der Rückseite des Tisches hinunter, wo sie sich mit einer großen Wasserpfütze vermischt. Der Regen hat tatsächlich einen Weg ins Zelt gefunden. Schweren Herzens tritt Betsy näher. Diese Sauerei wird die Dreharbeiten noch weiter verzögern. Es wird noch teurer, noch anstrengender werden.

Ein Wassertropfen landet auf ihrem Gesicht. Betsy fährt zusammen. Sie hebt die Hand und wischt ihn ab. Die Flüssigkeit fühlt sich klebrig an. Als sie die Finger ins Licht hält, stellt sie schockiert fest, dass sie hellrot verschmiert sind.

Sie richtet die Taschenlampe nach oben. Der Lichtstrahl zuckt über das spitz zulaufende Zeltdach, dann verharrt er. Noch bevor ihre Augen den grauenvollen Anblick über ihr richtig erfassen können, fängt sie an zu schreien.

ZWEI WOCHEN ZUVOR

ZUR SOFORTIGEN VERÖFFENTLICHUNG:

Grafton, Vermont, 23. Mai 2023 – Der Streamingdienst Flixer gibt bekannt, dass die Dreharbeiten zur zehnten Staffel der Erfolgssendung *Bake Week* beginnen. Die beliebte Backshow, die vor einem Jahrzehnt die Herzen der Welt eroberte, setzt in dieser Staffel zum zehnjährigen Jubiläum mit einem neuen Co-Moderator noch eins drauf. Betsy Martin, die erfahrene Jurorin und Schöpferin der Show, wird natürlich dabei sein, doch in diesem Jahr wird sie unterstützt von dem preisgekrönten Bäcker und *Cutting Board*-Moderator Archie Morris. Zum ersten Mal seit Beginn der Sendung wird sich Betsy das Zelt also mit einem weiteren Moderator teilen. Die Dreharbeiten finden wie gewohnt auf dem Anwesen von Betsy Martins Familie in den Bergen im Norden von Vermont statt.

Sechs Hobbybäcker und Hobbybäckerinnen werden am 5. Juni in Grafton Manor eintreffen, wo sie um den Titel »Amerikas Back-Champion« kämpfen. Von Montag bis Donnerstag werden sie in vier ganztägigen Challenges gegeneinander antreten, bevor am Freitag der entscheidende Showdown zwischen den letzten beiden Kandidaten beginnt. Der Sieger erhält einen Vertrag für ein eigenes Backbuch, das bei Flying Fork Press, dem führenden Koch- und Backbuchverlag Amerikas, Teil der Verlagsgruppe Magnus Books, erscheinen wird. Am wichtigsten aber ist, dass die Gewinnerin oder der Gewinner die begehrte Trophäe »Goldener Löffel« mit nach Hause nimmt.

Im Folgenden stellen wir die sechs Bäcker und Bäckerinnen vor, die mit größter Sorgfalt aus über zehntausend eifrigen Bewerbern ausgewählt wurden. Zu Hause sind sie allesamt exzellent – und nun möchten wir sehen, wie sie sich im weißen Zelt schlagen!

STELLA VELASQUEZ

Die ehemalige *Republic*-Journalistin lebt in Brooklyn, New York. Stella, die die Kunst des Backens in sage und schreibe weniger als einem Jahr erlernt hat, ist die unerfahrenste Teilnehmerin des Wettbewerbs, obwohl ihr Können dem einer sehr viel erfahreneren Bäckerin entspricht. Sie liebt Kuchen über alles, und sie liebt es, diese für Freunde in New York zu backen und zu verzieren. Stella ist ganz verrückt nach der *Bake Week*, und sie sagt, dass Betsy Martin und ihre Show ihr durch so manche schwere Zeit in ihrem Leben geholfen haben. »Es ist mir eine gewaltige Ehre, an der Sendung teilnehmen zu dürfen, obwohl ich noch eine Anfängerin bin. Meine Heldin Betsy Martin kennenzulernen, wird alle Mühen wettmachen.«

HANNAH SEVERSON

Hannah stammt aus Eden Lake in Minnesota. Sie ist der ganze Stolz des örtlichen Diners, dem Polly's, wo sie seit ihrem fünfzehnten Lebensjahr als Bäckerin und Kellnerin arbeitet. Ihre innovativen Pie-Rezepte haben sie zu einer lokalen Berühmtheit gemacht. Mit ihren einundzwanzig Jahren ist Hannah eine Art Wunderkind und die zweitjüngste Teilnehmerin in der Geschichte der *Bake Week*, was ihrer Leidenschaft fürs Backen geschuldet ist. Wenn sie nicht gerade mit ihren Pies in Polly's Diner für Aufruhr sorgt, erprobt sie gern ihre Rezepte für Brot und Desserts an ihrer Familie und den Nachbarn – und vor allem auch an ihrem Freund Ben. »Backen bedeutet mir alles, und ich kann es kaum erwarten, der Welt zu zeigen, was in mir steckt«, sagt sie selbstbewusst.

GERALD BAPTISTE

Gerald Baptiste kommt aus der New Yorker Bronx und arbeitet als Mathelehrer an einer Highschool. Seine Freizeit verbringt er damit, neue Zutaten für seine geradezu hochwissenschaftlichen Backwaren zu beschaffen. Aus diesem Grund hat Gerald enge Beziehungen zu einheimischen Getreidebauern geknüpft, die er oft im Hinterland besucht. Wenn er kann, mahlt er gern sein eigenes Mehl, außerdem stellt er seine eigenen Essenzen und Extrakte her. »Beim Backen geht es genau wie im Leben darum, das bestmögliche Ergebnis mit den gegebenen Variablen zu erzielen.«

PRADYUMNA DAS

Der Start-up-Unternehmer Pradyumna ist der Gründer und ehemalige CEO von Spacer, einer App, die freie Parkplätze in städtischen Gebieten ausfindig macht. Seit er sein Unternehmen verkauft hat, widmet er sich dem entspannteren Zeitvertreib des Backens. Er backt für Freunde, die er häufig in seinem Bostoner Penthouse bewirtet. Seine Herangehensweise an das Backen ist eher lässig, und er improvisiert bei seinen einzigartigen Kreationen oft mit Zutaten und Techniken. »Für mich geht es bei dem Wettbewerb nicht ums Gewinnen, sondern darum, neue Erfahrungen zu sammeln und meine Grenzen auszutesten, um zu sehen, was für eine Art Bäcker und Mensch in mir steckt.«

LOTTIE BYRNE

Lottie ist eine ehemalige Krankenschwester aus Kingston, Rhode Island. In ihrer Freizeit backt Lottie liebend gern Leckereien für ihre Tochter Molly. In ihrem Cottage findet sich eine beeindruckende Sammlung von Rührschüsseln. Das Backen hat Lottie von ihrer Mutter gelernt, und sie hat schon sehr früh damit begonnen, sich eigene Rezepte auszudenken. Ihre Spezialität ist es, traditionellen Backwaren einen modernen Pfiff zu verleihen. »Es war schon immer mein Lebensziel, an der *Bake Week* teilzunehmen, und ich kann es kaum erwarten, Betsy Martin zu zeigen, was für eine leidenschaftliche Bäckerin ich bin.«

PETER GELLAR

Peter lebt mit seiner Familie in Woodsville im Bundesstaat New Hampshire. Er arbeitet im Bauwesen und ist auf die Restaurierung alter Bauwerke spezialisiert. Wenn Peter nicht an der Ostküste unterwegs ist, um Stuck und Intarsienböden zu reparieren, findet man ihn an seinem Lieblingsort – zu Hause in seiner Küche, wo er wahre Köstlichkeiten für seinen Ehemann Frederick und die drei Jahre alte Tochter Lulu zaubert. »Rezepte sind wie Architektur: eine Kombination aus erprobten Methoden mit persönlichen Noten. Genau das macht ein Gebäck unvergesslich.«

VIER TAGE ZUVOR

GERALD

Ich war nicht überrascht, als der Anruf kam, trotzdem beschleunigte sich mein Herzschlag rapide. Das weiß ich genau, weil meine Uhr aufleuchtete und mir einen Belohnungspunkt für das Training gab. Ich war auch nicht überrascht, als man mir mitteilte, dass man mich als Teilnehmer für die *Bake Week* ausgewählt hatte, denn ich bin ein exzellenter Bäcker. Jeder kann ein exzellenter Bäcker sein, wenn er diszipliniert genug ist. Es ist alles nur Chemie. Um einen perfekten Kuchen zu backen, braucht man lediglich die richtigen Gleichungen. Für eine knusprige Mille-feuille müssen die Zutaten genau abgemessen sein, dasselbe gilt für einen auf der Zunge zergehenden Florentiner oder eine Pie-Kruste mit perfektem Biss. Die Temperatur muss wohlüberlegt und genau eingestellt und kontrolliert werden, wenn man möchte, dass ein Soufflé aufgeht oder eine Schokoladenglasur glänzt, als wäre sie aus Glas. Überall im Leben kommen Gleichungen vor, man muss nur genau hinschauen.

Angenommen, Sie sind bereit, für eine Backsendung im Fernsehen den ganzen Weg von Ihrem Apartment in der Bronx zu einem Landsitz in Vermont mit öffentlichen Verkehrsmitteln auf sich zu nehmen, so wie ich es jetzt tue, dann müssen Sie sich mit den Fahrplänen vertraut machen. Sie fahren mit der U-Bahn-Linie D bis 34th Street, nehmen den nordwestlichen Ausgang und gelangen so zur 34th Street. Anschließend gehen Sie zwei Avenues in westliche Richtung zum nordöstlichen Eingang der Moynihan Train Hall. Es bleiben Ihnen exakt elf Minuten bis zur Abfahrt des Zuges nach Vermont, Abfahrtzeit 8:15 Uhr. Um genau 15:45 Uhr erreichen Sie Brattleboro. Dort haben Sie Zeit für einen Kaffee in einem Café gegenüber dem Bahnhof, bevor Sie in den Shuttlebus steigen, der Sie zum Eingang von Grafton Manor bringen wird.

Ich habe Grafton Manor anhand von Bauplänen kartiert, die ich aus der Online-Datenbank der Vermont Historical Society heruntergeladen habe. Das Haus ist riesig, aber nun habe ich den Eindruck, das Anwesen zu kennen, was angenehm ist, da ich mich im Allgemeinen nicht gern an neuen Orten aufhalte, schon gar nicht mit Fremden und gleich für eine ganze Woche. Ich habe mir mögliche Routen von den Gästezimmern zum Speiseraum eingeprägt, vom Speiseraum zum Zelt, und die Zeit berechnet, die ich dafür benötigen werde.

Ich bin die Variablen meiner Reise so oft durchgegangen, dass ich nun kaum auf meinen eigens erstellten Zeitplan blicken muss, als ich mit meinen Taschen aus der U-Bahn steige und zügig den Bahnsteig entlanggehe. Ein Mann spielt Geige, Bach. Ich erkenne sofort die Sonate Nr. 1 für Violine in g-Moll. Da es mir gelungen ist, einen Expresszug zu erwischen, erlaube ich mir, zwei Minuten stehen zu bleiben, um zu lauschen. Ich schließe die Augen. Die Musik trägt mich weg von dem schmutzigen U-Bahnsteig und zurück an den Küchentisch meiner Kindheit. Ich erinnere mich an jedes Detail, an jede Kerbe im Holz, an jede Träne auf den Stühlen mit Vinyllehne, auf denen ich sitzen musste, bis ich meine Hausaufgaben erledigt hatte. Meine Mutter pflegte derweil das Radio anzustellen und die winzige Küche mit großartigen Symphonien zu füllen. Klassische Musik sei gut zum Lernen, behauptete sie. Während ich mathematische Gleichungen löste, backte sie. Die Luft war geschwängert von dem Duft der Kuchen im Ofen, der geschmolzenen Schokolade und dem zuckersüßen Obst, das auf der kleinen Herdplatte einkochte.

Meine Mutter war aus Grenada immigriert. Sie hatte eine Ausbildung als Chemikerin absolviert, doch als sie in die Vereinigten

Staaten kam, wurde ihr Abschluss nicht anerkannt, also nahm sie eine Putzstelle bei einer reichen Familie in Manhattan an. Als die Ehefrau mitbekam, dass sie ausgezeichnet kochen und backen konnte, war sie fortan auch für die Mahlzeiten zuständig. Es waren ihre Kuchen, die ihr die meiste Aufmerksamkeit einbrachten. Schon bald baten alle Familien in Tribeca meine Mutter, Gebäck für die Geburtstagsfeiern ihrer Kinder oder ihre abendlichen Cocktailpartys zu backen.

Meine Mutter nahm das Backen sehr ernst und übte zu Hause, und oftmals machte ich mitten in der Nacht einen Abstecher zu ihr in die Küche, und sie gab mir ein Glas warme Milch und ließ mich probieren, was immer sie gerade zubereitete. In dem Jahr, als ich fünfzehn wurde, hatte sie fast zwei Jahrzehnte lang geduldig Erfahrung gesammelt und Geld gespart, und sie eröffnete endlich eine eigene Bäckerei. Ich bettelte darum, dort arbeiten zu dürfen, anstatt in die Schule zu gehen, aber sie wollte davon nichts wissen. Meine Backausbildung erfolgte nach den Hausaufgaben und nur, wenn es die Zeit erlaubte. All dies habe ich im Bewerbungsvideo erzählt, in dem ich auch meine Fachkenntnisse in Sachen handgemahlenes Mehl erwähnte.

Die Dreharbeiten fallen in die Sommerferien, sodass mir mein Lehrerberuf dabei nicht im Weg steht. Selbstverständlich folge ich normalerweise auch in der unterrichtsfreien Zeit einem festen Tagesablauf. Ich habe deshalb die Vorteile und Nachteile daran, an der Show teilzunehmen, aufgelistet, und alles spricht dafür, dass ich hinfahre. Wenn ich gewinne – die Chancen dafür stehen eins zu sechs, wenn nicht höher –, habe ich mir selbst bewiesen, dass ich bin, was ich denke zu sein, habe bewiesen, dass meine Berechnungen korrekt sind. Wenn ich verliere, werde ich nach spätestens einer Woche zu meinem normalen Zeitplan zurückkehren.

Ich gebe dem Geigenspieler zehn Dollar, gehe weiter zum Ausgang und trete hinaus in den strahlenden New Yorker Morgen.

Anschließend bahne ich mir den Weg die 34th Street entlang, dränge mich zwischen Touristen und Passanten hindurch und weiche Männern auf dem Gehsteig aus, die gefälschte Markensonnenbrillen und Eis verkaufen. Ich hatte sie in meinen Zeitplan eingerechnet. Endlich erreiche ich den nordöstlichen Eingang zum Bahnhof und werfe einen Blick auf meine Armbanduhr: 8:04 Uhr.

Ich verspüre die wohlige Gewissheit, rechtzeitig zu sein, alles richtig gemacht zu haben. Beschwingt trage ich meine Taschen in die Bahnhofshalle und werfe einen Blick auf die Anschlagtafel, nur um sicherzugehen, obwohl ich die Abfahrtzeit selbstverständlich kenne.

Doch der Zug nach Vermont ist nicht dort angeschlagen, wo er angeschlagen sein sollte – gleich zwischen dem Northeast Regional und dem Hochgeschwindigkeitszug nach Washington. Meine Augen scannen die Tafel und entdecken ihn weiter unten, versehen mit dem rot blinkenden Zusatz: *Zugverspätung, genauere Informationen folgen.*

Kalte Furcht macht sich in mir breit. Eine Sache läuft nie gut, wenn sie nicht nach Plan erfolgt.

HANNAH

Ernüchtert stelle ich fest, dass sich Vermont, abgesehen von der Welle blauer Berge in der Ferne, nicht wesentlich von Eden Lake in Minnesota unterscheidet, wo ich herkomme. Die gleichen Kleinstädte, die sich an die Ränder der ewig gleichen State Highways schmiegen, die gleichen einsam gelegenen Tankstellen und halb leeren Einkaufszentren. Die gleichen einsam gelegenen weißen Kirchen mit den gleichen unkrautüberwucherten Parkplätzen. Als ich auf dem Rücksitz eines schwarzen SUVs an einer dieser Kirchen vorbeifahre, sehe ich schon von der Straße aus, dass die Farbe von der Fassade abblättert.

Der Fahrer hat mich am Flughafen in Burlington abgeholt, er hat ein Schild mit meinem Namen – Hannah Severson – in die Höhe gehalten, genau wie es mir die Koordinatoren von der *Bake Week* mitgeteilt hatten. Um ehrlich zu sein, hatte ich ein bisschen mehr Tamtam erwartet. Nicht dass ich dachte, Betsy Martin würde mich persönlich in Empfang nehmen, aber vielleicht jemand vom Team, ein Produzent oder Assistent, der den Fahrer begleitete, um mich willkommen zu heißen und sich während der Fahrt mit mir zu unterhalten. Der Fahrer hievte bloß schweigend mein Gepäck auf einen Wagen und schob ihn hinaus auf den Parkplatz. Ich nahm an, dass ich ihm folgen sollte.

»Die Fahrt dauert gute zwei Stunden«, sagte er, öffnete die Fond-Tür und reichte mir eine kleine Flasche Wasser.

Begleitet von dem leisen Summen der Klimaanlage, fahren wir durch die ländliche Gegend, jede Stadt, die wir passieren, ist kleiner und leerer als die vorige. Ich gebe mir alle Mühe, meine anfängliche Enttäuschung abzuschütteln. Meine Teilnahme an der

Sendung ist lediglich *ein* Sprungbrett für meine Zukunft, aber längst nicht alles, versuche ich mir einzureden. Im Grunde schwebt mir etwas viel Glamouröseres vor, schließlich bin ich erst einundzwanzig. Noch sehr jung. Die zweitjüngste Kandidatin, die je bei der *Bake Week* mitgemacht hat. Außerdem gibt es in Eden Lake nichts, was mit Grafton Manor vergleichbar wäre. In weniger als zwei Stunden werde ich dort sein.

»Hab einfach Spaß«, hat Ben heute Morgen zu mir gesagt, als er mich am Flughafen absetzte. Ich beugte mich vor, um ihm einen Abschiedskuss zu geben, und sein Jagdhund Sam steckte den Kopf zwischen unseren Sitzen hindurch und leckte mein Kinn. Ich streichelte ihn lachend und nahm mir vor, später mein Makeup zu überprüfen.

»Versprochen«, sagte ich und setzte mein fröhlichstes Gesicht auf, das Gesicht, das Ben so gern mag – das Gesicht, das jeder mag. Insgeheim aber dachte ich: *Du hast ja keine Ahnung, was das für mich bedeutet.* Spaß ist ein flüchtiges, vorübergehendes Vergnügen. Spaß kommt angeflogen wie eine Wolke und verpufft, bevor man ihn überhaupt zu fassen bekommt. Erfolg dagegen ist etwas, woran man sich festhalten kann, etwas, worauf man zählen kann und was einen überallhin begleitet, wie eine Designer-Handtasche. Bei der *Bake Week* dabei zu sein, ist alles für mich. Es ist meine Chance – vielleicht meine einzige –, etwas Bedeutendes mit meinem Leben anzufangen. Etwas Besseres, Größeres, als nur in Polly's Diner zu arbeiten.

Vor meiner Abreise schmissen meine Kollegen eine Party für mich. Brian, Lucille und Sarah waren die Organisatoren: Sie hängten Krepppapier-Girlanden auf, schoben alle Tische zur Seite, um Platz zum Tanzen zu schaffen, und luden jeden aus der Stadt ein, den ich kenne. Polly schloss das Diner früher, und alle kamen, um Wein aus Kanistern zu trinken und Pie aus der gekühlten Drehvitrine zu futtern. »Ich wusste schon immer, dass

Hannahs Pies etwas ganz Besonderes sind«, sagte Polly an jenem Abend zu allen, die ihr zuhörten, als würde so ein wenig von meinem Glanz auf sie abfärben.

Von dem Moment an, als der Anruf einging und man mir mitteilte, dass ich als Kandidatin bei der *Bake Week* antreten würde, veränderte sich alles. Alle wollten plötzlich in meiner Nähe sein. Ich fühle mich schuldig, weil ich weiß, dass ich nie wieder jemandem im Diner ein Stück Pie servieren werde, wenn ich jetzt alles richtig mache.

Es ist nicht so, dass ich es hasse, bei Polly's zu arbeiten, aber wer würde nicht versuchen, sich über die Teilnahme bei der *Bake Week* eine Karriere aufzubauen? Ich habe die gewaltige Instagram-Präsenz der vorherigen Gewinner gesehen, die erfolgreichen YouTube-Kanäle, das Backbuch und die Werbeverträge, die sie an Land ziehen konnten. Eine der Gewinnerinnen hat ihr eigenes Kochgeschirr herausgebracht – Töpfe und Pfannen mit im Stiel eingraviertem Namen in goldener Kursivschrift –, das in Geschäften im ganzen Land und auf dem Shoppingsender QVC vertrieben wird. Die *Bake Week* hat ihr Leben verändert. Es ist nichts Falsches daran, dass ich meins ebenfalls verändern möchte.

Endlich biegt der SUV vom Highway auf eine schmale Straße ab, die durch einen dunklen Kiefernwald führt. Ich versuche, meine Nerven zu beruhigen, indem ich tief Luft hole und mir befehle, mich zusammenzureißen. Ich möchte nicht völlig aufgelöst in Grafton Manor eintreffen, auch wenn ich so aufgeregt bin, dass ich platzen könnte. Noch aufgeregter als bei meinem Highschool-Abschluss – als Erste in meiner Familie habe ich im Juni die Bühne betreten und mit einem Zeugnis über die Allgemeine Hochschulreife wieder verlassen –, noch aufgeregter als bei meinem ersten Date mit Ben. Die *Bake Week* kann mich im Leben weiter bringen, als die Schule oder Ben es je könnten. Solange ich es nicht vermassele. Ich kann die Vorstellung nicht ertragen, dass ich die Sendung als eine der ersten Kandidatinnen verlasse und sofort wieder in Vergessenheit gerate – der Ruhm erloschen, noch bevor die Social-Media-Accounts verifiziert werden konnten.

Ich blicke auf meine Hände. Obwohl ich mir wegen der bevorstehenden Dreharbeiten alle Mühe gegeben habe, es nicht zu tun, habe ich auf dem Weg zum Flughafen meine Nagelhaut mit den Zähnen bearbeitet. Hoffentlich habe ich daran gedacht, eine Nagelfeile einzupacken.

Ich nehme eine kleine Puderdose aus der Handtasche und betrachte mich im Spiegel, um mich zu vergewissern, dass mein Pony richtig liegt. Das Make-up, das ich während des Flugs korrigiert habe, ist noch in Ordnung, aber ich lege trotzdem eine frische Schicht Lipgloss auf.

Der SUV fährt um eine Kurve und aus dem Wald hinaus. Wir rollen durch ein großes steinernes Tor, dann kommt Grafton Manor in Sicht. Ich blicke aus dem Wagenfenster an der Fassade empor, und mir klappt die Kinnlade herunter. Obwohl ich das imposante Herrenhaus millionenfach im Fernsehen gesehen habe, schnürt sich meine Brust zusammen. In natura wirkt es mit seinen hellgrauen Steinen, den riesigen Fenstern und den vielen Kaminen noch beeindruckender. Ein bisschen erinnert es mich an die *Harry Potter*-Filme.

Vor dem Haupteingang bleiben wir stehen. Dort befindet sich die Treppe mit den beiden Löwen, auf der Betsy zu Anfang der Sendung steht. Jetzt wartet eine schlanke Brünette auf dem Treppenabsatz, ein Clipboard in der Hand. Es fällt mir schwer zu glauben, dass ich tatsächlich in Grafton Manor bin und nicht halluziniere. Nach so hartem Üben, nach so vielen Jahren, die ich Kuchen, Torten und allen möglichen anderen Backwaren gewidmet habe, bin ich nun endlich hier. Die viele Zeit, die ich mit Fondant zugebracht habe oder dem Spritzen von Zuckerguss auf Pappbogen, bis jede Linie, jedes mattgrüne Blütenblatt und jede zuckersüße rosa Rosenknospe perfekt war, hat sich bezahlt gemacht. Hannah Severson aus Eden Lake in Minnesota ist Kandidatin bei der *Bake Week*.

Ich steige aus dem SUV und lege den Kopf in den Nacken, um zu sehen, wo das Dach den Himmel berührt. Der Fahrer nimmt mein Gepäck aus dem Kofferraum. Ich habe noch nie ein so großes Haus gesehen. Es erinnert mich an den Französischunterricht in der Highschool, als wir über Versailles gesprochen haben. Ich verspüre das Bedürfnis, über die Zufahrt zu wirbeln und Rad zu schlagen, aber ich ermahne mich, ruhig zu bleiben. Ich möchte nicht wirken wie ein Kind. Kinder gewinnen nicht bei der *Bake Week,* und ich bin hier, um zu gewinnen.

Als der Fahrer eine meiner Taschen auf den Kies fallen lässt, zucke ich zusammen. Mein ganzes Make-up ist da drin. Es darf auf keinen Fall etwas kaputtgehen. Hier draußen gibt es keine Sephora-Filialen, und ich möchte, dass alles perfekt ist. *Ich* möchte perfekt sein. Ich sammle meine Habseligkeiten ein und versuche, extra gerade zu stehen, dann gehe ich so selbstbewusst wie möglich auf die Frau auf der Treppe zu, während ich gegen das Gefühl ankämpfe, ich hätte es nicht verdient, hier zu sein. Ich darf mir jetzt keinen dummen Fehler erlauben. Mom sagt immer, es gibt nur eine Chance, einen guten ersten Eindruck zu machen, und die werde ich nicht vermasseln.

PETER

Die Bogenfenster von Grafton Manor starren blicklos auf mich herab, als ich in meinem Pick-up vorfahre. Ich lasse das Seitenfenster herunter und betrachte das kunstvolle Mauerwerk der Fassade. Ich liebe diese Art von Architektur. Viktorianisch, erinnert aber an den jakobinischen Stil, von dem die Engländer Anfang bis Mitte des siebzehnten Jahrhunderts so begeistert waren. Dieses Herrenhaus ist ein ganz besonderes Exemplar. Unglaublich. Natürlich habe ich es Tausende Male im Fernsehen gesehen – ich habe mir jede Folge der *Bake Week* mindestens zwei Mal angeschaut –, aber dort war es nur Kulisse. Vor Ort gewinnt man einen ganz anderen Eindruck von dem Anwesen. Zunächst einmal steht es mitten im Nirgendwo. Es gibt ein kleines Dorf in der Nähe – in Wirklichkeit nicht mehr als ein paar Häuser, einige Läden, ein Supermarkt, eine Tankstelle und ein Diner an der Straße –, etwa eine Meile entfernt. Aber um zu der nächstgelegenen richtigen Stadt zu gelangen, muss man mehr als fünfundvierzig Meilen durch Wald fahren. Man spürt förmlich, wie abgeschnitten man hier oben ist. Im wahrsten Sinne des Wortes. Unterwegs war ich immer wieder vom Netz abgeschnitten, und ich bezweifle, dass es hier irgendwo guten Empfang gibt.

Wie um meine Befürchtung zu widerlegen, steht ein Mann vor dem Haus und spricht in sein Handy, dann lehnt er sich gegen einen der Marmorlöwen an der Treppe.

»Wissen Sie, wo ich parken kann?«, rufe ich ihm zu. Er deutete auf die Stelle, an der die Zufahrt um die Seite des Gebäudes herumführt.

Ich folge dem schmalen Weg zu einem kleinen Parkstreifen

und stelle den Pick-up neben einem protzigen weißen BMW ab. Der Rest der Parkfläche wird zum Großteil von einem riesigen Trailer eingenommen. Technisches Equipment für den Dreh, vermute ich, während ich meine Reisetasche von der Ladefläche des Pick-ups nehme und um die Ecke zum Haupteingang biege. Die Hauswand hier ist mit Efeu bewachsen, das an der rauen Mauer bis zum Schieferdach emporklettert und die Fenster umrankt. Es raschelt im Wind und lässt diese Seite des Gebäudes lebendig erscheinen, vergänglich.

Ich nicke dem Mann zu, der immer noch in sein Handy spricht, gehe zwischen den Löwen hindurch die Stufen hinauf und stoße eine eisenbeschlagene Tür auf. Drinnen muss ich blinzeln, um meine Augen an das dämmrige Licht zu gewöhnen. Ich stehe in einer großen, offenen Eingangshalle. Vor mir führt eine prächtige, breite Treppe zu einem Treppenabsatz im ersten Stock. Dort teilt sie sich in elegantem Schwung nach rechts und links in den West- und Ostflügel des alten Herrenhauses. Von oben muss sie aussehen wie ein Wasserfall aus Mahagoni.

Eine Frau steht neben einer Rüstung, die das Foyer bewacht. Sie trägt einen eng anliegenden Rock, und ihre glänzenden braunen Haare sind im Nacken zu einem eleganten Knoten geschlungen. Dort, wo ich herkomme, sind nicht viele Frauen so zurechtgemacht. Sie blickt auf ein Clipboard, einen Bleistift zwischen den Fingern. Ihr Gesicht zuckt nervös, als sie mich endlich bemerkt.

»Tontechniker benutzen den Hintereingang«, blafft sie.

»Ich bin zum Backen hier«, entgegne ich. »Falls das okay ist.«

Sie runzelt die Stirn und blättert durch ein paar Seiten. Auf jeder sehe ich ein Porträtfoto. Endlich gelangt sie zu einer Großaufnahme von meinem Gesicht. Verlegen blickt sie auf.

»Oh, das tut mir leid ... Peter! Willkommen!«

»Schon gut, ich bin daran gewöhnt«, sage ich. Das entspricht der Wahrheit. Außerdem bin ich bei der Arbeit, die ich verrichte, in der

Regel tatsächlich derjenige, der die Hintertür benutzt. Mir ist klar, dass ich keinen Preis für den bestgekleideten Mann gewinnen werde, aber ich trage mein neuestes Flanellhemd, und ich habe mir die Haare schneiden lassen, bevor ich losgefahren bin. Nicht dass es leicht wäre, meine Locken zu bändigen. Meine Haare haben ihr eigenes Ökosystem, behauptet Frederick gern, um mich zu necken.

Die Frau bemüht sich überschwänglich, wiedergutzumachen, dass sie mich nicht erkannt hat. Sie lächelt, aber ihr Gesicht wirkt irgendwie gequält, als wäre sie nicht sonderlich geübt im Lächeln. »Ich bin Melanie, die Aufnahmeleiterin bei der *Bake Week*. Ich sorge für einen pünktlichen Ablauf und dafür, dass alle dort sind, wo sie zum jeweiligen Zeitpunkt sein sollen. Sie werden mich in dieser Woche häufig zu Gesicht bekommen. Gemäß der *Bake Week*-Regeln muss ich Sie bitten, mir Ihr Mobiltelefon auszuhändigen. Anschließend begleite ich Sie zu Ihrem Zimmer, wo Sie sich vor dem Abendessen ein wenig ausruhen können.«

Etwas zögernd reiche ich ihr mein ramponiertes Handy und sehe zu, wie sie es in eine Schachtel legt, auf ein anderes Handy in einer rosa Glitzerhülle.

»Sollen wir?« Sie lächelt wieder. Ihre Nackenmuskeln spannen sich an, als sie auf die Treppe deutet. »Sie können Ihr Gepäck stehen lassen. Jemand wird sich später darum kümmern.«

»Danke, aber ich habe nur die hier, und die kann ich selbst tragen«, sage ich und klopfe auf die Reisetasche, die von meiner Schulter hängt. Ihre Lippen werden schmal, aber sie nickt kapitulierend. Ich folge ihr die massive Haupttreppe hinauf, bewundere den glatten Handlauf und die kunstvoll geschnitzten Streben. Es gibt viele viktorianische Häuser in Vermont, doch die Größe von Grafton Manor und die Handwerkskunst, der ich in diesem Haus begegne, sind mit nichts zu vergleichen, was ich bisher gesehen habe. Wir kommen zu dem großen Absatz mit einem prächtigen Geländer im ersten Stock.

»Sie sind im Westflügel untergebracht«, teilt Melanie mir mit und führt mich die entsprechende Treppe zum zweiten Stockwerk hinauf. Oben angekommen, bleibt sie stehen und deutet auf die identische Treppe auf der gegenüberliegenden Seite. »Im Ostflügel, hinter der Glastür, geht es zu Betsy Martins privaten Räumlichkeiten, die für die Gäste tabu sind. Wenn Sie etwas benötigen, kontaktieren Sie einen unserer Mitarbeiter über das Telefon in Ihrem Zimmer. Im Dossier befindet sich eine Namensliste.«

Ach ja, das Dossier. Es kam mit der Post, ein Expresspaket, dessen Empfang ich quittieren musste, mehr oder weniger mit Blut. Natürlich erst, *nachdem* ich die umfangreiche Verschwiegenheitserklärung unterschrieben und mich verpflichtet hatte, keines der Details von der *Bake Week* vor Sendebeginn durchsickern zu lassen. Die Produzenten sind auf Geheimhaltung bedacht, verständlicherweise soll vor Ausstrahlung der Sendung nichts über den Verlauf an die Öffentlichkeit gelangen. Die Regeln sind dazu da, die Show zu schützen, und ich werde sie respektieren. Vorausgesetzt, ich kann mich an alle erinnern. Das offizielle *Bake Week*-Dossier ist ein riesiger, spiralgebundener Klotz, in dem die Dos and Don'ts aufgeführt sind und hilfreiche »Vorschläge« gemacht werden, wie man vor der Kamera aussehen und agieren sollte. Ich habe mein Bestes gegeben, mir alles zu merken, aber vielleicht sollte ich es heute Abend noch einmal lesen, nur um auf Nummer sicher zu gehen. Es wäre zu peinlich, wenn ich die Show gefährde.

Wir gehen weiter durch einen langen, dämmrigen Flur, von dem weitere kleinere Flure abgehen, bis Melanie abrupt vor einer der Türen stehen bleibt. Sie vergewissert sich auf ihrem Clipboard, dass wir richtig sind, dann stößt sie die Tür auf.

»Da wären wir, ich hoffe, Sie fühlen sich wohl.«

Die Augen wegen des einfallenden Nachmittagslichts verengt, gehe ich an ihr vorbei. Mein Zimmer gleicht seine bescheidene

Größe mit einer unglaublich hohen Decke aus, die sich von den Ecken aus nach oben wölbt, und einem Fenster, das sich vom Fußboden an in die Höhe erstreckt und sich zu einer Spitze verjüngt, wie man es von Kirchenfenstern kennt. An einer Wand stehen ein Frisiertisch und eine hohe Kommode. Der Raum wird dominiert von einem großen Bett mit geschnitzten Holzpfosten, die spiralförmig zur Decke zeigen. Über dem Kopfende hängt ein Gemälde des Herrenhauses aus früheren Zeiten an feinen Drahtseilen, die an der Zierprofilleiste befestigt sind.

Ich liebe diese viktorianischen Häuser – mit all ihren Marotten kommen sie mir irgendwie menschlich vor, fast wie alte Freunde. Mehr als alles genieße ich es, ihre Geschichten, ihre Vergangenheit in Erfahrung zu bringen. Ich hatte zwar nie genug Geduld für die akademische Welt, sonst wäre ich sicher Historiker geworden, vielleicht habe ich mich aber deshalb der Restaurierungsarbeit verschrieben.

Ich bemerke einen Riss in der Zierleiste, der sich bis zur Ecke der Mauer erstreckt. Es ist ein feiner Riss, bautechnisch irrelevant. Nichts, was ich nicht richten könnte, würde sich mir die Gelegenheit dazu bieten. Mängel an Gebäuden aufzudecken, ist der Macht der Gewohnheit geschuldet, genau wie ein Zahnarzt Mängel an den Zähnen entdeckt, wenn jemand lächelt. Ich muss mich selbst daran erinnern, dass ich nicht hier bin, um zu arbeiten, sondern um zu backen. Trotzdem würde ich liebend gern die Gelegenheit beim Schopfe packen und helfen, Grafton Manor auf Vordermann zu bringen – die Schrammen im Hartholz auszubessern und die Risse an den bröckelnden Brüstungen. Doch jetzt geht es erst einmal ums Backen.

»Ich werde mich wohlfühlen, ganz bestimmt«, versichere ich Melanie und stelle lächelnd meine Reisetasche auf der geblümten Tagesdecke ab.

Als sie weg ist, setze ich mich für einen Augenblick aufs Bett und lasse die Umgebung auf mich wirken. Anschließend öffne ich die Tasche und hänge die Hemden auf die Bügel im Kleiderschrank. Ich möchte nicht, dass sie morgen früh zerknittert sind. Morgen ist bereits der erste Tag des Backwettbewerbs.

Ich taste auf dem Boden der Reisetasche nach dem Bild und schließe meine Finger um den Rahmen – mein Lieblingsfoto von Frederick und unserer Tochter Lulu im Park. Ich habe ein T-Shirt darum gewickelt, um es zu schützen, und nun packe ich es vorsichtig aus. Dann poliere ich mit dem Shirt das Glas, bevor ich den Rahmen auf den Nachttisch stelle.

Anschließend trete ich ans Fenster und sehe hinaus, die Stirn gegen die kühle Bleiglasscheibe gelehnt. Der Blick geht nach vorn hinaus. Das Zelt befindet sich auf dem Rasen an der Ostseite, ein kleines Stück vom Eingang entfernt, ist von hier aus aber gut zu sehen. Das Haus wirft einen bläulichen Schatten auf das weiße Spitzdach. Ich kann kaum glauben, dass sie die *Bake Week* tatsächlich bei Betsy Martin zu Hause drehen. Welcher andere Fernsehstar hätte das schon gestattet? Ich nehme an, die Show wirkt dadurch sehr viel intimer.

Die *Bake Week* ist eine ganz besondere Form der Unterhaltung. Nicht nur eine Sendung für Bäckerinnen und Bäcker, obwohl tatsächlich in erster Linie gebacken wird. Nein, die *Bake Week* ist noch etwas anderes – eine Art Flucht, der Einblick in eine simplere Form des Seins, wo die Menschen freundlich zueinander sind und Zucker nicht als gesundheitsschädigende Zutat von Junkfood betrachtet wird, sondern als etwas Besonderes, das geteilt und geschätzt werden muss. Wo man mit einem Stück Kuchen »Ich liebe dich« sagen kann.

Ich spüre Aufregung in mir hochsteigen. Ich habe es wirklich geschafft. Wer hätte je gedacht, dass ein so albernes Hobby wie Backen mich an einen Ort wie diesen führen würde? Frederick. Er hat immer an mich und meine Kuchen geglaubt, so sehr, dass ich mich mitunter fragte, ob seine Leidenschaft möglicherweise weniger mir als vielmehr meinen Backkünsten galt. Er war da, um mich bei meinen ersten kläglichen Versuchen, Schichttorten zu backen, anzufeuern. Ich erinnere mich noch genau an meinen allerersten Versuch. Als der Anruf von der Adoptionsagentur kam, war ich allein im Haus. Ein Baby, ein kleines Mädchen, warte darauf, nach Hause geholt zu werden, hieß es. Ich weiß noch, wie ich auf die Uhr schaute. Es war erst 11:30 Uhr. Frederick ist Optometrist, er war mit seinen Patienten beschäftigt, unerreichbar für den Rest des Tages. Nicht wissend, was ich mit meiner aufgestauten Vorfreude anfangen sollte, backte ich einen Konfetti-Biskuitkuchen und krönte ihn mit einer Schicht Buttercreme. Die ganze Zeit über versuchte ich, mir das kleine Mädchen vorzustellen.

Unsere Lulu. Es fällt mir schwer zu glauben, dass es jemals eine Zeit gab, in der ich nicht jede noch so kleine Kleinigkeit von ihr kannte. Weder ihr schiefes Lächeln noch ihren bockigen Blick, noch die blassen Halbmonde auf ihren Fingernägeln. Als Frederick an jenem Abend nach Hause kam, sah er meinen etwas schief geratenen Kuchen auf der Anrichte stehen. Er schaute von dort zu mir. Ich musste nur nicken, und schon wurden seine Augen feucht. Wir würden Eltern sein.

Natürlich backe ich inzwischen ständig für uns. Das Backen gehört zu den Lieblingsbeschäftigungen, mit denen ich meine kleine Familie umsorge. Ich spüre, wie meine Brust eng wird von der Woge der Dankbarkeit, die in mir aufbrandet. Automatisch halte ich Ausschau nach meinem Handy, um Frederick eine Textnachricht zu schicken, ehe mir wieder einfällt, dass ich es nicht bei mir habe. Die Vorstellung, unerreichbar zu sein, nicht nachfragen zu können, wie es Lulu geht, ist ein merkwürdiges Gefühl, auch wenn mir die Produzenten versichert haben, dass man mich bei einem echten Notfall kontaktieren würde. Plötzlich fühlt sich zu Hause unendlich weit weg an.

Ich springe schnell unter die Dusche und ziehe mir zum Abendessen ein anderes kariertes Hemd an, eines von denen, die ich extra für diese Gelegenheit gekauft habe. Mein Blick fällt auf den schräg gestellten Spiegel über dem Frisiertisch. Meine Haare sind völlig zerzaust, aber das ist nicht ungewöhnlich. Ansonsten sehe ich nicht schlecht aus für zweiundvierzig. Ich versuche, mich auf das Gefühl einzulassen, einfach nur hier zu sein. Was ist backen anderes als eine Möglichkeit, den Menschen um einen herum zu zeigen, dass man sie gernhat?, rufe ich mir in Erinnerung. Ich konzentriere mich darauf, mir vorzustellen, dass Frederick und Lulu die Show anschauen werden, wenn sie ausgestrahlt wird. Selbst wenn es mir gelingt, die ganze Woche über hierzubleiben, wird dies nur eine von vielen Erfahrungen sein, eine Momentaufnahme. Ich muss diese Gelegenheit einfach mit offenen Armen willkommen heißen. Außerdem fühle ich mich so glücklich und beschwingt wie lange nicht mehr. Zeit, nach unten zu gehen und mich der Herausforderung zu stellen.

STELLA

Ich betrachte mich in dem verschnörkelten Spiegel an der Tür meines Garderobenschranks. Ich habe einen Slip Skirt aus Seide angezogen und dazu einen angesagten Baggy Sweater, beides in Rosétönen. Mein Zimmer in Grafton Manor ist ein hinreißendes Gartenparadies in allen möglichen Grünschattierungen. Die Weinranken auf der Tapete klettern bis zu der Zierprofilleiste unter der Decke empor. Der Himmel, der sich über mein Bett spannt, ist aus smaragdgrünem Damast und gibt mir das Gefühl, mich in einem verwunschenen Garten zu befinden. Hinter dem Fenster ist sogar noch mehr Grün zu sehen – eine lang gestreckte Rasenfläche, begrenzt von dichtem Baumbestand, dahinter die wellenförmigen blauen Berge von Vermont am Horizont. Seit Jahren habe ich nicht mehr so viel Natur gesehen. Von meinem Apartment in Brooklyn aus blicke ich auf einen Baum und ein paar Tauben. Das hier ist etwas ganz anderes. Das Wort, das mir durch den Kopf schießt, ist »majestätisch«.

Mein Bauch rumpelt nervös. Morgen um diese Zeit wird die erste Back-Challenge schon vorbei sein. Ich versuche, mich nicht allzu sehr an die Vorstellung zu klammern, dass ich weiterkommen könnte. Ich habe noch nicht einmal meine Tasche ausgepackt, sondern nur geöffnet in eine Ecke gestellt, um ja nichts zu beschreien. Außer mir gibt es schließlich noch fünf weitere Bäcker, und mir ist durchaus bewusst, dass ich längst nicht so viel Erfahrung habe wie sie. Nicht einmal ansatzweise. Das weiß ich, weil in dem Dossier, das man uns ausgehändigt hat, unsere Biografien abgedruckt sind. All die anderen Teilnehmer mit ihren Hochglanzfotos und einer langen Liste mit Backerfahrungen, und dann komme ich: mit dem Schnappschuss, den Rebecca von mir im Park gemacht hat. Darunter wird meine so gut wie nicht vorhandene Backpraxis geschildert. Ich kann von Glück sagen, wenn ich den ersten Tag überstehe.

Ich trete an den Frisiertisch und nehme mir Zeit, Lippenstift aufzutragen. Anschließend fahre ich mir mit den Fingern durch die Haare und drehe sie zu einem lockeren Dutt, den ich mit einer Silbernadel feststecke. Ich habe mir selbst versprochen, auf mein Äußeres zu achten, vielleicht nicht ganz so wie früher, aber ich will mir Mühe geben. Immerhin werde ich im Fernsehen sein und nicht in meinem Apartment hocken, wo mich keiner sieht. So weit, so gut. Ich fühle mich benommen von dem Nickerchen, das ich vorhin gemacht habe. Ich hatte einen wundervollen Traum, in dem ich mit Betsy Martin befreundet war und wir Rezepte austauschten.

Als ich mein Zimmer verlasse, um zum Abendessen hinunterzugehen, kommt mir das Haus unheimlich still vor. Ich schaue mich in dem leeren Flur um und mache mir plötzlich Sorgen, dass die anderen Kandidaten schon unten sind. Ich hätte nicht einschlafen dürfen. Es gehört sich nicht, zu spät zu einem Essen mit Betsy Martin zu kommen, auch wenn sie daran nicht in ihrer Funktion als Jurorin teilnimmt, zumindest nicht laut Plan im Dossier. Doch selbst wenn sie nicht unsere Backkünste bewertet, so wird sie uns doch gründlich unter die Lupe nehmen. Ich versuche, die naive Hoffnung zu unterdrücken, dass sie mich sofort mögen wird. Bei dem Gedanken, sie könnte mich für unpünktlich halten, bricht mir der Schweiß aus.

Eiligen Schritts gehe ich erst einen langen Gang entlang und biege dann in einen weiteren ein, wobei ich angestrengt versuche, mich zu orientieren. Als Melanie mich nach meiner Ankunft zu meinem Zimmer geführt hat, habe ich nicht genügend auf den Weg geachtet, und geschlafen hatte ich auch noch nicht. Jetzt habe ich

Schwierigkeiten, den richtigen Flur wiederzufinden. Ich gelange zu einem kleinen Treppenabsatz. An der Wand hängt ein riesiges Ölgemälde von einem Mann auf einem Feld. Er sieht gut aus und hat den Kopf leicht schräg gelegt, was ihm einen Hauch von Arroganz verleiht und mich an einige der Männer erinnert, die ich in Brooklyn gedatet habe. Der hier hält ein Jagdgewehr in der Hand, das bei ihm aussieht wie eine Requisite, nicht wie ein Instrument zum Töten. An seiner Seite blickt ein brauner Retriever treu ergeben zu ihm auf, eine Taube im Maul. Auf einer kleinen goldenen Tafel unten am Rahmen steht: *Richard Grafton, 1945.*

Ich gehe die Stufen hinunter, doch ich finde mich in einer Art Souterrain wieder, bei einer Tür, die aussieht, als würde sie nach draußen führen. Was für ein Labyrinth, denke ich. Ich hätte wirklich besser aufpassen sollen, als Melanie mich nach oben gebracht hat, dann hätte ich mich jetzt nicht derart verlaufen. Nervös mache ich kehrt und steige zwei Treppen hinauf. Oben angekommen, stehe ich erneut vor einem leeren Flur, dem ich folge, bis er abrupt vor drei verschlossenen Türen endet. Ich spüre, wie mich ein klaustrophobisches Gefühl beschleicht, und wähle impulsiv die Tür zu meiner Linken, wobei ich mir inständig wünsche, ich hätte eine Schnur ausgelegt, die mir den Rückweg weist, für den Fall, dass ich die falsche Wahl getroffen habe.

Der Raum, den ich betrete, ist dunkel, die Luft schal und abgestanden, als wäre der Sauerstoff darin genauso alt wie die Möbel. Von hier aus geht es weiter ins nächste Zimmer. Ein Billardtisch steht darin. Ich lausche angestrengt, ob ich irgendwo Stimmen oder das Schlurfen von Schritten hören kann, irgendetwas, was darauf hinweist, dass ich nicht allein bin, aber alles ist totenstill. Eine Episode aus *Twilight Zone* fällt mir ein, wo sämtliche Menschen verschwunden sind. Meine Achseln kribbeln vor Angstschweiß. Ich bin dankbar, dass ich mich gegen das Seidenoberteil entschieden habe, das ich eigentlich tragen wollte.

Bemüht, nicht in Panik auszubrechen, öffne ich die nächste Tür. Dahinter befindet sich ein schattiges Wohnzimmer. Die Vorhänge sind zugezogen. Drei dick gepolsterte Sessel sind um einen Kamin mit kunstvollem Sims gruppiert, auf dem unter einer Glaskuppel eine Messinguhr steht. Ich horche, ob sie tickt. Würde ich in diesem verschachtelten Kaninchenbau doch bloß mal an eine Stelle gelangen, die mir bekannt vorkommt! Warum höre ich nicht die Stimmen der anderen? Ich benötige unbedingt etwas, woran ich mich orientieren kann. Wahrscheinlich wäre es mir dann sogar möglich, mich zusammenzureißen, aber so verspüre ich das unerfreuliche, vertraute Gefühl der Hysterie in mir aufsteigen. Ich bin mir nicht sicher, ob ich lachen oder weinen soll, also gebe ich ein ersticktes Kichern von mir, das hohl von den holzvertäfelten Wänden widerhallt. *Wo sind die anderen?*

Es geht dir gut, sage ich mir. *Du bist in Sicherheit. Keine Panik.* Aber es ist zu spät. Mein Gesichtsfeld beginnt bereits, an den Ecken zu verschwimmen.

Ich schließe die Augen – ein alter Trick, den meine Therapeutin mir beigebracht hat – und zähle bis fünf, während ich tief einatme. Für einige Sekunden halte ich die Luft an, dann stoße ich sie langsam wieder aus, während ich beginne, langsam von zehn herunterzuzählen. *Zehn, neun, acht, sieben, sechs ...* Ich spüre, wie ein Teil der Anspannung aus meinem Körper weicht. Als ich die Augen wieder öffne, höre ich das Quietschen einer sich öffnenden Tür und Schritte hinter der Wand zu meiner Linken. *Es ist noch jemand anderes hier, Gott sei Dank!* Erleichterung durchflutet mich.

»Hallo?«, rufe ich. Ohne eine Antwort abzuwarten, stürme ich zu der Tür an der linken Wand und reiße sie auf. Der Raum auf der anderen Seite ist größer als die vorherigen, die Fenster gehen auf den Wald hinaus. Ein Sofa mit hoher Lehne befindet sich in der Mitte des Zimmers, davor ein Couchtisch mit einer großen

Vase. Darin steht ein gewaltiger Strauß frischer Schwertlilien – ein weiteres tröstliches Lebenszeichen. Die Sonne taucht die Sprossenfenster in ein mattes Rosa. Ich vernehme ein Geräusch auf der anderen Seite des Raumes.

»Hallo?«, rufe ich noch einmal und gehe auf das hochlehnige Sofa zu. Plötzlich habe ich Sorge, dass ich gar keinen Menschen, sondern vielleicht ein Tier gehört habe. Meine Kehle wird trocken. Ich beuge mich über die Sofalehne und nehme aus dem Augenwinkel eine verschwommene Bewegung wahr. Es dauert einen Moment, bis ich begreife, was ich da sehe. Ein Schrei dringt aus meiner Kehle. Ich taumele zurück. Eine ältere Frau mit schneeweißen Haaren kriecht auf Händen und Füßen über den Fußboden. Sämtliches Blut weicht aus meinem Kopf. Meine Beine geben nach, dann verliere ich das Bewusstsein.

LOTTIE

O mein Gott, ich habe das Mädchen zu Tode erschreckt! Eilig stehe ich auf und eile zu ihr, meinen Ohrring in der Hand. Ich muss ausgesehen haben wie ein Geist, auf allen vieren auf dem Fußboden. Sie ist umgekippt und gegen die Sofaseite gefallen. Es ist mir peinlich, dass ich ihr so eine Angst eingejagt habe.

»Es … es tut mir leid«, stammelt die junge Frau. Rotblonde Strähnen umrahmen ihr bleiches Gesicht. Fix und fertig sieht sie aus. Sie streckt Halt suchend den Arm aus, und für einen Augenblick fürchte ich, dass sie erneut ohnmächtig wird. Besorgt halte ich ihr meine Hand hin. Ich muss versuchen, ihr aufzuhelfen, und obwohl ich keine kräftige Frau bin, denke ich, dass ich sie notfalls stützen könnte.

»Ich wollte Sie nicht erschrecken. Ich hatte bloß etwas verloren.« Ich halte einen der beiden Ohrringe mit den grünen Steinen in die Höhe, die mir meine Tochter Molly vor Jahren geschenkt hat. Ich trage sie, wann immer ich ein bisschen Glück brauche, und ich weiß, dass ich in dieser Woche *alles* Glück brauche, das ich kriegen kann.

Die junge Frau schenkt mir ein zittriges Lächeln, die Hand jetzt auf Höhe ihres Herzens in den Pullover gekrallt.

»Es tut mir leid«, sagt sie und lacht erstickt. »Ich bin wirklich leicht zu erschrecken. Danke, dass Sie mir aufhelfen.« Sie hält sich an der Sofalehne fest. »Sie wissen nicht zufällig, wie man zum Speiseraum gelangt?«

Ich sehe ihr an, dass sie immer noch verwirrt ist über meine Anwesenheit.

»Ich habe mich ebenfalls verlaufen«, sage ich zu ihr, »aber ich

...t kann ich mich orientieren.« Ich lächele sie mütterlich wichtigend an. Ich schätze sie auf Anfang dreißig, ...r ich bin nicht gut darin, das Alter von Leuten einzuschätzen. Wenn Sie mir jemanden zwischen fünfundzwanzig und fünfundvierzig zeigen und mich fragen, wie alt er wohl sein mag, würde ich mich schwertun, eine halbwegs passable Antwort zu geben. Fast jeder sieht jung aus, wenn man in meinem Alter ist.

»Ich weiß auch nicht, wie ich mich derart verirren konnte.« Sie wirkt immer noch angeschlagen.

»Nun, das ist keine Überraschung, wenn man bedenkt, wie groß das Haus ist«, versuche ich sie aufzumuntern. »Wenn Sie möchten, können wir gern gemeinsam zum Speiseraum gehen.«

»Ja, das wäre wundervoll.« Sie lächelt dankbar. Langsam kehrt die Farbe in ihre Wangen zurück, die jetzt dunkelrot werden. Sie ist hübsch, wenn sie lächelt, stelle ich fest. Ich möchte sie überzeugen, dass ich keine alte Spinnerin bin, deshalb versuche ich, das Gespräch fortzusetzen.

»Ich bin Lottie, und Sie müssen auch eine von den Kandidatinnen sein.«

»Ja, das bin ich!« Sie streckt mir die Hand entgegen. »Ich bin Stella, und ich bin total happy, dass ich hier bin, auch wenn das gerade eher nicht den Anschein hatte.«

Ich nehme ihre Hand und schüttele sie. Sie ist kalt und klamm.

»Schön, Sie kennenzulernen, Stella.« Behutsam führe ich sie den Weg zurück, auf dem ich gekommen bin, durch den ersten Stock bis zum Treppenabsatz. Die Decke hoch oben über unseren Köpfen ist voller über Kreuz verlaufender Querbalken, was einem das Gefühl verleiht, in einer mittelalterlichen Kirche zu stehen. Die breiten Stufen führen hinunter ins Erdgeschoss, wo das glänzende Holzgeländer in elegantem Schwung auf die großen Steinfliesen des Foyers trifft. Hohe Fenster flankieren die Haustür und geben den Blick auf das Zelt frei, dessen weiße Spitzen vor dem Ostflügel des Hauses in die Höhe ragen.

»Es ist wirklich atemberaubend hier, nicht wahr?«, haucht Stella ehrfürchtig.

Ich nicke, wenngleich ich mich leicht unwohl fühle, als wir uns zwei bedrohlich wirkenden Rüstungen nähern, die aussehen, als würden sie den Eingang bewachen. »Das finde ich auch. Einfach unvergesslich.«

»Und Betsy Martin wohnt in dem Teil des Hauses?«, fragt Stella und deutet auf die Treppe zum Ostflügel.

»Ich glaube ja«, erwidere ich und versuche, mich zu erinnern, was ich online über Betsy Martins Privatleben gelesen habe. »Wahrscheinlich möchte sie während der Dreharbeiten ihre Privatsphäre wahren. Ich denke nicht, dass sie den ganzen Ostflügel für sich beansprucht; soweit ich weiß, befinden sich ihre Räumlichkeiten überwiegend hinter der großen Glastür im zweiten Stock.«

Als wir die Treppe hinuntergehen, verspüre ich ein Kribbeln im Nacken, und mich beschleicht das unheimliche Gefühl, dass wir bereits gefilmt werden. Was selbstverständlich nicht der Fall sein wird. Ich teile Stella meinen Verdacht nicht mit, meiner Meinung nach hat sie an diesem Abend schon genug durchgemacht. Ich sehe, wie ihr Blick aufgeregt umherschweift, damit sie ja alles in sich aufnimmt.

»Irgendwie kann ich noch gar nicht glauben, dass ich hier bin«, sagt sie staunend. »Betsy ist meine Heldin. Meine einzige Heldin. Schon als Kind habe ich eines von ihren Rezeptbüchern besessen. *Dessertfreuden.* Es war mein Lieblingsbuch. Ich meine, welches kleine Mädchen liebt schon ein Buch mit Rezepten? Dieses hatte etwas ganz Besonderes, und das allein wegen Betsy. Entschuldigung, ich will Sie nicht langweilen. Ich klinge wie ein schwärmerischer Teenie.«

Ich betrachte sie amüsiert. Ihr Gesicht ist immer noch gerötet, aber ich stelle erleichtert fest, dass ihre Aufregung großer Begeisterung gewichen ist.

»Ganz und gar nicht«, wische ich ihre Bedenken beiseite und versuche, ebenso euphorisch zu klingen wie sie. »Sie ist eben eine echte Persönlichkeit, nicht wahr?«

Stella nickt eifrig, dann beugt sie sich vertrauensvoll zu mir. »Sie wirkt auf mich irgendwie … tröstlich. Immer wenn ich eines ihrer Bücher lese oder mir die *Bake Week* ansehe, fühle ich mich so entspannt, als wäre die ganze Welt in Ordnung, und nichts könnte mir Schaden zufügen. Verstehen Sie, was ich meine?«

Sie dreht mir das Gesicht zu und sieht mich fragend an, und plötzlich wird mir klar, dass Stella jemand ist, der keine Mutter hat. Ich verspüre den altbekannten Schmerz in meiner Brust und tätschele ihr teilnahmsvoll die Schulter. »Wir sollten weitergehen«, schlage ich mit sanfter Stimme vor. »Nicht dass die anderen auf uns warten müssen.«

»O ja, bitte!« Stella nickt eifrig. »Da plappere ich über Betsy Martin, dabei sollten wir uns lieber beeilen, damit wir sie persönlich kennenlernen.«

»Der Speiseraum ist gleich dort drüben.«

Ich führe sie durch einen kurzen Flur, der vom Foyer abgeht. Anders als die Räumlichkeiten oben ist dieser Teil des Hauses hell erleuchtet. Zögernd nähere ich mich einer Reihe von hohen, glänzenden Holztüren. Ich kann bereits das fröhliche Summen von Stimmen dahinter hören.

»Ich hätte allein nie hierhergefunden, Lottie. Vielen Dank.«

»Sind Sie bereit? Ich glaube, hier sind wir richtig«, sage ich und komme mir vor wie eine Fremdenführerin. Stella sieht mich mit weit aufgerissenen Augen an.

»Auf geht's!«

Wir drücken jede eine der Messingklinken hinunter und stoßen die Türen auf. Ein riesiger Kronleuchter wirft ein festliches Licht auf einen langen Tisch, an dem bereits vier Personen Wein trinken und miteinander plaudern. Sie blicken auf, als wir eintreten, die Gesichter strahlend und ein wenig nervös, wie Kinder am Tag ihrer Einschulung. Auf dem Tisch stehen mehrere offene Flaschen Wein, Brot und eine Käseplatte.

Am Kopf des Tisches sehe ich die Königin des Backens höchstpersönlich sitzen, Betsy Martin. Ich spüre, wie Stellas Hand meine Schulter drückt. Mein Magen fängt an zu schlingern.

»Willkommen! Gesellen Sie sich zu uns«, fordert Betsy uns mit einem hoheitsvollen Lächeln auf und deutet auf die freien Plätze. Sie sieht – mit einem Wort gesagt – wohlhabend aus. In einen zartrosa Kaschmirpulli gehüllt, Perlenstecker in den Ohrläppchen, versprüht sie einen Glanz, der in unserem Alter nur mit ausgesprochen raffinierter, ausgesprochen teurer plastischer Chirurgie zu erzielen ist.

Ich muss sagen, dass es mich überraschte, als ich las, sie würde uns heute Abend beim Dinner Gesellschaft leisten. Ich war davon ausgegangen, dass sie professionelle Distanz zu den Kandidaten wahren wollte.

Ein gut aussehender Mann steht auf und zieht den Stuhl neben seinem unter dem Tisch hervor. Ich zögere und sehe Stella an, die mir bedeutet, Platz zu nehmen. Sie selbst setzt sich mir gegenüber neben eine sehr hübsche, außergewöhnlich junge Frau mit platinblonden Haaren, die knapp oberhalb ihrer Schultern zu einer geraden Linie geschnitten sind.

Der Mann neben mir nimmt eine der Weinflaschen, hält sie über mein Glas und zieht fragend die Augenbrauen in die Höhe.

»Nur ein wenig«, sage ich.

Er füllt mein Glas bis knapp über die Hälfte, dann schenkt er sich selbst bis zum Rand ein. Anschließend hält er mir ein Tablett entgegen.

»Sie müssen diese Cracker kosten, sie schmecken köstlich.«

Ich nehme einen und lege ihn auf meinen Teller.

»Ich probiere auch einen«, sagt ein Mann in kariertem Hemd auf der anderen Seite des Tisches und packt gleich mehrere auf seinen Teller. »Die hat Betsy wohl selbst gebacken. Ich bin übrigens Peter.«

»Pradyumna«, sagt der Mann neben mir.

»Ich denke, ich habe Sie vorhin vor dem Eingang gesehen. Sind Sie mit dem BMW gekommen?«, fragt Peter kauend.

»Ein alberner Wagen, ich weiß.« Pradyumna lacht bescheiden.

»Ein schöner Wagen«, hält Peter dagegen und nickt anerkennend.

Ich sehe, wie Stella einen großen Schluck von ihrem Weißwein trinkt. Pradyumna wendet sich mir zu, wobei er seinen langen, schlanken Arm auf die Rückenlehne seines Stuhls legt.

»Und wie heißen Sie?«

»Ich bin Lottie«, erwidere ich leicht errötend.

»Was machen Sie, wenn Sie nicht backen, Lottie?«

Es ist lange her, dass ein attraktiver junger Mann ein solches Interesse an mir bekundet hat. Für einen Moment habe ich fast das Gefühl, er würde mit mir flirten. Manchmal vergesse ich, wie alt ich bin. Es ist ein Segen und ein Fluch zugleich, nehme ich an, dass ich mich nicht fühle wie zweiundsiebzig. Damals, als ich jung war, hielt ich ältere Leute mehr oder weniger für eine andere Spezies. Jetzt wird mir klar, dass wir innerlich immer dieselben bleiben, es ist nur die äußere Hülle, die sich verändert.

»Ich habe als Krankenschwester gearbeitet, aber ich bin schon lange im Ruhestand«, antworte ich. Ich fange an, mich unwohl zu fühlen bei der ganzen Aufmerksamkeit, die auf mich gerichtet ist, daher spiele ich das Wort zu ihm zurück. Denn eines weiß ich mit Sicherheit: Männer lieben es, Fragen über sich selbst zu beantworten.

»Und was hat *Sie* zum Backen gebracht? Oder ist das etwas, was Sie schon immer gern getan haben?«

Er runzelt leicht die Stirn, dann blickt er in sein Weinglas. »Nun, ich weiß es nicht genau. Ich nehme an, ich wollte die Frauen beeindrucken.«

Ich lache überrascht auf. Er lächelt verschmitzt, zufrieden mit sich selbst. »Nein, im Ernst, es macht mir einfach Spaß. Es lenkt mich ab, und es nimmt viel Zeit in Anspruch.« Ich frage mich, wie das Leben eines so jungen Menschen derart leer sein kann, dass er Zeit totschlagen muss, doch noch bevor ich nachfragen kann, öffnen sich die Türen zum Speiseraum, und ein Mann stürmt herein. Sein cremefarbener Leinenanzug ist von der Anfahrt zerknittert. Er zerrt geräuschvoll seinen Koffer hinter sich her. Kurz hält er inne, zieht ein Taschentuch hervor und wischt sich über die Stirn, dann geht er weiter, schnurstracks auf den Tisch zu, an dessen Ende er erneut stehen bleibt.

»Hallo, ich bin Gerald«, sagt er, an uns alle gewandt, doch sein Blick ruht allein auf Betsy. Er deutet eine kleine, melodramatische Verbeugung in ihre Richtung an. »Es ist mir furchtbar peinlich, dass ich zu spät komme. Es lag an der Zugverbindung. Die Züge kamen nicht pünktlich.« Bei den letzten Worten schnellt seine Stimme in die Höhe. Peter, der mir gegenübersitzt, zieht die Augenbrauen hoch.

»Machen Sie sich deswegen keine Gedanken, Gerald«, erwidert Betsy liebenswürdig. »Jetzt sind Sie ja hier, und wir sind froh, dass Sie es geschafft haben. Nehmen Sie doch Platz und trinken Sie ein Glas Wein. Wir haben ohnehin eben erst angefangen.« Gerald stellt sein Gepäck an der Wand ab und nimmt auf einem der zwei verbliebenen freien Stühle Platz, neben dem jungen Mädchen. Im Dossier steht, dass sie Hannah heißt. Hannah kraust das Näschen, als er sich zurechtsetzt und erneut mit dem Taschentuch über seine Stirn wischt. Die anderen stellen sich ihm vor. Gerald wirkt immer noch aufgewühlt.

Jetzt ist das Klirren einer Gabel auf Glas zu hören. Betsy steht auf und hebt ihr Weinglas. Das geschliffene Kristall fängt das Licht des Kronleuchters ein und funkelt in ihrer Hand wie ein Edelstein. »Bäckerinnen und Bäcker! Wenn ich Sie einen Moment um Ihre Aufmerksamkeit bitten dürfte?«

Das Geplapper am Tisch verstummt schlagartig, alle Gesichter wenden sich Betsy zu. Mein Herz hämmert gegen meinen Brustkorb. Sie lächelt auf uns herab. Betsy ist die einzige andere Person am Tisch, die so alt ist wie ich – tatsächlich sogar älter, wenn auch nur ein Jahr. Doch anders als ich, eine anonyme, weißhaarige Frau, hat Betsy sich einen Namen als unangefochtene Back-Koryphäe gemacht. »Amerikas Großmutter« wird sie von der Presse oft genannt. Sie ist mit ihren Torten und Keksen so reich geworden, dass sie Grafton Manor halten und bewirtschaften kann, das riesige Herrenhaus, in dem sie aufgewachsen ist. Vermutlich besitzt sie noch andere Häuser. Sie ist eine Ikone, die Julia Child des Backens. Als meine Tochter klein war, haben wir uns oft Betsys Backshow im Fernsehen angesehen, wenn ich Molly von der Kindertagesstätte abgeholt hatte. Vermutlich ist das einer der Gründe dafür, warum Molly sich so sehr für das Kochen und Backen interessiert. »Können wir einen Kuchen backen, Mommy?«, fragte sie mich früher ständig, und es fiel mir schwer, Nein zu sagen. Wir hatten damals so wenig, und ich konnte uns mit dem Geld, das ich im Krankenhaus verdiente, kaum über Wasser halten, aber mit ein bisschen Mehl, Zucker, Butter und Kakao waren wir glücklich.

Hinter dem Tisch öffnet sich die Tür ein weiteres Mal, und Archie Morris stolziert herein. Ich höre, wie die übrigen Kandidaten nach Luft schnappen, als der neue Co-Moderator der *Bake Week* an den Tisch tritt. Archie Morris steht in dem Ruf, eine Bulldogge zu sein. »Bäh, doch nicht der!«, stöhnte Molly, als ich herausfand, dass er als Co-Moderator dabei sein würde. Er sieht sogar aus wie eine Bulldogge. Er ist kleiner, als er im Fernsehen wirkt, und kräftig gebaut. Für seine dreiundfünfzig Jahre hat er ein volles, jugendliches Gesicht, seine kastanienbraunen Haare sind dicht und lockig und ringeln sich entgegen den Gesetzen der Schwerkraft an Stirn und Ohren nach oben. Sein elegant geschnittener Anzug betont seine trainierten Arme und Brustmuskeln und verbirgt geschickt den leicht vorgewölbten Bauch unter seinem Hemd. Seine Haut ist tief gebräunt.

»Hey, Team! Wie chic ihr alle seid! Wie geht es euch? Ich für meinen Teil bin begeistert, hier zu sein und die *Bake Week* zu moderieren!« Er strahlt uns an und zeigt uns eine Reihe gerader Zähne, so künstlich weiß, dass wir fast geblendet werden. Er sieht nicht aus wie ein Mensch, der seine Karriere damit verbracht hat, dekadente Mahlzeiten und Desserts zu sich zu nehmen, und schon gar nicht wie jemand, der sich mit Teig abmüht. Selbstbewusst zieht er den Stuhl am Fuß des Tisches hervor und knöpft sein Jackett auf, als er Platz nimmt.

»Reicht ihr mir mal einen von denen? Ich bin am Verhungern!« Er deutet auf die Cracker. Gerald hält ihm das Tablett hin, die Lippen zu einer schmalen Linie der Missbilligung zusammengekniffen. »Großartig, danke«, sagt Archie, bedient sich und beißt geräuschvoll in das knusprige Gebäck. Anschließend hält er den angebissenen Cracker in die Höhe, als wollte er uns damit zuprosten.

»Da wir nun *alle* anwesend sind ...«, beginnt Betsy von Neuem und lenkt unsere Aufmerksamkeit wieder auf das Kopfende des Tisches. In ihrer Stimme schwingt mehr als nur ein wenig Verdruss mit. »... würde ich gern einen Toast ausbringen. Es ist mir eine Ehre, sechs der besten Amateurbäckerinnen und -bäcker des ganzen Landes zur zehnten Staffel der *Bake Week* bei mir zu Hause begrüßen zu dürfen. Wie Sie vielleicht wissen, ist es mir zur lieben Tradition geworden, Sie alle am ersten Abend zum Dinner einzuladen, nicht als Jurorin, sondern als Gastgeberin. Das Backen wurde mir von den talentierten Frauen in meiner Familie sehr früh nahegebracht, was bei den meisten von Ihnen sicher nicht anders ist. Was Sie vielleicht nicht wissen, ist, dass ich in der Küche von Grafton Manor meinen ersten Laib Brot geformt habe.«

Betsy macht eine Pause und sieht uns der Reihe nach an. Wir lächeln anerkennend. Ich bin mir sicher, dass wir alle einfach nur glücklich sind, hier zu sein, doch es fühlt sich ein wenig so an, als hätte der Wettbewerb bereits begonnen, als würden wir alle um Betsys Aufmerksamkeit wetteifern. Ich frage mich, ob der heutige Abend ihr Urteil tatsächlich beeinflussen wird. Bestimmt weiß sie gleich schon, wen von uns sie mag, mit wem sie gut klarkommt, wer eher schwierig ist und wer ausflippen wird. Als sie fortfährt, verziehe ich die Lippen zu einem Lächeln, das hoffentlich echt wirkt.

»Grafton Manor ist seit Generationen der Sitz meiner Familie und aus diesem Grund etwas ganz Besonderes für mich. Ich hoffe, dass Sie während Ihres Aufenthalts die Zeit finden werden, das Haus und das wunderschöne Gelände ringsherum kennen- und schätzen zu lernen. Die *Bake Week* ist nicht nur ein Wettbewerb. Sie ist gleichzeitig eine Therapie, ein Trost für die Zuschauerinnen und Zuschauer zu Hause. Sie alle wurden nicht nur wegen Ihrer herausragenden Backfähigkeiten, sondern auch wegen Ihrer einzigartigen Geschichten ausgewählt. Dies ist eine Transformationsreise für Sie, die Bäckerinnen und Bäcker im Zelt. Womöglich werden Sie während dieser Reise Dinge über sich erfahren, die Ihnen völlig neu erscheinen, also seien Sie darauf vorbereitet, diese Erkenntnisse zu akzeptieren, daraus zu lernen und daran zu wachsen. Abgesehen davon, werde ich einzig und allein Ihre Backkünste bewerten, nichts anderes. Wie Sie alle wissen, reagiere ich absolut allergisch auf verbrannte Krusten und matschigen

Teig, wenn der Kuchen in der Mitte noch nicht durchgebacken ist. Heben wir nun unsere Gläser und genießen wir die köstliche Mahlzeit, die das Personal für uns zubereitet hat. Ab morgen werde ich Abstand zu Ihnen wahren, um meiner Rolle als Jurorin gerecht zu werden, und Sie werden die bedeutende Aufgabe angehen, im Zelt für uns zu backen. Hut ab vor Ihnen allen, die Sie es bis hierher geschafft haben. Möge der oder die Beste gewinnen!«

Wir stehen auf und heben unsere Gläser. Ich sehe, dass manch einer feuchte Augen bekommen hat. »Zum Wohl!«, ertönt es rund um den Tisch, und ich stoße mit so vielen Leuten wie möglich an.

»Auf die *Bake Week!*«, sagt Betsy.

»Auf die *Bake Week!*«, erwidern wir wie aus einem Munde.

Ich frage mich, ob jemand bemerkt, dass meine Hand zittert.

TAG EINS
BROT

BETSY

Zum ersten Mal fasst Betsy Martin die Kandidaten genauer ins Auge. Die Reihen der Backtische sind leicht versetzt, damit sie den sechs Bäckerinnen und Bäckern von vorn ins Gesicht blicken kann. Alle haben ein angestrengtes Lächeln aufgesetzt, um ihre Nervosität zu verbergen. Sie unterscheiden sich völlig voneinander, dennoch hat Betsy nach wie vor Probleme, sie auseinanderzuhalten. Das ist immer so zu Beginn der Dreharbeiten, bevor sich die eigentlichen Persönlichkeiten herauskristallisieren, bevor die Macken und Verschrobenheiten durchscheinen. Anfangs zeigen sich alle für die Kameras von ihrer besten Seite, aber es wird nicht lange dauern, bis kleine Missgeschicke und der Druck des Wettbewerbs ihr wahres Ich zutage fördern. Und am Ende des Tages wird für einen von ihnen die Zeit bereits abgelaufen sein. Betsy wettet gern mit sich selbst, wen sie als Erstes nach Hause schicken wird.

Ihr Blick schweift über die Bäckerinnen und Bäcker. Die Produktion hat die drei männlichen und die drei weiblichen Teilnehmer hintereinander aufgereiht.

Ganz vorn ist Hannah platziert, die aus irgendeinem Kaff in Minnesota kommt. Sie ist sehr hübsch und sehr jung – eine wie sie ist immer dabei, dafür sorgen die Produzenten. Allerdings muss sie Talent mitbringen, nicht dass der Verdacht aufkommt, ihre Teilnahme wäre nur Show. Neben ihr steht Gerald aus der Bronx, steif und unbehaglich in seinem Leinenanzug – einem anderen als gestern. Seine Genauigkeit könnte ihm in Zukunft zum Verhängnis werden, aber heute noch nicht. In der mittleren Reihe, hinter Gerald, hat Peter aus der Nähe von New Hampshire seinen Backtisch. Mit seinen karierten Hemden erinnert er sie an einen attraktiven Holzfäller. Sein entspanntes Selbstbewusstsein lässt Betsy darauf schließen, dass er gut mit Herausforderungen zurechtkommt und sich als ausgezeichneter Bäcker entpuppen wird. Neben ihm steht Stella aus Brooklyn, eine ehemalige Journalistin um die dreißig, die ihre Leidenschaft ganz neu entdeckt und bis zu diesem Jahr noch keinen einzigen Kuchen gebacken hat. Es wird interessant sein herauszufinden, wie sie sich schlägt. In der hinteren Reihe hat Pradyumna seinen Tisch, ein eleganter Start-up-Unternehmer, der in Boston lebt, außerdem Lottie, eine ältere Frau aus Rhode Island. Die Erfahrung, die Betsy in den anderen Staffeln sammeln konnte, sagt ihr, dass sie am Anfang ordentlich abräumen und später nachlassen wird. Die älteren Kandidaten haben einfach nicht die nötige Ausdauer, denkt sie ungnädig. Im Augenblick wettet Betsy darauf, dass Stella die Sendung als Erste verlässt. Man bringt sich nicht einfach so innerhalb eines Jahres das Backen bei und wird Siegerin bei der *Bake Week*.

Archie Morris, der neben ihr steht, reibt sich die Hände und wippt auf den Fersen vor und zurück, als würde er darauf warten, den Startschuss zu einem Rennen zu geben.

Es ist das erste Mal seit Beginn der Show, dass Betsy ihren Platz im Zelt mit jemandem teilen muss, und das gefällt ihr gar nicht. Der Vorschlag der Produzenten, Archie Morris als Co-Moderator mit ins Boot zu holen, war ein Schock für sie. Neun Jahre lang saß sie allein am Jurorentisch, war alleinige Moderatorin und Maskottchen der Sendung. Immerhin stammt das Konzept für die *Bake Week* von ihr. Die Idee dazu kam ihr vor über zwölf Jahren. Sie hatte gerade ihr sechstes Backbuch geschrieben und wollte etwas Neues ausprobieren, als Francis, ihr Agent, einen Anruf von den Produzenten eines Streaming-Anbieters erhielt. Die Leute von Flixer suchten nach neuen Sendungen und fragten an, ob Betsy womöglich Lust habe, ihre alte Backshow zeitgemäß zu verpacken – zu »relaunchen«, wie man heutzutage so schön sagte. Sie hatte sich den Vorschlag durch den Kopf gehen lassen. Damals, als ihr Ehemann noch hier lebte, wäre es undenkbar gewesen, die Dreharbeiten in Grafton Manor stattfinden zu lassen. Er hatte ihre Berühmtheit gehasst und fand die Vorstellung, vor einem Fernsehpublikum zu backen, »in höchstem Maße langweilig«. Diese Beschreibung traf allerdings genauso gut auf ihn zu.

Mittlerweile war sie seit sechs Jahren von Roland Martin geschieden. Am Haus mussten schon lange dringend Reparaturarbeiten vorgenommen werden, und die Show würde helfen, diese zu finanzieren, hatte sie damals gedacht. Die Idee, die Sendung in einen Backwettbewerb zu verwandeln, hatte sie getroffen wie ein Blitzschlag. Vor zehn Jahren war das Konzept noch relativ neu, und sie wollte, dass es sich von den übrigen Wettbewerben unterschied. Betsys Show sollte einfühlsam sein und den Fokus auf das Handwerk legen, nicht auf einen Haufen überkandidelter Egomanen, die gezwungen werden, Dinge zu backen, die kein Mensch essen will, wie es häufig bei derartigen Sendungen der Fall ist. Und was noch wichtiger war: Die Show sollte in Grafton Manor gedreht werden, dem Haus, in dem Betsy schon ihre Kindheit verbracht hatte.

Archie Morris ist dafür bekannt, eine ganz andere Art von Sendung zu moderieren. Betsy hatte sich nur eine Folge von *The Cutting Board* angeschaut und war nicht begeistert gewesen. Diese Kochsendung ist das genaue Gegenteil der *Bake Week*: ein brutaler Verdrängungswettbewerb, bei dem die Kandidatinnen und Kandidaten hektisch hin und her stürmen und auf respektlose Art und Weise versuchen, sich gegenseitig herunterzuputzen. Betsy hatte gesehen, wie Archie angewidert den Teller wegschob und eine Flut von Beleidigungen von sich gab, wenn er von den fertigen Gerichten nicht begeistert war. In ihren Augen ist es absolut lächerlich, etwas wie das Kochen oder Backen in eine Art

Kampfsport zu verwandeln, deshalb war sie von Anfang an der Überzeugung, dass Archie nichts von dem an sich hatte, was eine Sendung wie *Bake Week* so besonders machte. Um ein guter Moderator zu sein, musste man in ihren Augen die richtige Mischung aus Bescheidenheit und Fürsorglichkeit finden – zwei Qualitäten, über die der taktlose Macho Archie Morris einfach nicht verfügte. Als der Vorschlag kam, ihn als Co-Moderator einzusetzen, hatte sie ein Meeting mit ihren Produzenten einberufen und ihre Bedenken formuliert. Sie war fest davon ausgegangen, dass man die Idee fallen lassen oder zumindest einen anderen, passenderen Co-Moderator vorschlagen würde.

Kurz darauf hatte sie einen Anruf von Francis bekommen, der ihr mitteilte, dass man Archie entgegen ihrer Bedenken engagiert hatte. Die Show brauche »frischen Wind«, hatten die Produzenten behauptet. Sie hatte das als Umschreibung für das verstanden, was sie ihr in Wirklichkeit zu sagen versuchten: dass sie zu alt geworden war und dass die Produzenten fürchteten, sie könne allein nicht länger eine der meistgestreamten Flixer-Sendungen stemmen. Um das Ganze nur noch schlimmer zu machen, hatten sie verlangt, dass sie Archie im Ostflügel von Grafton Manor unterbrachte – als könnte sie ihre privaten Räumlichkeiten mir nichts, dir nichts in eine Gästesuite umwandeln. Noch nie hatte jemand außer der Familie einen Fuß in diesen Flügel gesetzt!

»Sie möchten Juroren und Kandidaten trennen«, hatte Francis, ihr Agent, ihr erklärt.

»Dann soll er doch in einem Hotel wohnen«, hatte Betsy unwirsch entgegnet, was ihr einen ganz speziellen Blick eintrug, mit dem Francis ihr zu verstehen gab, dass sie diese Bemerkung besser nicht vor den anderen fallen lassen sollte.

Und so hatte sie versucht, Archie Morris so wohlwollend wie möglich zu begegnen. Zumindest wollte sie, dass es so aussah, denn sie wusste, dass ihr keine Wahl blieb. Sie brauchte das Geld, das sie mit der Sendung verdiente. Wie sollte sie ohne die *Bake Week* die laufenden Kosten für Grafton Manor decken? Die Tantiemen für ihre Backbücher reichten dafür nicht aus. Genau wie sie selbst, musste ein älteres Gebäude in Schuss gehalten werden, um richtig zu funktionieren. Es gab immer etwas zu tun, kleine und größere Reparaturen. Hinzu kamen die ästhetischen Arbeiten, die nie zu enden schienen – stets fand sich ein Raum, der gestrichen werden musste, ein Fußboden, der eine Auffrischung benötigte. Ohne ihre Gage schaffte sie das nicht. Älter werden war nun mal nichts für Schwächlinge. Und auch nichts für Arme. Und so hatte Betsy ihren Stolz hinuntergeschluckt und auf das Beste gehofft, obwohl sie Archie Morris nicht für die passende Wahl hielt. Um zu überleben, würden sie beide – Grafton Manor und sie – den doch etwas vulgären *Cutting Board*-Moderator ertragen müssen.

Melanie, die an der Rückseite des Zelts steht, gibt ihr ein Zeichen. Die Kameraleute nehmen die letzten Einstellungen vor.

Den Bäckerinnen und Bäckern dabei zuzusehen, wie sie mehr und mehr sie selbst werden oder sogar über sich hinauswachsen, ist eine der Freuden der *Bake Week,* etwas, was ihr Konzept von anderen Koch- und Backshows unterscheidet, in denen irgendein Cuisinier oder Backprofi Beleidigungen und Befehle bellt. Bei der *Bake Week* geht es nicht allein darum, zu gewinnen, auch nicht ausschließlich darum, gut zu backen – es geht darum, sich als Mensch zu beweisen. Genau *das* ist es, was eine überzeugende Sendung ausmacht. *Das* ist es, was scharenweise Zuschauerinnen und Zuschauer anlockt – nicht die Geschwindigkeit, mit der man einen Blini zubereitet, während jemand lautstark die Sekunden herunterzählt. Dies war einer der Grundsätze, auf die Betsy bestanden hatte, als sie die Show vor über einem Jahrzehnt entwickelte – sie sollte die Teilnehmenden wirklich mit einbeziehen. Und bislang hatte sie diesen Grundsatz durchsetzen können. Betsy schreibt den riesigen Erfolg der *Bake Week* nicht zuletzt dem Umgang mit den Kandidaten zu. Kein Geschrei, kein Gekeife, sondern ein freundschaftlicher Wettbewerb, bei dem man die Verlierer mit Respekt behandelt. Ihr Vater hätte genau das zu schätzen gewusst. *Du musst lernen, wie man verliert, und du musst wissen, wann du verloren hast,* hatte er immer wieder zu ihr gesagt. *Nur so kannst du erneut antreten und gewinnen.*

Betsy zieht eine Karteikarte aus der Tasche und verbirgt sie in ihrer Handfläche, bevor die Kameras laufen. Archie hat keine Karteikarten mit Namen, die seinem Gedächtnis auf die Sprünge helfen sollen. Als sie ihm tags zuvor eine geben wollte, schob er ihren Arm weg und tippte sich zwinkernd an die Stirn. »Brauche ich nicht«, verkündete er überheblich. Herrgott, am liebsten hätte sie ihn mit einem Kuchentester erstochen! Stattdessen atmete sie tief durch und versuchte, sich nichts anmerken zu lassen und sich darauf zu konzentrieren, dass das hier *ihre* Show war.

Jetzt spürt sie, wie der Ärger erneut in ihr hochkocht, als sie sieht, dass Archie sich an die Bäckerinnen und Bäcker heranschmeißt, als wäre er der Warm-Upper einer schlechten Comedy-Show. Er schlendert von Tisch zu Tisch, plaudert mit Hannah und macht sich über Geralds netten Anzug lustig, dann scherzt er mit Peter und Pradyumna. Betsy sieht genau, wie jeder Kandidat, mit dem er spricht, unter der klebrigen Wärme seiner Aufmerksamkeit dahinschmilzt. *Ekelhaft.* Endlich hat er seine Runde beendet und kommt zu ihr nach vorn, wo er mit einem anmaßenden Zwinkern seinen Platz neben ihr einnimmt, etwas zu dicht, als würde er versuchen, sie ins Abseits zu drängen. Sein Kopf ist zu groß im Verhältnis zu seinem Körper, wie ein zu stark aufgepumpter Ballon.

Betsy schaut zur Seite. Dort steht Melanie und redet mit einigen Leuten aus dem Team. Sie deutet auf ihr Clipboard und scheint eine junge Frau zurechtzuweisen, die die Tonangel hält.

Das Gesicht des Mädchens verdüstert sich, und Betsy fragt sich, ob sie mit Melanie über deren Manieren sprechen sollte. Während der letzten Staffeln hat sie bemerkt, wie Melanie sich verändert hat, ihr Auftreten ist einschüchternder geworden, was offenbar mit ihrem Aufstieg innerhalb des Teams zusammenhängt. Melanie war schon immer eine Perfektionistin, was Betsy gutheißt, doch mitunter spielt sie sich für ihren Geschmack zu sehr als Kontrollfreak auf.

Betsy inspiziert einen Goldknopf an ihrem Blazer. Sie liegen bereits eine halbe Stunde hinter dem Zeitplan zurück, hätten längst beginnen müssen.

Endlich gibt Melanie das Signal. Gleich werden die Dreharbeiten beginnen. Das vertraute Licht der Scheinwerfer fällt auf ihr Gesicht, und sie tritt in den Strahl hinein, genießt die Wärme. Sie hebt die Arme, eine Geste, mit der sie die Bäckerinnen und Bäcker im Zelt willkommen heißt – und die Archies Gesicht komplett verdeckt, wenn sie die Aufnahmewinkel der Kameras richtig eingeschätzt hat.

HANNAH

Ich verlagere das Gewicht auf meine Zehen und stütze mich mit den Fingern leicht auf die Oberfläche meines Backtisches, bereit loszulegen, sobald ich die entsprechende Anweisung höre. Als Betsy anfängt zu reden, spüre ich, wie mein Magen Purzelbäume schlägt.

»Die erste Aufgabe für unsere Kandidatinnen und Kandidaten ist es, zwei Sorten Brot zu backen. Wir freuen uns auf ein süßes Brot und ein herzhaftes, und wenigstens eins muss mit Hefe gemacht sein.«

»Wir erwarten, dass die Brote gut aufgehen und perfekt durchgebacken sind«, fährt Archie fort. »Brot backen kann knifflig sein, also gebt gut acht.«

Ich fokussiere die Türen zur Vorratskammer an der Seite des Zelts und überlege bereits, welche Zutaten ich benötige.

»Auf die Plätze ... fertig ...«

Ein weiteres Mal tief Luft holen. *Du schaffst das, Hannah.*

»... backt!«

Ich stürme in die Vorratskammer, grapsche nach Mehl und Hefe und anderen Zutaten und werfe alles auf meine Backstation. Brot genau richtig hinzubekommen, ist schwierig. Man muss ausgesprochen pingelig sein. Anfangs stelle ich mich ungeschickt an, der Messbecher entgleitet meinen Händen, und ich verstreue Mehl auf der Tischplatte. Und dann lasse ich auch noch ein Ei aus dem Kühlschrank auf den Boden fallen. Lachend überspiele ich meine Verlegenheit, als die Kameras näher kommen, um meine Missgeschicke festzuhalten. Sich daran zu gewöhnen, dass alles beobachtet und gefilmt wird, ist eine echte Herausforderung. *Du schaffst das, Hannah. Du musst es schaffen.*

Ich fange an, den Teig zu kneten, und finde endlich in meinen altvertrauten Rhythmus hinein. Wenn ich erst einmal drin bin, ist es so, als wäre ich ein anderer Mensch. Nur beim Backen empfinde ich so, sonst bin ich für gewöhnlich voller Selbstzweifel, voller Selbstkritik. Wenn ich jedoch backe, vertiefe ich mich so sehr in das, was immer ich gerade zustande bringen möchte, dass ich förmlich darin verschwinde. Ein göttliches Gefühl – wie in der Kirche. Gelingt mir das nicht, empfinde ich also nicht dieses göttliche Gefühl, weiß ich, dass das, was ich backe, nicht so gut schmecken wird wie sonst.

Das süße Brot, so habe ich bereits beschlossen, soll eine würzige Zimtroulade mit einer Chai-Glasur werden. In den vergangenen Monaten habe ich diese Roulade mindestens ein Dutzend Mal gebacken, so oft, dass mich Ben, der für gewöhnlich gar nicht genug von meinem Süßkram bekommen kann, im wahrsten Sinne des Wortes mit erhobenen Händen um Gnade anflehte, als ich die letzten Versuche auf den Küchentisch stellte. Also habe ich sie meiner Mom, meiner Tante und unseren Nachbarn gebracht, die mir bestätigten, dass sie einzigartig schmecken, obwohl kaum einer von ihnen wusste, was Chai ist.

Als meine Hände jetzt auf der Arbeitsfläche den Teig kneten, bewegen sie sich fast von allein. Ich ziehe es vor, so zu kneten statt mit einem Mixer, damit ich die Textur beurteilen kann. Der Teig darf weder zu trocken sein noch zu klebrig, und die perfekte Konsistenz kann ich am besten durch Berührung erspüren. Ich lege den ersten Teig in ein Fach in dem babyblauen Retro-Kühlschrank neben meinem Backtisch. Anschließend wische ich mir die Finger an der Schürze ab und gönne mir eine kurze Pause, um mich im Zelt umzusehen.

Gerald hat seine Teige ebenfalls im Kühlschrank kaltgestellt. Er wird in diesem Wettbewerb ein harter Konkurrent sein, das weiß ich jetzt schon. Er ist genauso detailversessen wie ich, aber vermutlich doppelt so gut organisiert. Momentan mischt er etwas, sein Gesicht über der Anzugfliege ist hoch konzentriert. An den Tischen hinter meinem sind Stella und Lottie noch mit Teigkneten beschäftigt. Es sieht so aus, als würde Lotties an den Händen kleben, was nie ein gutes Zeichen ist. Ich rufe mir vor Augen, dass das hier ein Wettbewerb ist und ich mir selbst keinen Gefallen tue, wenn ich versuche, einem der anderen zu helfen. Stella formt ihren Teig zu einem dilettantischen Klumpen. Ihr Gesicht ist gerötet und mehlverschmiert. Sie blickt auf, begegnet meinem Blick, und als hätte man mich soeben in der Schule beim Schummeln erwischt, wende ich mich eilig ab. Archie Morris steht vor meinem Tisch. Umgeben von Kameras, hat er sich angeschlichen, als ich ihm den Rücken zugewandt hatte.

»Hallo, junge Dame! Wie fühlst du dich bei deiner ersten Backaufgabe?«

Es ist ein irres Gefühl, so dicht vor einer Berühmtheit zu stehen. Der legendäre Archie Morris. Meine Mom hat ihn Abend für Abend bei *The Cutting Board* gesehen. Sie war völlig aus dem Häuschen, als es hieß, er würde in dieser Staffel als Co-Moderator dabei sein.

»Er ist so sexy«, schwärmte sie in unserer Küche in Minnesota und biss in ein Stück Butterkaramell, das ich ihr zum Verkosten hingestellt hatte. »Er wird dieser Betsy guttun. Sie kann ein bisschen frischen Wind im Zelt gut gebrauchen. Jemanden, der jünger ist als sie.« Mom fuhr sich mit der Zunge über die Lippen, und ich konnte nicht sagen, ob sie die Krümel ablecken oder ihre Begeisterung für Archie Morris ausdrücken wollte. So oder so – auf mich wirkte es eher abstoßend.

»Betsy Martin ist ein Star, Mom«, entgegnete ich. Es ist mit ihr echt zum Verzweifeln. Frauen gegenüber war sie schon immer unnachsichtiger. Ich denke, so wurde sie erzogen.

»Tu das weg, sonst werde ich zu fett«, sagte sie und schob die

Schüssel von sich, auch wenn sie keine Anstalten machte, mit dem Essen aufzuhören. »Du weißt ja, dass ich Archie Morris einmal fast begegnet wäre.«

Ich wandte mich wieder der Anrichte zu und verdrehte die Augen. Diese Geschichte hatte ich schon mindestens fünfzig Mal gehört. »Ich war bei einem Festumzug in Tucson, und er übernachtete im selben Hotel wie ich. Von einigen der anderen Mädels hörte ich, dass er in der Bar saß, doch als wir nach unten kamen, war er schon weg. Ich hatte zu viel Zeit mit Schminken vertrödelt. Genau deshalb trage ich jetzt Permanent-Make-up. Ich werde nie wieder eine Berühmtheit verpassen, nur weil ich damit beschäftigt bin, meinen Lipliner aufzutragen!«

Und jetzt steht Archie Morris direkt vor mir, so dicht, dass ich sein Eau de Cologne riechen kann, mustert mich mit seinen großen smaragdgrünen Augen und will wissen, wie ich mich bei der ersten Backaufgabe schlage. Er riecht nicht nach dem strengen Bodyspray, das Ben vor der Arbeit benutzt, wenn er zu faul ist, unter die Dusche zu springen. Archie duftet teuer, sauber und männlich, nach Leder und Kiefernharz.

Sein Kopf wird von hinten angestrahlt. Umgeben von einem Lichtkranz, erinnert er mich an die Heiligen auf den Buntglasfenstern in unserer Kirche. Seine Augen blitzen und fordern mich auf zu sprechen. Er muss noch einmal etwas gefragt haben, doch ich habe es nicht mitbekommen. Die Scheinwerferlichter scheinen heiß auf mein Gesicht. Mein Gehirn sucht verzweifelt nach einer Erwiderung. Mir fällt ein, was ich seit mittlerweile zehn Jahren übe, wenn ich allein in unserer Küche stehe und backe. Ich atme tief ein, wende den Kameras meine Schokoladenseite zu und setze mein gewinnendstes Lächeln auf, mit dem ich hoffentlich die Herzen der Zuschauerinnen und Zuschauer erobere.

»Hallo, Archie«, sage ich strahlend. »Ich freue mich so sehr, hier zu sein.«

PRADYUMNA

Brot ist zufällig meine Spezialität, deshalb bin ich in Hochstimmung. Ich mache mich direkt an die Arbeit und bereite die Hefe vor, mische sie mit einem Schuss Milch und erwärme sie in einer Schüssel. Ich habe einen Schwedischen Kardamom-Hefezopf vor Augen. Er wird ganz ähnlich zubereitet wie eine Zimtroulade, ist aufgrund des aufwendigen Flechtwerks aber weitaus komplexer. Ich liebe Brotzöpfe, und dieser hier wird köstlich werden. Und interessant. Ich stelle die Kochplatte aus und eile zu dem mir zugeteilten salbeigrünen Kühlschrank an der Seite des Zelts. Er ist randvoll mit frischen Produkten, exotischen Früchten und den Erzeugnissen lokaler Molkereien. Ich gehe meine Optionen durch. Mir fehlt noch die Idee für den zweiten Teig. Vielleicht ein paar pikante Brötchen? Was ist das da hinten? Frühlingszwiebeln? Nein, Schnittlauch. Perfekt. Ich werde den Schnittlauch klein schneiden und mit Olivenöl mischen, zusammen mit etwas reifem Cheddar backt er schön knusprig in den Ritzen auf. Ich durchforste weiter den Kühlschrank und stoße auf ein Stück teuren Ziegenkäse. Noch besser, vor allem mit einer großzügigen Menge schwarzem Pfeffer und etwas flockigem Meersalz. Mir läuft bereits das Wasser im Mund zusammen. Reichen Sie einige dieser frisch gebackenen Brötchen mit einem spritzigen Weißwein mit mineralischer Note, und der Aperitif ist fertig!

Diesen Teil des Backens liebe ich mit Abstand am meisten: wenn sich die Ideen in meinem Kopf formen. Ich bin kein Planer. All die akribischen Überlegungen, das Durchspielen verschiedenster Szenarien – was für ein Aufwand! Meine Unfähigkeit, vorauszudenken, mache ich durch Spontaneität wett. Ich glaube, ich brauche einen gewissen Druck, um etwas zu erschaffen.

Ich habe vor, mit dem süßen Brot zu beginnen. Als Erstes werde ich den Teig kneten und gehen lassen, das verschafft mir die Zeit für eine kurze Pause, in der ich überlegen kann, wie ich weiter vorgehe.

Tatkräftig mache ich mich an die Arbeit, gebe Mehl an die Hefe im Standmixer, schlage Eier hinein, dazu ein Stück zimmerwarme Butter, Zucker und eine großzügige Prise Salz. Anders als die meisten Bäcker halte ich mich nicht sklavisch an Rezepte. Mitunter kann einen ein zu strikt methodisches Vorgehen in die Bredouille bringen. Besser ist es, sich ein klein wenig auf seinen Instinkt zu verlassen. Backen ist ähnlich wie Jazzmusik: Hat man sich erst einmal die Grundlagen angeeignet, kann man getrost improvisieren.

Sobald der Teig für das süße Brot in der Wärmeschublade liegt, beginne ich mit der Arbeit an dem zweiten Teig, in den keine Hefe kommt. Zufrieden beobachte ich, wie er sich im Mixer von einem unansehnlichen Klumpen in eine straffe, glänzende Masse verwandelt. Dieser Teig muss in den Kühlschrank, bevor ich ihn forme. Heute ist ein heißer, feuchter Tag, was bedeutet, dass man ihn ein wenig ruhen lassen sollte. Als beide Teige fertig sind und noch ein Weilchen liegen – diesen Teil liebe ich ebenfalls sehr –, mache ich eine weitere kurze Pause.

Ich wische meine Hände an einem Küchentuch ab und werfe es mir über die Schulter. Dann trinke ich einen Schluck Wasser und sehe mich nach den anderen um.

Peter schaut auf den Plan, den er entworfen hat, während sich neben ihm wie verrückt der Standmixer dreht. Der Angstschweiß steht ihm auf der Stirn.

Schräg vor mir wischt sich Stella die Haare aus dem Gesicht, die sich aus dem Knoten auf ihrem Kopf gelöst haben, dann knetet sie aggressiv einen Teigklumpen und bearbeitet ihn anschließend auf der Tischplatte mit geschickten Drehungen aus dem Handgelenk. Dabei versucht sie, eine rotblonde Strähne wegzublasen – ohne Erfolg. Die Strähne bleibt an ihrer Wange kleben, und ich bin versucht, zu ihr zu gehen und sie zurückzustreichen. Doch ich wende den Blick ab, bevor ich mein Vorhaben in die Tat umsetze.

Melanie steht an der Seite des Zelts und flüstert einem der Kameramänner – dem mit dem dunklen Bart – etwas zu. Ich war überrascht, sie zu sehen, als ich in Grafton Manor eintraf, dabei weiß ich gar nicht genau, warum. Vermutlich dachte ich, sie würde eine weniger wichtige Rolle spielen, weniger praxisbezogen. Stattdessen scheint sie die Schnittstelle zu sein, bei der alle Fäden zusammenlaufen. In ihrer maßgeschneiderten Hose mit dazu passender Bluse und Earpiece deutet sie mit einem manikürten Finger auf Lottie, die gerade ihr Brot in Form bringt. Sofort stürmen die Kameraleute an mir vorbei. Ihre Augen flitzen durchs Zelt, auf der Suche nach weiteren lohnenswerten Motiven.

Es war Melanie, die mich ausgewählt hat. Ich hatte mich aus Spaß bei der *Bake Week* beworben. Nun, vielleicht nicht nur aus Spaß. Aber ich bin mit der Einstellung »Es kommt, wie es kommt« an meine Bewerbung herangegangen, so, wie ich es heutzutage bei fast allem in meinem Leben tue. Ich habe die Unterlagen wahrheitsgemäß ausgefüllt, habe geschrieben, dass das Backen zu den größten Freuden meines Lebens gehört, wenngleich ich keinerlei Ambitionen hege, etwas Professionelles damit anzufangen. Backen ist für mich wie ein Freizeitsport, so wie zum Beispiel auch das Segeln – etwas, das man als Hobby betreiben möchte. Nichts, wofür man verantwortlich sein will, wenn es um das Wohlergehen anderer Leute geht.

Das habe ich in meinem Bewerbungsvideo klargestellt. Ich habe klargestellt, dass ich nicht backen *muss,* sondern dass ich allein deshalb backe, weil es mir Freude bereitet. Eigentlich muss ich gar nichts tun, und genau das ist Teil meines Problems. Ich habe nichts mehr getan, seit ich Spacer 2013 an einen milliardenschweren Tech-Investor verkauft habe. Es handelte sich um ein Start-up-Unternehmen, einen Service, der den Leuten half, freie Parkplätze in der Innenstadt ausfindig zu machen. Ich hatte das Start-up aus einer Laune heraus gegründet, eine spontane Idee, die ich ein paar Leuten bei einer stinklangweiligen Party erzählte, um die Konversation ein wenig zu beleben. Ein Freund aus Stanford bekam das Gespräch mit und war begeistert. So begeistert, dass er ein Meeting mit einigen seiner Investorenfreunde einberief.

Meine Präsentation gefiel ihnen, und schon bald besaß ich ein Unternehmen mit dreißig Mitarbeitern und mischte den boomenden Techniksektor mit all den eifrigen Trittbrettfahrern ordentlich auf. Als eine Investmentfirma mit einem Angebot an mich herantrat, zuckte ich nicht einmal mit der Wimper. Ich verkaufte sofort für atemberaubende vierundzwanzig Millionen Dollar. Scheiß auf die Prinzipien. Ich wusste, dass etwas so Simples, um nicht zu sagen Blödsinniges, eine gewisse Zeit nicht überdauern würde. Dennoch verspürte ich Reue, als ich meine Mitarbeiter davon unterrichtete. Alle waren brandneu in dem Unternehmen, alle waren noch begeistert von den Worten über Bürokultur und darüber, Teil von etwas Größerem zu sein, mit denen ich sie gefüttert hatte. Nichts als Blabla. Spacer war nichts Größeres. Wir veränderten die Welt nicht Parkplatz für Parkplatz, das konnte jeder sehen, der auch nur halbwegs bei Verstand war. Das Ganze war eine Eintagsfliege. Und wenn ein großes Unternehmen dumm genug war, Spacer zu verschlingen, solange es noch schmackhaft war, nun, dann wollte ich dem nicht im Weg stehen.

Mit so viel Geld auf der Bank und cleveren Investitionen war ich in der Lage, mich einfach nur treiben zu lassen, und genau das tat ich. Ich fing an, Golf zu spielen, zu segeln und zu backen. Ich habe keine Ahnung, was mich ausgerechnet zum Backen hinzog. Ich denke, es hat mir schon immer gefallen, etwas zu schaffen, anzugeben, wenn ich Leute zu Dinnerpartys einlud. Backen ließ mich häuslich und zugänglich erscheinen, Eigenschaften, die Frauen beeindrucken. Und bis vor Kurzem ging es in meinem Leben vorrangig darum, Frauen zu beeindrucken. Hinzu kam, dass mich das ganze Kneten und Mischen extrem entspannte – ein zusätzlicher Bonus.

In meinem Bewerbungsvideo fabrizierte ich in der Küche meiner Wohnung einen Baiser-Kuchen. Während er backte, trank ich einen Brandy, erzählte von meinem Leben in Boston und zeigte meine großzügige Küche. Anschließend holte ich den Kuchen aus dem Ofen und krönte das Baiser mit eingekochten Stachelbeeren und einer mit Zitronenmelisse durchzogenen Schlagsahne.

Irgendwie muss ich das *Bake Week*-Team für mich eingenommen haben, denn einen Monat später wurde ich zu einem persönlichen Gespräch und einer Back-Challenge in einer Kochschule in der Innenstadt von Boston eingeladen. Dort wurde ich in einen Raum mit langen Arbeitsflächen aus Metall und einem Industrieofen geführt. Ich sollte mit einer begrenzten Auswahl an Zutaten eine perfekte Quiche backen. Es wirkte alles sehr verschult – und ich habe die Schule gehasst. Als Jurorin fungierte eine Frau aus dem Team, die Aufnahmeleiterin, so sagte man mir, die auch als Scout für Betsy arbeitet. Jetzt weiß ich, dass es sich um Melanie handelte, die im Augenblick mit ihrem Clipboard an der Seite des Zelts entlangschleicht. Damals machte sie ein genauso ernstes Gesicht wie jetzt, hielt dasselbe Klemmbrett auf dem Schoß, während sie meine Technik bewertete, die zugegebenermaßen auf den ersten Blick ein wenig unkonventionell wirkt. Zu viele Regeln verderben mir schlichtweg die Freude am Spiel.

An jenem Tag nahm Melanie einen Bissen von meiner Lauch-Gruyère-Quiche mit der perfekt blättrigen Kruste, frisch und warm aus dem Ofen, und an dem leichten Flattern ihrer geschlossenen Augenlider konnte ich ablesen, dass ich bei der *Bake Week* dabei sein würde. Auf genau dieselbe Art erkenne ich auch, ob eine Frau nachts mit zu mir kommen wird. Der Anruf, den ich in der Woche darauf bekam, brachte die Bestätigung.

Ich fange an, Schnittlauch für die Brötchenfüllung zu hacken und in einer Schüssel mit Salz und Olivenöl zu verrühren. Anschließend drehe ich mich um, um den Ziegenkäse zu holen, und stelle fest, dass die Kühlschranktür sperrangelweit offen steht. Ich stürme hin und begutachte meinen Teig, der mittlerweile durchgekühlt sein sollte. Er ist warm und klebrig. Verdammt. Ist etwa der Kühlschrank kaputt? Ich muss abgelenkt gewesen sein, nichtsdestotrotz kommt mir die Sache seltsam vor. Ich hätte doch die Tür geschlossen, nachdem ich den Teig hineingelegt hatte! Offenbar ist sie wieder aufgesprungen – oder nicht? Jetzt hinke ich zeitlich ein großes Stück hinter den anderen her. Zum ersten Mal, seit ich das Zelt betreten habe, spüre ich, wie Kampfgeist in mir aufsteigt. *Das Zelt* – habe ich etwa auch schon das *Bake Week*-Geschwafel verinnerlicht? Ich finde den ganzen Jargon rund um die Show ein wenig absurd.

Als ich mich im Raum umsehe, um herauszufinden, ob jemand meinen Schnitzer bemerkt hat, fange ich Lotties Blick auf. Sie zuckt zusammen, als sie merkt, dass ich sie dabei ertappt habe, wie sie mich anstarrt. Sofort wendet sie sich ab und schneidet weiter ihren Teig ein. Kann es sein, dass jemand unbemerkt die Kühlschranktür geöffnet hat? Absichtlich? Ich sehe meine Konkurrenten, die sich so unschuldig ihren Broten widmen, der Reihe nach an und stelle fest, dass das durchaus möglich ist. Warum auch nicht?

LOTTIE

Ich ziehe den Topf mit der schäumenden Milch von der Kochplatte und rühre ein Stück Butter hinein. Vor mir erscheint Betsy, umgeben von Kameras. Sie trägt einen königsblauen Blazer mit glänzenden Goldknöpfen. Ihre darauf abgestimmten Ohrringe wackeln leicht, als sie mich anspricht.

»Was für Brote werden Sie heute backen, Lottie?«

Betsy hat eine komische Art zu reden. Sie gibt mir das Gefühl, alt und tatterig und gleichzeitig wieder ein kleines Kind zu sein. Ich frage mich, ob ich die Einzige bin, die so empfindet, weil ich mit Abstand die Älteste bin, oder ob sie auch mit den anderen so spricht. Beinahe so, als hätte sie Mitleid. Aber bestimmt nicht mit Stella, denke ich und werfe einen Blick zu ihr. Stella, die Betsy Martin vergöttert, wird garantiert anders behandelt.

Ich habe letzte Nacht kaum geschlafen, was ich nun deutlich spüre. Dagegen kommt auch die freudige Erwartung, endlich Betsy und Archie gegenüberzustehen, nicht an. Ich bin niemand, der unbedingt im Rampenlicht stehen will. Eher im Gegenteil.

»Das ist ein Sommerstollen«, erkläre ich Betsy, die den Teigklumpen mustert, den ich in eine klobige Stollenform gebracht habe. »Mit frischen statt mit kandierten Früchten.« Ich weiß, dass es vermutlich nicht ratsam ist, etwas derart Altmodisches zu backen, aber ich dachte mir, ich mache einfach was, was ich wie aus dem Effeff kann, und Stollen war das Erste, was mir in den Sinn kam. Zum Herumprobieren bleibt mir keine Zeit, und Fehler darf ich mir auch nicht erlauben. Ich möchte noch nicht nach Hause geschickt werden, und im Stollenbacken bin ich geübt. Ich weiß, dass ich das hinkriege. Obwohl er an Feiertagen gereicht wird, ist

Stollen kein besonders ausgefallenes oder schwieriges Brot, es ist lediglich eine Art Früchtekuchen, der seine Hochphase in meiner Jugend hatte. Meine Mutter hat Stollen geliebt, aber kaum einen gebacken. Stattdessen hat sie mich lieber in die deutsche Bäckerei in der Stadt mitgenommen, wo wir uns ein Stück bestellt haben. Um ehrlich zu sein, war ich damals nicht sonderlich begeistert. Als Kind fand ich Stollen langweilig und uninteressant, doch als ich älter wurde, lernte ich seine Gediegenheit schätzen. Eine ordentliche Scheibe Stollen, vor allem von einem mit Marzipan, dazu eine Tasse Tee – man könnte einen Winternachmittag nicht gemütlicher verbringen.

»Ein Stollen im Sommer? Das ist ja originell!« So wie Betsy das sagt, klingt es alles andere als originell. Ich versuche, mir meine Verlegenheit nicht anmerken zu lassen, versuche, nichts in ihre Worte hineinzuinterpretieren, doch meine Handflächen sind plötzlich feucht.

»Und das hier ist ein Pane Bianco – ein mediterranes Weißbrot.« Ich ziehe das Geschirrtuch zur Seite, das ich locker über mein zweites Brot gelegt habe, und enthülle einen Laib, der zu einem S gedreht ist und nur darauf wartet, gebacken zu werden. Die Oberfläche ist übersät mit sonnengetrockneten Tomaten, frischem Basilikum, dicken Stücken Mozzarella und einer großzügigen Schicht aus fein geriebenem Parmesan. Ich sehe, wie ihre Augenbrauen ein winziges Stück in die Höhe wandern. Immer wenn wir uns die *Bake Week* im Fernsehen anschauen, lacht Molly darüber, dass man Betsy die Gedanken unmöglich vom Gesicht ablesen kann, weil es so voller Botox ist. Doch nun, da sie so dicht vor mir steht, kann ich ihren Gesichtsausdruck sehr wohl deuten. Er sagt so viel wie: »Ach du lieber Himmel!«

»Sie verwenden sicher althergebrachte Rezepte«, stellt sie fest. Wieder ist mir ihr Ton rätselhaft. Mein Magen rumort nervös. Das Alter der Rezepte sollte bei der Beurteilung keine Rolle spielen, möchte ich sagen, doch stattdessen räuspere ich mich und entgegne leise: »Ich ziehe es vor, sie als Klassiker zu bezeichnen.« Dann decke ich das ungebackene Brot vorsichtig wieder zu. Anschließend blicke ich mit gesenktem Kopf darauf und würde am liebsten im Erdboden verschwinden, doch dann denke ich an die Kameras und zwinge mich, aufzuschauen und Betsy anzusehen.

Ein verträumtes Lächeln tritt auf ihr Gesicht. »Nun, ich freue mich schon darauf, zu probieren, Lottie. Vielen Dank.«

Betsy schwebt von dannen, und ich stoße einen tiefen Seufzer aus. Meine Muskeln entspannen sich wieder. Mir war gar nicht bewusst, dass ich förmlich erstarrt war. Ich reiße mich zusammen und wende mich wieder meinen Broten zu.

Ich habe Jahre gebraucht, um es hierher zu schaffen. Seit Beginn der ersten Staffel habe ich mich Jahr für Jahr bei der *Bake Week* beworben. Ein ganzes Jahrzehnt lang habe ich meine gesamte Freizeit damit verbracht, sämtliche Gebäcksorten zu backen, die mir einfielen, habe mich von Brot über Pasteten zu Torten und Keksen vorgearbeitet, bis meine Tochter Molly meinte, ich müsse andere Leute finden, an die ich mein Gebäck »verfüttern« könne, da sie sonst eine Steinzeitdiät machen müsse – was immer das bedeuten mag. Wahrscheinlich wollte sie damit sagen, dass ich sie mit dem vielen Zucker krank mache. Jeden März habe ich eine Online-Bewerbung ausgefüllt und mit hämmerndem Herzen auf Senden geklickt. Anschließend wartete ich unruhig eine Woche, einen Monat ab, nur um von der schleichenden Enttäuschung verzehrt zu werden, die sich einstellt, wenn man nichts hört. Trotzdem gab ich nicht auf. Jedes Jahr am Neujahrstag erneuerte ich meinen Vorsatz, auf das einzige Ziel hinzuarbeiten, das ich mir gesteckt hatte: Kandidatin bei der *Bake Week* zu werden. Und dieses Jahr, drei Wochen und vier Tage nachdem ich meine Bewerbung abgeschickt hatte, erhielt ich einen Anruf. Ich versuchte, mir nicht allzu große Hoffnungen zu machen, als ich

Melanie, die jetzt von der Zeltseite aus zuschaut, meine Backkünste live demonstrierte. Ich wusste, dass ich keine weitere Chance bekommen würde. Als sie mir die simple Anweisung erteilte, einen Schokoladenkuchen zu backen, zitterte ich vor Aufregung. In jenem Moment hatte ich den Eindruck, die Götter stünden auf meiner Seite, denn wenn es etwas gibt, was ich immer perfekt hinbekomme, etwas, was ich wieder und wieder gebacken habe und was ich noch immer jedes Jahr für Mollys Geburtstag backe, dann ist es Schokoladenkuchen.

Ich werde daher nicht zulassen, dass Betsy mein Selbstvertrauen erschüttert, da ich so hart und so lange dafür gearbeitet habe, hier zu sein. Außerdem ist das Backen nicht der einzige Grund, warum ich nach Grafton Manor gekommen bin.

STELLA

Ich versuche, nicht auf die auf mich gerichteten Kameras zu achten. Stattdessen konzentriere ich mich auf meinen Teig, knete und wende ihn, schneide ihn ein. Es ist schwer, nicht aufzusehen, wenn man weiß, dass einen all diese Glasaugen anstarren und alles aufnehmen, was man tut, jeden einzelnen Fehler, den man begeht. Es ist befremdlich. *Konzentrier dich, Stella.* Ich nehme mir Zeit, den Teig zu flechten und zu einem Laib zu formen. Mit einem Backpinsel streiche ich Miso darauf und bestreue das Brot anschließend mit fein gehackten grünen Frühlingszwiebeln. Es sieht ganz gut aus. Nicht perfekt, aber okay. *Ab in den Ofen mit dir!* Ich hole tief Luft. Ich dürfte eigentlich gar nicht hier sein, rufe ich mir ins Gedächtnis. Dass ich es doch bin, kommt mir vor wie ein Wunder aus einem Märchen. Ich verfüge lediglich über einen Bruchteil der Erfahrung, die meine Mitstreiterinnen und Mitstreiter aufweisen können. Bis letztes Jahr habe ich nicht einmal Plätzchen gebacken, geschweige denn mich an eine Sahnetorte herangewagt.

Acht Monate, bevor ich bei der *Bake Week* genommen wurde, hängte ich meinen Job als Reporterin bei der *Republic* an den Nagel. Bis zu diesem Zeitpunkt hatte ich noch nie etwas anderes als Fertigmischungen gebacken. Ungefähr eine Woche lang gammelte ich auf der Couch herum, in meiner »Loungewear«, wie ich meine ausgebeulte Bequemkleidung euphemistisch bezeichnete, starrte bedrückt aufs Telefon und hoffte auf einen Motivationsschub, der mich vom Abgrund zurückdrängen würde. Meinen Job aufzugeben, fühlte sich genauso an wie all die Trennungen, die ich hinter mir hatte – ein plötzlicher Ansturm von Endorphinen, gefolgt von einer beständigen Abwärtsspirale, die in Einsamkeit und Selbstmitleid endete. Ich war eine leidenschaftliche Journalistin und ich hatte während der letzten zehn Jahre alles in meinen Beruf investiert. Jetzt war ich entmutigt und richtungslos. Am sechsten Tag meines neuen Lebens als Beschäftigungslose durchsuchte ich Flixer nach einer Show oder einem Film, den ich mir anschauen konnte, wobei ich betete, dass ich etwas fand, was mir keine Angst machen würde. Dann stolperte ich über die *Bake Week*. Natürlich hatte ich schon davon gehört. *Alle* hatten von der *Bake Week* gehört. Bevor ich meine Tage auf der Couch verbrachte, hatte ich mir in meiner knapp bemessenen Freizeit Sendungen angesehen, über die ich bei der Arbeit reden oder schreiben konnte. Ich hatte mir Dokumentationen über brutale Morde an Frauen reingezogen, über die in der Redaktion gesprochen wurde, oder ausgefallene Filme, die für Preise nominiert waren, die sie ja doch nicht gewinnen würden, sodass ich einwerfen konnte, wie furchtbar ungerecht das alles war, wenn das Gespräch beim Mittagessen darauf kam. Eine Feel-Good-Show über das Backen hätte mir nie den Adrenalinkick gegeben, den ich benötigte, um dranzubleiben. Doch als fünfunddreißigjährige Frau mit rapide schwindendem Kontostand, die keinen blassen Schimmer hatte, was sie mit ihrem Leben anfangen sollte, brauchte ich Trost, keinen Nervenkitzel. Ich drückte also auf Play und lehnte mich auf der Couch zurück, während ich darauf wartete, dass ich einschlief. Fünf Stunden später musste ich weinen, als ich sah, wie eine Frau namens Alice, die gerade aus einer Beziehung kam, in der man sie schändlich missbraucht hatte, mit einer kunstvoll verzierten Biskuitrolle den Goldenen Löffel gewann.

In genau diesem Moment, meine Augen waren noch feucht vor Tränen, kehrte schlagartig die Erinnerung an das Backbuch aus meiner Kindheit zurück. Ich ging zur Abstellkammer und zog einen Küchenstuhl heran, damit ich das oberste Regal erreichte, wo ich die wenigen Dinge aus meiner Vergangenheit verstaut hatte. Auf dem Stuhl balancierend, schob ich ein paar Decken und einen Stapel Notizbücher beiseite und entdeckte dahinter den Pappkarton, der mit Filzstift beschriftet war.

In meiner Familie herrschte eine Dysfunktionalität, von der die meisten Menschen höchstens mal gelesen haben. Als ich ein Baby war, verließ meine Mutter Hals über Kopf und ohne irgendeine Erklärung meinen Vater und mich. Angeblich hinterließ sie noch nicht einmal einen Abschiedsbrief. Mein Vater versuchte ein paar Jahre lang sein Bestes, aber ich nehme an, dass er einfach damit überfordert war, ein kleines Kind allein großzuziehen. Mit gerade mal drei Jahren wurde ich in staatliche Obhut gegeben und sehr schnell von einem System verschluckt, das mich von einer Pflegefamilie zur anderen reichte, eine schlimmer und chaotischer als die andere. Bis ich zu den Finkelmans kam.

Die Finkelmans waren die normalste Familie, der ich je begegnet war – zwei Elternteile und zwei Kinder, ein Junge und ein Mädchen, beide bereits auf der Highschool. Als ich bei ihnen einzog, nahmen sie mich als Erstes mit in die Mall. Nachdem wir mir eine neue Schuluniform besorgt hatten, schlenderten wir in eine Buchhandlung – die erste, die ich je betreten hatte, voller glänzender Einbände in leuchtenden Farben. Die älteren Kinder gingen voraus und verschwanden in der Abteilung für junge Erwachsene. Mrs Finkelman beugte sich zu mir und sagte, ich solle mir ein Buch aussuchen, ganz gleich, welches ich haben wolle. In all den Jahren, in denen ich von Pflegefamilie zu Pflegefamilie geschubst worden war, hatte man mir noch nie ein solches Geschenk gemacht. Ich erinnere mich noch genau daran, wie ich vor einen Ständer mit Koch- und Backbüchern trat, wo mir Betsy Martins *Dessertfreuden* ins Auge stach. Es war, als würde das Buch strahlen.

Vielleicht wollte ich es nur haben, weil es direkt vor mir stand und auf dem Cover ein Foto von einer kunstvollen Geburtstagstorte abgebildet war, doch ich weiß noch immer, was ich empfunden habe, als ich das Buch erblickte. Es verhieß etwas Großes, Gutes, etwas, was meins werden könnte. In meiner Vorstellung war die Torte auf dem Cover für mich. Dahinter standen die Freunde und die Familie, die ich nie gehabt hatte und die ich mir doch so sehr wünschte, und warteten lächelnd darauf, dass ich die Kerzen ausblies. Mrs Finkelman war verwundert über meine Wahl und versuchte, mich in die Ecke mit den Kinderbüchern zu führen, doch ich stemmte meine Absätze fest auf den Boden. Ich hatte mir so selten etwas für mich selbst aussuchen dürfen, dass ich mir diese Gelegenheit nicht entgehen lassen wollte. Ich musste dieses Buch haben. Unbedingt. Mrs Finkelman gab Augen verdrehend nach und brachte die *Dessertfreuden* zur Kasse.

Als ich später allein in meinem neuen Zimmer saß, vertiefte ich mich in die wunderschön bebilderten Seiten und verlor mich in aufwendig dekorierten Torten, glänzenden Obstböden, Streuselkuchen, köstlichen Pies mit sorgfältig geflochtenem Gitter. Ich hatte noch nie etwas gegessen, was den Süßspeisen auf diesen Seiten auch nur ansatzweise nahekam, hatte noch nie etwas so Schönes gesehen. Je nach Stimmung wählte ich meine Lieblingsrezepte aus. Ich überlegte, welchen Kuchen ich meiner besten Freundin zum Geburtstag backen würde, obwohl ich gar keine beste Freundin hatte – ich hatte überhaupt keine Freundin –, und welche Torte meine Hochzeitstorte sein sollte. Die hier abgebildeten Köstlichkeiten enthielten die Verheißung auf Festlichkeiten, die lebenslange Liebe einer Familie und Zusammengehörigkeit. Es war, als wäre das Rezept für meine glückliche Zukunft auf diesen glänzenden Buchseiten zu finden.

Als ich älter wurde, dachte ich nicht mehr an das Backbuch. Ich hatte ohnehin nie etwas daraus gebacken. Mrs Finkelman war keine Frau, die einen in ihre Küche ließ, außerdem wurde ich schon im nächsten Schuljahr an eine andere Familie auf Zeit weitergereicht, das Buch verschwand in einer Kiste mit meinen Sachen und geriet in Vergessenheit. Erst nachdem ich meinen Job bei der *Republic* gekündigt und eine Woche lang wie betäubt auf dem Sofa verharrt hatte, fiel es mir wieder ein.

Ich nahm den Karton vom Regal. Darin befanden sich all die Dinge, die sich während meiner Kindheit angesammelt hatten: ein Plüschhase, ein geflochtenes Armband aus dem Kindergarten und ein Notizbuch mit Geschichten, die ich mir ausgedacht hatte. Die anderen Sachen stammten überwiegend aus Zu-verschenken-Kisten am Gehsteigrand. Ein Bilderbuch hatte einen Aufkleber, der zeigte, dass ich es aus der Bibliothek gestohlen hatte. Und ganz unten in der Kiste, noch genauso glänzend und leuchtend wie an dem Tag, an dem Mrs Finkelman es mir gekauft hatte, lag Betsy Martins *Dessertfreuden*.

Ich fischte es heraus, nahm es mit zur Couch, wo ich mir ein mitleiderregendes Nest aus Decken gebaut hatte, und blätterte durch die Seiten. Ich ließ mir Zeit, all die tröstlichen Bilder aus meiner Kindheit zu betrachten. Und dann, mit einem plötzlichen Anflug von Energie, die ich seit meinem letzten ganz besonders explosiven Artikel für die *Republic* nicht mehr verspürt hatte, zog ich mir etwas Anständiges an und machte mich auf den Weg zum Lebensmittelgeschäft. Auch wenn mein Geburtstag noch in weiter Ferne lag, beschloss ich, mir eine Geburtstagstorte zu backen.

Bevor ich mit dem Backen anfing, war Schreiben das Einzige in meinem Leben, worin ich je gut gewesen war, das Einzige, in dem ich je gut sein wollte. Die Stelle bei der *Republic* war mein Traumjob, zumindest hatte ich das gedacht. Dort ging es nicht – wie es heute der Fall ist – um konventionellen Journalismus, sondern um Meldungen mit Biss. Ich hatte für das Blatt arbeiten wollen, seit der Gründer, die Ikone Hardy Blaine, an unserer Journalistenschule mit uns Studierenden gesprochen hatte. Er war unkonventionell und klug, und er hatte die Zeitung von Grund auf aufgebaut und etwas Neues eingeführt: Journalismus mit Weitblick. Das machte ihn und die *Republic* ausgesprochen attraktiv.

Es dauerte Jahre, dort unterzukommen. Nach dem College absolvierte ich ein unbezahltes Praktikum bei einem Konkurrenzblatt und arbeitete nebenher für meinen Lebensunterhalt in zwei verschiedenen Jobs. Langsam und mühsam baute ich mir eine Karriere als Journalistin auf, doch erst als eine Stelle bei der *Republic* frei wurde, zahlte sich mein zähes Ringen aus. Allerdings nicht monetär, und zwar nicht einmal ansatzweise. Die meisten Journalisten kommen aus reichem Haus, um dies auszugleichen. Ich nicht. Aber ich hatte seit einem Jahrzehnt für die *Republic* arbeiten wollen. Als ich den Job bekam, dachte ich, nun stünde mein Leben in den Startlöchern. Ich verstand, was die *Republic* zu erreichen versuchte, und ich glaubte daran. Auch wenn mir meine Praktikumsberaterin riet, dass ich wegen meiner mangelnden Erfahrung keine Grenzen überschreiten solle, hörte ich nicht auf sie und wandte mich mit meinen Storys direkt an Hardy. Das Erste, was ich veröffentlichte, war ein Artikel über kreatives Denken. Ich liebte es, in Gedanken Verbindungen herzustellen, herauszufinden, was Leute anzog. Die erste Story ging viral. Ich verfolgte, wie die Diskussion darüber von der Leserbriefe-Sparte auf Twitter und Facebook übersprang, und sah mich mit Anfragen anderer Medien konfrontiert, die mich zitieren wollten. Radiosender bettelten darum, mich interviewen zu dürfen. Es war völlig anders als alles, was ich je erlebt hatte, und ich wollte mehr davon. Schnell wurde ich zur Redaktionsassistentin befördert, dann zur Redakteurin. Um meinen Lebensunterhalt zu verdienen, schrieb ich über Politik, und ich genoss es. Ja, mitunter war es erschöpfend, mehr als nur erschöpfend, doch die meiste Zeit über empfand ich es als befeuernd. Ich liebte es, Quellen anzuzapfen und Informationen zusammenzusetzen. Ich liebte es, zu beobachten, wie sich einzelne Ansätze zu einer Story formten, mit einer fetten Schlagzeile darüber und meinem Namen darunter. Der Nervenkitzel ließ nicht nach. Ich liebte meine Arbeit.

Und dann ging alles den Bach runter. Ich kann mich immer noch nicht überwinden, mich damit auseinanderzusetzen.

Eingeigelt in meinem Apartment, sah ich zu, wie meine Ersparnisse schwanden, und versuchte, nicht in Panik zu verfallen. Das Einzige, was ich tun wollte, war backen. Backen brachte mir nicht den schweißtreibenden Adrenalinschub, der mit der Arbeit an einer Story einherging, backen war beruhigend und meditativ.

Und so wurde das Backen zu meinem sicheren Ort. Wann immer ich heutzutage nervös und gestresst bin, trete ich vor das Bücherregal, in dem ich meine Koch- und Backbücher aufbewahre, und fahre mit dem Finger über die farbenfrohen Buchrücken auf der Suche nach Inspiration.

An dem Tag, als der Anruf kam, stand ich an der Arbeitsplatte in meiner Küche und bereitete mich darauf vor, eine von Betsy Martins kultigsten Kreationen in Angriff zu nehmen: Honigkuchen. Noch steckte ich in der Planungsphase, ein Bild vor Augen, wie ich den Kuchen verzieren könnte: Bienen mit ausgebreiteten Mandelflügeln auf gesponnenem Zucker, der aussehen sollte wie eine große Honigwabe.

Die Nummer aus Kalifornien kannte ich nicht, und beinahe wäre ich nicht drangegangen. »Hallo?«, fragte ich misstrauisch und rechnete schon damit, dass mich eine Computerstimme über meine sinkende Kreditwürdigkeit in Kenntnis setzen würde.

»Spreche ich mit Stella Velasquez?«, hörte ich stattdessen eine weibliche Stimme, aufgekratzt, als wollte sie mir verkünden, dass ich etwas gewonnen hatte.

»Ja. Ich bin's, persönlich«, stammelte ich überrascht.

»Hier spricht Melanie Blaire, die Aufnahmeleiterin der *Bake*

Week. Ich rufe an, um Ihnen mitzuteilen, dass wir uns für Sie entschieden haben – Sie nehmen an der nächsten Staffel der *Bake Week* teil!«

Ich war so überrascht, dass ich mich setzen musste. Dann stand ich wieder auf, nur um mich erneut hinzusetzen.

Ich hatte mich schon vor Wochen beworben, hauptsächlich auf Drängen meiner besten Freundin Rebecca, die weit mehr von meinen Kuchen und Leckereien gegessen hat als alle anderen. Wir hatten uns auf ein paar Drinks in einer neuen Bar in Brooklyn verabredet.

»Ich bezahle«, sagte sie, sobald wir in einer plüschigen rosa Sitznische Platz genommen hatten. »Das bin ich dir schuldig bei all den Kuchen und Keksen, die du mir immer schenkst.«

Ich warf einen Blick auf die Cocktailkarte – einer beeindruckender als der andere und dementsprechend teuer –, und mir wurde klar, dass sie Mitleid mit mir hatte.

»Lädst du mich ein, weil du dich dafür bedanken möchtest oder weil ich aufhören soll, den ganzen Kram bei dir abzuladen?«, wollte ich wissen.

»Beides.« Sie lachte. »Im Ernst, Stella, du bist eine fantastische Bäckerin, besser als alle, die ich kenne. Du solltest dich bei der *Bake Week* bewerben.«

Natürlich hatte ich sie ausgelacht. »Du weißt nicht, was du sagst. Hast du eine Ahnung, wie viele Leute da mitmachen wollen?«, fragte ich sie.

»Lass uns wetten.« Sie setzte ihr gewinnendstes Lächeln auf. »Was hast du zu verlieren? Wir bestellen uns jetzt einen Drink, und anschließend fahren wir zu dir und füllen die Bewerbung aus. Wenn sie dich *nicht* nehmen, gehen die Drinks einen ganzen Monat lang auf mich.«

Ich steckte den Strohhalm in die Limette in meinem Gin Tonic und sagte, ich würde es mir durch den Kopf gehen lassen. Etwas später rief ich ziemlich angeheitert die Online-Bewerbungsseite auf. Auf dem Bildschirm ploppte das muntere Löffel-und-Schneebesen-Logo auf der Homepage der *Bake Week* auf. Ich erkannte meine Lieblingsgewinnerin, die stolz den Goldenen Löffel in den Händen hielt, und klickte auf Bewerben. Es konnte ja wirklich nicht schaden, das Formular auszufüllen. Niemand musste davon erfahren.

Ich war sprachlos, als der erste Rückruf kam, doch ich schaffte es tatsächlich in die zweite Runde, und zwar in einer Kochschule in Manhattan. Dann allerdings war ich fest davon überzeugt, dass ich aus dem Rennen war. Melanie hatte wenig beeindruckt gewirkt, als sie meine Maracuja-Zitronen-Joghurttorte probierte. Ich meine mich zu erinnern, sie wäre sogar zusammengezuckt. Anschließend hatte ich Rebecca eine Textnachricht geschickt und sie gebeten, sich so bald wie möglich mit mir in unserer Bar zu treffen. Ich brauchte einen Drink und wollte ihr unbedingt mitteilen, wie albern es gewesen war, mich zu der Bewerbung zu drängen.

Und dann kam der Anruf. Ich lehnte mich an die Küchenarbeitsplatte, das Handy ans Ohr gedrückt, und fragte mich, ob das tatsächlich wahr sein konnte. In mir stieg schwindelerregende Furcht auf, gefolgt von dem seltsamen Gefühl, dass mir in diesem Moment vielleicht endlich etwas Wundervolles zuteilwurde. Als ich auflegte, stellte ich fest, dass ich mit der anderen Hand Betsy Martins Backbuch umklammerte. In dem Augenblick wusste ich, dass das ein Zeichen war. Betsy Martin half mir. Sie war während der vergangenen acht Monate für mich da gewesen, in den Wiederholungen der alten *Bake Week*-Staffeln und in ihren Backbüchern. Mit ihrem erfrischenden Optimismus und ihrer unerschütterlichen Wir-schaffen-das-Einstellung half sie mir durch meine düstersten Phasen. »Dieses Rezept wirkt abschreckend, aber nicht, wenn man sich Schritt für Schritt herantraut«, hatte sie einmal gesagt. Ich saugte ihre Worte in mich auf, als ginge es um weit mehr als eine Anleitung für Macarons. »Schritt für Schritt« war im letzten Jahr zu meinem Mantra geworden. Betsy war meine Beraterin, sie führte mich durch die schwere Zeit und half mir, mich nicht überfordert zu fühlen. Es ist keine Übertreibung, wenn ich behaupte, dass mich morgens nicht selten allein die Aussicht, eins von Betsy Martins Rezepten auszuprobieren, aus dem Bett trieb.

»Noch fünfzehn Minuten!«, dröhnt Archies Stimme durchs Zelt.

Ich reiße meinen Ofen auf und spüre, wie Panik in mir hochsteigt, als ich mein Brot herausziehe und es auf ein Backblech lege. Es muss abkühlen, bevor ich es aus der Form nehme. Ob die Zeit dafür ausreicht? Ich schließe kurz die Augen und atme tief durch. *Du schaffst das, Stella. Schritt für Schritt.*

GERALD

Ich dachte immer, wenn man etwas wirklich gut machen möchte, muss man zum Kern der Sache vordringen und lernen, die Grundlagen zu beherrschen. So wie Picasso nicht mit abstrakter Malerei, sondern mit Porträts und Stillleben begonnen hat, bin ich der festen Überzeugung, man sollte sich auch beim Backen nicht ohne fundierte Grundkenntnisse an Mille-feuilles mit Vanilleglasur wagen. Ich sehe, dass sich die anderen um mich herum an gefüllten Brötchen und Zöpfen versuchen. Sie haben sich sofort für außergewöhnliche Brote und noch außergewöhnlichere Geschmacksrichtungen entschieden. In meinen Augen ist das ein klassischer Fall von Schein über Sein – ein Blendwerk. Warum soll man sich auf die Füllung konzentrieren, wenn man nicht einmal die richtige Temperatur oder Textur findet? Ich gehe davon aus, dass viele ihrer Backtechniken an fehlenden Grundfertigkeiten scheitern werden. Brot verzeiht nichts. Man kann einen schlecht aufgegangenen Teig nicht unter einer Schicht Parmesan verstecken, genauso wenig wie es möglich ist, mit einer kunstvollen Gestaltung wettzumachen, dass ein Teig nicht gleichmäßig durchgebacken ist. Deshalb habe ich Brote ausgewählt, die ausgesprochen simpel sind: Klassiker wie ein rundes französisches Kräuterbrot – eine Boule –, das schnell aufgeht und eine dicke, knusprige Kruste aus Sesamsamen bekommt, und süße Zimtbrötchen.

Ich forme gerade hoch konzentriert die Brötchen und lege sie auf ein Backblech, als ich aus dem Augenwinkel Archie auf meinen Tisch zukommen sehe. Das ist nun schon das dritte Mal, dass er mit mir redet. Als ich zu Beginn des heutigen Backwettbewerbs meine Zeit einteilte, hatte ich die Gespräche mit den Moderatoren, zu denen wir verpflichtet sind, nicht eingerechnet. Einer der Produzenten fragte mich beim ersten Mal sogar, ob ich etwas, was ich gerade gemischt hatte, noch einmal anrühren würde, damit sie den Vorgang mit der Kamera festhalten konnten. Ganz bestimmt nicht, schoss es mir spontan durch den Kopf. Ich kann Ineffizienz nämlich nicht ausstehen. Doch da ich weiß, dass ich mich in der Sendung flexibel zeigen muss, sprang ich über meinen Schatten und tat so, als würde ich die Zutaten zum ersten Mal mischen. Zum Glück handelte es sich ausschließlich um trockene Ingredienzen, sonst hätte ich mich vermutlich geweigert. Ich werde nicht die Vollkommenheit meines Teigs für eine so billige Nummer gefährden.

»Gerald«, sagt Archie, der meinen Namen so gedehnt ausspricht, als wären wir enge Freunde. »Was machst du heute Schönes für uns?«

Zunächst blicke ich nicht auf. Ich bringe gerade mein letztes Brötchen in Form, und wenn ich dabei den Druck auf den Teig verändere, könnte eine Unebenheit entstehen. Ich überlege, ihm zu sagen, dass es mir jetzt nicht passt, doch dann denke ich an die Richtlinien in unserem Dossier, die besagen, dass es zu unserer Aufgabe gehört, mit den Moderatoren und dem Kamerateam zu interagieren, wenn sie an unsere Backtische treten. Also setze ich einen freundlichen Gesichtsausdruck auf, der sich angespannt und unnatürlich anfühlt.

»Das da ist eine französische Kräuter-Boule.« Ich deute auf den Ofen, in dem mein Teig noch immer backt.

»Dürfen wir einen kurzen Blick hineinwerfen?«, fragt Archie. Ich zögere, doch dann öffne ich die Klappe für einen kurzen Moment. Eine warme, nach Hefe riechende Wolke entweicht, dann schiebe ich die Klappe schnell wieder zu. In der Luft hängt nun der Duft nach Petersilie, Koriander, Basilikum und einigen anderen Kräutern, die ich in meine Boule gemischt habe.

»Und das hier sind Zimtbrötchen. Ich habe mein selbst gemahlenes Roggenmehl dafür verwendet, um die Süße auszugleichen, außerdem ganz besonderen Zimt aus Vietnam und einen Hauch Kardamom.« Die Kameraleute umschwirren das Backblech. Sie umringen mich so dicht, dass ich fürchte, einer wird versehentlich die Brötchen zerstören, die ich mit so großem Zeitaufwand geformt habe. Ich kämpfe gegen den Drang an, sie zu bitten, ein paar Schritte zurückzutreten.

»Die Zimtbrötchen sehen hübsch aus. Und Roggen ist eine interessante Wahl. Ich bin gespannt, wie das am Ende schmecken wird. Aber ein richtiges Kräuterbrot in so kurzer Zeit?« Archie stößt einen Pfiff aus und schüttelt den Kopf, als würde ich ein großes Wagnis eingehen.

»Es braucht nicht lang, um aufzugehen. Das kommt daher, dass ich nur einen Teelöffel voll Hefe verwende und es in einem vorgeheizten gusseisernen Feuertopf backe.«

Archie bedenkt mich mit einem schiefen Lächeln, das ich nicht deuten kann. Macht er sich über mich lustig, oder sieht er so aus, wenn er versucht, nett zu sein?

»Das hört sich interessant an, Gerald, und es gefällt mir, dass du so viele verschiedene frische Kräuter für deine Boule verwendest. Ich bin beeindruckt, wenn sie tatsächlich gelingt.«

Ich verspüre einen Anflug von Gereiztheit. Kapiert er es nicht? Natürlich wird sie gelingen. Ich habe es ausprobiert. Viele Male. Beklommen blinzele ich in die Kameras und vergesse für einen Moment eine weitere Regel, die besagt, dass man niemals direkt hineinschauen soll. Wie leicht es ist, hier Regeln zu brechen, selbst wenn man es gar nicht beabsichtigt!

Schnell senke ich den Blick und betrachte meine Brötchen. Die restlichen zweieinhalb Stunden benötige ich, damit sie richtig aufgehen und durchbacken. »Alle Variablen wurden berücksichtigt«, erwidere ich, zuversichtlich, das Gespräch damit zu beenden.

HANNAH

»Jetzt kommt der Moment der Wahrheit«, verkündet Archie und beugt sich vor, um meine Brötchen zu begutachten, die ich aus dem Ofen ziehe.

Mir ist bewusst, dass die Kameras auf mich gerichtet sind, also lasse ich mir spielerisch die Haare ins Gesicht fallen und widme mich den Brötchen. Sie sind perfekt gebacken, goldbraun.

Archie nickt anerkennend, ein Lächeln tritt auf seine Lippen. »Die sehen ... sehr gut aus.«

Ich lache, zufrieden mit mir selbst, und ziehe eine Schüssel aus dem Schrank in meiner Backstation, um die Brötchen einzustreichen.

»Was für eine Glasur kommt darauf?«, will Archie mit einem so ernsten Gesicht wissen, als handelte es sich um eine Frage bei einer Quizshow. Aus dem Augenwinkel sehe ich, dass Melanie uns von der Zeltwand her beobachtet. Ich weiß, dass es ihre Aufgabe ist, zu verfolgen, was gerade vor sich geht, trotzdem macht mich ihr konzentrierter Blick nervös.

Sie ist kein freundlicher Mensch. Ich konnte sie vom ersten Moment an nicht leiden, als sie sich mir bei meiner Ankunft in Grafton Manor vorstellte und mich mit ihren kalten Augen abschätzig musterte. Sie ist so zurechtgemacht, so aufgesetzt, und sie hält sich für ach so wichtig. Ich habe ihren Gesichtsausdruck bemerkt, mit dem sie mein Handy an sich nahm, habe gesehen, wie sie sich über meine Glitzerhülle lustig gemacht hat. Wahrscheinlich hält sie mich für ein kleines Mädchen, das erwachsen spielt. Ich versuche, mir einzureden, dass es mir gleichgültig ist, was sie über mich denkt. Was hat sie schon zu sagen? Im Augenblick muss ich mich auf Archie konzentrieren und vor den Kameras einen guten Eindruck machen.

Und so drücke ich in gespieltem Entsetzen eine Hand aufs Herz, als könnte ich seine Frage nicht fassen. »Eine Frischkäseglasur natürlich! Aber ich füge ein paar meiner Lieblingsgewürze hinzu, damit sie noch außergewöhnlicher wird!«

Jetzt strahlt er über das ganze Gesicht. Ich habe den Test bestanden und spüre, wie ich mich entspanne. »Nun, auf alle Fälle duften die Brötchen unglaublich gut.«

Ich werfe ihm einen verstohlenen Seitenblick zu, um sicherzugehen, dass er mich nicht auf den Arm nimmt, doch er schaut mit ernstem Gesicht auf das Abkühlgitter. Archie sieht in natura besser aus, als ich erwartet hatte. Er wirkt etwas älter als auf dem Bildschirm – ein Fächer kleiner Fältchen umgibt seine Augen, zwei tiefere Linien schneiden neben seinen Mundwinkeln bis zum Kinn in die Haut. Doch das macht ihn nur noch attraktiver, zumal sein Gesicht ansonsten bemerkenswert glatt und feinporig ist. Ich frage mich, welche Pflegeprodukte er verwendet. Ob er etwas an sich hat machen lassen? Ich weiß, dass ich mich hier in einer völlig anderen Welt befinde als der, aus der ich komme. In Eden Lake hat nie jemand eine Schönheitsoperation vornehmen lassen.

»Und sie schmecken noch besser, wenn ich erst einmal die Glasur aufgetragen habe.« Ich lache. »Wart's ab, du wirst kaum die Finger davon lassen können!« *O mein Gott, war das zu viel?* Im Gegensatz zu Betsy hat er uns gebeten, uns duzen zu dürfen, und uns ebenfalls das Du angeboten. Ich sehe, wie sich seine Lippen zu einem jungenhaften Grinsen verziehen. Wenn ich es übertrieben habe, lässt er sich zumindest nichts anmerken. Ich fühle mich unfassbar geschmeichelt, dass Archie Morris etwas essen möchte, was ich gebacken habe. Ich blicke ebenfalls auf das Kühlgitter und bewundere meine Brötchen. Sie sind besonders gut gelungen –

goldgelbe, knusprige Kruste, innen weich. Auf einmal fühle ich mich merkwürdig selbstbewusst. Für mich ist das ein ganz neues Gefühl, und es kommt völlig überraschend. *Ich kann diesen Backwettbewerb gewinnen.*

»Ich kann es kaum erwarten«, sagt er.

Ich auch nicht, Archie. Die Kameraleute gehen bereits weiter zu Pradyumnas Backtisch. Wäre es nicht eine völlig alberne Vorstellung, würde ich denken, dass Archie mit mir geflirtet hat.

PETER

»Bäckerinnen und Bäcker, legt eure Utensilien ab!«, ruft Archie laut von der Vorderseite des Zelts aus. Ich bekomme Herzklopfen, trotz der beruhigenden Tatsache, dass meine Brote bereits fertig sind. Ich trete einen Schritt von meinem Tisch zurück und halte die Handflächen hoch, nur für den Fall, dass jemand denkt, ich würde mich nicht an die Anweisungen halten. In den letzten fünf Minuten habe ich nichts anderes gemacht, als zu warten, während meine Konkurrenten sich abhetzten. Verunsichert, weil ich früher fertig bin als die anderen, versuche ich mich zu vergewissern, dass ich nichts übersehen habe. Es ist interessant zu beobachten, wie sich die Atmosphäre im Zelt während der letzten dreißig Minuten schlagartig von angenehm in angstvoll verwandelt hat. Man kann förmlich das Adrenalin spüren, das durchs Zelt strömt.

Neben mir müht Stella sich ab, ein letztes Detail auf ihrem Schneidbrett fertigzustellen, und ich spüre einen Anflug von Verärgerung. *Die Zeit ist rum, warum glaubst du, die Regeln gelten nicht für dich?*, denke ich ungnädig. Immerhin sind wir bei einem Wettbewerb, auch wenn das im Fernsehen mitunter nicht so rüberkommt.

»Bitte stellen Sie Ihre Brote auf dem Jurorentisch ab«, sagt Betsy. Alle verstummen, die Anspannung im Zelt ist greifbar, als wir alle sechs durchatmen und zu Betsy und Archie blicken.

Ich nehme das Tablett mit meinem Gebäck und bringe es nach vorn. Ich bin stolz auf das, was ich heute fabriziert habe. Auf dem Tablett liegt ein hoher Stapel weicher, süßer Brote, die geformt sind wie Füllhörner, vollgespritzt mit einer dicken Schokoladen-Sahne. Die Oberseite ist mit glänzender, dunkler Flüssigschokolade besprenkelt. Daneben habe ich meinen Pfeffer-Cheddar-Babka angerichtet, in gleichmäßige, lange Stücke geschnitten. Beide Backwaren – süß und herzhaft – sind akkurat ausgeführt, jede Schlinge, jede Drehung ist sauber und absichtlich hineingebracht. Ich bin stolz auf meine Detailgenauigkeit, denn sie ist nicht nur der Schlüssel zu erfolgreichem Backen, sie hilft mir auch bei meiner Arbeit als Restaurator. Ich stelle das Tablett hinter dem Schild mit meinem Namen auf dem Jurorentisch ab, beinahe übersprudelnd vor Selbstvertrauen, als ich auf die Kreationen der anderen Teilnehmer schiele. Geralds Kräuter-Boule mit Sesamkruste und seine akkuraten Zimtbrötchen ausgenommen, sieht mein Gebäck am hübschesten und ansprechendsten aus.

Ich trete zurück und stelle mich mit den anderen fünf Teilnehmern in eine Reihe, dann warte ich darauf, beurteilt zu werden. Betsy und Archie nehmen ihre Plätze auf der anderen Seite des Jurorentisches ein. Innerlich bebend, hole ich tief Luft. Die ersten Brote, die verkostet werden, sind die von Stella. Sie tritt nervös vom Tisch zurück. Ich sehe zu, wie Betsy und Archie je einen Bissen in den Mund stecken und kauen. Erleichtert stelle ich fest, dass sie nicht vor Begeisterung aufseufzen. Betsy legt das Messer zur Seite, mit dem sie kleine Probierstückchen abgeschnitten hat, und blickt zu Stella, die sie voller Verehrung ansieht, die Hände vor dem Bauch gefaltet. »Das Brot schmeckt gut, aber es könnte würziger sein. Sagten Sie nicht, Sie hätten Miso verwendet?«

Stellas Gesicht wird leicht verkniffen. »Vielleicht hätte ich noch mehr nehmen sollen ...«

»Ja, dem stimme ich zu«, lässt Archie sich vernehmen. »Die Textur stimmt, aber der Geschmack kommt nicht richtig durch.«

Sie machen mit Stellas süßen Brötchen weiter und kommen zu demselben Urteil. »Vom Fachlichen her gelungen, aber Sie müssen mutiger mit den Gewürzen sein«, befindet Betsy.

Das ist weiß Gott keine schlechte Beurteilung, aber ich sehe, wie Stella traurig die Achseln zuckt und in die Reihe zurücktritt. Als Archie und Betsy sich meinem Tablett zuwenden, halte ich den Atem an.

»Oh, ich liebe Babka, und dieser hier ist sehr gut gelungen«, sagt Archie, nachdem er einen Bissen genommen hat.

»Sehen Sie sich das Muster an!« Betsy deutet mit dem Zeigefinger darauf. »Einfach nur schön. Fantastischer Geschmack, hervorragende Arbeit.«

Ich strahle. Ich bin stolz, weil ich heute eine so ruhige Hand hatte. Das Ergebnis ist offenbar besser als alles, was ich zu Hause in meiner Küche gebacken habe.

»Jetzt zu den Schokoladenhörnchen.«

Aufgeregt sehe ich zu, wie Betsy eins von dem hohen Stapel nimmt und es in den Mund steckt. Ihre Lippen schließen sich um das perfekt gedrehte Füllhorn, dann reißt sie die Augen weit auf vor Überraschung. Erschrocken stelle ich fest, dass sie das Gesicht zu einer Grimasse verzieht.

»Ach du lieber Himmel, stimmt etwas nicht?«, stoße ich aufgeregt hervor und bereue augenblicklich, überhaupt etwas gesagt zu haben. Das ist ein Problem: Ich rede zu viel, wenn ich nervös bin.

Ich bekomme keine Antwort und beobachte mit wachsendem Entsetzen, dass Betsy den Kopf von meinem Hörnchen abwendet, als wäre sie beleidigt. Sie wedelt mit der Hand in Archies Richtung, die Lippen theatralisch gespitzt. »Wasser«, keucht sie.

So schlimm kann es doch nicht sein!

Archie schnipst mit den Fingern, und sofort bringt sein persönlicher Assistent eine Flasche Fiji. Archie reicht sie Betsy, die gierig mehrere Schlucke trinkt. Ich spüre, dass ich rot werde. Meine Ohren leuchten, davon bin ich überzeugt. Ich versuche, nicht daran zu denken, dass die Kameras dies aus allen möglichen

Blickwinkeln filmen, damit später das beste Material zusammengeschnitten werden kann.

»Haben Sie Salz statt Zucker verwendet?«, krächzt Betsy schließlich. Ihre Frage klingt ausgesprochen höflich für jemanden, der gerade einen Mundvoll salzige Schokoladensahne gegessen hat.

»Nicht mit Absicht.« Mehr bringe ich nicht heraus. Ich spüre, wie sich der Boden unter mir auftut. Am liebsten möchte ich darin versinken. Ich habe Betsy Martin gerade ein Hörnchen mit salziger Schokosahne verkosten lassen! Beinahe hätte ich mich übergeben. Ihr Gesichtsausdruck besagt, dass sie das Gleiche empfindet. Noch nie in meinem ganzen Leben habe ich mich so geschämt.

Archie schüttelt den Kopf. »Ich glaube, ich verzichte darauf, zu probieren. Tut mir leid, Mann.«

»Wie schade, Peter«, sagt Betsy. »Die Hörnchen sehen so hübsch aus.« Ihre Stimme klingt noch immer ein wenig heiser. »Man würde nie darauf kommen, dass etwas damit nicht stimmt, wenn man sie nicht probiert hat.«

Ich trete vom Tisch zurück und reihe mich zwischen den anderen ein. Meine Wangen brennen immer noch vor Verlegenheit. Als Betsy und Archie sich den Broten der anderen Bäckerinnen und Bäcker zuwenden, werfe ich einen Blick auf die mit weißen Kristallen gefüllten Behälter auf meinem Backtisch. Sie sind unterschiedlich groß. Ich bin davon ausgegangen, dass der größere Zucker und der kleinere Salz enthält. Soweit ich weiß, ist das immer so. Hätte ich probiert, hätte ich die Füllung nur ein einziges Mal gekostet, so wie ich es zu Hause immer mache, hätte ich genügend Zeit gehabt, noch einmal von vorn anzufangen. Doch ich wollte vor der Kamera nicht so wirken, als wäre ich nicht selbstbewusst, und genau den Eindruck hätte ich erweckt, wäre ich dabei gefilmt worden, wie ich rohen Teig und Schokofüllung probiere. Ich schaue zu Melanie hinüber, die etwas abseits in einer Ecke des

Zelts steht. Ihre Arme sind verschränkt, ihre Haare wie immer zu einem eleganten Knoten geschlungen. Als sie bemerkt, dass ich sie ansehe, schüttelt sie heftig den Kopf und bedeutet mir mit kreisendem Zeigefinger, dass ich mich umdrehen und in Richtung der Kameras blicken soll. So, wie man es mir aufgetragen hat.

Als alle ihr Urteil entgegengenommen haben, kehre ich an meinen Backtisch zurück, stecke die Finger in den größeren Behälter und lasse eine Prise in meinen Mund rieseln. Meine Augen fangen an zu tränen, als das Salz auf meine Zunge trifft.

BETSY

Nachdem die Beurteilung abgeschlossen ist und die Wettbewerbsteilnehmer das Zelt verlassen haben, macht sich Betsy auf den Weg zum Haus. Sie ist erleichtert, dass sie Tag eins hinter sich gebracht hat, froh, dass ein entspannter Abend vor ihr liegt. Im Gehen knöpft sie ihren Blazer auf und freut sich jetzt schon, gleich in ihren Seidenpyjama schlüpfen, ihren Kaschmirbademantel anziehen und die Füße in die weichen Pantoffeln schieben zu können. Sie sehnt sich nach einem ruhigen, frühen Abendessen, allein, ohne Gesellschaft, mit einem Glas Brandy in ihrem privaten Wohnzimmer, dem ehemaligen Herrenzimmer ihres Vaters. Vielleicht wird sie sich irgendetwas Belangloses im Fernsehen anschauen.

Als sie das Foyer durchquert, fällt ihr zu ihrer Bestürzung ein, dass die Brandyflasche auf dem Barwagen leer ist. Sie könnte die Haushälterin anrufen und sie bitten, ihr eine neue Flasche nach oben zu bringen, doch es war einfacher, sich selbst darum zu kümmern. Also biegt sie seufzend in einen der Flure ein, die von der Eingangshalle abzweigen.

Der Weinkeller von Grafton Manor befindet sich hinter der Küche. Dieser Teil des Hauses liegt tiefer als der Rest, die Steinböden sorgen im Sommer auch in der Küche für eine gleichmäßige, kühle Temperatur. Als Kind hat sie es geliebt, barfuß darüber zu laufen, natürlich heimlich, ihre Mutter hätte ihr nie erlaubt, die Strümpfe aus zu lassen. Betsy liebte die gemauerte Kochstelle, die früher noch befeuert wurde, und den massiven Landhaustisch, der fast so breit war wie die Küche selbst. Sie liebte es, mit den Händen über die mit den Jahren abgenutzte Oberfläche zu streichen, die Messerkerben und andere Gebrauchsspuren im Holz zu ertasten. Hier verbrachte sie als Kind unzählige glückliche Nachmittage damit, zusammen mit der Hilfe Brotteig zu kneten, Laibe zu formen und Pie-Krusten auszurollen. Später probierte sie in ebendieser Küche die Rezepte für ihre Backbücher aus. Doch seit sie vor zehn Jahren mit der *Bake Week* auf Sendung ging, findet sie sich nur noch selten hier unten wieder. Sie kann sich kaum daran erinnern, wann sie das letzte Mal aus reinem Vergnügen gebacken hat, so wie früher. Einst war die Küche für sie ein Ort der Ruhe und Entspannung.

Ja, mittlerweile ist vieles anders geworden.

Eine Männerstimme dringt aus der Küche zu ihr und lässt sie zusammenfahren.

»Denkst du, das ist heute gut gelaufen?«

Betsy verharrt im Gang neben dem Türrahmen. Durch die offene Tür sieht sie Melanie. Sie lehnt am Tisch, eine Tasse mit dampfendem Kaffee neben sich. Betsy macht leise einen kleinen Schritt nach vorn und stellt fest, dass einer der Kameramänner bei Melanie ist. Der Dunkelhaarige mit dem Bart – Gordon oder Graham –, sie kann sich die Namen nie merken.

»Ja, es war okay heute«, antwortet Melanie. »Was allerdings nur mir zu verdanken ist. Das Ganze wäre ein einziges Desaster, wenn es mich nicht gäbe, das ist dir doch klar, oder? Die Show wäre so entsetzlich langweilig! Und die Quote würde ins Endlose abstürzen.« Beiläufig fasst sie sich an den Hinterkopf und löst ihren Haarknoten. Ihre schimmernde braune Mähne fällt ihr wie ein Wasserfall bis auf den Rücken.

»Der Tag heute war tatsächlich besser als alle Folgen der letzten Staffel zusammen«, bestätigt der Mann.

Wovon um alles auf der Welt reden die beiden? Am liebsten wäre Betsy in die Küche marschiert und hätte Melanie Bescheid gegeben, wie wenig sie mit dem Gelingen der Show zu tun hat, doch dann hält sie inne. Sie fragt sich, ob sie mit dieser Einschätzung wirklich richtigliegt oder ob Melanie mehr für die *Bake Week* tut, als sie, Betsy, zugeben will. Sie hat der Aufnahmeleiterin während der letzten Staffeln mehr und mehr Verantwortung übertragen, hat ihr sogar die finale Entscheidung bei der Auswahl der Kandidaten überlassen, eine Aufgabe, die Betsy früher voller Stolz selbst erledigte.

»Hoffentlich«, sagt Melanie und greift nach ihrer Tasse. »Bei manchen der Kandidaten frage ich mich, warum ich sie überhaupt ausgewählt habe. Ich bin froh, dass dieser idiotische Holzfäller abreisen muss. Er war einfach viel zu nett. Total langweilig.«

Peter? Was hat Melanie gegen Peter? Findet sie, dass er nicht interessant genug fürs Fernsehen ist? Betsy sieht, wie der Dunkelhaarige Melanie seine große Hand auf die Schulter legt. »Du wirst echt nicht genügend wertgeschätzt, dabei machst du hier so gut wie alles.«

Melanie lässt sich in seine Umarmung sinken. Betsy hofft, dass sie kein Verhältnis mit ihm hat. Sie hat doch sicherlich einen besseren Geschmack.

»Ich habe mir den Hintern aufgerissen für diese Frau, doch sie bekommt es nicht mal mit. Ehrlich gesagt, habe ich in letzter Zeit keine Ahnung, was sie überhaupt noch mitbekommt.« Melanie tippt sich mit dem Zeigefinger gegen die Schläfe.

Betsy klappt die Kinnlade herunter. Als Melanie weiterspricht, klingt ihre Stimme eisig und entschlossen. »Dieses Jahr werde ich endlich bekommen, was ich verdiene.«

Oh, diese jungen Leute! Was will sie? Eine Medaille, nur weil sie ihren Job macht? Betsy beißt die Zähne zusammen und schüttelt den Kopf. *Nein, nein, nein, so nicht, Miss Melanie. Das hier ist mein Haus. Meine Show. Ein bisschen mehr Respekt wäre angebracht von jemandem, der bis vor Kurzem noch eine völlig unbedeutende Assistentin war.* Es war Betsy gewesen, die Melanie unterstützt hatte, nicht andersherum. Sie hatte ihr Möglichkeiten geboten, von denen die meisten Assistentinnen nur träumten. Nun, es ist gut, jetzt zu wissen, wie Melanie wirklich tickt und dass sie ihr nicht vertrauen kann. Nicht, dass Betsy irgendwem wirklich vertraut. Sie weiß, dass so gut wie jeder sie enttäuscht.

Sie denkt an ihre Mutter. Josephina Grafton hätte eine derartige Respektlosigkeit in Grafton Manor niemals geduldet. Sie wusste, dass man das Personal mit strenger Hand führen und den Überblick darüber behalten musste, was wer vorhatte und welche Allianzen wer mit wem einging. Betsy erinnert sich gern an die Zeiten, in denen ihre Eltern beide noch am Leben waren. Bevor *ihr* die Verantwortung für das Anwesen zufiel. Damals hielt ein ganzer Stab von Angestellten Grafton Manor am Laufen. Es gab einen Gärtner für die Außenanlagen, eine Kinderfrau für Betsy, drei Hausmädchen und eine Hilfe, die für die Familie kochte und backte und mit im Haus wohnte. Ihre Mutter verlangte Perfektion. Sie war absolut detailversessen, und es entging ihr nie, wenn das Personal nachlässig war oder pfuschte.

Genau aus diesem Grund war das Haus stets makellos gewesen, der Garten tadellos in Schuss, wenn ihr Vater die gehobene Gesellschaft Neuenglands, die er aus seinen Banker-Tagen in New York kannte, in Grafton Manor empfing.

Ihre Eltern hatten oft Gäste. Betsy muss daran denken, wie sie als Kind in ihren gestärkten Taftkleidern im Salon sitzen durfte, neben ihren Eltern, die Martinis tranken und sich mit den Gästen unterhielten. Beim Abendessen hatte sie nie dabei sein dürfen, doch sie weiß noch genau, wie sie zur Cocktail-Stunde herunterkam und das Tafelsilber auf dem gedeckten Tisch bewunderte, die Kristallgläser, die im Licht funkelten. Manchmal hatte sie sich aus dem Bett und die Treppe hinunter zum Treppenabsatz im ersten Stock geschlichen. Dort hatte sie sich hingehockt und die Gespräche der Erwachsenen belauscht. Gelegentlich spielte jemand auf dem Flügel, und ihr Vater stimmte ein fröhliches Lied an, was alle zum Lachen brachte. Wenn ihr Vater sang, wusste sie, dass die Party gelungen war. Damals war sie noch sehr jung gewesen.

Als sie zwölf wurde, war es mit den schicken Dinnerpartys vorbei. Die Zeiten änderten sich, Wochenendaufenthalte in alten Herrenhäusern wie ihrem kamen aus der Mode. Heute war in Grafton Manor nichts mehr so wie einst.

Die Erinnerungen wecken in ihr den verzweifelten Wunsch nach einem Drink. Sie huscht durch den Flur, weg von der Küche, zurück ins Foyer und von dort aus die Treppen hinauf in ihre Räumlichkeiten im Ostflügel. Ohne Brandy. Sie wird die Haushälterin anrufen und sie bitten, ihr eine neue Flasche zu bringen. Genau das hätte sie gleich tun sollen.

STELLA

Wir sechs Kandidaten versammeln uns um einen Kamin in der Bibliothek. Bis auf Pradyumna, der begeistert Scotch aus einem kunstvoll geätzten Tumbler trinkt, halten wir alle ein Glas Wein in der Hand. Ich habe mich in einen Ohrensessel neben dem Feuer fallen lassen, die Schuhe abgestreift und strecke nun die in Socken steckenden Füße den wärmenden Flammen entgegen. Heute war ein schwülwarmer Tag, doch die Temperatur ist gefallen, und hinter den dicken Steinwänden des alten Gemäuers, umgeben von Wald, ist es ohnehin kühl. Wir befinden uns tatsächlich mitten im Nirgendwo, was genügt, um ein Stadtmädchen wie mich nervös zu machen. Ich schiebe die Vorstellung an zu viel Natur beiseite und nehme einen Schluck Wein.

»Auf Gerald! Gratuliere«, sagt Peter und hebt das Glas. Er ist echt freundlich, denke ich. Es kann nicht leicht sein, hier zu sitzen, obwohl man sich als Erster verabschieden muss. Schon gar nicht, wenn man die Umstände in Betracht zieht. Salz und Zucker zu verwechseln ist wirklich eine dumme Sache, vor allem wenn man bedenkt, dass bei keinem anderen von uns im großen Behälter Salz war.

»Es ist alles eine Frage des richtigen Verhältnisses«, erwidert Gerald. Seine Pingeligkeit wäre unerträglich, läge nicht klar auf der Hand, dass er nicht anders kann. Er scheint nüchterne Fakten zu lieben. Ich halte mein Weinglas in die Höhe und beuge mich vor, um mit den anderen anzustoßen. Der Wein in Grafton Manor ist – genau wie alles andere – perfekt. Ich nehme einen großen Schluck.

»Es tut mir wirklich leid, dass du schon gehen musst, Peter«, sage ich und stelle fest, dass es stimmt – ich *bin* traurig, dass Peter die Show verlässt. Es ist verblüffend, wie einen ein einziger Tag im Zelt mit den anderen zusammenschweißt. Ich weiß, dass ich diejenige gewesen wäre, die man nach Hause geschickt hätte – wäre nicht das Missgeschick mit dem Salz passiert. Meine Brote konnten den Anforderungen nicht gerecht werden. Sie waren weder sonderlich originell noch ihre Herstellung gut durchdacht, und Brot verzeiht nicht. Ich trinke einen weiteren großen Schluck, um einen freien Kopf zu bekommen und Betsys Gesichtsausdruck zu vergessen. Zum Glück spiegelte er keine Enttäuschung wider. Ich glaube nicht, dass ich das ertragen hätte. Allerdings erntete ich auch nicht das lobende Lächeln, nach dem ich mich so sehne. Die Brote der anderen haben mir gezeigt, wie unerfahren ich bin. Das war demütigend, und ich bin dankbar und erleichtert, dass ich trotzdem morgen wieder mit dabei bin, ganz gleich, aus welchem Grund.

Ich leere mein Glas und greife nach der Flasche, die auf dem niedrigen Couchtisch in unserer Mitte steht. Ich weiß nicht, ob es am Wein liegt oder an der Erleichterung, dass ich den heutigen Tag überstanden habe, doch ich spüre, wie mich ein warmes Gefühl durchflutet. Wie immer dieses Wunder geschehen konnte – ich nehme am zweiten Wettbewerbstag teil, und ich verspreche mir selbst, dass ich mich morgen besser schlagen werde.

»Ich kann es immer noch nicht fassen, dass ich Salz mit Zucker verwechselt habe! Ich habe sogar gekostet, bevor ich es in die Schüssel geschüttet habe, und ich könnte schwören, dass das Salz in dem kleinen Behälter war und der Zucker im großen. Aber da habe ich mich wohl vertan. Leider habe ich dann die Füllung selbst nicht probiert.« Peter schüttelt den Kopf, noch immer ungläubig, wie ihm so etwas passieren konnte. »Nun ja, es sollte wohl so sein«, fügt er tapfer hinzu, aber es ist ihm anzusehen, wie verunsichert er sich fühlt.

»Solche Fehler passieren eben«, schaltet sich Pradyumna ein. »Um ehrlich zu sein, erstaunt es mich, dass es nicht mich getroffen hat.«

»Im Grunde ist ein solcher Fehler leicht zu verhindern. Man muss nur auf die Körnung achten«, sagt Gerald und ignoriert den gereizten Blick, den Peter ihm zuwirft. Gerald scheint den Wein ebenfalls zu mögen. Er hat seine Fliege gelockert, die nun lose um seinen Hemdkragen hängt. »Backsalz ist für gewöhnlich feiner als Zucker.«

»Zur Kenntnis genommen, Gerald. Und nun lasst den Mann in Ruhe seinen letzten Abend mit uns genießen«, sagt Lottie freundlich.

Hannah sitzt auf einem Sofa neben Lottie, das Weinglas im Schoß. Sie scheint sich unwohl zu fühlen, und sie hat den ganzen Abend über noch kaum ein Wort gesagt. Dass sie die Jüngste von uns ist, muss schwer für sie sein. Ich weiß, dass sie sich Gedanken darüber macht, wie die anderen sie sehen; ich kenne das Gefühl. Wenn man älter wird, glorifiziert man oft die Jugend, aber wenn man so jung ist wie Hannah, möchte man gern erwachsen wirken, auch wenn man sich nicht so fühlt – gerade *weil* man sich nicht so fühlt.

»So, sind alle bereit für den morgigen Tag?«, fragt Lottie, sieht von einem zum anderen und zuckt zusammen, als ihr Blick auf Peter fällt. »Entschuldige, Peter.«

»Schon gut.« Er setzt das Glas an die Lippen, legt theatralisch den Kopf in den Nacken und leert den Wein in einem Zug.

»Was glaubt ihr, was wir als Nächstes backen sollen?«, frage ich und spüre, wie die Nervosität zurückkehrt. Fast hätte ich vergessen, dass wir uns morgen erneut der Herausforderung stellen müssen – jeden Tag, bis man mich nach Hause schickt. Plötzlich kommt mir das alles sehr anstrengend vor.

»Ich hoffe, wir müssen Pies machen oder vielleicht etwas Sahniges«, sagt Hannah.

Pradyumna grinst anzüglich und lässt den Scotch in seinem Glas kreisen. »Ich liebe Sahneschnitten.«

Ich weiß, dass das ein blöder Witz ist, aber der Wein bringt mich zum Kichern, und plötzlich kann ich nicht mehr aufhören zu lachen. Ich begegne Pradyumnas Blick, der auf der gegenüberliegenden Seite des Kamins sitzt. Er zwinkert vergnügt. Mein Gott, er sieht wirklich wahnsinnig gut aus, und das weiß er vermutlich. *Nein, du hältst dich von ihm fern, Stella. Du kannst in dieser Hinsicht nicht noch mehr Probleme gebrauchen.*

Es ist schwer zu glauben, dass seit unserer Ankunft erst ein Tag vergangen ist. Schon jetzt habe ich das Gefühl, ich würde die Gruppe ewig kennen. Als hätten wir gemeinsam etwas durchgestanden.

»Es ist schön, mal eine Pause von der realen Welt zu haben, nicht wahr?«, fragt Peter und sieht uns mit glänzenden Augen an.

»Das kannst du laut sagen.« Pradyumna füllt sein Glas mit Scotch nach und trinkt einen Schluck.

Es *ist* schön, mal rauszukommen. Die Woche wird vergehen wie im Flug, erkenne ich traurig. Die Vorbereitungen für die Sendung haben mir etwas gegeben, worauf ich mich konzentrieren konnte. Ich frage mich, was ich tun soll, wenn die Dreharbeiten abgeschlossen sind. Ich versuche, nicht an meine Rückkehr nach Hause zu denken, an den Job, den ich mir suchen muss, sobald das hier vorbei ist. *Fokussiere dich aufs Hier und Jetzt,* sage ich zu mir selbst. *Pies und Sahnetorten.*

»Ich werde mich dann mal zurückziehen«, sagt Lottie und steht auf.

»Im Gegensatz zu uns besteht sie auf ihrer Nachtruhe. Das ist Betrug, Lottie!«, schimpft Pradyumna und droht ihr spielerisch mit der Faust.

»Ihr solltet euch besser in Acht nehmen, ich bin echt unschlagbar in der Küche, wenn ich gut geschlafen habe«, geht Lottie auf seine Neckerei ein, dann nimmt sie ihr leeres Glas vom Couchtisch und verschwindet in Richtung Flur. Ich empfinde große Zuneigung für sie, vor allem, weil sie mir gestern den Weg gezeigt hat. Kaum zu glauben, dass ich wegen dieser Frau beinahe einen Herzinfarkt bekommen hätte. Ich frage mich, was sie dort oben in dem Zimmer zu suchen hatte; was für ein seltsamer Zufall, dass wir beide in diesem abgelegenen Raum gelandet sind.

»Gute Nacht, Lottie!«, rufe ich ihr nach. Ich spüre, dass meine Lider ebenfalls schwer werden. Im Zimmer wird es still. Ich sollte jetzt wirklich aufhören zu trinken, wenn ich morgen einen anständigen Backtag hinbekommen will. Der Wein schmeckt jedoch sehr gut, und ich spüre, wie er mich von innen heraus wärmt. Ich will nur noch mein Glas austrinken ...

Ein Scheit kracht laut im Kamin. Ich fahre zusammen. »Gott, hab ich mich erschrocken.« Ich lache über mich selbst.

»Es muss ziemlich unheimlich sein, ganz allein in diesem Haus zu wohnen.« Ich drehe mich zu Hannah um, überrascht, ihre Stimme zu hören. Ihr Oberkörper ist auf ihren Arm auf der Sofalehne gesunken. Ihre Augenlider mit dem dicken Lidstrich sind halb geschlossen, und plötzlich mache ich mir Sorgen, dass wir sie dazu verleitet haben, zu viel zu trinken. Ich weiß, dass das albern ist. Sie ist zwar noch jung, aber kein Kind mehr. Ich bin mir sicher, dass sie schon oft mit ihren Freundinnen unterwegs war und nicht einen Haufen älterer Leute braucht, die ihr ihre Grenzen aufzeigen.

»Genau genommen lebt Betsy hier nicht allein«, schaltet sich Gerald ein, wieder mit dieser väterlich-besserwisserischen Stimme. »Sie hat doch fünf Angestellte.«

Ärger blitzt in Hannahs Gesicht auf. »Aber die sind, *genau genommen*, nicht ihre Freunde.« Sie sieht sich in der Bibliothek um. »Außerdem denke ich, dass sie abends gehen. Also hat sie niemanden, mit dem sie sich einen Film ansehen kann, und das Haus ist so groß.« Das Feuer brennt herunter, aber keiner macht Anstalten, ein neues Scheit aufzulegen. Es wird langsam spät. Wir sollten ins Bett gehen. Morgen ist für uns alle ein weiterer großer Tag.

»Ich sage euch, ich bin nicht traurig, wenn ich diese unheimlichen Geräusche nicht mehr hören muss«, unterbricht Hannah meine Gedanken.

Pradyumna schaut auf. »Ach? Was denn für Geräusche?«

»Ich schwöre, dass ich letzte Nacht jemanden im Zimmer über mir auf und ab gehen gehört habe.« Sie flüstert, als fürchtete sie, das Haus könnte sie belauschen. »Ich habe heute Morgen Melanie danach gefragt, und sie sagt, dass niemand im dritten Stock war.«

»Ich habe mich ohnehin gefragt, was es mit dem dritten Stock auf sich hat«, schaltet sich Pradyumna ein. Sein Gesicht liegt im Schatten, aber sein Scotchglas fängt das Licht ein. Die Flüssigkeit darin leuchtet in einem satten Bernsteinton. »Hat irgendwer eine Treppe entdeckt, die dort hinaufführt?«

»Nein, aber es muss ja eine geben«, sage ich betont beiläufig. Nachdem ich mich gestern so verirrt habe, habe ich das Haus nicht weiter erkundet. Stattdessen ziehe ich es vor, mich an die mir jetzt bekannten Wege zum Speiseraum und zur Küche zu halten. »Vielleicht ist sie hinter einer Tür verborgen.«

»Für gewöhnlich sind in den oberen Stockwerken die Dienstboten untergebracht«, lässt sich Peter vernehmen. »Die Treppen dorthin befinden sich in der Regel am Ende der Flure – versteckt, damit die dienstbaren Geister unsichtbar bleiben.«

»Verrückt«, sage ich und verdrehe die Augen.

»Viktorianisch.« Peter zuckt mit den Achseln.

»Ich habe den ganzen zweiten Stock abgesucht und keine weitere Treppe gefunden«, sagt Pradyumna. »Merkwürdig, nicht wahr? Ein Stockwerk, das niemand erreichen kann?«

»Vielleicht gibt es eine im Ostflügel, wo Betsy wohnt«, gebe ich zu bedenken.

Die Ecken der Bibliothek werden immer dunkler. Die Scheite im Kamin sind nun fast gänzlich heruntergebrannt. Ich spüre, wie ich innerlich schaudere, und versuche nicht daran zu denken, dass ich mich wieder wie gestern Abend verlaufen könnte. Für einen Moment sagt niemand ein Wort, als würden wir alle auf das Knarzen der Bodendielen lauschen. Pradyumna fährt mit dem Zeigefinger über den Rand seines Tumblers. Ich sehe, wie sein Blick zum Barschrank schweift, als überlege er, sich ein weiteres Mal nachzuschenken.

»Ich habe einmal ein Spukhaus renoviert«, sagt Peter.

»Unwahrscheinlich«, hält Gerald dagegen, doch die anderen beugen sich gespannt vor.

»Wirklich? Woher wusstest du, dass es dort spukt?«, fragt Hannah. Ihre Stimme ist kaum mehr als ein Wispern.

Ich ziehe meine Füße auf den Sessel. Das Blut rauscht in meinen Ohren.

»Anfangs war es das Übliche – Dinge, die sich bewegten, seltsame, scharrende Geräusche. Doch dann war dort dieser Schatten an der Wand.«

Mein Herz setzt aus, und plötzlich wünsche ich mir, er würde aufhören zu reden. Ich habe nämlich ein dummes Problem: Wenn ich Angst habe, werde ich ohnmächtig. In der einen Minute geht es mir gut, und dann hämmert mein Herz plötzlich so heftig, als wollte es meinen Brustkorb sprengen, und mein Körper schaltet einfach ab. Gestern wäre das um ein Haar passiert, aber mit Lottie zu reden, hat mir geholfen.

Es ist verrückt, denn früher fand ich es toll, mich zu gruseln, und hielt es für einen spaßigen Zeitvertreib, Horrorromane und True-Crime-Dokus über grausame Morde zu verschlingen. Jetzt kann ich mir nicht mal mehr einen Gruselfilm ansehen oder in einen Aufzug steigen, ohne vor Panik auszurasten. Manchmal passiert es schon, wenn ich nachts in meiner Wohnung ins Bad gehe und an etwas Schlimmes denke. Ich weiß, wenn sich etwas anbahnt, denn ich bemerke eine Veränderung. Als Erstes verschwimmt mein Gesichtsfeld, dann verengt es sich zu einem dunklen Tunnel. Mein Körper wird zunächst sehr schwer, und dann ist es, als würde er von mir wegtreiben. Als Nächstes werde ich irgendwo auf dem Fußboden wach, ohne mich zu erinnern, was eigentlich passiert ist.

Ich atme tief ein und versuche, dagegen anzukämpfen. Es wäre so peinlich, wenn ich vor all den Leuten, die ich kaum kenne, das Bewusstsein verliere!

»Was für einen Schatten? Wo hast du ihn gesehen?«, fragt Hannah. Ihre Stimme klingt, als wäre sie weit weg.

Peter beugt sich vor. »Ich habe in diesem sehr alten Haus einen Treppenaufgang renoviert. An der Decke hing ein Kronleuchter, den ich zur Reinigung abnehmen musste. Er war schwer, beladen mit Kristallen. Der Schatten befand sich auf der Wand hinter den untersten Stufen. Er sah aus wie eine Gestalt. Zunächst dachte ich, die Vorhänge wären die Ursache dafür. Draußen war es windig, und das Fenster stand offen. Es hatte jedoch Jalousien, keine Vorhänge, außerdem war es draußen bewölkt, woher sollte also das Licht für den Schatten kommen? Der Schatten in Menschengestalt schwankte hin und her. Es sah aus, als würde er schweben.«

Die Ränder meines Blickfelds fangen an zu verschwimmen.

»Das ist ja unheimlich«, haucht Hannah neben mir.

»Hast du herausgefunden, woher er kam?«, fragt Pradyumna.

»Nein, aber ich habe Nachforschungen angestellt und herausgefunden, dass sich einer der früheren Besitzer des Hauses im Treppenaufgang erhängt hat. *Am Kronleuchter.* Ich habe den Kronleuchter also wieder aufgehängt und den Schatten danach nicht mehr gesehen.«

»Das ist ja eine verrückte Geschichte!« Pradyumna klopft sich aufs Knie, die Eiswürfel klackern in seinem Glas.

»Ich sollte jetzt ebenfalls ins Bett gehen«, sage ich so unbefangen wie möglich, bemüht, meine seltsame Reaktion zu verbergen, auch wenn ich sehr schnell aufstehe. Zu schnell. Mein Kopf dreht sich, und ich fasse hastig nach der Stuhllehne, damit ich nicht umkippe.

»Alles okay?« Peter springt auf und streckt die Hand nach mir aus.

»Alles gut, keine Sorge! Ich hätte vermutlich das letzte Glas Wein nicht trinken dürfen.« Mit schweißnasser Handfläche wische ich seine Bedenken beiseite, ein Lächeln aufs Gesicht geklebt. Zumindest hoffe ich, dass es aussieht wie ein Lächeln. Plötzlich wünsche ich mir nichts mehr, als endlich im Bett zu liegen. Ich versuche, unbeschwert zu klingen. »Heute war ein anstrengender Tag. Ihr werdet mich morgen haushoch schlagen, wenn ich mich jetzt nicht ausruhe.«

»Schaffst du es bis in dein Zimmer?«, fragt Peter.

»Aber sicher. Es geht mir gut, danke. Gute Nacht!« Doch es geht mir nicht gut, ganz und gar nicht. Ich verlasse die Bibliothek und wanke durch den Flur, wobei ich versuche, den Blicken der unheimlichen Porträtbilder an den brokatbespannten Wänden auszuweichen, die auf mich herabstarren. *Einen Fuß vor den anderen setzen, Stella. Schritt für Schritt.* Ich beobachte, wie meine Füße über den glänzenden Holzboden tappen. Im Gehen zähle ich im Kopf rückwärts: *Zehn, neun, acht, sieben, sechs.* Ganz langsam normalisiert sich meine Sicht. Ich steige die Treppenstufen hinauf und gehe durch den schmalen Flur, der zu meinem Zimmer führt. *Fünf, vier, drei, zwei, eins.*

»Eine Traumareaktion«, nannte eine Therapeutin meine Blackouts. »Bis wir das in Angriff nehmen, was Ihnen zugestoßen ist«, teilte sie mir bei einer unserer ersten Sitzungen mit, »werden Sie diese Ohnmachtsanfälle weiterhin heimsuchen.« Kurz darauf brach ich die Therapie bei ihr ab. Das Zählen war das Einzige, was ich von ihr mitnahm, und es ist das Einzige, was mir hilft, meinen Körper aus dem Panikmodus herauszureißen. Wenn ich mich auf die Zahlen konzentriere, holt mich das in die Gegenwart zurück, befreit mich von der Angst, ganz gleich, in welchem Stadium der Furcht ich mich befinde. Nur das funktioniert. Und das Backen.

Als ich anfing zu backen, brauchte ich keine Therapie mehr. Ich bewarb mich nicht für neue Jobs und verbrachte meine Zeit stattdessen damit, zu lernen, wie man Torten überzieht, Füllungen in Windbeutel spritzt und perfekte Brotlaibe formt. Beim Backen ist man gezwungen, sich voll und ganz auf den Moment zu konzentrieren, damit das, was man gerade fabriziert, gelingt. Beim Backen verspürte ich keine Angst, redete ich mir ein. Was vermutlich nicht stimmt.

Ich gelange zu meinem Zimmer und stoße die Tür auf. Beinahe erwarte ich, einem Geist gegenüberzustehen, vielleicht einem Mann, der vom Kronleuchter baumelt, aber alles ist still und unauffällig, nur die Gardine bauscht sich leicht im Wind. Ich eile zum Fenster und schließe es, dann schiebe ich den Riegel vor. Anschließend gehe ich zum Bett mit seinem gartengrünen Himmel und lasse mich auf die Matratze fallen. Ich schalte die Nachttischlampe ein, ziehe die Decke unters Kinn und zähle rückwärts, bis ich eingeschlafen bin.

HANNAH

Als ich mein zweites Glas Wein trinke, stelle ich fest, dass sämtlicher Alkohol, den ich zuvor probiert habe, im Vergleich mit diesem edlen Tropfen ein billiges Gesöff ist – das Bier, das Ben trinkt, der aromatisierte Wodka, den Mom so gern in ihre zuckerfreie Sprite mischt, die Alkopops, die meine Freundin Emma auf dem Rücksitz ihres Wagens gebunkert hat und die sie warm aus der Dose kippt.

Ich habe immer behauptet, ich würde Alkohol hassen, aber jetzt wird mir klar, dass ich nur keine Lust hatte, so einen Mist zu trinken. Dieser Wein schmeckt mir. Ich spüre, wie er mir ins Blut geht und mich locker werden lässt. Ich fühle mich angenehm entspannt. Vorher habe ich nie verstanden, warum man überhaupt zu Alkohol greift, ich war noch nie zuvor beschwipst. Nun aber verspüre ich ein zunehmendes Gefühl der Euphorie, ein bisschen so, als würde ich schweben.

Langsam steige ich die Treppe hinauf. Ich gestatte mir, so zu tun, als würde ich in Grafton Manor leben. In meiner Vorstellung bin ich mit Betsy Martin befreundet. Auf dem Treppenabsatz im ersten Stock blicke ich sehnsüchtig zum Ostflügel. Wäre es so schlimm, einen kleinen Blick zu riskieren? Ich husche die Stufen hinauf und schlendere auf die große Glasflügeltür oben zu, dann spähe durch die Scheibe in einen langen, holzvertäfelten Flur. Ich lege die Hand auf den glänzenden goldenen Türgriff. Er fühlt sich kühl an. Nicht wie die einfachen Türklinken in meiner Wohnung. *Nein,* rufe ich mich selbst zur Ordnung. *Mach kehrt, bevor du dich in Schwierigkeiten bringst. Du weißt, dass du nicht hier sein darfst.* Als ich mich umdrehe, um die Stufen wieder hinunter zu dem großen Treppenabsatz zu gehen, stoße ich mit voller Wucht mit Archie Morris zusammen.

»Ups! Was machst du denn hier, junge Dame?« Er lacht freundlich, als ich nach hinten taumele, und fasst mich bei den Schultern, damit ich nicht falle. Ich spüre seine warme Hand auf meinem Schlüsselbein. Sie ist breit und kräftig, und sie gibt mir Halt. Ich lache. Morgen bin ich bestimmt verlegen wegen dieses Zusammentreffens, aber das ist mir im Augenblick egal.

»Oh, ich bin auf dem Weg zu meinem Zimmer. Vorausgesetzt, ich schaffe es bis dahin.« Die Worte platzen förmlich aus mir heraus.

»Ich glaube, dein Zimmer ist in der anderen Richtung«, versucht Archie, mir aus der Verlegenheit zu helfen.

»Ich wollte da nicht reinschleichen, nur mal durch die Scheibe gucken«, sage ich. Mir ist warm von dem Wein. Ich fühle mich beschwingt und habe auf einmal keine Lust mehr, ins Bett zu gehen.

»Hoppla! Immer langsam mit den jungen Pferden!« Archies Griff wird fester. Ich muss wohl leicht vornübergekippt sein, denn plötzlich lehne ich an ihm, meine Schulter ruht an seiner Brust. Vom Verstand her weiß ich, dass ich Archie Morris nicht berühren sollte. Dass es verpönt ist, wenn sich eine Kandidatin einem Moderator gegenüber so verhält. Aber genau deshalb trinken Leute Alkohol, wird mir klar – eine schockierende Erkenntnis. Alkohol sorgt dafür, dass man sich nicht um die Konsequenzen seines Handelns schert. Das gefällt mir. Ich kann Archies Eau de Cologne jetzt stärker riechen als zuvor. Es ist wie der Wein – komplex. Reich. Ich möchte einfach nur in der Nähe sein.

Ganz ruhig, sage ich zu mir selbst, dann blicke ich zu ihm auf. Ich kann den Bartschatten sehen, der sich nach dem langen Drehtag auf seinem Kinn gebildet hat. Er ist stellenweise grau. Ich rechne damit, dass er mich von sich schiebt, mich in mein Zimmer schickt, aber er regt sich nicht. »Wie ist es hier?«, flüstere ich theatralisch. »Im *Ost*flügel?«

»Oh, dort gibt es haufenweise Diamanten und ganze Kammern voll Champagner. Du würdest es schrecklich finden.« Er lächelt verschmitzt.

Ich grinse ihn entzückt an. »Woher weißt du, was ich schrecklich finde?«

Seine Augenbrauen schießen amüsiert in die Höhe. Ich stelle mir vor, wie ich später meiner Mom von dieser Begegnung berichte, wie sie vor Begeisterung quietscht. »Nein, das hast du niemals gesagt!«, wird sie kreischen, davon bin ich überzeugt.

»Gute Frage«, sagt er und macht einen Schritt zurück. Mir wird schwer ums Herz. Jetzt wird er mir sagen, dass ich ein braves Mädchen sein und ihn in Ruhe lassen soll. Er dreht sich um, wirft einen Blick auf die Glastür, dann schweifen seine Augen zur Haupttreppe hinunter. Alles ist still. Keiner zu sehen. Als er anfängt zu sprechen, klingt seine Stimme tief und verschwörerisch. »Okay, ich lasse dich einen Blick in den Ostflügel werfen, aber du musst mir versprechen, dass du es niemandem verrätst. Kannst du ein Geheimnis für dich behalten?«

Ich verschließe meine Lippen mit einem unsichtbaren Schlüssel und folge Archie Morris durch die Glastür in den Flur.

PRADYUMNA

Tut mir leid, Mann.« Wir zwei sind die Letzten in der Bibliothek. Mehrere leere Weinflaschen stehen zwischen uns auf dem Tisch. Peter ist definitiv untröstlich, weil er schon nach Hause fahren muss. Ich kann mir vorstellen, wie sich das anfühlt, auch wenn ich selbst tatsächlich nie so empfunden habe. Untröstlichkeit ist etwas für Menschen, die nicht über meine Ressourcen verfügen.

»Ich kann nicht fassen, dass ich ihr das angetan habe.« Er blickt in sein leeres Glas, als hätte er ein Verbrechen begangen, für das es keine Buße gibt.

»Meinst du Betsy?« Ich lege amüsiert die Stirn in Falten. »Nun, sie hat ein bisschen Salz gegessen, das wird sie schon überleben.« Mal ehrlich, die Leute hier behandeln diese Frau, als wäre sie eine Art Gottheit, was ich für ziemlich lächerlich halte. Bevor ich herkam, hatte ich mir die *Bake Week* nicht mal regelmäßig im Fernsehen angeschaut. Eine derartige Besessenheit ist mir fremd. Die Sendung ist nett, aber nicht meine Vorstellung von Unterhaltung. Ich bevorzuge Spannenderes mit ein, zwei Explosionen, etwas, was mich fesselt, weil mir schnell langweilig wird. Und aus dem Grund bin ich auch überhaupt bei der *Bake Week* – wegen des Nervenkitzels.

Ich strecke die Hand nach einer neuen Weinflasche aus und inspiziere das Etikett. »Hast du Lust, noch einen aufzumachen? Das hier ist ein großartiger Montepulciano.«

Ich öffne die Flasche und halte sie Peter hin, doch der schüttelt den Kopf.

»Wie du meinst«, sage ich. Er sieht zu, wie die rubinrote Flüssigkeit in mein Glas strömt, dann zuckt er die Achseln und reicht mir kapitulierend seins.

»Warum nicht? Ich werde jetzt einfach meinen letzten Abend hier genießen. Schließlich muss *ich* morgen nicht backen.«

»Das ist die richtige Einstellung.« Ich schenke ihm ein.

Peter lehnt sich zurück und betrachtet die glühenden Scheite. »Schade. So langsam werde ich schlau aus diesem Haus, und jetzt nützt es mir nichts mehr.«

»Was meinst du?« Ich setze mich auf und schaue ihn interessiert an.

Er wirft einen Blick über die Schulter in Richtung Tür, dann beugt er sich vor, als wolle er mir vertrauliche Informationen mitteilen.

»Nun, du weißt ja, dass die Treppe vom zweiten Stock aus nicht weiter nach oben führt«, sagt er mit gedämpfter Stimme.

Ich nicke eifrig. Das Thema fasziniert mich, das muss ich zugeben. »Stimmt, und das ist seltsam. Ich habe mich gestern Abend auch gewundert, als ich durchs Haus geschlendert bin – immerhin gibt es einen dritten Stock.«

Peter nickt. »Und deshalb muss auch eine Treppe dorthin existieren. Nach dem Abendessen habe ich mir also von Gerald die Baupläne zeigen lassen, die er nach Grafton Manor mitgebracht hat, und ich hatte recht: Laut der Pläne befindet sich eine Treppe im Westflügel am Ende des Hauptflurs im zweiten Stock, doch dort habe ich keine gesehen.«

»Du meinst, der Flur, an dem unsere Zimmer liegen, ist wie eine Sackgasse, hinter der es eigentlich noch weitergeht?«

Peter nickt.

»Denkst du, die Treppe ist noch da?«

»Es sei denn, man hat sie komplett entfernen lassen.«

»Kannst du dir das vorstellen?«

»Möglich ist es. Aber es würde nicht viel Sinn ergeben. Allein aus Sicherheitsgründen ist es wichtig, dass man eine Möglichkeit hat, den dritten Stock zu erreichen. Man kann ja nicht einfach einen Teil des Hauses dem Verfall anheimgeben.«

»Glaubst du, im Ostflügel gibt es eine Möglichkeit, nach oben zu gelangen?«

»Das kann durchaus sein, aber in den Bauplänen ist keine eingezeichnet.« Es scheint, als würde er das Interesse verlieren. Seine Augen werden glasig und müde. Im Geiste packt er vermutlich bereits seine Sachen und legt sich die Reiseroute nach New Hampshire zurecht.

Im Kamin erlöschen die letzten Flammen, zurück bleiben nur ein paar glühende Kohlen. Laut Uhr auf dem Kaminsims ist es schon nach Mitternacht. Die anderen sind alle im Bett, jeder Einzelne nervös wegen des morgigen Wettbewerbs. Ich mache mir keine Sorgen. Das tue ich ohnehin selten. Mitunter frage ich mich sogar, ob ich mir *deswegen* Sorgen machen muss.

Peter gähnt. »Ich gehe jetzt besser ins Bett. Morgen habe ich eine lange Fahrt vor mir.« Er stemmt sich vom Sofa hoch. Obwohl ich weiß, dass er von mir vermutlich dasselbe erwartet, mache ich keinerlei Anstalten, ihm zu folgen.

»Geh ruhig schon vor, ich bleibe noch ein bisschen auf. Ich bin ein typischer Kandidat für Schlaflosigkeit.«

Allerdings werde auch ich mich bald hinlegen. Ich will mir nur noch ein klitzekleines bisschen von dem ausgezeichneten Scotch in mein leeres Weinglas einschenken – Betsy Martin weiß wirklich, wie man einen Barschrank befüllt –, bevor ich mich in mein Zimmer zurückziehe. Ich mag vielleicht kein langjähriger Fan der *Bake Week* sein, aber diese Erfahrung – vorübergehender Aufenthalt in einem Herrenhaus auf dem Land, TV-Auftritte, Umgang mit einer Gruppe von Fremden – ist zu neuartig, als dass ich das ganze Drumherum nur wegen des Wettbewerbs vernachlässigen möchte. Es ist Teil des Spaßes. Es wäre nett zu gewinnen, doch mir geht es vorrangig darum, das Ganze zu genießen.

Ich stehe auf, verlasse die Bibliothek, gehe langsam, das Glas in der Hand, durch den Flur und bewundere die Kunstwerke an den Wänden. Die meisten sind nicht so mein Ding. Würde ich dem Mainstream folgen wollen, würde ich ausgefallenere Werke bevorzugen – wie die von Cindy Sherman oder Anselm Kiefer. Das, was hier hängt, ist mir zu sehr Kolonialstil – Schafe auf Wiesen, Landgüter im Hintergrund; Frauen in unvorteilhaften Kleidern, die mir gedankenverloren von den Bildern entgegenstarren.

Ein Gemälde lässt mich innehalten. Eine kleine Leinwand, bemalt in kräftigen, dunklen Farben mit sichtbaren Pinselstrichen, die das Selbstbewusstsein des Malers widerspiegeln. Auf den ersten Blick kein außergewöhnliches Thema – nur das Porträt einer jungen Frau. Sie sitzt auf einem hochlehnigen Stuhl, ihre Finger sind lang und knochig und umklammern fest die Armlehnen. Es ist ihr Gesicht, das mich fesselt. Der Mund, herzförmig, mit sanft geschwungenen Lippen, wirkt entspannt, doch die Augen blicken hart und durchdringend, das Kinn ist leicht vorgereckt, als wollte sie den Maler herausfordern, als lodere eine kalte Wut in ihr. Noch seltsamer aber ist, dass mir die Frau irgendwie bekannt vorkommt.

Morgen werde ich die anderen fragen, was sie davon halten. Ich schlendere weiter, vorbei an den leeren Blicken der Ritterrüstungen und die Haupttreppe hinauf bis zu dem großen Absatz, an dem sich die Treppe teilt. Vor Betsy Martins Räumlichkeiten im Ostflügel zur Linken befindet sich eine Glastür mit kunstvoll gearbeiteten Messinggriffen, die mich wie magisch anzieht. Ich steige die Stufen hinauf und mache ein paar Schritte darauf zu, doch dann kehre ich um und strebe über den breiten Treppenabsatz im ersten Stock auf die Treppe zur anderen Seite, zum Gästeflügel zu. Mit großen Schritten gehe ich durch die Gänge zu meinem Zimmer und will gerade die Tür öffnen, als ich ein Stück von mir entfernt eine Gestalt durch den Flur huschen sehe. Sie trägt einen

Morgenmantel und läuft im Zickzack, von rechts nach links und wieder nach rechts. Im ersten Moment frage ich mich, ob sie betrunken ist, doch die Bewegungen sind zielgerichtet, nicht unsicher. Sie streckt die Hände aus, streicht an der Wand entlang, dann wechselt sie die Seite, um dort das Gleiche zu tun.

Ich schleiche der Gestalt hinterher, von Türöffnung zu Türöffnung, und sobald ich näher dran bin, erkenne ich einen Schopf weißer Haare. Ich dachte, Lottie wäre schon vor einer ganzen Weile zu Bett gegangen. Für einen Augenblick frage ich mich, ob sie schlafwandelt, aber sie blickt immer wieder prüfend über ihre Schulter, als fürchte sie, erwischt zu werden. Ich drücke mich noch enger gegen das Türblatt, damit sie mich ja nicht sieht. Sie huscht weiter lautlos den Gang entlang, weg von mir. Gelegentlich bleibt sie stehen, legt die Hand gegen eine Wand und lässt sie dort liegen, dann setzt sie sich wieder in Bewegung und lässt die Finger über die Tapete gleiten. *Was um alles in der Welt macht sie da?* Mir fällt ein, was Peter über die fehlende Treppe gesagt hat. Ist es möglich, dass sie uns belauscht hat? Ich bin versucht, aus der Türöffnung heraus in den Gang zu treten und etwas zu sagen, aber ich möchte sie nicht erschrecken. Außerdem spüre ich, dass mir der Alkohol angenehm zu Kopf gestiegen ist, sodass ich ausnahmsweise mühelos einschlafen werde. Ich kann mir auch morgen noch Gedanken über Lotties merkwürdiges Verhalten machen. Leicht benommen kehre ich zu meinem Zimmer zurück, setze das Weinglas an die Lippen und lasse den Rest des wundervollen Tropfens durch meine Kehle rinnen.

TAG ZWEI
PIE

BETSY

Trotz der frühen Stunde ist die Luft bereits heiß und stickig, als Betsy zum Zelt geht. Sie ist aufgewühlt, ihr Rock mit dem dazu passenden Blazer fühlt sich unangenehm an und kratzt. Betsy schaut zu der Seite des Zelts, wo Melanie steht und dem Team letzte Anweisungen erteilt. Heute ist ein fürchterlicher Tag zum Backen. Bei einem solchen Wetter geht kein Teig gut auf oder kühlt so ab, wie er abkühlen sollte. Heute wird es Schwierigkeiten geben, darauf wettet Betsy. Die Produzenten werden das Drama lieben, genau wie die Fernsehzuschauer, aber das interessiert sie im Augenblick nicht. Stattdessen geht ihr unablässig die Textnachricht durch den Kopf, die sie heute früh von Francis erhalten hat.

> Komme morgen nach Grafton Manor. Müssen ein paar Dinge besprechen. Um wie viel Uhr können wir uns treffen?

Francis, ihr langjähriger Agent und größter Fürsprecher, ist ein typisches Manhattan-Geschöpf. Er hasst ländliche Gegenden, hasst es, weite Strecken zurückzulegen. Er würde die lange Fahrt nach Grafton Manor bestimmt nicht auf sich nehmen, wäre es nicht extrem wichtig. Sie hatte versucht, ihm Genaueres zu entlocken, aber er war nicht mit der Sprache rausgerückt.

> Es ist besser, wenn wir uns persönlich unterhalten. Wenn Du-weißt-wer nicht dabei ist.

Es ist der letzte Satz, der sie nervös macht. Wenn Archie nicht dabei ist?

Sie wirft einen Blick auf ihren neuen Co-Moderator. Er steht in den Startlöchern, frisch und smart in einem eleganten, schmal geschnittenen Hemd, das künstliche Dauerlächeln aufs Gesicht geklebt. Sie hasst es, ihm Anerkennung zu zollen, aber sie muss zugeben, dass er sich erstaunlich gut an die Art und Weise angepasst hat, mit der die Dinge hier gehandhabt werden. Von dem grobschlächtigen Juror, den er bei *The Cutting Board* gegeben hat, ist am Set der *Bake Week* nichts zu erkennen, woraus sie schließt, dass Archie ein ebenso guter Schauspieler wie Bäcker ist. Die Kandidaten und Kandidatinnen scheinen ihn aufrichtig zu mögen, und er lässt ihr, Betsy, häufig den Vortritt, was sie zu schätzen weiß. Seine Gegenwart im Zelt nimmt ihr ein wenig den Druck von den Schultern, auch das muss sie widerstrebend zugeben, und sie ist erleichtert darüber, dass sie nicht in voller Wattzahl strahlen muss – Energie, die die Show erfordert. Welche Ego-Probleme sie zu Anfang auch hatten – sie scheinen sich verflüchtigt zu haben. Wäre da nicht Francis' kryptische Nachricht, hätte sie gedacht, alles würde gut laufen.

Betsy betrachtet die fünf verbliebenen Bäckerinnen und Bäcker. Die Auswahl ist in diesem Jahr gut gelungen – sehr unterschiedliche Persönlichkeiten mit sehr unterschiedlichen Stärken, was im Fernsehen gut rüberkommen sollte. Hannah, jung und mit Rehaugen, trägt ein Kleid, das nicht ganz angemessen für eine Backshow ist – ein perfekter Kontrast zu Stellas weiter Jeans und dem dunkelblau-weiß gestreiften Shirt. Der gut aussehende Pradyumna, lässig und witzig, ein ausgezeichneter Kontrast zu dem neurotischen, zugeknöpften Gerald. Und Lottie, nun, es muss immer eine Lottie geben. Um für Ausgeglichenheit zu sorgen, wird jedes Mal eine ältere Person gecastet, zu der die anderen aufschauen können. Natürlich wird sie nicht gewinnen. Die Älteren gewinnen nie. Sie sieht, wie Archie auf den Zehenspitzen hüpft und Grimassen für die begeisterten Kandidaten schneidet, und verspürt einen Anflug von Gereiztheit. Betsys fortschreitendes Alter ist ihr wunder Punkt, und dass man ihr Archie zur Seite gestellt hat, macht es noch schlimmer. Ist sie zu träge geworden? Hat sie ihren Biss verloren? Bevor sie die Zeit hat, genauer darüber nachzudenken, winkt Melanie und signalisiert ihr, ihren Platz einzunehmen. Immer muss sie das Sagen haben. Nach dem, was sie gestern Abend in der Küche gehört hat, fragt sich Betsy, ob sie Melanie zu viele Chancen eingeräumt hat, zu viel Macht in *ihrem* Zelt. Sie hätte Melanie niemals gestatten dürfen, die Kandidatinnen und Kandidaten auszuwählen. Das war immer Betsys Aufgabe, und dabei hätte es bleiben sollen. Jetzt fragt sie sich, ob Melanies Ergebenheit bloß gespielt war.

Ihre Verwandlung in eine gewiefte Geschäftsfrau ging so schnell vonstatten, dass sie Betsy wohlkalkuliert erscheint. Hat sie geplant, Betsy dazu zu bringen, sich voll und ganz auf sie zu verlassen, bis sie genügend Macht besitzt, die Ältere den Wölfen zum Fraß vorzuwerfen? Betsy wird einen Weg finden müssen, sie in ihre Schranken zu weisen. Sie nimmt sich ihre geliebte verstorbene Mutter zum Vorbild und schwört sich, das Personal besser im Blick zu behalten. Aber nicht in diesem Augenblick. Jetzt ist es Betsys Aufgabe, sich vor den Kameras so liebenswert und großmütig wie möglich zu geben. Sie streicht ihren Rock glatt, richtet die Perlenkette und macht sich bereit für einen glänzenden Auftritt.

»Guten Morgen, liebe Bäckerinnen und Bäcker. Willkommen zu Tag zwei der *Bake Week*. Ich hoffe, Sie alle sind gut ausgeruht und bereit für die heutige Back-Challenge.«

Archie Morris zeigt seine strahlend weißen Zähne. »Heute werdet ihr etwas Sommerliches für uns zaubern, und zwar ...« Er hält inne und sieht sich mit theatralisch hochgezogenen Augenbrauen im Zelt um. Die Teilnehmenden fiebern sichtlich dem letzten Wort entgegen, und Betsy spürt, wie auch ihre Aufregung steigt. »Pie! Einen süßen gedeckten Kuchen oder eine Torte und eine pikante Pastete. Ihr könnt eure Pies formen, wie ihr möchtet, allerdings müssen sie mindestens ein dekoratives Element enthalten. Wir möchten, dass die Pies eure persönliche Handschrift tragen, also gebt alles und macht sie so einzigartig und wundervoll, wie ihr selbst es seid!«

Um Himmels willen, denkt Betsy, als sie beobachtet, wie er sich vor den Kameras aufspielt. Das ist obszön. Sie versucht, sich lockerzumachen. Sie *muss* sich lockermachen. Darf sich von seinem Geschwafel nicht aus der Ruhe bringen lassen. Das könnte ihm so passen! Das hier ist *ihre* Show, ganz gleich, welche Nachrichten Francis ihr später überbringen wird. Sie hat schon gebacken, als der *Cutting Board*-Moderator noch gar nicht auf der Welt war, und dafür wird sie geliebt. Sie wird nicht zulassen, dass ihr ein überheblicher Blödmann wie Archie in die Quere kommt. Nein, Archie ist nicht der Einzige, der gut darin ist, zu bekommen, was er will.

STELLA

Ich halte die Luft an, so sehr fürchte ich, irgendeine wichtige Information zu verpassen. Jetzt, da Archie uns die Aufgabe genannt hat, atme ich tief aus, während ich in Gedanken bereits die Möglichkeiten durchspiele. Bilder von verschiedenen Pies kreisen vor meinem inneren Auge wie die Bildchen eines Spielautomaten.

Ich stürme zu dem mir zugeteilten fliederfarbenen Kühlschrank und lasse den Blick über die frischen Produkte in den Fächern gleiten. Ich könnte einen gedeckten Kirschkuchen backen. Ist ein Kirschkuchen zu schlicht? Vielleicht sollte ich eine Schicht Käsesahne hinzufügen und eine Torte daraus machen? Ich verwerfe die Idee. Letzten Sommer habe ich in meiner Wohnung eine Käsesahnetorte gebacken, und das war ein Fiasko. Nein, das bekomme ich auf keinen Fall hin. Mein Blick fällt auf einige Pfirsiche, die ich anstelle der Kirschen herausnehme. Frischer Thymian sorgt für eine subtile Note. Für die herzhafte Pastete habe ich sofort eine Quiche vor Augen. Ich werde meine mit Ziegenkäse und Feigen zubereiten wie Zineb, eine der Teilnehmerinnen aus Staffel fünf, allerdings habe ich vor, etwas Zatar hinzuzufügen und die fertige Quiche zum Schluss mit würzigen Honigfäden zu überziehen.

Ich kann nicht glauben, dass ich einen weiteren Tag mit Betsy Martin im Zelt verbringe. Jedes Mal, wenn sie an mir vorbeigeht, möchte ich die Hand nach ihr ausstrecken und sie in eine Umarmung ziehen, möchte ihr sagen, wie viel sie mir bedeutet. Bevor ich hier angekommen bin, habe ich mir gern vorgestellt, wir wären tatsächlich Freundinnen. Jetzt träume ich davon, dass Betsy mich auf einen Drink in den Ostflügel einlädt und mir, der Gewinnerin der *Bake Week,* ihren Glückwunsch ausspricht. »Wie werden Sie Ihr Backbuch nennen?«, wird sie mich fragen, während wir mit unseren Champagnergläsern anstoßen. »Was immer Sie als Nächstes vorhaben, Stella, ich würde Sie gern dabei unterstützen, Ihnen helfen, Ihre Träume zu verwirklichen.« Ich zwinge mich, diese wundervolle Fantasie aus meinem Kopf zu vertreiben. *Konzentriere dich, Stella. Konzentriere dich.* Ich muss diese Pies backen, wenn ich irgendetwas erreichen möchte, und sei es auch nur, weiter in Betsys Nähe zu sein.

Aber das ist schwer, wenn um mich herum so viele Ablenkungen lauern. Da ist zum Beispiel der Kameramann, der im Augenblick Gerald filmt. Ich frage mich, was er für eine Geschichte hat. Er ist mir schon gestern aufgefallen, denn er sieht außergewöhnlich gut aus, leicht verwegen mit seinen breiten Schultern in dem lockeren Hemd. In seiner Freizeit ist er garantiert Musiker. Schlagzeuger. Er erinnert mich an den Typ Mann, den ich vor ein paar Jahren gedatet hätte. Als ich noch ausging. Er hebt den Kopf und sieht in meine Richtung. Für einen kurzen Moment ruhen seine Augen auf mir, und mich durchfährt ein Schauder. *Er flirtet nicht mit dir, Stella, er macht einfach nur seinen Job.* Ich muss mich zusammenreißen.

Ich nehme etwas Eis aus dem Gefrierschrank und bringe es zu meiner Backstation, wo ich Mehl, Salz und eine Prise Zucker mische und nach und nach kalte Butter hinzugebe. Es gibt viele Arten, einen Quiche-Teig herzustellen, und jeder Bäcker wird behaupten, dass seine die beste ist. Ich bin noch nicht lange genug dabei, um einen derartigen Besitzanspruch auf Rezepte zu erheben. Ich nehme einfach irgendeins, das ich online entdeckt habe, und verändere es leicht. Ich mache genug Teig für zwei Pies und vermische mit einem Teigmixer die trockenen Ingredienzen und die Butter, so lange, bis kein trockenes Mehl mehr in der Schüssel ist. Von Zeit zu Zeit füge ich einen Teelöffel Eiswasser hinzu, bis ich den Teig in klebrigen Stücken von den Rührstäben lösen kann. Anschließend lege ich ihn in den Kühlschrank. Ich schneide die Pfirsiche klein und erhitze sie in einer Pfanne mit Zucker, Zimt und einer ausgepressten Zitrone. Dann lasse ich die Masse auf niedriger Flamme einköcheln. Anschließend verteile ich Mehl auf meinem Backtisch und rolle den kühlen Teig in zwei Portionen aus, die danach erneut in den Kühlschrank wandern.

Nachdem ich den schwierigen Teil hinter mich gebracht habe, sehe ich mich nach den anderen um. Ich weiß, dass ich mich nicht mit ihnen vergleichen sollte, aber das ist unmöglich, wenn man sich zusammen in diesem Zelt befindet. Ein böses Stimmchen in einem betet, dass einer von ihnen eine Katastrophe erleidet, nur damit man selbst im Rennen bleibt. Doch mein Blick auf die übrigen vier Backtische zeigt mir nichts anderes als höchst ärgerliche Perfektion. Pradyumna streut geröstete Gewürze auf seinen Teig, dann arbeitet er sie mit einem Nudelholz ein. Hannah fertigt gerade zwei verschiedene Teige an, der erste tiefbraun von Kakaopulver mit einem Hauch Cayennepfeffer. Archie hatte gesagt, wir sollen zwei verschiedene Pies machen, nicht zwei verschiedene Teige. Ich bin sauer auf mich selbst, dass mir nichts Originelleres eingefallen ist. Während die anderen kreativ waren, habe ich mich auf die verschiedenen Zutaten konzentriert, und in ein paar Stunden wird Betsy sagen, dass meine Pies nicht ausgefallen genug sind.

Ich muss an eine Folge aus Staffel drei denken, in der ein netter Postler namens Dave eine Ladung Kekse nur mit Butter gebacken hat. Sie waren ganz schlicht, ohne Verzierung, abgesehen von etwas Puderzucker, doch sie schmeckten so göttlich, dass Betsy sich für eine Weile ganz dem Genuss hingab. Zu den *Bake Week*-Weisheiten gehört, dass man etwas wahrhaft Himmlisches geschaffen hat, wenn Betsy Martin ein zweites Mal davon kostet.

Ich würde dafür töten, dass Betsy einen zweiten Bissen von

dem nimmt, was ich gebacken habe. Ich gehe zum Kühlschrank, hole die beiden ausgerollten, in Tücher eingeschlagenen Teigportionen heraus und entfalte sie vorsichtig über den flachen, runden Backformen. Sie fühlen sich trockener an, als ich es mir wünschen würde. Als ich den ersten Teig in die Form drücke, erscheint Betsy an meinem Backtisch. Über ihren Schultern schwebt eine Kameralinse. Ich schlucke gegen den Kloß an, der von jetzt auf gleich in meiner Kehle aufsteigt.

Sie sieht mich an, ein freundliches, eingefrorenes Lächeln im Gesicht. »Was können Sie mir über Ihre Pies erzählen, Stella?«

Ich versuche, mich auf das Gespräch mit ihr zu konzentrieren, obwohl ich feststelle, dass mein Teig am Rand etwas bröckelt. Das ist kein gutes Zeichen. Ich sehe, dass sie es bemerkt, denn ihre Mundwinkel zucken nach unten. »Mein süßer gedeckter Kuchen bekommt eine ... Pfirsichfüllung.«

»Aha. Möchten Sie uns mehr dazu verraten?« Sie schaut mich erwartungsvoll an.

»Ja, ähm ... natürlich.« Ich lache nervös und versuche, vor den Kameras selbstbewusst zu wirken, obwohl ich innerlich halb durchdrehe vor lauter Nervosität und krampfhaft überlege, wie ich diesen verfluchten Rand reparieren – oder verstecken soll. »Ich lasse die Pfirsiche mit Kardamom und Zimt einkochen. Nach dem Backen will ich den Deckel mit süßen Ricotta-Tupfen verzieren.«

Betsy nickt anerkennend, und ich werde schwach vor Erleichterung. Sie dreht sich um und macht Anstalten, zum nächsten Tisch zu gehen, dann hält sie inne, blickt noch einmal über die Schulter und sagt: »Um ehrlich zu sein, riecht es ein wenig angebrannt.« Sie schaut auf meine Pfirsiche, die wie verrückt auf der Kochplatte blubbern.

»O nein! Ich dachte, ich hätte den Herd ausgemacht!« Erschrocken sehe ich auf die Flamme, die auf die höchste Stufe gestellt ist.

Ich erinnere mich genau daran, dass ich den Herd ausgeschaltet habe, aber anscheinend habe ich den Knopf in die falsche Richtung gedreht. Eilig stelle ich die Flamme ab, schiebe mit einem Holzlöffel die oberste Pfirsichschicht beiseite und begutachte den Schaden. Die Früchte sind verkohlt und kleben in schwarzen Klumpen am Topfboden fest. Da ist nichts zu retten. Der angebrannte Geschmack wird sich auf die oberen Pfirsiche übertragen haben. Was für ein dummer, dummer Fehler! Ich spüre, wie mir die Tränen in die Augen schießen.

»Viel Glück«, sagt Betsy und tätschelt meine Schulter, bevor sie weitergeht. Wie angewurzelt bleibe ich stehen. Betsy Martin hat mich berührt. Vor lauter Rührung wird mir schwindelig. *Schluss jetzt. Reiß dich zusammen, Stella.* Der Kameramann filmt mich, hält jede meiner Bewegungen fest, als ich zu meinem Kühlschrank renne und mich darauf vorbereite, eine neue Füllung zu machen, doch alles, woran ich denken kann, ist das Gefühl von Betsy Martins Hand auf meiner Schulter. Das muss ein Zeichen sein. Ein Zeichen dafür, dass sie denkt, ich könnte es schaffen. Ich darf sie nicht enttäuschen.

LOTTIE

Ich nehme an, ich hätte einfach zugeben sollen, dass ich nicht zum ersten Mal in Grafton Manor bin. Jedes Mal, wenn ich etwas Vertrautes entdecke, fällt es mir schwer, dies vor den anderen zu verheimlichen. So gern möchte ich irgendwem mitteilen, woran ich mich erinnere, zum Beispiel, dass die Sessel in der Bibliothek damals direkt gegenüber dem Kamin standen oder dass im Speiseraum blaue Veloursamtvorhänge hingen, in die man sich beim Versteckspielen wunderbar einwickeln konnte. Abgesehen von ein paar Kleinigkeiten, stelle ich erstaunt fest, wie wenig sich verändert hat. Grafton Manor ist wie ein Museum aus meiner Vergangenheit.

»Die Hilfe«, so haben sie meine Mutter genannt. Damals nahm man noch kein Blatt vor den Mund, und meiner Mutter schien diese Bezeichnung nichts auszumachen. Es war nicht leicht, eine Stelle als Köchin und Putzfrau bei einer Familie zu finden, die so reich war wie die Graftons. Als ich geboren wurde, war es nicht üblich, als Haushaltshilfe Kost und Logis zu erhalten, daher war meine Mutter mehr als dankbar, dass ich bei ihr in dem Zimmer oben bleiben durfte. Nicht viele Familien hätten damals eine alleinerziehende Mutter und ihr Kind bei sich aufgenommen. Wann immer ich zappelig war oder mich schlecht benahm, erinnerte sie mich daran, wie glücklich wir uns schätzen konnten, die Graftons zu haben. Sie waren für uns ein bisschen wie Götter, die zurückgezogen im Ostflügel lebten.

Ich habe nur noch bruchstückhafte Erinnerungen an jene Zeit. Manche sind lediglich Momentaufnahmen: meine Mutter in der Küche oder Betsy, die eine ihrer Porzellanpuppen in den Händen hält.

Die Erinnerungen sind zusammenhanglos, wenngleich ich mein Bestes gebe, einen Faden zu finden, der sie verbindet. Ich drehe sie in Gedanken hin und her, als wären sie Puzzleteile, die sich sicher zu einem Gesamtbild zusammenfügen, wenn ich mir nur genug Mühe gebe. Was ich seit fast sechzig Jahren versuche. Nachts liege ich wach, mein Blick zuckt über die körnige Dunkelheit der Decke, während ich mir immer wieder die wenigen Erinnerungsfetzen vor Augen rufe, die mir geblieben sind, auf der Suche nach Hinweisen.

Jetzt stelle ich eine meiner Pies in den Ofen, um sie vorzubacken, dann fange ich an, Rhabarber in Stücke zu schneiden, wobei ich ein Gähnen unterdrücke. Deshalb bin ich hier – um mich in jene Zeit zurückzuversetzen und nach Hinweisen auf meine Mutter zu suchen. In den vergangenen beiden Nächten bin ich aus dem Bett gestiegen und durch die Flure geschlichen. Ich versuche, ihre letzten Schritte nachzuvollziehen, was mir ebenfalls schwerfällt, denn ich habe keine Ahnung, wo sie diese letzten Schritte gemacht hat. Also bin ich spätabends durch Grafton Manor gestreift auf der Suche nach etwas Greifbarem, was mich zu der Nacht zurückführt, in der sie verschwand.

Ich fange mit meiner Vanillecreme an, verrühre Zucker, Eier, Vanille und Butter.

Betsy tritt an meinen Backtisch, als ich gerade die Rhabarberstücke mit Zimt und Zucker vermische. »Ich liebe gedeckten Rhabarberkuchen«, sagt sie. Ich sehe ihr an, dass ihre Worte ernst gemeint sind. »Nichts schmeckt an einem lauen Sommerabend besser als solch ein Kuchen.« Natürlich weiß ich, dass Betsy Rhabarber liebt. Ich habe unzählige Sommernachmittage an der Seite meiner Mutter verbracht und den Duft des einkochenden Rhabarbers für die Pie eingeatmet, mit der sie der jungen Dame des Hauses eine Freude machen wollte. Ich lächele höflich, obwohl mir jedes Mal, wenn Betsy das Wort an mich richtet, die Knie weich werden. Genau wie damals, als ich noch ein Kind war.

Ich hatte immer ein bisschen Angst vor Betsy. Sie war nur ein Jahr älter als ich, aber eine Million Mal reifer. Ein ganzes Stück größer als ich, schritt sie wie eine kleine Erwachsene durchs Haus, in steifen, hochgeschlossenen Kleidern und glänzenden Lederschuhen. Die meiste Zeit über sah ich sie nur im Vorbeigehen, oft marschierte sie entschlossenen Schritts von der großen Haustür aus die Treppen hinauf in ihr Zimmer im Ostflügel. Wann immer sie mich sah, wann immer wir uns zufällig in einem Flur oder in der Küche begegneten, runzelte sie die Stirn, warf den Kopf zurück und blickte auf mich herab – eine wenig subtile Erinnerung daran, wer hier das Sagen hatte. Trotz unserer Differenzen wurde mir gelegentlich aufgetragen, mit ihr zu spielen, anscheinend immer dann, wenn die Graftons der Ansicht waren, es täte Betsy gut, ein bisschen mehr Zeit in Gesellschaft Gleichaltriger zu verbringen. Ich wurde zu ihr geschickt, um sie zu unterhalten, als wäre ich das Äffchen eines Leierkastenmanns. Nicht dass mich das gestört hätte. Für mich bedeuteten diese arrangierten Verabredungen zum Spielen einzigartige Gelegenheiten. Betsy mit ihren Bergen von Spielzeug und den vielen hübschen Kleidern war für mich wie eine Prinzessin, die man im verbotenen Ostflügel versteckte. Ich wünschte mir sehnlichst, mit ihr befreundet zu sein. Ich überredete meine Mutter, mich bei diesen seltenen Treffen meine besten Kleider tragen zu lassen. Sie gab nach, steckte mich in mein Kirchenkleid und flocht Schleifen in mein Haar. Im Nachhinein frage ich mich, was sie von meinen Versuchen, es der jungen Dame des Hauses gleichzutun, hielt, war ihr doch klar, dass ich niemals in den Schoß der Familie aufgenommen werden würde. Die Graftons wussten, wer ich war: ein armes, schlichtes kleines Mädchen, mit dem sie Mitleid hatten.

Gelegentlich beggnete ich in den Gängen des Herrenhauses einem der erwachsenen Graftons. Die Mutter, Josephina Grafton, war eine strenge, ehrfurchtgebietende Frau. Sie zog es vor, dass ich mich von ihr fernhielt, und wenn mir das nicht gelang, wenn sie mich in den Fluren oder in der Küche erblickte, sah sie mich mit verkniffenem Mund an, als hätte sie gerade einen Schluck Buttermilch getrunken. Richard Grafton war mir ein Rätsel. Wenn ich ihn zusammen mit Josephina sah, schaute er an mir vorbei, als wäre er überall lieber als an dem Ort, an dem er sich gerade befand. Doch wenn ich ihm allein begegnete – was häufig vorkam, wenn ich draußen spielte und er von einem Spaziergang mit den Hunden zurückkehrte oder einen seiner Wagen parkte –, war er sehr nett zu mir. Er erkundigte sich, wie es mir ging, und machte mir Komplimente. Diese Gespräche erfüllten mich als Kind stets mit Angst. Es gefiel mir nicht, wie er mich musterte, und ich hatte immer das Gefühl, ihn mit meinen einsilbigen Antworten zu enttäuschen – fast so, als erwartete er mehr von mir.

Betsy entfernt sich von meiner Backstation, die Kameras im Schlepptau. Es gab einen Moment – als ich mit Stella am Abend unserer Ankunft den Speiseraum betrat –, in dem ich fürchtete, Betsy würde mich erkennen, doch als sie mich ansah, wusste ich, dass dem nicht so war. Sie schaute praktisch durch mich hindurch. Mir war bewusst, dass die Gefahr des Wiedererkennens bestand, aber ich ging davon aus, dass sie nach all den Jahren äußerst gering war. Ist es nicht seltsam, dass ich beinahe enttäuscht war, als sie mich tatsächlich nicht erkannte? Ich hatte sie nie vergessen. Es ist über sechzig Jahre her, dass ich Betsy Grafton das letzte Mal persönlich gesehen habe. Ich wette, sie hat nie auch nur einen klitzekleinen Moment lang an mich gedacht. Sie ist eine Berühmtheit, und wer bin ich? Die Tochter einer Haushaltshilfe. Ein kleines Mädchen, mit dem sie von Zeit zu Zeit gespielt hat. Ein Niemand.

Ich ziehe den vorgebackenen Teig aus dem Ofen und hebe vorsichtig das Pergamentpapier mit den kleinen, kugelförmigen Kuchengewichten an. Er hat eine hellgelbe, buttrige Farbe, ist fest und leicht blättrig. Das verhindert, dass er zu sehr durchweicht, wenn ich den Rhabarber darauf verteile, was mein nächster Schritt ist. Anschließend gebe ich die Vanillecreme darauf, die schäumend in die Lücken fließt. Wenn die Pie fertig gebacken wird, verdickt sich die Creme zu einer festen Masse, aus der kleine Rhabarberzacken herausragen. Mir läuft das Wasser im Mund zusammen.

Nach so langer Zeit nach Grafton Manor zurückzukehren, war ein seltsames Gefühl, fast so, als würde ich nach Hause kommen. Schließlich ist das der Ort, an dem meine Mutter mich großgezogen hat. Das einzige Zuhause, das ich in meiner Kindheit kennenlernte.

Das letzte Mal, das ich mit meiner Mutter sprach, war an dem Abend, an dem sie verschwand. Es war schon dunkel, als sie in unser Zimmer kam, sich auf meine Bettkante setzte und mich auf die Stirn küsste. Mein Blick war trüb, ich hatte bereits geschlafen. Sie roch nach frischer Luft, frischem Laub und Holzfeuer. Blasses Mondlicht fiel durchs Fenster auf ihr Profil. Ihre Augen glänzten.

»Es wird besser für uns werden«, teilte sie mir mit und beugte sich über mich. Ihr Haar war offen und kitzelte mein Gesicht, als sie mir einen weiteren Kuss gab. Ich schlief wieder ein, und ich werde mir nie verzeihen, dass ich so tief geschlafen habe, denn als ich am nächsten Morgen aufwachte, war sie fort.

PRADYUMNA

Wie immer kommt mir sofort die zündende Idee – ich werde eine pikante Pilzpastete mit einem Thymian-Rosmarin-Teig backen. Mein Lieblingscocktail für den Sommer, ein Dark'n Stormy aus braunem Rum und Ginger Beer – einer säuerlich-scharfen Ingwer-Limetten-Limonade –, inspiriert mich zu der süßen Pie. Eine Stunde später sehe ich mich im Zelt um und werfe einen Blick auf die Backtische der anderen Teilnehmer. Ich verspüre das dringende Verlangen, jemanden in ein Gespräch zu verwickeln, um ein bisschen Leben in die Bude zu bringen, denn alle blicken so furchtbar ernst drein. Stella steht am Herd und rührt irgendetwas an, einen Ausdruck nackter Furcht im Gesicht. Gerald misst seinen Teig mit einem Lineal ab. Ich blicke zur Seite und sehe, dass Lottie, die Augenbrauen konzentriert zusammengezogen, voll und ganz mit ihrer Pie beschäftigt ist. Sie flicht die obere Teigschicht zu einem Gitter, wobei sich ein dünner Teigstreifen löst und auf die Tischplatte fällt. Verzweifelt startet sie einen neuen Versuch. Ich würde zu gern wissen, warum sie gestern Nacht durch die Flure gespukt ist wie ein viktorianischer Geist. Ich werde sie später fragen, allein schon um herauszufinden, ob sie sich überhaupt daran erinnert.

Von uns fünfen sieht nur Hannah so aus, als hätte sie Spaß am Backen. Ein feines Lächeln umspielt ihre Lippen, als sie eine hellrosa Creme auf ihrem Tortenboden verteilt. Sie fängt meinen Blick auf, schüttelt den Kopf und runzelt die Stirn.

Leicht verärgert wende ich mich ab. *Denkt sie wirklich, ich würde ihr etwas nachmachen wollen?* Seufzend wende ich mich dem Rum-Limetten-Quark zu, den ich als Füllung verwenden möchte.

Die Rumflasche steht offen vor mir, verlockende Alkoholschwaden steigen mir in die Nase. Es kostet mich alle Kraft, nicht nach der Flasche zu greifen und heimlich einen großen Schluck zu nehmen. Ist es sehr schlimm zuzugeben, dass mich das Backen langsam, aber sicher ein bisschen langweilt? Noch nie musste ich so lange und mit einer solchen Disziplin backen. Doch im Grunde hat es gar nichts mit dem Backen an sich zu tun. Pies und Brote sind schon okay. Der Punkt ist, dass ich gezwungen bin, mich über einen so langen Zeitraum auf eine einzige Sache zu konzentrieren, ohne mich mit Musik oder Podcasts ablenken zu können.

Ich bin heute nur etwas schlecht drauf, rede ich mir ein und verteile den Quark auf dem vorgebackenen Teig. Aber wenn ich ehrlich bin, war ich schon am Tag meiner Ankunft leicht genervt. Das Gefühl, das ich seit Jahren kenne, kehrt zurück: endlose, quälende Langeweile. Sobald sich die Leere in mir auftut, halte ich für gewöhnlich mit Ablenkung dagegen. So habe ich es bereits unzählige Male getan, mit unzähligen verschiedenen Aktivitäten – Tennis, Segeln, Fallschirmspringen, aufwendigen Reisen, um weit entfernte Berge zu erklimmen. Alles hat geholfen, wenngleich in unterschiedlichem Maße. Es ist eine Kunst, eine gute Zerstreuung zu finden, so eine, die einen davor bewahrt, in den Abgrund zu stürzen. Sie muss actionreich sein und andere Menschen einbeziehen, also nichts allzu Ortsgebundenes oder Isolierendes. Weder Stricken noch Schach. Aber auch keine reine Action. Es muss ein Ziel geben, eine Möglichkeit, sich in irgendeiner Sache zu verbessern oder eine neue Fertigkeit zu erlernen. Ansonsten fängt man an, nach dem Sinn des Ganzen zu fragen, und wird rastlos. Und wenn man nicht weiterweiß, wird man offen und verletzlich – dieses Gefühl wird einen heimsuchen, egal, wie viel Mühe man sich gibt, ihm zu entkommen.

Vor mir entsteht Tumult und reißt mich aus meinen Gedanken. Gerald hat angefangen zu schreien. Er fuchtelt mit den Armen durch die Luft, als wollte er die Kameras abwehren, die ihn umringen. »Hier stimmt etwas nicht!«, brüllt er und läuft an den Backtischen entlang. »Jemand treibt ein falsches Spiel!«

Er ist so ein guter Bäcker, so akkurat und kontrolliert, dass mich sein Ausbruch schockiert. Ich sehe, wie sich Archie auf die gegenüberliegende Seite des Zelts zurückzieht und Zuflucht zwischen Melanie und Betsy sucht. Sein Gesichtsausdruck ist eine ulkige Mischung aus Furcht und Verlegenheit.

Um ehrlich zu sein, bin ich dankbar für die Aufregung.

GERALD

Obwohl das Team der *Bake Week* eine Vorratskammer mit Grundnahrungsmitteln im Zelt eingerichtet hat, habe ich mein eigenes handgemahlenes Mehl und die von mir hergestellte Orangenessenz mitgebracht. Ich ziehe es vor, die Arbeit selbst zu erledigen, damit ich sicher sein kann, dass sie korrekt verrichtet wird.

Jetzt suche ich die nötigen Zutaten zusammen und kläre ab, wo sie hergestellt wurden, bevor ich beginne. Nach dem Desaster mit dem Zug möchte ich mich zu hundert Prozent vergewissern, dass alles richtig und nach Plan läuft. Keine weiteren Fehler.

Bei niedriger Temperatur lasse ich Butter schmelzen, dann gebe ich sie zusammen mit meinem eigenen Zucker in eine Schüssel und mische beides mit einem Teelöffel Vanille. Anschließend schlage ich ein Ei in die Mischung und öffne die Flasche Orangenessenz. Im selben Moment kommt Archie mit einer kleinen Truppe von Kameramännern zu mir an den Backtisch. Irgendetwas stimmt nicht. Der Orangengeruch fehlt. Ich schnuppere an der Flasche. Die Flüssigkeit darin riecht ganz und gar nicht nach Orange.

»Geraaallld«, gurrt Archie übertrieben freundlich. »Ich nehme an, alles läuft perfekt? Jedes Körnchen Zucker ist da, wo es sein sollte?«

Ich sehe über sein unaufrichtiges Gehabe hinweg, lasse mich nicht davon aus dem Konzept bringen, aber ich wünsche mir, dass er abhaut. Ich habe Probleme mit der Orangenessenz, nur darauf will ich mich jetzt konzentrieren.

»Es ist gerade kein günstiger Zeitpunkt«, sage ich freiheraus, aber Archie scheint zu denken, ich würde scherzen, denn er lacht laut. Die Essenz riecht ranzig, wird mir plötzlich klar. Aber wie kann Orangenessenz ranzig werden? Es ist kein Fett darin. Nein, es muss ein anderer Geruch sein. Ist es möglich, dass der Inhalt der Flasche ausgetauscht wurde? Eine Kamera fährt direkt auf mich zu, und ich kämpfe gegen das überwältigende Bedürfnis an, sie zu verscheuchen.

»Was ist das?« Archie greift nach einem meiner Spritzbeutel, die ich extra in Belgien bestellt habe. »Sieht ein bisschen aus wie ein Folterinstrument.«

Ich kann den Geruch jetzt fast zuordnen. Wenn doch nur mal alle für einen Moment still wären, damit ich nachdenken kann! Doch Archie hört nicht auf zu reden, plappert unermüdlich weiter. Ich schließe die Augen gegen das unablässige Worte-Bombardement und zwinge mich zur Konzentration.

»Mit geschlossenen Augen am Herd zu stehen, ist mal etwas Neues«, scherzt Archie.

In meiner Brust steigt Panik auf. Plötzlich ist es mir absolut klar, wonach die Flüssigkeit in der Flasche riecht. Nach chemischen Dämpfen. Ich reiße die Augen auf.

»Das ist Benzin!«

Ich höre, wie meine Stimme schrill wird. Das Licht der Scheinwerfer brennt heiß auf meinem Gesicht, meine Fliege ist viel zu eng.

»Jemand hat meine Orangenessenz gegen Benzin ausgetauscht!« Ich stoße die Worte angestrengt hervor, versuche verzweifelt, die Situation zu verstehen. Archies Gesicht erstarrt zu einer schief grinsenden Grimasse. Ich weiß, was er denkt: der verrückte Gerald mit seinen Tinkturen und Messbechern. Ich kenne Typen wie Archie seit meiner Kindheit, und ich wurde ausnahmslos von ihnen geärgert und verspottet. Erneut lege ich los: »Hier stimmt etwas nicht! Jemand treibt ein falsches Spiel!«

»Gerald, Gerald, entspann dich.« Archies Hände berühren meine Schultern. Ich ertrage die Gegenwart all der Menschen und Kameras um mich herum nicht länger, bin geblendet von den Lichtern und reflektierenden Kameralinsen.

»Aufhören! Hört einfach auf damit!«, schreie ich und schlage um mich. »Ich hätte jemanden umbringen können!«

HANNAH

Ich mache ein besorgtes Gesicht, obwohl ich in Wahrheit begeistert bin, dass ein anderer Kandidat unter dem Druck zusammenbricht. Ich kann Gerald mit seinen schicken Anzügen und den besserwisserischen Antworten eh nicht leiden. Er antwortet einem ja selbst auf Dinge, die man ihn nie gefragt hat! Allerdings hatte ich nicht damit gerechnet, dass er derart ausrasten würde. Er wedelt wie verrückt mit den Armen, reißt sich die Schürze ab und schleudert sie zu Boden, dann stürmt er aus dem Zelt. Natürlich folgt ihm einer der Kameramänner, um seinen Zusammenbruch festzuhalten. Ich frage mich, ob sie das Material senden werden. Ich meine: Eigentlich müssen sie das tun. Es ist einfach zu gut. Geralds Pies stehen noch auf seinem Backtisch und warten darauf, gefüllt zu werden. Ich würde sagen, es ist kein Geheimnis, wer heute nach Hause fährt.

Ich achte auf meinen Gesichtsausdruck und setze ein kleines, mitfühlendes Lächeln auf, während ich in aller Seelenruhe meine Teige aus dem Kühlschrank nehme. Heute trage ich ein blaues Kleid mit Blumenmuster. Es ist süß, aber es deutet an, dass sich hinter dem braven Äußeren eine andere, sexy Seite von mir versteckt. Genau so möchte ich von Archie gesehen werden.

Sobald Betsy das Wort »Pies« ausgesprochen hatte, freute ich mich sehr. Im Diner konnte ich jahrelange Erfahrung sammeln, und vermutlich kann ich gedeckte Kuchen, Torten und Pasteten, ganz gleich, ob süß oder herzhaft, sogar mit verbundenen Augen backen. Ich habe Unmengen an Rezepten entwickelt, sodass ich jetzt die freie Wahl habe. Also überlege ich, welche meiner Pies am besten angekommen sind, und denke an eine ganz spezielle, für die einige Gäste bei Schneesturm gewendet hatten und zu Polly's Diner zurückgekehrt waren, nur um sich ein zweites Stück für zu Hause einpacken zu lassen. Meine Schoko-Erdbeer-Chiffontorte war eine Köstlichkeit, die man sich nicht entgehen lassen durfte: ein Schokoladenteig, gefüllt mit einer rosa Erdbeercreme, gespickt mit frischen Erdbeerstückchen. Genau diese Torte werde ich backen, und diesmal werde ich sie mit kandierten Basilikumblättern und Erdbeerherzen dekorieren. Als herzhafte Variante werde ich eine gemischte Pilzfüllung mit frischen Kräutern und Taleggio-Käse zubereiten, umhüllt von einem Teig mit frischem Rosmarin und Thymian. Verzieren werde ich das Ganze mit ausgerolltem Teig, aus dem ich eine kunstvolle Waldlandschaft ausschneide, die mit Eiweiß auf dem Deckel fixiert wird.

Nach Geralds Ausbruch ging Archie in eine Ecke des Zelts, wo er ein intensives Gespräch mit einem der Produzenten führte. Ich stelle mir gern vor, was für eine Erleichterung es für Archie sein muss, nach all den anderen an meinen Backtisch zu kommen. Ich bin so viel lebhafter und so viel lustiger. Ich beobachte, wie er zu Pradyumna hinübergeht, und meine Augen begegnen den seinen. Er zwinkert und lächelt strahlend. Ich senke errötend den Blick und denke an gestern Abend. Er hatte mich in den Ostflügel geschmuggelt, wo wir geduckt durch den breiten Gang in Richtung von Betsys Räumlichkeiten huschten und versuchten, nicht laut loszuprusten, bis wir schließlich kehrtmachten und zu seinem Zimmer gleich hinter der großen Glastür zurückliefen. Das Zimmer sieht genauso aus, wie ich es mir vorgestellt hatte: Ein goldener Kronleuchter hängt in der Mitte des Raumes von der Decke, es gibt einen Kamin mit einem eisernen Gitter, deckenhohe Fenster mit luxuriösen Vorhängen, die Fensterläden öffnen sich auf einen französischen Balkon mit einem eleganten schmiedeeisernen Geländer.

Archie ließ sich auf einen Sessel fallen und sah zu, wie ich all das in mich aufnahm. »So etwas gibt es in Eden Lake nicht«, sagte ich und kam mir sofort albern vor. Doch er schaute mich nur freundlich an.

»Ich bin ebenfalls in einer Kleinstadt aufgewachsen, in einem Dorf, um genau zu sein«, vertraute er mir an. »All das hier war für mich am Anfang auch ein Schock. Aber man gewöhnt sich daran.«

Ich lachte. »Ich hoffe nicht!« Dann musste ich gähnen und sagte, ich würde jetzt lieber ins Bett gehen, schließlich wollte ich die *Bake Week* gewinnen. Er hielt das für eine weise Entscheidung.

Ich kann nicht aufhören, mich zu fragen, was wohl geschehen wäre, wäre ich noch etwas länger geblieben. Ob ich wohl noch eine Chance bekomme, mit ihm allein zu sein?

Ich werfe Stella einen verstohlenen Blick zu. In Sachen Schönheit ist sie eindeutig meine einzige Konkurrentin. Meine Mom würde behaupten, sie habe einen »sehr natürlichen Look«, ein wenig subtiler Euphemismus für schlampig. Trotzdem ist sie hübsch. Was mich ärgert. Ich sehe zu, wie sie ein Ei in ihre Rührschüssel gibt. Sie trägt ein langärmeliges, gestreiftes Shirt, dazu eine Jeans mit weitem Bein. Nicht schlecht, aber sicher nichts Einprägsames. Ihre vollen, rotblonden Haare – das Beste an ihr – sind am Hinterkopf zu einem lässigen Knoten geschlungen. Wenn ich solche Haare hätte, würde ich sie wellen und offen tragen. Meine eigenen Haare sind fein und wachsen nicht über Schulterlänge, ganz gleich, wie viel Mühe ich mir damit gebe. Zum Ausgleich färbe ich sie mir platinblond und trage sie als akkuraten Bob mit einem Pony bis zu den Augenbrauen, und ich verlasse das Haus nie ohne falsche Wimpern und schwarzen Eyeliner, um einen Kontrast zu schaffen.

Stella ist mindestens zehn Jahre älter als ich, rufe ich mir vor Augen. Jünger zu sein ist besser. Auch wenn sich das nicht immer so anfühlt. Ich wende mich wieder meinen Pies zu, doch über

Stella nachzudenken, hat mich verunsichert. Ich frage mich, ob Archie auch sie mit in den Ostflügel nehmen würde, sollte sie ihn darum bitten. Die Vorstellung lässt mich die Stirn runzeln, und ich spüre, wie meine Konzentration verloren geht. Eilig schüttele ich den Kopf, um ihn wieder frei zu bekommen.

»Sie haben noch zwanzig Minuten!«, ruft Betsy von der Vorderseite des Zelts aus.

Ich habe keine Zeit für Eifersüchteleien, wenn ich das hier gewinnen will. Ich nehme meine Pilzpastete aus dem Ofen. Sie ist goldbraun und wirft an den Kanten kleine Blasen. Dampf kräuselt sich aus den Öffnungen im Deckel und erfüllt die Luft mit einem köstlichen, herzhaften Duft. Ich stelle die Pie auf ein Abkühlgitter neben die Schoko-Erdbeer-Chiffontorte, dann löffele ich Erdbeersahne in einen Spritzbeutel und setze bei der Torte hübsche, kleine Spitzen auf die obere Schicht. Ich bin zufrieden. Beide Pies sind genauso geworden, wie ich gehofft hatte. Als ich fertig bin mit der Verzierung, bringe ich die Torte in den Kühlschrank, damit sie kalt werden kann. Als ich die Tür schließe und mich umdrehe, sehe ich mich Archie gegenüber und zucke zusammen. Beinahe wäre ich gegen ihn geprallt.

»Ich stoße wohl ständig mit dir zusammen!«, rufe ich lachend und schaue mich nach Kameras um, aber die sind gerade woanders im Einsatz. Er erwidert mein Lächeln. Ich spüre, wie meine Wangen warm werden, als ich daran denke, wie nahe ich ihm gestern Nacht war.

»Ich beschwere mich nicht«, sagt er. Seine Augen huschen zur anderen Seite des Zelts, wo sich die Kameraleute und Produzenten um Betsy scharen. Archie beugt sich rasch vor, so dicht, dass seine Lippen beinahe mein Ohr streifen. »Wir treffen uns nach dem Abendessen am Tor«, flüstert er. »Erzähl keinem davon.« Sein Atemhauch jagt mir einen Schauder über den Rücken. Bevor ich etwas erwidern kann, tritt er lächelnd zurück und durchquert das Zelt. Geschockt kehre ich an meinen Tisch zurück. Habe ich richtig gehört? Archie Morris will sich heimlich mit mir treffen? Meine Gedanken kreisen wild durcheinander. *Ist das etwa ein Date?* Er ist an Lotties Tisch getreten. Ich starre ihn an, sehe, wie er mit ihr scherzt. Jetzt wirft er beim Lachen den Kopf zurück, fängt meinen Blick auf und zwinkert.

Geralds Station ist noch immer unbesetzt, er hat die angefangenen Pies nicht vollendet. Pradyumna lehnt mit gelangweiltem Blick an seinem Tisch, hinter ihm stehen die fertigen Backwaren. Lottie und Stella sind damit beschäftigt, ihre Pies aus dem Ofen zu ziehen und auf die Präsentiertabletts zu stellen.

»Die Zeit ist *um!*«, ruft Archie jetzt. »Bäckerinnen und Bäcker, bitte bringt eure Pies zum Jurorentisch!«

Vorsichtig nehme ich mein Tablett und gehe nach vorn. Ich habe ein rot kariertes Stofftuch auf das Tablett gelegt und die freie Fläche zwischen den beiden Pies mit Gänseblümchen, winzigen, perfekt geformten Erdbeeren, kleinen Zweigen und grünen, sich gerade erst ausrollenden Farnknospen dekoriert – lauter Dinge, die ich zuvor auf dem Gelände gesammelt habe.

Ich stelle mein Tablett auf den Jurorentisch und werfe einen Blick auf die Kunstwerke der anderen. Einige sehen so toll aus, dass sie mir den Atem rauben, so zum Beispiel Pradyumnas Pie mit einem hoch aufragenden Baiserturm auf dem Deckel. Selbst eine dunkle Gewitterwolke aus blau-grauen Zuckerkristallen fehlt nicht. Erfreut stelle ich fest, dass Stellas Pies schlichtweg grauenhaft aussehen. Der Deckel der einen ist labbrig, auf den Pfirsichen hat sich eine unappetitliche weiße Pfütze gebildet, während der Teig an den Rändern dunkelbraun ist. Stella sieht genauso derangiert aus: Die Haare kleben an ihrem Gesicht, eine Wange ist weiß verschmiert. Doch sie lächelt mich erleichtert an, als sie ihr Tablett auf den Tisch stellt. Ich wende mich schnell ab, bevor sie meinen spöttischen Blick bemerkt.

Archie und Betsy gehen an der Reihe von Pies entlang. Von Pradyumna zu Lottie und weiter zu Stella. Ich muss mir auf die Lippe beißen, als ich erfahre, dass das weiße Zeug auf den Pfirsichen Ricotta ist. Bei dieser Hitze sollte man auf keinen Fall Käse verwenden. Eine absurde Idee, die die beiden Juroren bestätigen. Jetzt sind meine Pies an der Reihe. Ich beobachte, wie sich Betsys Lippen um die Gabel schließen, und beuge mich erwartungsvoll vor.

»Seht euch nur diese Kruste an«, sagt Archie und sticht mit der Gabel hinein.

»Perfekt«, pflichtet Betsy ihm bei. Sie nehmen jeder einen Bissen, während ich mich vor Ungeduld winde, die Augen schmal vor gespielter Furcht. Ich weiß, dass diese Pies gut sind, aber ich denke, dass mich das sympathischer macht. Meine Besorgnis wird mich bei den Zuschauerinnen und Zuschauern beliebt machen.

»Die hier ist ausgesprochen gut«, sagt Betsy. Ich lächele breit für die Kameras und habe das Gefühl, vor Erleichterung zu schweben. Und dann macht sie etwas ganz Wundervolles. Sie beugt sich vor und nimmt einen weiteren Bissen.

BETSY

Es tut mir wirklich leid für Gerald. Was für ein Chaos!« Sie sitzt in dem offenen Gartenpavillon, Archie gegenüber, das Gebäck des Tages steht auf den Tabletts zwischen ihnen. Hinter ihnen ist zwischen den Pfeilern das Zelt zu sehen, und noch weiter hinten ragt Grafton Manor in die Höhe. An diesem pittoresken Ort trifft Betsy seit der ersten Staffel ihre endgültige Entscheidung. Normalerweise spricht sie nur zu den Kameras, doch jetzt muss sie natürlich ein richtiges Gespräch mit Archie führen und gemeinsam mit ihm erörtern, wer das Zelt verlassen und wer zum Gewinner des Tages gekürt wird. Sie ertappt sich dabei, dass sie sich auf einen Streit gefasst macht, doch Archie pflichtet ihr augenblicklich bei.

»Sich von einem Fehler derart aus der Ruhe bringen zu lassen ...« Er nickt ernst. »Man muss sich doch zusammenreißen können.«

Betsy ist froh, dass er der *Bake Week* den gebührenden Respekt zollt. Erleichtert stößt sie die Luft aus, die sie unwillkürlich angehalten hatte.

Sie versteht nicht, was heute mit Gerald los war. Sie befand sich gerade auf der anderen Seite des Zelts und wies Melanie wegen einer unvorteilhaften Kameraeinstellung zurecht, als das Geschrei losging. Gerald klang derart aufgebracht, dass Betsy zunächst fürchtete, jemand habe ihn körperlich angegriffen. Als er theatralisch aus dem Zelt stürmte, kam Archie mit großen Schritten auf Melanie und sie zu und erklärte ihnen mit gedämpfter Stimme die Situation. Wenn man das, was er ihnen mitteilte, denn als Erklärung bezeichnen konnte. Angeblich waren Geralds Zutaten verdorben. Allerdings weiß sie immer noch nicht, was genau das Fass zum Überlaufen gebracht hat. Sie fragt sich, ob Archie mehr damit zu tun hat, als er zugibt.

Er schien von Anfang an nicht besonders begeistert von Gerald gewesen zu sein, hat ihn gestern wegen seiner selbst gemachten Essenzen sogar ein wenig verspottet. Sie hat ihn dabei ertappt, wie er die Augen verdrehte, als er sich von Geralds Backtisch abwandte und zu einer anderen Station weiterging. Vielleicht wollte er, dass Gerald scheitert. Jammerschade, denkt Betsy. Abgesehen von dem, was heute passiert ist, zählten Geralds Backwaren zu den besten, so sorgfältig, wie sie geplant und ausgeführt waren. Seine Zutaten waren genial, die Verarbeitung ein wahres Wunder angesichts der begrenzten Zeit, die den Bäckerinnen und Bäckern zur Verfügung steht.

»Ich wünschte mir, er hätte die Pies fertiggestellt«, sagt sie aufrichtig. Es war nicht gut für die Show, wenn die Kandidaten förmlich vom Set flohen. Sie geht davon aus, dass sie ein langes Gespräch mit den Produzenten und Francis über das Filmmaterial führen müssen wird. Nicht dass es im Fernsehen so aussieht, als wäre Gerald gemobbt worden.

»Wie haben sich Ihrer Meinung nach die anderen geschlagen, Betsy?«, wechselt Archie das Thema. Offenbar hat ihn der Konflikt längst nicht so aus der Fassung gebracht wie sie.

»Stellas Pies waren etwas fade«, sagt Betsy. Für die Zuschauerinnen und Zuschauer muss später klar sein, dass Stella morgen früh nach Hause gefahren wäre, hätte Gerald sein Gebäck heute fertiggestellt. Anfangs hatte Betsy vorhergesagt, dass Stella als Erste ausscheiden würde, doch sie ist erneut eine Runde weitergekommen.

»Sie sind einfach schlecht gebacken und ziemlich schlecht geplant«, pflichtet Archie ihr bei. In seine Stimme schleicht sich etwas von seinem früheren *Cutting Board*-Ton.

»Nun, ihr ist das Missgeschick mit den angebrannten Pfirsichen passiert«, lenkt Betsy ein in dem Bemühen, verständnisvoll zu erscheinen, auch wenn sie Stella in Wirklichkeit längst abgehakt hat. Jedes Mal, wenn Betsy an ihrem Tisch vorbeigeht, blickt die junge Frau auf und himmelt sie an, so sehr, dass es Betsy unangenehm ist.

»Ein derartiger Fehler dürfte ihr in diesem Stadium des Wettbewerbs eigentlich nicht mehr passieren.«

Betsy nickt zustimmend. »Wer hat sich denn heute gut geschlagen?«

»Ich denke, Hannah und Pradyumna«, antwortet Archie. »Hannahs Pies sind wirklich etwas Besonderes. Zwei verschiedene Teige, die ...«

»Pradyumna hat ebenfalls zwei verschiedene Teige gebacken«, erinnert sie ihn.

»Ja, aber Hannahs Füllungen waren allererste Klasse. Genau wie die Dekoration.« Die Art und Weise, wie er über Hannah spricht, lässt Betsy aufhorchen. Sie hält inne und fasst ihn genauer ins Auge. Sie kennt diesen Ton. Wenn er über die anderen spricht, klingt seine Stimme anders.

»Ihre Dekoration war in der Tat sehr sauber ausgeführt und der Geschmack ausgezeichnet«, pflichtet Betsy ihm widerwillig bei. »Darin stimmen wir überein, nicht wahr?«

»Ich denke schon.« Er nickt eifrig.

»Es ist stets jammerschade, wenn uns einer der Kandidaten verlassen muss.« Betsy bemüht sich, vor den Kameras so viel Bedauern wie möglich in ihre Stimme zu legen.

»Sie sind so eine mitfühlende Seele, Betsy«, sagt Archie prompt. Es steht im Drehbuch, dass Betsy einfühlsam, großmütterlich rüberkommen soll, doch etwas an der Art, wie er den Satz sagt, lässt sie zögern. Er klingt nicht wie ein Kompliment. Der Ton legt etwas anderes nahe. Fast so, als würde er mit ihr spielen, sich über sie lustig machen. Oder bildet sie sich das nur ein? Seit Archie in ihrer Nähe ist, stellt sie sich ständig selbst infrage. Derart unsicher hat sie sich nicht mehr gefühlt, seit ... Betsys Herz fängt an zu pochen.

Plötzlich wird ihr klar, dass Archie sie an Roland, ihren Ex-Mann, erinnert. Nicht vom Äußeren her, die beiden Männer sehen völlig unterschiedlich aus. Roland ist der blaublütigste weiße, angelsächsische Protestant, dem Betsy je begegnet ist, und Archie – nun, es ist bekannt, dass Archie keinen Stammbaum vorzuweisen hat. Es liegt an dem Verhalten der beiden Männer, ihrer Selbstsicherheit. Sie behandeln Betsy, als wäre sie ein Kind, das man umglucken muss, oder eine tatterige Alte, die ihren Respekt nicht verdient hat. Keiner von beiden würde dies jemals laut aussprechen, natürlich nicht, aber Betsy merkt es an der Art und Weise, wie sie mit ihr reden. Am Tonfall. Roland hat sie – wie könnte es auch anders sein? – mit einer sehr viel jüngeren Frau betrogen. Mit schmerzhafter Deutlichkeit erinnert sie sich daran, wie er über *sie* gesprochen hat. An den Ausdruck in seinen Augen, als er verzweifelt versuchte, seinen Betrug zu vertuschen, mit dem er doch so gern prahlen wollte. Betsy lächelt steif.

»Wollen wir?« Sie steht auf. Plötzlich kann sie es kaum noch erwarten, mit Francis zu reden und zu erfahren, was für Informationen er für sie hat.

»Nach Ihnen.«

Die Kameras folgen ihnen, als sie sich auf den Weg zurück zum Zelt machen, um das endgültige Urteil zu fällen. Wenn Archie auch nur ansatzweise so ist wie Roland, dann weiß Betsy nur eines mit Bestimmtheit: Man kann ihm nicht trauen.

STELLA

~~~~

Ich gehe die Treppe vor dem Haus hinunter, zwischen den Steinlöwen hindurch. Die Sonne ist noch über den Bergen zu sehen, doch die Luft hat sich abgekühlt, der leichte Wind, der über den weitläufigen Rasen weht, ist frisch. Ich mag es, wie er über meine Wangen streicht. Ich hole tief Luft und fülle meine Lungen. Draußen geht es mir besser. Ich kann mich frei bewegen, ohne Sorge, mich in dem unendlichen Labyrinth aus Räumen und Fluren in dem alten Herrenhaus zu verirren. Ich möchte die Gelegenheit auskosten, hier zu sein, weit weg von New York und den Problemen, die sich vor mir auftürmen, sobald ich wieder einen Fuß in mein altes Leben setze.

Mit großen Schritten überquere ich den Rasen und spaziere durch die breite Lücke zwischen Haus und Zelt. Alles ist ruhig. Es scheint so, als wäre ich die Einzige hier draußen; das Team muss schon Feierabend gemacht und das Anwesen verlassen haben. Ein bisschen ist es so, als würde ich an Orten herumschleichen, an denen ich nicht sein sollte, daher rufe ich mir Betsys Einladung vom ersten Abend in Erinnerung, uns in Grafton Manor umzusehen. Hier hinten ist es schattig und feucht. Efeu- und Weinranken überziehen wie feine Adern das Gemäuer, umschließen die Fensterrahmen und kriechen über eine steinerne Balkonbrüstung, die unter dem vielen Grün kaum noch zu erkennen ist.

Das Haus blickt auf mich herab. Die einheitlichen Bleiglasfenster reflektieren den grauen Himmel, sodass man nicht in die Räume dahinter hineinblicken kann. Sie erinnern mich an die Einwegspiegel, wie man sie aus den Verhörräumen in Thrillern kennt.

Jeder, der in diesem Moment herausschaut, kann mich sehen. Ein Schauder rieselt mir zwischen den Schulterblättern entlang.

Ich gehe durch ein Spalier, das zu einer Reihe terrassenförmig angelegter Gärten führt. Sie sind ungepflegt und voller Unkraut. Hohe Gräser mischen sich mit Blumen. Über ein paar bröckelnde Steinstufen betrete ich den ersten tiefer gelegenen Garten. Hier entdecke ich mehrere kleine Statuen. Eine Frau, die einen Krug mit einem Loch in den Händen hält, steht in einem flachen Becken voller vertrockneter Blätter; offensichtlich war dies einmal ein Springbrunnen. Dahinter befindet sich eine moosbewachsene Sonnenuhr. Ich dringe tiefer in den Garten vor und gelange zu einer Gruppe von Rosensträuchern. Sie sehen vernachlässigt aus, aber einige kleine Rosen blühen an den Enden der dünnen Zweige. Ich beuge mich vor, um an einer davon zu riechen, und atme den pudrigen Duft ein. In der Mitte der Rosensträucher steht ein einzelner Hartriegel, dessen blassgrüne, fast weiße Blüten gerade aufgehen.

Die darunterliegenden Gartenterrassen sind völlig verwildert, ich kann nicht weiter in das Dickicht aus Blumen und Dornen vordringen. Also mache ich mich auf den Rückweg zum Haus, wobei ich um die andere Seite herumgehe und in der Nähe des Pavillons lande, vorn, am Rand des großen Rasens. Die Vorderseite von Grafton Manor steht in starkem Kontrast zur Rückseite. Hier sind die Hecken ordentlich und in einer Höhe geschnitten. Der Rasen ist kurz gemäht und smaragdgrün. Alles ist tadellos in Ordnung gehalten. Ich bin mir sicher, dass die Gartenanlagen auf der Rückseite einst auch so ausgesehen haben, perfekt gepflegt und wunderschön. Ich frage mich, ob Betsy Probleme hat, den Unterhalt des Hauses zu bestreiten. Der Gedanke kommt mir völlig überraschend. Ich kann mir nicht vorstellen, dass Betsy Martin mit irgendetwas Probleme hat.

Ich sehe eine dunkle Gestalt im Pavillon sitzen und zucke zusammen. Es ist der Kameramann, der, mit dem ich zuvor Augenkontakt hatte. Er lümmelt auf einem der Jurorenstühle, die Füße auf den anderen gelegt. Weil er mit seinem Handy beschäftigt ist, bemerkt er mich nicht. Er wirkt fehl am Platz in diesem Pavillon mit den weißen, kunstvoll geschnitzten Holzverzierungen, ein großer, muskulöser Mann, der finster die Stirn runzelt. Noch vor ein paar Jahren wäre er genau mein Typ gewesen. *Was hast du vor?*, höre ich die jüngere Stella in mir ungeduldig fragen. *Geh zu ihm und rede mit ihm.* Er steckt etwas in den Mund, und eine dichte Rauchwolke füllt den Pavillon. Ich will gerade kehrtmachen, um nicht in seine Privatsphäre einzudringen, als er den Arm hebt und winkt.

»Wie ist es heute gelaufen?«, ruft er mir zu.

Mist. Jetzt muss ich etwas erwidern. *Schon gut, Stella. Es wird dich nicht umbringen, mit einem attraktiven Mann zu reden.* Ich nähere mich dem Pavillon.

»Ach, ganz gut«, lüge ich. Mein Mund wird trocken. Die vielen Monate allein zu Hause haben meine Konversationsfähigkeiten beeinträchtigt.

»Stella, richtig?«, fragt er. Ich nicke. Mein Blick fällt auf ein großes Tattoo, das aus seinem Ärmel herausragt. »Ich bin Graham.«

»Um ehrlich zu sein, lief es heute ziemlich schlecht«, gebe ich zu. Seit meiner Darbietung im Zelt habe ich mit niemandem geredet, und jetzt stelle ich fest, dass ich meine Erlebnisse gern jemandem erzählen würde. Er zieht ein weiteres Mal an seiner E-Zigarette. »Ich glaube nicht, dass ich noch lange dabei bin.«

»Ich bin mir sicher, dass du bloß deinen Rhythmus finden musst«, sagt er. »Es kann ziemlich schwer sein, seinen Job zu machen, wenn Betsy einem ständig über die Schulter blickt.« Seine Stimme klingt bitter, und ich frage mich, ob er nur über mich spricht. Ein weiterer Zug, gefolgt von einer weiteren Dampfwolke. Was mag jemand wie er gegen Betsy haben? Ich kann mir nicht vorstellen, dass sie ihm irgendetwas getan hat. Ich habe sie beobachtet, sie spricht kaum mit den Kameraleuten.

»Es ist ganz schön viel Druck«, sage ich ausweichend, wobei ich hoffentlich rüberbringe, dass man mich wegen Betsy Martin nicht bedauern muss. »Dann machst du das also schon länger?«, frage ich.

»Das ist meine vierte Staffel«, antwortet er.

»Gefällt es dir?«

»Ja, es ist nicht schlecht.« Er streckt sich. Sein Shirt rutscht hoch und enthüllt ein Stück seines durchtrainierten Bauchs. »Die Bezahlung ist gut für nur eine Woche Arbeit, und es ist echt schön, im Sommer hier zu sein. Außerdem – aber das darfst du keinem verraten – dürfen wir manchmal das essen, was ihr gebacken habt.«

Die Vorstellung, dass sich am Ende des Tages das Team über unser Gebäck hermacht, ruft bei mir seltsamerweise Übelkeit hervor.

Er beugt sich vor und stützt die Unterarme auf der Umrandung des Pavillons ab. Seine Stimme klingt tief und rau, als er weiterspricht. »Ich habe Betsys Ex-Mann kennengelernt.« Seine Augenbrauen wandern geheimnistuerisch in die Höhe. Er wirft einen Blick in Richtung Haus, dann lehnt er sich näher zu mir. »Du musst wissen, dieser Ort … Betsy … Sagen wir, es gibt da gewisse Gerüchte.«

Ich habe keine Ahnung, worauf er hinauswill, aber es gefällt mir jetzt schon nicht. »Ich bin mir sicher, dass ihr Ex jede Menge über den Ort zu sagen hat, an dem er nicht mehr erwünscht ist, genau wie über die Frau, die sich bei der Scheidung behauptet hat«, bringe ich zu Betsys Verteidigung an.

»Möglich«, räumt er ein, aber ich spüre, dass er anderer Meinung ist. Ich empfinde sein Verhalten als extrem abstoßend und bedauere, dass ich stehen geblieben bin, um mit ihm zu reden.

»Ich dachte, das Team sei in der Stadt untergebracht«, wechsle ich rasch das Thema.

»Sind wir auch. Aber ich muss die Ausrüstung sichern, bevor ich Feierabend mache. Ich bin jeden Tag der Letzte hier.« Sein Blick bohrt sich in meinen. Ich fühle mich immer unwohler.

»Ach, tatsächlich?« Ich höre, wie meine inneren Alarmglocken zu läuten beginnen. Mein Blick schweift an ihm vorbei zu den Eingangsstufen. Ich überlege, wie lange ich bis dorthin brauchen würde, wenn ich weglaufen müsste.

»Ich gehe dann mal zurück«, sage ich und setze mich bereits in Bewegung. »Ich möchte das Abendessen nicht verpassen.«

Er grinst in sich hinein, als würde er sich über irgendetwas amüsieren.

»Was ist?«, frage ich wachsam, bereit, davonzustürmen.

Er hebt die Hände und lächelt, als wüsste er etwas, was ich nicht weiß.

»Hier draußen ist es vermutlich um einiges sicherer als drinnen.«

PRADYUMNA

Das Dinner ist heute Abend eine unerfreulich stille Angelegenheit. Das einzige Gespräch, das wir vier führen, dreht sich um Gerald, der nicht zum Essen heruntergekommen ist, der sich seit seiner abrupten Flucht aus dem Zelt überhaupt nicht mehr hat blicken lassen.

Ich nehme an, sein Verhalten ist ihm peinlich. Er ist ein so zugeknöpfter Mann, so versessen darauf, die Dinge nach einem bestimmten Plan zu erledigen, dass es furchtbar für ihn gewesen sein muss, derart die Kontrolle zu verlieren. Ganz zu schweigen von der unglaublichen Enttäuschung, nach Hause geschickt zu werden, obwohl er so leicht hätte gewinnen können.

»Es ist eine Schande«, sage ich. »Er war wahrscheinlich der beste Bäcker von uns allen.« Keiner gibt mir eine Antwort, stattdessen befassen sich alle intensiv mit ihrem Endiviensalat. Ich frage mich, ob ich sie vor den Kopf gestoßen habe. Vermutlich halten sie sich alle für die Beste oder den Besten der Gruppe, auch wenn das nicht stimmt. Ich bin fast neidisch darauf, wie intensiv sie sich wünschen, die *Bake Week* zu gewinnen.

Hannah, die neben mir sitzt, ist schweigsam und nervös, was etwas merkwürdig ist, wenn man bedenkt, dass sie heute den Tagessieg eingefahren hat. Ich hätte gedacht, jemand wie sie wäre darüber total aus dem Häuschen, voller nervtötender falscher Bescheidenheit und ebenso nervtötendem falschem Wimperngeklimper. Stattdessen rührt sie kaum ihr Essen an und würdigt uns keines Blickes. Die Uhr auf dem Kaminsims hinter mir tickt laut und zählt die Sekunden herunter, bis diese schier endlos dauernde Mahlzeit vorbei ist.

Stella ist die Einzige, die überhaupt etwas sagt, belangloses Zeug wie üblich, aber auch sie wirkt verhaltener als an den vorherigen beiden Abenden. Abgesehen von Geralds unvollendetem Desaster, waren ihre Pies mit Abstand die schlechtesten, außen verbrannt und doch nicht durch, innen feucht und matschig. Plötzlich wird mir bewusst, dass sie schon zum zweiten Mal durch ein unglückliches Missgeschick eine Runde weitergekommen ist. Sie kann wirklich von Glück sagen.

Lotties Lider flattern leicht, ihr Gesicht neigt sich in Richtung Teller, als würde sie gleich über ihrem Bœuf Bourguignon eindämmern. Ich denke an die Mahlzeiten, die ich für Freunde gekocht habe, aufwendige, mehrgängige Menüs, die zivilisiert begannen und zu ausschweifenden Partys gerieten, die wiederum damit endeten, dass wir Schallplatten hörten und auf dem Balkon Zigaretten rauchten, während der Himmel schon hell wurde.

»Brauchst du etwas, um wach zu bleiben, Lottie? Irgendwelche Partydrogen oder eine Tuba-Session?«

»Ich hätte lieber etwas, was mich ausknockt, wenn das okay für euch ist.« Lottie lächelt mich unter schweren Lidern an. Sie muss erschöpft sein nach ihren nächtlichen Abenteuern. Mir sollte es vermutlich ebenso gehen, aber ich merke nichts. Ich nehme einen Schluck Wein, der leider nicht dieselbe Wirkung zeigt wie der Scotch gestern Abend.

Die rundgesichtige Köchin bringt das Dessert: eine Sahnetorte. »Irre witzig«, sage ich.

»Im Augenblick ist mir so gar nicht nach Sahnetorte zumute«, pflichtet Stella mir bei und lacht bitter auf.

Plötzlich schiebt Hannah mit einem lauten Scharren ihren Stuhl zurück. »Ich gehe jetzt. Ich möchte noch ... mit dem Spritzbeutel üben.«

Ich ziehe neugierig die Augenbrauen hoch, aber weder Stella noch Lottie bemerken meinen fragenden Blick. Als in einer glänzenden Silberkanne der Kaffee gereicht wird, juckt es mich förmlich, mich in wie auch immer geartete Schwierigkeiten zu bringen – wie jedes Mal, wenn ich zu wenig zu tun habe. Ein Aufbäumen gegen die Langeweile, könnte man meinen.

Mit meiner Einstellung werde ich nicht mehr lange dabei sein, das ist mir bewusst. Trotzdem fällt es mir schwer, motiviert zu bleiben. Als Kandidat für die *Bake Week* ausgewählt zu werden, war eine wunderbare Zerstreuung, die Wochen davor eine witzige Möglichkeit, Aufmerksamkeit zu erhalten. Die tägliche Routine dagegen ist zunehmend öde. Ich weiß, dass jeder gewinnen möchte, aber das bedeutet doch nicht, dass alles so unglaublich ernst sein muss! Wäre es nicht besser, wir hätten ein bisschen Spaß? Allerdings vermute ich, dass manchen gerade diese Monotonie Spaß macht. Sollen sie sich ruhig für unser Biskuit-Königspaar die Beine ausreißen, wenn sie das lustig finden. Sie waren nie auf Jay-Zs Jacht. Sind nie mit einem Privatjet auf die Malediven geflogen. Nun, vielleicht mit Ausnahme von Archie.

Mit Betsy komme ich klar. Ich würde sie sicher nicht ganz oben auf die Gästeliste für meine nächste Dinnerparty setzen, aber sie ist, wer sie ist, und das weiß ich zu schätzen. Archie Morris dagegen treibt mich in den Wahnsinn. Ich kann seine Großkotzigkeit einfach nicht ertragen. Er erinnert mich an die Kids, mit denen ich ins Internat gegangen bin. Sie waren alle so ichbesessen, so vollgepumpt mit heißer Luft, und sie waren sich nicht einmal bewusst, dass sie in Wirklichkeit so wenig zu bieten hatten. Mit seinem grauenhaften Dauergrinsen muss Archie offensichtlich etwas kompensieren. Jedes Mal, wenn ich ihn ansehe, denke ich: *Dein Job ist es scheinbar, selbstgefällig gegenüber Leuten zu sein, die Kuchen backen. Und wann hast du selbst zum letzten Mal etwas in den Ofen geschoben?* Ich würde darauf wetten, dass es Jahre her ist, seit er das letzte Mal eine Geburtstagstorte für jemanden gebacken oder eine Ladung Kekse fabriziert hat, einfach so, nur zum

Spaß. Seine ganze Karriere besteht darin, dass er Amateurköche und -bäcker kritisiert, trotzdem führt er sich auf, als wäre er der Torwächter zu einem Elite-Universum. Ich werde das Gefühl nicht los, dass er nicht mein größter Fan ist, dass er sich von mir bedroht fühlt. Sicher weiß er, wer ich bin, weiß, dass ich seine Anerkennung nicht brauche. Verdammt, ich brauche die ganze Sendung nicht! Ich habe bereits mehr Geld, als ich ausgeben kann, und ich bin nicht auf der Suche nach einer neuen Karriere. Ich brauche nur irgendetwas, was mich ablenkt.

Mein Leben war von jeher eine Reihe von Erfolgen. Irgendwann werde ich ihrer überdrüssig, aber der Anfang ist stets unterhaltsam genug, um mich anzutreiben, mich am Laufen zu halten. Bei allem, was ich tue, geht es bloß darum, die Zeit zu füllen und das Gefühl der Leere in Schach zu halten. Allerdings fürchte ich, dass es ohnehin zurückkehrt, durch jeden noch so kleinen Riss einsickert. Ich fürchte das nagende Nichts, das mich überwältigen wird, wenn ich es zulasse.

LOTTIE

Nach dem Abendessen kehre ich in mein Zimmer zurück und versuche, mich auszuruhen. Ich falle aufs Bett und schließe die Augen. In gewisser Hinsicht genügt es mir, einfach nur wieder in Grafton Manor zu sein, zu wissen, dass meine Mutter hier war. Durch die Flure zu schreiten und in ihre unsichtbaren Fußstapfen zu treten. Erinnerungen, selbst unbedeutendere, kehren bereits zu mir zurück.

Ich vergrabe das Gesicht im Kissen und ziehe die Decke über mich. Meine Augenlider werden schwer. Gerade als ich langsam eindämmere, überkommt mich eine Erinnerung und holt mein Gehirn ins Bewusstsein zurück.

Es war der erste Weihnachtstag in dem Jahr, als ich zehn wurde. Das Erste, woran ich mich erinnere, sind die Arme meiner Mutter, die mich sanft aus dem Schlaf holten. Die Sonne war kaum aufgegangen, als wir unsere Mäntel und Handschuhe anzogen. »Wohin gehen wir?«, fragte ich sie, während sie einen Schal um meinen Hals band.

»Das wirst du schon sehen«, erwiderte sie. Ihre Augen funkelten vor Aufregung. Wir schlichen die Treppen hinunter und huschten auf Zehenspitzen durchs Haus ins Foyer, wo einer der berühmten Weihnachtsbäume von Grafton Manor aufgestellt war. Große Glühbirnen an den Zweigen warfen einen magischen Glanz auf das silberne Lametta und zauberten farbige Muster auf die Steinfliesen. Meine Mutter öffnete die Haustür. Ein Schwall kalter Luft kam hereingewirbelt, versetzt mit Schneeflocken. Ich schnappte nach Luft, als ich die Welt draußen sah, weiß, wie das

Innere einer Schneekugel. Mom lächelte mich so freudig an, als wäre sie selbst noch ein Kind.

Wir gingen die Stufen vor dem Eingang hinunter, und ich blieb stehen, um den Schnee von den Gesichtern der Löwen zu wischen, damit sie auch etwas sehen konnten. Wir standen inmitten eines unberührten Winterwunderlands. Unsere Füße hinterließen die ersten Abdrücke im Schnee, als wäre die Welt gerade erst entstanden und gehörte uns allein.

Langsam überquerten wir den Rasen und versanken mit unseren Stiefeln in der weißen Decke, bis wir die Seite des Hauses erreichten. »Komm mit.« Mom führte mich durch das Spalier in die Gärten. Die Luft roch nach Schnee, klar und rein. Meine Mutter nahm eine Handvoll Schnee auf und drückte sie zusammen. »Genau wie ich dachte.« Sie zeigte mir die kleine weiße Kugel auf ihrer Handfläche. »Siehst du, wie er pappt? Der Schnee ist perfekt!«

»Wofür?«

»Was immer du möchtest!« Mom lachte, hob weiteren Schnee auf und drückte ihn zusammen.

»Einen riesigen Bären!«, rief ich.

»Gute Idee.« Mom fing an, den Schnee zu großen Kugeln zu rollen. Ich folgte ihrem Beispiel. Zusammen formten wir den Körper des Bären und füllten die Ritzen zwischen den Kugeln mit noch mehr Schnee. Anschließend strichen wir so lange darüber, bis alles glatt war, dann fügten wir zwei Arme hinzu und formten die Schnauze, machten Löcher für die Augen und Nüstern. »Ich habe etwas dabei, was die Bärin zum Leben erwecken wird«, sagte Mom, öffnete ihre Tasche und zog ein Päckchen Lebensmittelfarbe und Spritzbeutel hervor. Wir mischten die Farben mit Händen voll Schnee und trugen sie auf. Fröhlich arbeiteten wir vor uns hin, bis die Bärin ein kunterbuntes Fell, eine rosa Nase, strahlend blaue Augen und gelbe Krallen hatte. Dann traten wir zurück und bewunderten unser Werk – Technicolor auf einer Leinwand aus

Schnee. Die Sonne war mittlerweile ganz aufgegangen, fing sich in den Schneeflocken, die durch die Luft tanzten, und ließ die Welt funkeln.

Am Nachmittag half ich meiner Mutter, die Desserts für die abendlichen Festivitäten vorzubereiten. Die Graftons veranstalteten eine in der ganzen Gegend berühmte Weihnachtsfeier. Wir rollten Teig aus und drückten Plätzchenformen hinein. »Sieh dir meinen Zuckerbaum an«, sagte ich, legte mehrere der ausgestochenen Plätzchen aufeinander und hielt sie hoch.

»Oh, wunderbar«, gab Mom zurück und rollte eilig neuen Teig aus. »Er ist genauso gut wie mein Rentier mit der Nikolausmütze.«

Ich lachte so sehr, dass ich beinahe Betsy Grafton übersehen hätte, die uns von der Tür aus beobachtete. Meine Mutter hörte sofort auf zu lachen, als sie die Tochter des Hauses dort stehen sah, und legte das Nudelholz beiseite.

»Was kann ich für dich tun, Betsy?«, fragte sie, wischte sich die Hände an einem Geschirrtuch ab und ging auf sie zu. Betsy betrachtete den ausgerollten Teig und die Plätzchen, die auf den Abkühlgittern lagen, und für einen Moment meinte ich, reine Sehnsucht in ihren Augen zu erkennen, die aber schnell einem hochmütigen Blick wich.

»Nichts. Ich wollte nur sichergehen, dass ihr arbeitet«, sagte sie und sah uns mit zusammengekniffenen Augen an. »Ich denke, das war gut so, denn ich stelle fest, dass ihr spät dran seid.« Damit wirbelte sie auf dem Absatz herum und rauschte von dannen.

Meine Mutter drehte sich zu mir um. »Ignorier sie einfach«, sagte sie, aber die Unbeschwertheit war aus ihrer Stimme verschwunden.

Nach Weihnachten wurde ich in den Ostflügel zu einem unserer Spieltreffen gebracht. Der Fußboden von Betsys Zimmer war übersät mit teurem neuem Spielzeug und Kleidung. Nicht ausgepackte Geschenke lagen unbeachtet in den Ecken, glänzende Kleider hingen über einer Stuhllehne, Lackschuhe mit feinen Bändern statt Schnürsenkeln waren im ganzen Raum verstreut. Die Spielsachen ... es gab mehr Sachen, als ich je gesehen hatte. Es juckte mich in den Fingern, damit zu spielen. Wenn ich allein war, verbrachte ich Stunden damit, mir auszumalen, wie es wohl wäre, nur einen Bruchteil all dieser Dinge zu besitzen.

»In *meinem* Zimmer hast du *meine* Regeln zu befolgen«, erinnerte Betsy mich, sobald sich meine Mutter zurückgezogen hatte. »Hol mir einen Kamm. Ich muss meine Haare feststecken.« Ich stieg über eine wunderschöne Porzellanpuppe, der ein Teil der Haare fehlte, als hätte sie jemand mit einer Schere abgeschnitten. Auch ein Stück des Porzellanfußes fehlte, ein gezacktes Loch gab den Blick ins hohle Innere frei. Ich dachte an meine wenigen Besitztümer. *Würde ich jemals eine Puppe wie diese besitzen,* dachte ich verbittert, *würde ich sehr gut auf sie achtgeben.*

Die nächsten Stunden verbrachte ich damit, um Betsy herumzuschwirren und alles zu tun, was sie von mir verlangte. So war es jedes Mal, wenn wir zusammen spielten. Ich war die fügsame, stumme Dienerin, und Betsy war die Königin, die mich herumkommandierte. Aber die ganze Zeit über war ich fixiert auf die Puppe. Ich wollte sie retten, sie mit zu mir nach oben nehmen. Endlich bemerkte Betsy, dass ich abgelenkt war.

»Worauf starrst du denn die ganze Zeit?«, wollte sie wissen.

»Auf gar nichts«, erwiderte ich etwas zu schnell. Betsy lächelte, durchquerte das Zimmer und blieb vor der Puppe stehen. Mein Magen verknotete sich.

»Ach, auf das alte Ding?« Sie hob die Puppe auf. »Meine Mom hat sie mir gekauft, aber sie ist nicht gerade meine Lieblingspuppe. Möchtest du mit ihr spielen?«

»Ja«, hauchte ich atemlos und streckte die Hände nach der Puppe aus, stellte mir bereits vor, sie in den Armen zu wiegen. Betsy hielt mir die Puppe hin, doch gerade als ich die Finger darum schließen wollte, zog sie die Augenbrauen zusammen und riss die Hand zurück. Mit einem verzerrten Lächeln holte sie aus und schleuderte das Gesicht der Puppe mit voller Wucht gegen den Kaminrost.

HANNAH

Während das Badewasser in die Wanne läuft, breite ich meine Kleidung auf dem Bett aus. Ich bin sehr froh, dass ich das figurbetonende Sweatkleid mitgebracht habe, obwohl ich wusste, dass ich es nicht vor der Kamera tragen würde. Ich streiche es glatt und lege einen Hauch von nichts – einen roten String mit dazu passendem Spitzen-BH – daneben aufs Bett. Anschließend stecke ich meine Haare hoch und lasse mich ins dampfende Badewasser gleiten. Die Wanne ist so groß, dass ich praktisch darin schwimmen kann. Ich rasiere mir sorgfältig die Beine. Bei Ben gebe ich mir nie so viel Mühe mit meinem Aussehen, zumindest schon eine ganze Weile nicht mehr. *Ben.* Es versetzt mir einen Stich ins Herz, wenn ich mir sein Gesicht vorstelle, daran denke, wie er sich auf dem Fahrersitz seines Pick-ups von mir verabschiedet hat. Er hat sich so für mich gefreut!

Mein Handy nicht bei mir zu haben, um mit ihm zu texten, hat einige Dinge ins rechte Licht gerückt. Seit ich hier bin, fällt es mir überraschend leicht, nicht an ihn zu denken. Tatsächlich habe ich bisher so gut wie gar nicht an ihn gedacht. Ich steige aus der Badewanne und binde mir ein Handtuch um. Ich mag es, wie es sich anfühlt: weich und luxuriös. Unsere Handtücher zu Hause sind kratzig und abgenutzt. Das kleine Apartment, das ich mir mit Ben in Eden Lake teile, kommt mir sehr weit weg vor. Plötzlich kann ich mich kaum noch daran erinnern.

Ich betrachte mich im Spiegel. Die runden Wangen, die ich schon mein ganzes Leben habe, werden endlich schmaler. Ich möchte nicht mit Ben zusammenbleiben, nur weil es bequem ist. Es wäre so leicht, für immer mit ihm in Eden Lake zu wohnen. Ich könnte ein paar Kinder zur Welt bringen und einfach weiter Pies für Polly's Diner backen. Ben wäre damit zufrieden. Aber was ist mit mir? Ich ertrage die Vorstellung nicht, dass das alles sein soll. Ich erwarte mir mehr vom Leben. Was würde meine Mom sagen? Ich stelle mir vor, wie sie am Küchentresen sitzt, die Gabel in der Hand. Sie würde sagen: *Du solltest deine Chance nicht vertun, Hannah-Bär. Zieh hinaus in die Welt und nimm dir, was du möchtest.*

Ich öffne eine neue Packung falscher Wimpern und klebe sie vorsichtig auf meine Lider, dann bringe ich sie mit einer dicken Schicht schwarzer Mascara in Form. Als ich damit fertig bin, betrachte ich blinzelnd mein Spiegelbild. Ich bin kurz davor, die Person zu werden, die ich sein möchte.

Der Wind hat aufgefrischt. Ich setze die Kapuze meines Sweatkleids auf, als ich über die Auffahrt zum Haupttor schlendere. Immer wieder werfe ich einen Blick über die Schulter, um mich zu vergewissern, dass mir niemand folgt. Ich habe mir Mühe gegeben, gut auszusehen. Hoffentlich habe ich es nicht übertrieben. Plötzlich komme ich mir etwas zu herausgeputzt vor. Wir wollen doch vermutlich nur spazieren gehen.

Ich bin zu früh, denke ich, als ich den Steinbogen am Anfang der Zufahrt erreiche, doch als ich durchs Tor trete, sehe ich, dass er bereits da ist. In einer maßgeschneiderten hellbraunen Hose und Jeansjacke lehnt er lässig an der Mauer und grinst mich an.

»He«, sagt er leise. Er wirkt erleichtert, als hätte er befürchtet, ich würde nicht auftauchen. Ich fühle, wie mich ein Schauder durchläuft. Ich war noch nie so aufgeregt in Gegenwart einer anderen Person. »He«, erwidere ich verlegen und komme mir albern vor. Ich sehe, wie er anerkennend mein Kleid mustert.

»Ich dachte, wir könnten den Weg dort drüben entlanggehen.« Er deutet auf eine Stelle im Wald, ein Stück weit die Straße hinunter.

»Klar«, sage ich verwirrt. Er nennt mir keinen Grund für unser Treffen. Schweigend gehen wir nebeneinanderher über den Weg, der sich durch den Wald schlängelt. Zwischen den Bäumen ist es um einiges dunkler, das dichte Blätterdach schirmt das Licht der untergehenden Sonne ab. »Keine Sorge«, sagt er, als er sieht, dass ich mich zu der großen Lichtung umdrehe, die wir gerade überquert haben. »Ich bin den Weg gestern gegangen, er führt ein kleines Stück aufwärts und dann in einem Bogen zurück.«

Wieder einmal erinnert mich die Natur von Vermont an Minnesota, an den Norden in der Nähe von Hibbing, wo meine Grandma herkommt. Blätter rascheln unter meinen Absätzen. Über uns krächzt unheimlich ein Vogel.

»Ich mache mir keine Sorgen«, versichere ich ihm.

Wir kommen zu einer weiteren Lichtung. Der Weg wird breiter und führt nun neben einem Bach entlang. Mein Blick fällt auf Archies große Hände. Sie schwingen locker an seinen Seiten. Ich verspüre den überwältigenden Drang, eine dieser Hände in meine zu nehmen, festzuhalten und zu liebkosen. Um mich davon abzuhalten, zupfe ich meine Ärmel über die Finger.

»Ist dir kalt?«, fragt er. Ohne meine Antwort abzuwarten, zieht er seine Jeansjacke aus und legt sie mir über die Schultern. Ich erkenne flüchtig das Label eines bekannten Designers. Lächelnd stecke ich die Arme in die Ärmel und schmiege mich in den teuren Stoff. Bei den seltenen Waldspaziergängen mit Ben rannte ich häufig zehn Schritte hinter ihm her und musste achtgeben, dass mir keine Zweige ins Gesicht peitschten.

»Meinen Glückwunsch«, sagt Archie endlich. Hier draußen im Wald klingt seine Stimme besonders intim. »Deine Pies waren wirklich etwas ganz Besonderes.«

»Danke.« Ich senke verlegen den Blick.

»Magst du keine Komplimente?«

Er betrachtet mein Gesicht genau, als ich antworte. Ich habe das Gefühl, dass das hier eine Art Test ist. »O nein, das ist es nicht.« *Ich liebe Komplimente.* »Es ist bloß so, dass die anderen ebenfalls großartige Bäckerinnen und Bäcker sind«, sage ich anstandshalber.

Wie gehofft, gibt Archie ein hörbares Schnauben von sich. »Sie sind längst nicht so gut wie du. Außerdem fehlt ihnen der Drive.«

Ich blühe unter seiner Aufmerksamkeit auf, plötzlich fühle ich mich nicht länger schüchtern, sondern selbstbewusster denn je. Und warum auch sollte ich nicht selbstbewusst sein? Ich bin die Gewinnerin des Tages – meine Pies waren um Klassen besser als die der anderen. Ich bin die zweitjüngste Teilnehmerin in der Geschichte der *Bake Week,* und Archie Morris, *der* Archie Morris, hat ein besonderes Interesse an mir und meiner Karriere. Bei mir läuft's. Ich fühle mich plötzlich unbesiegbar. Auf einmal bin ich mir sicher, dass ich die *Bake Week* gewinne. Ich wende mich Archie zu und sehe ihn im dämmrigen Licht des Waldes an.

Er legt zärtlich die Handflächen um mein Gesicht. »Du bist eine großartige Bäckerin, Hannah. Ich denke, du wirst einst genauso berühmt werden wie Betsy Martin«, sagt er. Um uns herum rascheln die Blätter der Bäume.

»Ha«, sage ich und versuche, cool zu bleiben, aber ich kann nicht verhindern, dass sich bei dieser Vorstellung ein Lächeln auf mein Gesicht stiehlt.

»Ich meine es ernst«, sagt er, bleibt stehen und sieht mich ruhig an. »Du brauchst bloß jemanden, der dich dabei unterstützt.«

»Und dieser Jemand bist du?«, frage ich und sehe durch meine dichten, schwarzen Wimpern zu ihm auf. Ich habe mir heute Abend Smokey Eyes geschminkt. Hatte ich insgeheim darauf gehofft, dass so etwas passiert? Nein, davon hätte ich niemals zu träumen gewagt.

Er tritt dichter an mich heran. »Du weißt wirklich nicht, wie talentiert du bist, oder?«

Ich finde es toll, dass er mein Talent erkennt. Ich fühle mich so besonders, so begehrt! So habe ich noch nie empfunden. Er hebt mein Gesicht an seins. Die Welt fühlt sich groß an, surreal und wundervoll. Über uns fährt ein Windstoß in die Baumkronen. Es kommt mir vor, als würde ich aus mir hinaustreten und mich selbst von oben betrachten.

Archie küsst mich leidenschaftlich, öffnet meine Lippen mit seinen. Unsere Zungen finden sich. Seine Wangen sind rau. Sie schrammen meine Haut auf, aber ich sage nicht, dass er aufhören soll, obwohl ich weiß, dass mein Gesicht morgen wund sein wird. Ich will nicht, dass er aufhört, im Gegenteil. Ich *möchte* die Spuren dieses magischen Abends auf der Haut tragen. Ich möchte, dass dieser Abend unser Geheimnis ist. Wir küssen uns, bis die Sonne untergegangen ist, dann folgen wir dem Weg zurück zur Straße.

Auf der Lichtung vor dem Haupttor zum Anwesen haben wir freie Sicht auf den Himmel, der in einem verwaschenen Dunkelblau über den schwarzen Umrissen der Bäume aufragt. Millionen von Sternen funkeln über unseren Köpfen. Ich lächele zu ihnen hinauf. Archies Fingerspitzen streifen meine Hand, dann umfasst er sie mit festem Griff. Ich erkenne, dass alles seinen Platz findet, und bebe vor Glück. Archie Morris hat mich erwählt.

PRADYUMNA

Heute Abend bin ich allein in der Bibliothek. Ich habe mir geschworen, keinen braunen Alkohol zu trinken, also mache ich mir stattdessen einen Gin Tonic. Rastlos nehme ich ihn mit hinaus in den Flur. Je weniger wir werden, desto stiller, unbewohnter fühlt sich das Haus an, und das Echo meiner Schritte hallt noch lauter durch die Flure. Nach nur einer Woche wird niemand mehr hier sein außer Betsy Martin und ihre wenigen Angestellten, die wie Geister durch die Flure huschen und Abend für Abend in ihren Wohnungen in der Umgebung verschwinden.

Ich muss an das denken, was Peter über die fehlende Treppe gesagt hat, und ertappe mich bei dem Wunsch, er wäre noch hier. Ich könnte einen Komplizen gebrauchen. Liebend gern würde ich Geralds Kopien der Baupläne von Grafton Manor einsehen, doch nach diesem für ihn so katastrophalen Tag scheint er für niemanden ansprechbar zu sein. Trotzdem bin ich versucht, an seine Tür zu klopfen. Schließlich braucht er die Pläne nicht mehr. Ich könnte besorgt tun, ihn fragen, wie es ihm geht, und anschließend das Thema auf die Kopien lenken.

Allerdings fürchte ich, dass Gerald für dieses Theater wenig Verständnis zeigen wird. Also schlendere ich erst einmal ins Foyer und betrachte die große Haupttreppe. Nach einer Weile steige ich träge die Stufen hinauf in den ersten Stock. Auf dem Treppenabsatz bleibe ich stehen. Es juckt mich, die Treppe in den Ostflügel hinaufzuschleichen, aber ich zwinge mich, zum Westflügel abzubiegen. Dort gehe ich durch den mittlerweile vertraut gewordenen Hauptflur, an meiner Zimmertür vorbei und weiter, bis der Flur abrupt vor einem großen Wäsche- und Garderobenschrank endet – einem klobigen Möbel aus unmodern dunklem Holz mit geschwungenen Beinen und dekorativen Schneckenornamenten. Kurz davor bleibe ich stehen und nehme einen Schluck Gin Tonic. Hinter mir höre ich ein Knarzen wie von Schritten, doch als ich mich umdrehe, ist der Flur leer. Ich wende mich wieder dem Schrank zu und ziehe an den Griffen. Die Türen klemmen, aber dann geben sie geräuschvoll nach. Der Lärm hallt durch den Gang. Ich lausche angestrengt, doch nichts regt sich. Ich öffne die Türen ganz. Eine Motte flattert mir entgegen, begleitet von einer Staubwolke. Ich wedele hustend mit den Händen.

Der Flur ist hier hinten dunkel, und im Schrank ist es noch dunkler. Ich kann nicht wirklich etwas erkennen. Mir fällt ein, dass auf einem der Flurtische eine Laterne steht. Eilig mache ich kehrt, um sie zu holen, wobei ich mir Mühe gebe, leise zu sein, als ich an den Zimmern der verbliebenen Konkurrenten vorbeikomme. Ich möchte sie nicht wecken.

Am Flurtisch angekommen, greife ich nach der Laterne. Es handelt sich um eine Öllampe, dekorativ und sicher ein Vermögen wert. In einer kleinen Schublade unter der Tischplatte entdecke ich eine Streichholzschachtel, offenbar ein Werbegeschenk einer alten Hutmacherei. Ich nehme den Glaskolben ab, zünde den Docht an und setze den Kolben wieder auf. Ein festlicher Glanz erhellt den Flur. Ich trage die Öllampe zum Ende des Flurs, lasse das Licht über die Seiten des Garderobenschranks gleiten und mustere ihn aus allen möglichen Blickwinkeln. Ich meine, dahinter etwas zu erkennen. Einen dunklen Umriss. Befindet sich etwa eine Öffnung in der Wand, die zu einem weiteren Raum führt? Ich stelle mich vor den Schrank, dann mache ich einen Schritt hinein und greife nach einer mottenzerfressenen Wolldecke, die in meinen Händen zu feinem Puder zerfällt. *Ekelhaft.* Ich lasse sie fallen, dann klopfe ich die Rückwand der Garderobe ab – massives Holz. Ich leuchte mit der Laterne in die Ecken.

Das Licht fällt auf ein Stück Metall an der linken Seite – ein silbernes Scharnier, das sich bündig in die Ecke fügt. Ich schiebe einen Stapel dünner Decken beiseite und entdecke weiter unten ein zweites. Die Scharniere glänzen und sind vergleichsweise neu. Ich lasse meine Finger über die Rückwand gleiten, bis ich auf ein kleines Loch in der Größe eines Fingers stoße. Neugierig stecke ich meinen Zeigefinger hinein und ziehe daran. Mit einem lauten Schnarren schwingt die Rückwand nach innen. Dahinter kommt ein großes, schwarzes Loch zum Vorschein. Ich halte die Laterne hinein. Das Licht durchdringt die Dunkelheit und enthüllt eine schmale Treppe, die steil nach oben in ein schwarzes Nichts führt. Mein Herz flattert.

Die Treppe ist so schmal, dass ich mit den Schultern gegen die Wände stoße. Mein Hemd bleibt an der abblätternden weißen Farbe hängen. Spinnweben streifen meine Stirn. Ich halte die Öllampe ausgestreckt vor mich und steige Stufe für Stufe hinauf. Endlich gelange ich in einen Flur. Nicht zum ersten Mal wird mir klar, wie wenig ich mit der Architektur so alter Gebäude anfangen kann – in meinen Augen bestehen sie fast ausschließlich aus Gängen. Die Decke hier oben ist niedrig, der Boden besteht aus einfachen Brettern, ganz anders als die großartigen Parkettböden in den unteren Etagen des Hauses. Ich stehe vor einer Reihe weißer Türen, allesamt geöffnet, als wären die Zimmer dahinter überhastet verlassen worden. Als ich weitergehe, knarzt der Boden laut unter meinen Füßen.

Die Räume sehen beinahe identisch aus: Jeder ist sparsam möbliert mit einer Holzkommode und zwei ordentlich gemachten Einzelbetten mit einem Nachttisch dazwischen. Hier hat definitiv niemand von den privilegierten Graftons seine Zeit verbracht. Peter hatte recht: Das hier sind die ehemaligen Dienstbotenquartiere.

Ich leuchte mit der Laterne in das hinterste Zimmer. Es hat

eine Dachschräge und schmale Gaubenfenster. Mein Herz setzt einen Schlag aus, als ich eine Bewegung bemerke, dann stelle ich fest, dass ich mein eigenes Bild in einem kleinen Spiegel sehe. Ich stelle die Laterne auf den Nachttisch und öffne eine Kommodenschublade. Darin liegen eine braune Bibel mit geprägtem Einband und ein altes Band, das zu einer Schleife gebunden ist. Ich schiebe die Schublade zu und lasse mich auf die Matratze sinken. Eine Staubwolke steigt auf. Ich habe meinen Drink unten stehen lassen. Jetzt hätte ich gern einen großen Schluck genommen.

Ich sehe mich in dem winzigen Zimmer um. Abgesehen von dem Spiegel, ist es schlicht gehalten, an den Wänden gibt es nichts, was auf das Leben der früheren Bewohner schließen lassen würde. Ich frage mich, was an diesem Stockwerk so geheimnisvoll sein könnte, dass man es nur durch den Wäsche- und Garderobenschrank erreichen kann. Ich lehne mich zurück, lege den Kopf aufs Kissen und verschränke die Arme dahinter. Meine Hand berührt etwas Festes, Papierenes.

Ich greife unter das Kissen und ziehe ein altes Schwarz-Weiß-Foto mit einer rissigen Oberfläche hervor. Darauf sind ein Mann und eine Frau abgebildet. Sie stehen dicht beieinander auf einer Rasenfläche in der Nähe einer Bank. Die Frau trägt ein maßgeschneidertes Kleid mit einem Glockenrock. Eines ihrer Beine ist kokett angewinkelt. Sie lächelt breit in die Kamera, während der Mann sie liebevoll ansieht. Hinter ihnen steht ein Hartriegel in voller Blüte, die weißen Blütenblätter bilden die perfekte Kulisse für ihr Glück. Ich setze mich auf und halte das Bild vor die Lampe, um es genauer zu betrachten.

Der Mann trägt einen Schnurrbart und einen Tweedanzug. Ich erkenne ihn. Er sieht aus wie Richard Grafton auf den Ölgemälden, die überall im Haus hängen. Doch das hier ist nicht der griesgrämig dreinblickende Mann mit Gewehr, der abwesend in die Ferne blickt. Dieser Mann wirkt lebendig, sprühend vor Energie.

Ich höre ein Geräusch im Flur. Die Bodenbretter knarzen. Meine Kehle wird trocken. Ein weiteres Knarzen, gefolgt von Schritten. Jemand ist hier oben, und er kommt näher. Panisch sehe ich mich im Zimmer danach um, wo ich mich verstecken kann. Vielleicht sollte ich unter eines der beiden Betten kriechen, aber ich bin starr vor Schreck. Es ist ohnehin zu spät. Die Schritte kommen näher und näher. Ich stehe auf, wippe auf den Fersen, lasse meinen Blick hektisch auf der Suche nach einer Waffe schweifen. In allerletzter Sekunde puste ich die Öllampe aus und drücke mich an die Wand neben dem Türrahmen.

Ein weiterer Schritt und die Person bleibt in der offenen Tür stehen. Ich halte den Atem an. Der Schein einer Taschenlampe fällt auf die Rückwand des Zimmers und hüpft anschließend von Seite zu Seite. Eines der Gaubenfenster reflektiert das Licht, ich erkenne eine Gestalt in der Scheibe. Wer mag das sein? Mein Herzschlag dröhnt in den Ohren.

Die Gestalt betritt das Zimmer, geht an mir vorbei und lässt den Lichtstrahl weiter durch den Raum tanzen. Er landet auf der Öllampe und fängt den Rauch ein, der noch zur Decke steigt. Mein Puls beschleunigt sich, als das Licht der Taschenlampe auf meinem Gesicht landet. Ich reiße die Arme hoch und bedecke meine Augen.

»Pradyumna?«, fragt eine Stimme zaghaft.

Der Lichtstrahl weicht von meinem Gesicht, ich erkenne eine kleine, schmale Frau. »Lottie?«

»Was machst du denn hier oben?« Sie klingt verängstigt.

»Ich könnte dir dieselbe Frage stellen«, sage ich. Sie bleibt neben der Tür stehen, bereit zu fliehen.

»Ich ... ich konnte nicht schlafen, also bin ich ein bisschen durchs Haus geschlendert«, erwidert sie zögernd.

»Du bist wirklich eine schlechte Lügnerin, Lottie.«

Sie widerspricht nicht. In ihren Augen spiegelt sich Furcht.

»Um Mitternacht allein ›durchs Haus zu schlendern‹, ist schon etwas seltsam, findest du nicht?«

»Ach, tatsächlich?« Sie wirft mir einen kritischen Blick zu und scheint zu überlegen, wie sie mit der Lage – einer Art Pattsituation – umgehen soll. Keiner von uns sollte hier oben sein, schon gar nicht mitten in der Nacht.

»Du hast recht.« Ich trete zurück und lasse mich auf die Bettkante fallen, um ihr zu zeigen, dass sie von mir nichts zu befürchten hat. Sie kann gehen, wenn sie möchte. Ich habe zwar nichts zu verlieren, aber ich möchte sie nicht in Schwierigkeiten bringen.

»Dieser Bereich ist für Gäste tabu«, sagt sie, als ob ich das in Anbetracht dessen, wie ich hier heraufgekommen bin, nicht wüsste.

»Du glaubst doch nicht im Ernst, dass du als Einzige herumschnüffeln darfst, nur weil du alt bist, oder?«

»Das Alter spielt wohl zumindest eine Rolle.« Sie kraust die Nase, und ich sehe, dass sie keine Angst mehr hat. »Was ist das?« Sie deutet mit der Taschenlampe auf das Foto, das ich auf den Nachttisch gelegt habe.

»Das habe ich hier gefunden. Ich denke, es zeigt Richard Grafton mit seiner Frau. So wie's aussieht, haben sie das Leben voll ausgekostet.«

Lottie zögert, dann streckt sie die Hand danach aus und hält die Aufnahme ins Licht ihrer Taschenlampe. Ich sehe, wie ihre Kinnlade herunterklappt. Sie sinkt auf das Bett, mir gegenüber, das Foto umklammert.

»Das ist nicht seine Frau«, sagt Lottie mit zittriger Stimme.

»Wie bitte? Woher willst du das wissen?«, frage ich ungläubig.

Lottie schüttelt fassungslos den Kopf. »Das ist meine Mutter.«

LOTTIE

Ich kann nicht aufhören, auf das Foto zu starren. Zu versuchen, mir einen Reim darauf zu machen. Meine Mutter und Richard Grafton, lächelnd, eng aneinandergeschmiegt. Sie trägt das Kleid, an das ich mich erinnere, das einzige, das ich immer nur auf einem Kleiderbügel in ihrem Schrank gesehen habe, niemals angezogen. Ich kann mich an die Farbe erinnern, Himmelblau, und daran, wie der Stoff sich anfühlte, steifer, leicht glänzender Damast. Es ist unglaublich, sie darin zu sehen. Das Oberteil liegt eng an, der Rock umspielt schwungvoll ihre nackten, wohlgeformten Beine. Sie trägt hohe Absätze. Hohe Absätze! Ich kann mich nicht daran erinnern, dass meine Mutter jemals hohe Absätze getragen hat, ich sehe sie immer nur in ihren flachen, klobigen Arbeitsschuhen vor mir. Die beiden sehen wunderschön aus. So glücklich.

»Könntest du mir jetzt wohl verraten, was du hier oben machst? Und wieso das auf dem Bild deine Mutter ist?« Pradyumna sieht mich mit hochgezogenen Augenbrauen an. Fassungslos, wie ich bin, habe ich fast vergessen, dass er ebenfalls im Zimmer ist.

»Ich ...« Ich verstumme. Ja, er hat mich ertappt, aber ich kann es mir nicht leisten, dass er mich verpfeift. Was, wenn Betsy das nicht verstehen würde? Was, wenn sie mich nach Hause schickt? Bei der Vorstellung wird mir angst und bange. Ich habe es endlich hierhergeschafft! Die Vorstellung, diese einzigartige Chance zu verlieren, ist mir unerträglich. Vermutlich werde ich nie wieder die Gelegenheit bekommen, nach Grafton Manor zurückzukehren.

»Ach du liebe Güte, jetzt mach doch nicht so ein entsetztes Gesicht, Lottie! Entspann dich. *Bitte*. Ich werde dich nicht in die Pfanne hauen, wenn es das ist, was dir Sorgen macht«, sagt er und lehnt sich zurück. »Glaubst du wirklich, dass mir das Ganze hier irgendetwas bedeutet? Das Einzige, was mich beeindruckt, ist, dass du es geschafft hast, hinter mir herzuschleichen wie ein Meuchelmörder.«

Ich atme tief durch. Ich glaube ihm. Er wirkt ehrlich, wenngleich ein bisschen sonderbar. Kann ich ihm wirklich vertrauen? Kann ich ihm die ganze Geschichte erzählen? Vielleicht ist es sicherer, ihn in mein Geheimnis einzuweihen, als zu riskieren, ihn vor den Kopf zu stoßen. Habe ich eine Wahl? Er weiß jetzt schon zu viel.

»Meine Mutter war die Haushaltshilfe in Grafton Manor.«

»Das ist ein erstaunlicher Zufall.« Pradyumna überlegt einen Moment, dann setzt er sich auf und schüttelt den Kopf. »Blödsinn. Das ist natürlich *kein* Zufall, oder?«

Ich nicke zögernd.

»Ich wusste es! Ich wusste, dass mit dir etwas nicht stimmt!« Er grinst, als hätte er gerade eine Wette gewonnen.

»Ich habe als Kind hier gelebt. In diesem Zimmer, um genau zu sein. Ich habe dort geschlafen, wo du jetzt sitzt. Meine Mutter schlief hier.« Ich klopfe auf das Bett, auf dem ich sitze, und spüre, wie sich etwas in meiner Brust regt.

Pradyumna sieht sich in dem kleinen Raum um und lässt die Information sacken.

»Du hattest unglaubliches Glück, dass sie dich genommen haben. Du weißt ja, wie schwer es ist, bei der *Bake Week* mitmachen zu dürfen. Die Chancen stehen eins zu einer Million«, sagt er.

»Ich habe mich nicht zum ersten Mal beworben.« Ich spüre, dass ich anfange, mich zu entspannen. Ich habe schließlich nichts Falsches getan, kein Verbrechen begangen oder sonst was. Ich wurde offiziell für die Show ausgewählt. »Als Betsy die *Bake Week* ins Leben rief und ich las, dass die Dreharbeiten hier stattfinden würden, wurde mir klar, dass das meine Chance ist. Allerdings hat es zehn Jahre gedauert, bis ich herkommen durfte.«

»Dann kanntest du Betsy Martin schon vorher?«

»O ja. Zu jener Zeit hieß sie natürlich noch Betsy Grafton. Ich dachte damals, wir wären Freundinnen, aber das war albern. Manchmal brachte meine Mutter mich zum Spielen zu ihr. Richard Grafton regte das von Zeit zu Zeit an. Die Graftons waren in dieser Hinsicht fortschrittlich – sie ließen zu, dass jemand wie ich mit ihrer Tochter spielte. Allerdings denke ich nicht, sie hätten geduldet, dass wir wirklich Freundschaft schlossen – ein Mädchen wie ihre Betsy und ein armes Kind aus zerrütteten Familienverhältnissen.«

»Hattest du keine Sorge, dass sie dich erkennen könnte?«

»Oh, das war ein Risiko, aber ich glaube, wenn man so lange gelebt hat wie wir, ist es fast unmöglich, sich an jeden Menschen, dem man begegnet ist, zu erinnern. Außerdem war ich damals ein Kind und sah völlig anders aus als heute.«

»Aber warum tust du all das eigentlich?«, will Pradyumna wissen, der sich für meine Geschichte zu begeistern scheint.

Ich hole tief Luft.

»Agnes, meine Mutter, verschwand eines Abends. Ich war erst elf Jahre alt. Ich wartete und wartete, aber sie kam nicht zurück. Die Graftons sagten, sie habe sich mit jemandem treffen wollen, und nahmen an, dass ihr unterwegs, auf der Straße durch den Wald in die Stadt, etwas zugestoßen sein musste. Sie deuteten sogar an, dass sie womöglich weggelaufen war, aber ich wusste, dass meine Mutter mich niemals verlassen hätte. Es hatte schließlich immer nur uns beide gegeben. Wir waren ein Herz und eine Seele. Ich wurde sehr schnell fortgeschickt. Schon am nächsten Tag holte mich eine Großtante ab, die ich kaum kannte. Die Graftons warteten nicht einmal ab, ob Agnes nicht doch zurückkehren würde, und sie gestatteten mir nicht, das Haus noch einmal zu betreten. Ich durfte nicht nachvollziehen, wo meine Mutter ihre letzten Momente verbracht hatte, durfte ihre Schritte nicht zurückverfolgen, um herauszufinden, was ihr zugestoßen war. Denn ihr *war* etwas zugestoßen, und ich wollte wissen, was. Die Ungewissheit hat mich mein ganzes Leben lang verfolgt.«

Pradyumna lässt sich meine Worte durch den Kopf gehen und legt die Stirn in Falten. »Also nahmst du an, wenn du nach Grafton Manor zurückkehrst, euer altes Zimmer betrittst und durch die Flure streifst, würdest du damit abschließen können?«

Ich nicke. Es fühlt sich überraschend gut an, mein Geheimnis mit jemandem zu teilen. Ich fühle mich leichter, beinahe aufgedreht, im positiven Sinne. »Ja, aber ich möchte auch herausfinden, was passiert ist. Ich muss wissen, was sie vor ihrem Verschwinden gemacht hat.«

Er nimmt mir das Foto aus den Händen und betrachtet es eingehend.

»Nun, es sieht ganz so aus, als hätte sie eine Affäre mit Richard Grafton gehabt.«

Ich weiß, dass er recht hat. Es ist die einzige Erklärung für das Foto. »Ich habe keine Ahnung, wie sie das vor mir geheim halten konnte.«

»Die Menschen geben sich große Mühe, wenn sie fürchten, ertappt zu werden«, sagt Pradyumna. »Erinnerst du dich daran, ob du sie mal zusammen gesehen hast? Oder hat dir deine Mutter vielleicht etwas von ihm erzählt?«

»Ich wünschte, ich könnte in der Zeit zurückreisen und sie fragen«, erwidere ich nachdenklich. Diesen Wunsch hege ich seit Jahrzehnten. Ich habe so viele Fragen …

»Es muss doch einen Weg geben, herauszufinden, warum sie fortgegangen ist«, grübelt Pradyumna. »Möglicherweise hat seine Frau von der Affäre erfahren und deine Mutter gefeuert …«

Ich nicke. »Das ist durchaus möglich«, pflichte ich ihm bei. »Aber dann hätte sie mich mitgenommen, davon bin ich überzeugt.« Auf keinen Fall wäre meine herzensgute Mutter einfach so davonspaziert und hätte mich allein in Grafton Manor zurückgelassen, wie die Graftons es mir weismachen wollten.

»Vielleicht gab es einen Grund dafür, dass sie dich nicht mitnehmen konnte«, gibt Pradyumna zu bedenken. Ich weiß, dass er die andere Möglichkeit, das sehr viel schrecklichere Szenario, nicht laut aussprechen möchte: dass meiner Mutter etwas Schlimmes zugestoßen ist.

»Nichts für ungut, Lottie, aber nachts ziellos durchs Haus zu streifen, wird dich nicht weiterbringen. Bei reichen Leuten findet man jedoch für gewöhnlich immer jede Menge Papierkram, vor allem in alten Häusern wie diesem. Ich bin mir sicher, dass es Dokumente, alte Arbeitsverträge, vielleicht sogar weitere Fotos aus jener Zeit gibt. Wenn wir mehr Informationen hätten, könnten wir sie vielleicht zu einer Art Zeitstrahl zusammenfügen.«

Ich schüttle den Kopf. »Diese Dinge wurden alle im Ostflügel aufbewahrt, und der Ostflügel war seit jeher tabu für alle außerhalb der Familie, auch damals schon.«

»Dann finden wir eben eine Möglichkeit, trotzdem daran zu kommen.«

Im Zimmer ist es ziemlich dunkel, nur unsere beiden Betten werden vom Licht der Taschenlampe erhellt, die ich auf den Nachttisch zwischen uns gestellt habe. Pradyumna legt sich lang auf das schmale Bett, verschränkt die Arme unter dem Kopf und starrt zur Decke, an der unsere Schatten tanzen. Ich spüre, dass er lächelt.

»*Wir?*«, frage ich, unsicher, was er damit sagen will. Er wird sich doch bestimmt nicht in mein Familiendrama hineinziehen lassen und gleichzeitig die *Bake Week* gewinnen wollen. »Ich erwarte nicht, dass du dich damit befasst. Es ist *meine* Vergangenheit, *mein* Problem, das ich lösen muss. Wenn du dich damit befasst, könnte dich das die Chance kosten, den Goldenen Löffel zu gewinnen.«

»Lottie«, sagt Pradyumna. »Bei allem Respekt – ich denke, dir dabei zu helfen, dieses Rätsel zu lösen, ist genau das, was ich im Augenblick brauche.«

STELLA

Es ist für alle offensichtlich, dass ich heute nur knapp an meinem Rausschmiss vorbeigeschrammt bin. Glauben Sie mir, ich schäme mich in Grund und Boden wegen meiner Leistung – oder vielmehr wegen meiner nicht vorhandenen Leistung. Mein gedeckter Pfirsichkuchen war angebrannt, beinahe ungenießbar wegen der klebrigen Füllung, die vor dem Servieren nicht richtig fest geworden ist. Wenn ich die erste Füllung nicht hätte anbrennen lassen, wäre die Pie vielleicht ganz gut gelungen, rede ich mir ein, aber wirklich sicher bin ich mir nicht. Ich schaudere immer noch, wenn ich an Betsys Gesichtsausdruck denke, als sie einen Bissen davon nahm. Sie zögerte kurz und schürzte dann angewidert die Lippen.

Wäre Gerald geblieben und hätte seine Pies fertiggestellt, anstatt vom Set zu stürmen, wäre jetzt fraglos ich diejenige, die die Taschen packen müsste. Morgen werde ich es besser machen. Ich weiß, dass ich es kann.

Der Gedanke motiviert mich. Ich ziehe ein zerknicktes Notizbuch aus meiner Tasche und gehe zu dem kleinen Schreibtisch vor dem Fenster hinüber. Die Scheibe spiegelt verschwommen mein Gesicht wider. Es wirkt traurig und eingefallen, meine Augen sehen aus wie dunkle Löcher. Ich bin gut darin, neu anzufangen. Ich denke an all die Pflegefamilien, bei denen ich über die Jahre gewohnt habe. Irgendwie machte mir der ständige Wechsel nie wirklich etwas aus. Jedes Mal, wenn ich zu einer neuen Familie kam, den ersten Tag an einer neuen Schule verbrachte, hatte ich das Gefühl, von vorn beginnen zu können, eine weitere Chance zu bekommen. Diesen Optimismus, mein Leben könnte mich doch noch mit etwas Positivem überraschen, habe ich offenbar die ganze Zeit über beibehalten. Anscheinend denke ich nach wie vor, alles könnte sich für mich zum Besseren wenden.

Ich reiße den Blick vom Fenster los und öffne das Notizbuch. Früher habe ich darin meine Ideen festgehalten sowie Zitate für Artikel, an denen ich arbeitete, doch seit ich nicht mehr für die *Republic* tätig bin, habe ich damit aufgehört und stattdessen meine Eingebungen und Erfahrungen beim Backen notiert.

Ich streiche die Fehler von heute und beginne von vorn. Im Geiste kombiniere ich verschiedene Geschmacksrichtungen, damit ich einen Vorsprung bei der Wahl der Zutaten habe, ganz gleich, welche Art von Gebäck morgen gefordert wird. Während ich überlege, klopfe ich mit dem Stift aufs Papier. Ich möchte einfallsreich erscheinen, aber nicht überkandidelt. Durch meinen Kopf wirbeln Bilder von Torten und süßen Backwaren mit Zuckerguss und Schokoladenkuvertüre. Ich entwerfe Pläne für so viele verschiedene Desserts wie nur möglich, fülle die Seite mit Trifles, Croissants, Torten, Cupcakes, Baiserkuchen und Madeleines. Ich möchte vorbereitet sein, damit ich meine fünf Sinne beisammenhabe, wenn wir morgen gebackene Desserts zaubern sollen. Ich möchte nicht wieder in Panik ausbrechen wie heute.

Wie immer beruhigt es mich zu planen, und ich vergesse die Zeit, bis ich draußen ein Geräusch höre. Ich stehe auf und beuge mich über den Schreibtisch, um aus dem Fenster zu sehen. Das Licht aus meinem Schlafzimmer wirft ein langes, gelbes Rechteck über den Rasen, der weiter hinten mit der tintigen Dunkelheit des Waldes verschmilzt. Ich sehe oder höre nichts. Vielleicht kam das Geräusch aus dem Haus. Vielleicht habe ich es mir aber auch nur eingebildet. Anders als früher traue ich nicht immer meiner eigenen Wahrnehmung. Als ich mich wieder aufrichte, schlägt mein Herz schneller vor Furcht. Ich zähle im Kopf rückwärts. *Fünf, vier, drei, zwei,* bis ich mich etwas beruhigt habe.

Anschließend trete ich weg vom Fenster und setze mich aufs Bett. Mein Reisewecker zeigt 23:04 Uhr. Ich sollte langsam ans Schlafen denken. Ich lege das Notizbuch auf den Nachttisch und schalte das Licht aus. Durchs Fenster dringt gedämpftes Gelächter. Ich springe aus dem Bett und husche zur Scheibe. In der mondhellen Nacht sehe ich zwei Gestalten aus dem Wald treten und über den Rasen zum Haus laufen. Eine der beiden, die kleinere, stolpert und lehnt sich an die größere. Sie halten sich an den Händen. Das Mondlicht fällt auf den Kopf der kleineren Gestalt. Sie hat platinblondes Haar und schmale Schultern. *Das ist Hannah,* stelle ich erstaunt fest. Ihre Riemchensandalen baumeln von den Fingern ihrer freien Hand. Neben ihr, seine Hand in ihren Rücken gelegt, als würde er sie vorwärtsschieben, geht niemand anderes als Archie Morris. Je näher sie dem Haus kommen, desto schneller werden ihre Schritte. Am Ende rennen sie über den Rasen, bis sie direkt unterhalb meines Fensters stehen. Archie blickt an der Fassade empor. Eilig ziehe ich den Kopf zurück und stelle mich seitlich neben das Fenster. Zum Glück habe ich das Licht ausgemacht, sonst hätte er mich definitiv bemerkt. Ich schaudere. Irgendwie hatte ich das Gefühl, er würde mich direkt anschauen. Vorsichtig spähe ich um den Vorhang herum und sehe die beiden durch eine Seitentür ins Gebäude verschwinden.

Mit hämmerndem Herzen bleibe ich in der Dunkelheit stehen und horche auf Hannahs Schritte im Flur, das leise Klicken, wenn die Zimmertür hinter ihr ins Schloss fällt. Aber ich höre nichts.

TAG DREI
KUCHEN

GERALD

Ich warte vor Grafton Manor auf mein Taxi. Die Sonne ist noch nicht ganz aufgegangen. Neben mir stehen mein Koffer und meine Aktentasche, ordentlich gepackt. Die Kopien der Baupläne liegen in einer Dokumentenrolle oben auf dem Koffer. Zu Hause werde ich sie in dem Schrank verstauen, in dem ich alle wichtigen Dokumente aufbewahre. Ich werfe einen Blick auf die Uhr. 6:13 Uhr. Das Taxi wird ungefähr 7:50 Uhr am Bahnhof ankommen, sodass mir noch Zeit für eine Tasse Kaffee bleibt, bis der Vermonter Train um 8:35 Uhr eintrifft und mich nach Manhattan zurückbringt. Mithilfe einer entsprechenden App habe ich mich doppelt vergewissert, dass er pünktlich in St. Albans abgefahren ist und ebenfalls pünktlich hier einfahren wird, vorausgesetzt, es kommt keine unvorhergesehene Katastrophe dazwischen. Ich blicke erneut auf die Uhr. In ein paar Minuten wird das Taxi die Zufahrt heraufrollen.

Dass ich aufbreche, ohne mich von den anderen verabschiedet zu haben, bedrückt mich. Dieser Verstoß gegen die Anstandsregeln zerrt an mir, denn für gewöhnlich bin ich kein Drückeberger. Ich hätte wenigstens gestern Abend zum Dinner hinuntergehen sollen, aber ich war nicht gerade in Bestform. Ich bin noch immer außer mir wegen der gestrigen Ereignisse und verlegen, weil ich so reagiert habe. Manchmal fällt es mir schwer, damit klarzukommen, dass nicht alles so läuft wie geplant. Bis zum gestrigen Wettbewerb habe ich meine Zeit in Grafton Manor genossen, trotz der Veränderungen, die das für meine gewohnte Tagesroutine mit sich brachte. Aber es war nicht fair, was gestern passiert ist. Ich bürge für die einwandfreie Qualität meiner Zutaten. Jede meiner

Essenzen wurde mit größter Liebe zum Detail gewonnen und gelagert.

Zwischen den Bäumen blitzt etwas Gelbes auf. Das Taxi trifft ein. Auf die Minute pünktlich. Eine Erleichterung. Ich weise den Fahrer an, wie er mein Gepäck im Kofferraum zu verstauen hat, dann gleite ich auf den Rücksitz. Als er losfährt, streiche ich die Falten aus meinen Hosenbeinen, anschließend drehe ich mich um und sehe, wie die Dachgiebel von Grafton Manor in der Ferne verschwinden. Bald werde ich wieder in meinem Apartment sein und meinen gewohnten Tageslauf aufnehmen. Ich denke an meinen Morgenkaffee und die langen Spaziergänge. Der Gedanke daran sollte mich trösten, stattdessen stelle ich fest, dass ich immer aufgewühlter werde. So hätte es nicht laufen dürfen. Das war nicht geplant. Es macht mich nicht wütend, dass ich die Back-Challenge verloren habe. Es ist die Ungerechtigkeit, die mich auf die Palme bringt. Hätte ich einen Fehler gemacht und die Show deshalb verlassen müssen, wäre alles in Ordnung gewesen, allerdings bin ich mir sicher, dass mir kein Fehler unterlaufen ist. Jemand hat sich an meiner Orangenessenz zu schaffen gemacht. Das ist die einzige plausible Erklärung.

Ich rufe mir Seite dreiundvierzig des *Bake Week*-Dossiers in Erinnerung. Dort steht, dass es strikt gegen die Regeln der *Bake Week* verstößt, das Gebäck eines anderen Teilnehmers absichtlich zu sabotieren. Ich nehme an, ich bin nicht der Einzige, dem man übel mitgespielt hat. Der Inhalt von Peters Salz- und Zuckerbehälter wurde ebenfalls vertauscht. Ich denke darüber nach, was das bedeuten würde. Ist es wirklich möglich, dass jemand *während* des Wettbewerbs die Zutaten manipuliert hat? Es wäre schwierig angesichts der vielen Kameras und der fehlenden Privatsphäre, aber nicht ausgeschlossen.

Mir schwirrt der Kopf. Jemand bei der *Bake Week* spielt nicht nach den Regeln. Und diese Person muss zur Rechenschaft gezogen werden, damit das Spiel neu gestartet und diesmal fair gespielt werden kann. Das ist nur richtig so. Meine Armbanduhr pingt leise und zeigt an, dass mein Puls erhöht ist. Ich wische mir über die Stirn und stelle überrascht fest, dass meine Hand schweißnass ist. Durch die Windschutzscheibe sehe ich, dass der Wald lichter wird. Gleich kommt die Kreuzung mit der Auffahrt zum State Highway.

»Entschuldigen Sie, Sir«, sage ich zum Taxifahrer. Meine Stimme klingt schrill vor Aufregung. »Halten Sie an. Ich steige hier aus.«

BETSY

Betsys Handy vibriert auf dem Couchtisch.

Ich erwarte Sie unten, sobald Sie fertig sind.

George, ihr Chauffeur, steht draußen mit dem SUV. Sie zieht eine Strickjacke an und eilt hinaus, um sich endlich mit Francis zu treffen.

Normalerweise würde sie Francis anweisen, nach Grafton Manor zu kommen, aber dass Archie hier ist, verkompliziert die Dinge. Also fährt George sie zu dem einzigen, um diese Uhrzeit schon geöffneten Lokal in der Nähe, ein Diner ein paar Meilen die Straße hinunter.

Sie geht über die gekieste Zufahrt, dreht sich um und wirft einen Blick auf das Haus, das im Schein der hellen Morgensonne erstrahlt. Die Vorhänge von Archies Suite sind zugezogen. Die Vorstellung, Archie unbeaufsichtigt in Grafton Manor allein zu lassen, noch dazu im Ostflügel, erfüllt sie mit Unbehagen, doch sie versucht, ihre Bedenken beiseitezuschieben. Sie wird nicht lange fort sein. George öffnet die hintere Tür des SUV, und sie steigt ein, lässt sich von den weichen Ledersitzen und der kühlen Luft der Klimaanlage verschlucken.

»Ist die Temperatur hinten angenehm, Betsy?«

»Ja, danke.«

Sie fahren die Zufahrt hinunter durch den Wald und biegen auf den State Highway ab. Betsy spürt, wie sie zunehmend nervös wird. Was ist so wichtig, dass Francis es ihr nicht am Telefon mitteilen kann? Endlich halten sie auf dem Parkplatz des Bluebird

Diner an. Betsy war noch nie zum Essen hier, obwohl es das Diner schon seit fast vierzig Jahren gibt. Die Graftons nahmen keine Diner-Mahlzeiten zu sich.

Francis ist schon da. Betsy sieht ihn am Fenster sitzen. Er inspiziert eine übergroße Speisekarte. Seine Haare lichten sich zu einer Glatze, der Oberkopf glänzt wie der Stoff eines abgenutzten Teddybären.

»Warten Sie bitte hier. Es wird nicht lange dauern«, sagt Betsy zu George.

»Jawohl, Ma'am.«

Ein Glöckchen läutet, als sie die Tür des Diners aufdrückt. Grelle Neonröhren flackern an der Decke. Eine Frau, deren Haare die Farbe von Spülwasser haben, steht hinter der Theke, einen Putzlappen in der Hand. Als Betsy eintritt, schaut sie auf. Unter ihren Augen sind tiefe Falten. Sie blickt Betsy an, und Betsy merkt, dass sie sie erkennt. Ihre Kinnlade klappt herunter. *Ach du liebe Güte.* Manchmal hat Betsy schlichtweg keine Zeit, berühmt zu sein.

»Ich treffe mich nur kurz mit ihm.« Sie deutete durch das leere Diner auf die Sitznische, in der Francis Platz genommen hat.

»Ich komme gleich zu Ihnen und nehme Ihre Bestellung auf«, sagt die Frau. Ihre Stimme zittert vor Aufregung.

»Nur einen Tee mit Sahne und Zucker, bitte«, bestellt Betsy kurz angebunden und durchquert mit großen Schritten das Diner, ihre Chanel-Tasche fest in der Hand. Sie hat jetzt einfach nicht die Geduld für Geplänkel. Sie wird sich anhören, was Francis ihr mitzuteilen hat, und dann zusehen, dass sie von hier wegkommt.

»Selbstverständlich, bringe ich sofort!«, ruft die Frau ihr nach und beeilt sich, eine Tasse zu holen.

Betsy bleibt vor Francis stehen. »Da bin ich.« Der Agent zuckt zusammen und blickt von der Speisekarte auf.

»Betsy.« Er macht Anstalten, aufzustehen und aus der Sitznische zu kommen, aber sie winkt ab und setzt sich ihm gegenüber.

Er sieht älter aus, fällt ihr auf, seine Wangen sind eingefallen, der Anzug sitzt lockerer als gewöhnlich. Er trommelt die Fingerspitzen gegeneinander, ein schlechtes Zeichen. Sie schluckt.

»Herrgott, Francis, wenn du schon die ganze Strecke bis hierher fährst, solltest du auch gleich zur Sache kommen«, sagt Betsy schroff.

Er räuspert sich.

»Es geht um Archie«, fängt er an.

Das klingt gar nicht gut. »Ja, er ist in der Tat furchtbar. Sind die Produzenten endlich zur Besinnung gekommen und haben beschlossen, ihn für die elfte Staffel nicht zu engagieren?«

»Nicht ganz.« Francis legt die Finger zu einer Raute zusammen. »Die Presse hat Filmmaterial in die Finger bekommen. Jemand hat es ihnen vorab zugespielt.«

»Wie ist das möglich? Ich bringe Melanie um! Ich schwöre dir, Francis, diese Frau hat es auf mich abgesehen«, sagt Betsy. Es war vereinbart, dass vor Abschluss der Dreharbeiten bis auf die Namen und Biografien der Kandidaten nichts freigegeben wird. Nur so ist ausgeschlossen, dass etwas verfrüht in den Medien landet. Bislang haben sie es immer so gehalten, und es hat funktioniert – ein ganzes Jahrzehnt lang.

»So schlimm ist es nicht, es war nichts dabei, was die Show gefährden würde. Nichts, was einen Hinweis darauf hätte geben können, wer bereits nach Hause fahren musste.«

Betsy nickt erleichtert, doch dann fährt Francis fort: »Melanie war vielleicht diejenige, die die Tapes mit dem Filmmaterial an Archie weitergegeben hat, aber sie hat sie nicht der Presse zugespielt. Das war Archie.«

»Warum sollte er etwas so Unbesonnenes tun?«, stößt sie aufgebracht hervor. »Aus welchem Grund sollte er die Show aufs Spiel setzen? Weißt du, was passiert, wenn herauskommt, wer schon gehen musste? Was ist mit den Produzenten? Was sagen sie dazu?« Dass sie Archie wegen dieses groben Fehlverhaltens feuern werden, steht für Betsy außer Frage. Die Vorstellung, dass er dann endlich weg ist, ist beruhigend.

»Sie haben das natürlich mitbekommen.«

Betsy schnappt nach Luft. Ihre Gedanken rasen. »Und?«

Francis streicht mit dem Finger über den angeschlagenen Rand der weißen Tasse vor ihm.

»Sie lieben ihn. Anscheinend sind sie bereit, ihm zu vergeben. Er hat behauptet, er habe beabsichtigt, ›für Wirbel zu sorgen‹, um ›die Sendung zu retten‹.« Francis malt mit den Fingern Anführungszeichen in die Luft, eine Geste, für die Betsy ihn am liebsten ohrfeigen würde. Sie fühlt, wie ihr Gesicht heiß wird. Francis beugt sich vor, das Gesicht verzogen, als hätte er unverarbeitetes Mehl gegessen. »Da ist noch mehr.«

»Mehr?« Sie beißt die Zähne zusammen.

Er zieht etwas aus der Tasche.

»Klatschpresse. Von heute.«

Sie nimmt ihm das Blatt aus der Hand und legt es vor sich auf den Tisch. Auf der Titelseite ist ein computerbearbeitetes Bild von ihr und Archie abgedruckt. Betsy zieht darauf die Augenbrauen in die Höhe, ihre Mundwinkel zeigen nach unten wie bei einem Disney-Schurken. Gott weiß, wo die Presse ein solches Foto aufgetrieben hat. Neben ihr steht Archie mit dem für ihn typischen selbstgefälligen Lächeln. Seine Gesichtszüge wurden nicht bearbeitet, ihn hat man nicht schlecht aussehen lassen.

»Es wirkt, als wäre ich eine verrückte alte Schachtel, mit der er es aushalten muss.«

Francis zieht die Zeitung wieder zu sich heran. »Er versucht, dich zu sabotieren, Betsy. Er möchte der Hauptmoderator der

Show sein, dich vielleicht sogar ganz rausdrängen. Und soweit ich gehört habe, unterstützen die Produzenten sein Vorhaben.«

»Nein! Das wird nicht passieren.« Betsy verspürt das dringende Bedürfnis, etwas zu zerschmettern.

»Es gibt sogar Gerüchte, dass die Sendung von Grafton Manor nach L. A. verlegt wird.«

»Bitte sehr, hier kommt Ihr Tee!« Die Frau mit den Spülwasserhaaren erscheint an ihrem Tisch, eine Tasse in der Hand. Lächelnd stellt sie sie vor Betsy ab. Sie ist jünger, als sie auf den ersten Blick aussieht, wahrscheinlich erst Anfang vierzig. Ihre Haare und das Make-up tun ihr keinen Gefallen. Ihre Haut ist spröde, als hätte sie früher mal geraucht. Sie macht ein paar Schritte, um sich zu entfernen, dann bleibt sie zögernd stehen. Betsy kennt das. Die Frau nimmt all ihren Mut zusammen, um etwas zu sagen. Betsy wappnet sich, obwohl sie innerlich brodelt.

»Ich muss Ihnen unbedingt sagen, wie sehr ich Ihre Sendung liebe. Sie hat mich zum Backen gebracht!«

Betsy kaschiert ihre Gereiztheit mit einem halben Lächeln.

»Das ist wirklich lieb von Ihnen«, sagt sie schmallippig. Die Frau missversteht ihre Worte als Einladung zu einem Gespräch und tritt wieder an ihren Tisch.

»Ich habe meiner Tochter dieses Jahr eine Geburtstagstorte gebacken – keine Fertigbackmischung! Leider gelingen mir nicht so tolle Dekorationen, wie die in der *Bake Week*. Ich kann von Glück sagen, dass ich die Glasur hinbekommen habe, ohne die halbe Torte zu ruinieren. Ich habe bunte Zuckerstreusel darauf gestreut, obwohl ich glaube, dass Betsy Martin die gar nicht gern sieht!«

Betsy weiß aus Erfahrung, dass es am besten ist, Frauen wie sie einfach reden zu lassen. Wenn Betsy nicht reagiert, hören sie meist schneller auf zu plappern. Während die Frau nervös weiterspricht, stellt Betsy sich vor, wie einfach ihr Leben sein muss. Sie muss nur zur Arbeit gehen, einstempeln, ausstempeln. Sie muss keine Herrenhäuser unterhalten, keine konkurrierenden Promi-Egos streicheln.

Francis seufzt und verlagert das Gewicht auf seiner Sitzbank, ganz der genervte New Yorker. Betsy sagt nichts, sie lächelt nur auf eine Art und Weise, die hoffentlich nicht verrät, wie gereizt sie ist, doch gleichzeitig die Botschaft *Bitte geh!* rüberbringt.

»Ach herrje, jetzt aber Schluss mit dem Geplapper über meine albernen Backkünste! Ich lasse Sie beide mal lieber allein. Rufen Sie mich, wenn ich Ihnen noch etwas bringen kann. Maris backt eine wirklich gute Schokosahnetorte. Natürlich nicht nach Ihren Maßstäben, aber sie scheint den Gästen zu schmecken.«

Betsy erwidert nichts. Stattdessen wirft sie der Frau einen vernichtenden Blick zu, die sich daraufhin verlegen zurückzieht.

»Ich werde mich nie wieder irgendwo mit dir treffen«, sagt sie zu Francis, sobald die Frau weg ist.

»Es ist nicht leicht, Amerikas Großmutter zu sein«, entgegnet Francis ein wenig sarkastisch.

Wieder dieser Titel, den ihr die Presse am Ende von Staffel eins verliehen hat. Zunächst fühlte sie sich unwohl wegen dieses Spitznamens – sie hat keine Kinder, geschweige denn Enkel, und wenn sie ehrlich ist, mag sie Kinder nicht einmal besonders. Die ständigen Bedürfnisse, die fürchterliche Unordnung, das ist nichts für sie. Allerdings kann man als Amerikas Großmutter viel Geld verdienen. Ein Titel wie dieser hat eine lange Lebensdauer, damit wird sie nicht so schnell weg vom Fenster sein wie viele andere Frauen aus der Unterhaltungsbranche. Also hat Betsy den Titel akzeptiert, um zu überleben.

»Ohne Grafton Manor ist die *Bake Week* nicht die *Bake Week*, Francis. Wo soll denn sonst gedreht werden? In einem seelenlosen Studio? Überall Chrom und Glas? Nein, die *Bake Week* und Grafton Manor sind untrennbar miteinander verbunden. Wenn sie an irgendeinem Standard-Set im Studio produziert würde, wäre das das Aus für die Sendung.«

Es wäre *womöglich* das Aus für die Sendung, wird Betsy klar, aber es wäre *definitiv* das Aus für Grafton Manor. Das Einzige, was das Anwesen am Laufen hält, ist das Geld, das sie mit der *Bake Week* verdient, und selbst davon kann sie die anfallenden Kosten kaum bestreiten. Der Unterhalt für ein so riesiges Haus ist aberwitzig hoch. Es gibt Räume, ganze Flure, die Betsy komplett stilllegen musste. Ohne das Geld von der *Bake Week* wäre Grafton Manor dem Verfall anheimgegeben. Oder, schlimmer noch, Betsy wäre gezwungen zu verkaufen. Und das darf nicht passieren. Nicht nach alldem, was sie getan hat, um das Haus genau davor zu bewahren.

»Ich weiß. Ich habe ihnen das selbstverständlich mitgeteilt«, sagt Francis.

»Ich kann Grafton Manor nicht verkaufen, Francis.« Betsy beugt sich über den Tisch und stößt ihren Finger auf die schmierige Resopalplatte zwischen ihnen.

Seinem Gesichtsausdruck kann sie entnehmen, dass er sie nicht versteht. Doch wer vermag schon ihre Bindung an diesen Ort nachzuvollziehen? Wie kann sie erklären, was Grafton Manor ihr bedeutet, mit all seinen Makeln und all seiner Schönheit, seinem Ächzen, Stöhnen, Seufzen und seinem Strahlen im goldenen Nachmittagslicht? Das Haus ist praktisch menschlich, und sie fühlt sich untrennbar damit verbunden. So viel Geschichte – ihre eigene, die ihrer Familie. Das Haus muss geschützt werden. Seit ihrer Scheidung bedeutet es ihr noch mehr. Roland mochte Grafton Manor nie, und er überredete Betsy, mit ihm in ein modernes Hochhaus in Manhattan zu ziehen, wo sie den Großteil ihrer Ehe verbrachte. Er verstand nicht, warum Betsy eine so große, wertvolle Immobilie behielt, die sie sich eigentlich nicht leisten konnte. Das Haus sei eine Belastung für ihrer beider Ressourcen, behauptete er, dabei stammte der Löwenanteil »ihrer beider Ressourcen« von ihrem Backbuch-Imperium. Irgendwann setzte er sie so sehr unter Druck, dass sie ihm mehr erzählte, als sie wollte.

Die Dinge, die Roland über Grafton Manor wusste, bescherten ihr so manche schlaflose Nacht.

»Und was sollen wir jetzt tun?« Betsy spürt, wie sie langsam die Geduld verliert. Es kostet sie jedes Quäntchen Selbstbeherrschung, nicht nach ihrer Teetasse zu greifen und sie mitsamt Inhalt zu Boden zu schleudern, als sie begreift, dass ihr Traum, weitere Restaurationsarbeiten auf dem Anwesen vornehmen zu lassen, vermutlich platzen wird. Plötzlich sieht sie das Gesicht ihrer Mutter vor sich, die Lippen enttäuscht verkniffen.

»Wir müssen ... strategisch vorgehen«, antwortet Francis vorsichtig. »Ich habe einen Plan.« Sie beugt sich erneut vor, um ihm zuzuhören.

Minuten später sitzt Betsy wieder auf dem Rücksitz des SUV und lässt sich von George nach Grafton Manor zurückbringen. Je näher sie dem Anwesen kommen, desto größer wird ihre Sorge. Sie wünscht, sie hätte schon alles hinter sich, die Show, das Backen. Sie wünscht, alle würden einfach abreisen und sie in Ruhe lassen. Sie sieht Archies breites Grinsen vor sich. Seine Schlagfertigkeit und seine maßgeschneiderten Anzüge. Und sie ist außer sich darüber, dass er die Dreistigkeit besessen hat, sich hinter ihrem Rücken gegen sie zu stellen. Dass er versucht hat, *ihr,* Betsy Martin, der Erschafferin der *Bake Week,* die Zügel aus der Hand zu nehmen. Betsy ist zornig, sie schäumt vor Wut.

»Verdammt noch mal, es ist viel zu heiß hier drinnen! Öffnen Sie ein Fenster, George!«

PRADYUMNA

Es ist noch früh, gerade mal kurz nach sechs. Ich habe wie immer fünf Stunden geschlafen. Kaum habe ich die Augen aufgeschlagen, gehe ich unter die Dusche und ziehe mich anschließend an. Danach muss ich mir irgendeine Beschäftigung suchen. Ich weiß aus Erfahrung, dass das die einzige Möglichkeit ist, das Gefühl der Leere in Schach zu halten. Aus meinem Schlafzimmerfenster sehe ich, wie Gerald seine Habseligkeiten im Kofferraum eines Taxis verstauen lässt. Seine Schultern wirken schmal in dem zerknitterten Jackett. Er dreht sich nicht um, als er die hintere Tür öffnet und einsteigt. Ich verspüre einen Anflug von Traurigkeit, als ich sehe, wie das Taxi die Auffahrt hinunter verschwindet.

Ich will mich gerade vom Fenster abwenden, als ich den schwarzen SUV von Betsy Martin vorfahren sehe. Betsy trippelt in ihren gewohnt hohen Pumps die Treppe vor dem Haupteingang hinunter und lässt sich auf die Rückbank gleiten. Meine Nerven kribbeln, als auch dieser Wagen lautlos über die Zufahrt in Richtung Wald und außer Sichtweite verschwindet.

Eilig schlüpfe ich in meine Schuhe und tappe auf Zehenspitzen hinaus in den Flur. Mit etwas Glück bleiben die Mitstreitenden noch mindestens eine Stunde lang in ihren Zimmern, was uns die nötige Zeit verschafft. Geräuschlos schleiche ich zu Lotties Zimmer. Ich darf nicht riskieren, die anderen mit meinem Klopfen zu wecken, also öffne ich ihre Zimmertür einen Spaltbreit und spähe in den Raum. Die Vorhänge sind noch zugezogen, es ist dunkel im Zimmer.

»Lottie«, zische ich.

Keine Antwort.

Ich öffne die Tür ein Stück weiter und schlüpfe hinein. Als meine Augen sich an das dämmrige Licht gewöhnt haben, kann ich Lottie auf dem Rücken im Bett liegen sehen. Sie ist so klein und zart, dass sich ihre Umrisse kaum unter der Bettdecke abzeichnen. Sie rührt sich nicht, wirkt völlig friedlich, fast so, als … Ich beuge mich über sie, um festzustellen, ob sich ihre Brust hebt und senkt, aber ich sehe keine Bewegung. Vor Schreck bekomme ich Herzklopfen.

»Lottie!«, rufe ich.

Sie schlägt die Augen auf, und ich zucke zurück.

»Wer ist da?«, fragt sie erschrocken und reißt die Arme hoch, als wollte sie einen unsichtbaren Angreifer abwehren.

»Ich bin's, Lottie. Mein Gott, ich dachte, du bist tot!« Zögernd trete ich erneut ans Bett, die Hand auf die Brust gepresst.

»Pradyumna? Warum um alles auf der Welt denkst du, ich wäre tot?«, fragt sie gereizt und wirft einen Blick auf den Wecker. »Was machst du überhaupt hier? Es ist erst halb sieben!«

»Ja, ich weiß. Steh auf!« Ich durchquere das Zimmer und ziehe die Vorhänge zurück. Goldenes Morgenlicht fällt herein.

Sie blinzelt, dann kämpft sie mit dem Berg Kissen in ihrem Bett und setzt sich auf. »Was hast du vor?« Sie sieht mir zu, wie ich durch den Raum flitze, nun eher amüsiert als genervt. Ich bleibe vor ihrem Bett stehen und trete unruhig von einem Fuß auf den anderen. Ich möchte keine Zeit mit Erklärungen verschwenden, also fasse ich mich so kurz wie möglich.

»Ich habe gesehen, dass Betsy eben in einem schwarzen Wagen das Anwesen verlassen hat. Das ist unsere Chance, den Ostflügel zu erkunden! Vielleicht finden wir dort etwas über den Verbleib deiner Mutter heraus. Aber wir müssen uns beeilen!«

Ich nehme den Morgenmantel, der über der Armlehne eines Sessels hängt, und werfe ihn ihr zu. Sie ist jetzt hellwach und schwingt die Füße aus dem Bett.

»Bist du dir sicher?«, fragt sie und zieht den Morgenmantel über ihren gestreiften Pyjama.

»Absolut. Allerdings habe ich keinen blassen Schimmer, wie lange sie fortbleibt, deshalb müssen wir schnell machen.«

Lottie überlegt einen Moment. Ein Ausdruck der Entschlossenheit tritt auf ihr Gesicht, als sie sich dafür entscheidet, mir zu folgen. Sie schiebt die Füße in ihre Pantoffeln. Ich eile zur Tür. »Warte!«, ruft sie. Ich bleibe stehen und drehe mich zu ihr um, die Hand auf dem Türgriff.

»Bist du sicher, dass du das tun willst? Das ist *meine* Angelegenheit, *mein* verrücktes Unterfangen. Wenn wir erwischt werden, riskierst du womöglich, aus dem Wettbewerb zu fliegen!«

Ich denke an die *Bake Week,* an das Zelt und den Wettbewerb. Wie wenig mir all das bedeutet. Wie wenig mir in letzter Zeit überhaupt etwas bedeutet. Was mache ich überhaupt hier? Im Grunde ist es mir gleich, ob ich siege oder nicht. Welchen Preis kann ich gewinnen, den ich nicht längst habe? *Ich* bin hier der Betrüger – nicht, weil ich nicht gut genug bin, sondern weil mir der Wettbewerb egal ist.

»Schon gut, du alte Spinnerin. Und jetzt beeil dich.«

»So spricht man nicht mit alten Leuten. Das nennt man Altersdiskriminierung«, schimpft Lottie, als wir durch den Flur zum Treppenabsatz schleichen.

Eine Angestellte kommt mit frischer Bettwäsche die Treppe herauf, und wir bleiben stehen und betrachten lässig ein Gemälde von Richard Grafton. Sobald die Frau an uns vorbeigegangen ist, huschen wir hinunter und dann die andere Treppe hinauf zum Ostflügel.

»Das Wichtigste ist, dass wir Archie nicht wecken«, flüstert Lottie, als wir vor der großen Glastür ankommen. Dahinter sehe ich einen langen, leeren Flur. Ich schaue Lottie an. Sie nickt mit weit aufgerissenen Augen. Ich drücke die Klinke und lasse Lottie eintreten, dann folge ich ihr in den Ostflügel und schließe geräuschlos die Tür hinter mir.

Mit flackernden Glühbirnen nachgerüstete Öllampen tauchen den Gang in ein dämmriges Licht. Wir huschen über einen langen Perserteppich. Mein Herzschlag beschleunigt auf angenehme Weise, ich genieße das Risiko. Ich weiß nicht genau, wonach wir suchen oder was wir erfahren werden, wenn wir es finden, aber der Kitzel der Jagd ist mehr als genug für mich.

Lottie dreht sich zu mir um und deutet auf das hintere Ende des Flurs. Wortlos passieren wir eine weitere Flügeltür. Wir gehen an einer kleinen Sitzecke vorbei und gelangen in einen großen, offenen Raum, möbliert mit einem riesigen Sekretär und Bücherregalen, die eine komplette Wand einnehmen. Ein gemauerter Kamin, vor dem zwei dick gepolsterte Sessel stehen, nimmt den Großteil einer anderen Wand ein. Unsere Augen fliegen über die Wände, scannen die Regale, die wie am Set eines BBC-Dramoletts voll mit Büchern und Krimskrams sind: ledergebundene Schmöker, eine Lupe mit Messinggriff, die weiße Marmorbüste eines Mannes, vielleicht Beethoven. Ich bleibe vor dem Sekretär stehen und öffne eine der Schubladen. Altmodische Füller mit Metallspitzen und Tintenpatronen liegen darin. In den anderen Schubladen entdecke ich ähnlichen unnützen Krempel, unbrauchbar für unsere Zwecke, aber dennoch interessant.

»Ach, ich habe absolut keine Ahnung, wonach ich suche«, wispert Lottie, stützt sich auf die Armlehne eines der Sessel und seufzt frustriert. »Das ist reine Zeitverschwendung. Es tut mir so leid, dass ich dich da hineingezogen habe.«

Ich ignoriere sie. Mit Mitleid konnte ich noch nie viel anfangen, also durchstöbere ich weiter das Zimmer und nehme hier und da Gegenstände aus den Regalen. Ich entdecke eine Zigarrenkiste mit gereiften kubanischen Zigarren. Was für eine Verschwendung. Ich drehe einen großen Marmorglobus um seine

Achse und stelle fest, dass die darauf zu sehenden Grenzen aus einer Zeit lange vor dem Untergang des British Empire stammen. In einer Ecke steht ein Victrola-Plattenspieler.

»Vielleicht sollten wir es in ihrem Schlafzimmer versuchen«, schlage ich vor und nehme eine unscheinbare Holzkiste vom Kaminsims. Bevor ich dazu komme, sie zu öffnen, stößt Lottie einen spitzen Schrei aus und reißt sie mir aus den Händen. Sie klappt den Deckel auf, holt einen dicken Stapel Karteikarten heraus und breitet sie auf der Schreibfläche des Sekretärs aus.

»Die hatte ich ja ganz vergessen!« Auf den weißen Karten stehen in geschwungener Schönschrift Rezepte: für Brot, für aufwendige Kuchen, für Torten, Pies und Kekse. Sie sind abgegriffen, verschmiert mit Speiseöl und Vanilleflecken, die Ecken voller Eselsohren.

»Sie gehörten meiner Mutter«, sagt Lottie. »Seit sie verschwunden ist, habe ich die Rezepte nicht mehr gesehen.«

Ich picke eins heraus und lese laut vor: »Mürbeteig-Erdbeerkuchen für besondere Tage.«

»Oh, der war wirklich unglaublich lecker«, schwärmt Lottie. Die Erinnerung zaubert ein Lächeln auf ihr Gesicht. »Es war ein klassischer Mürbeteig, aber die Erdbeeren waren darin eingebacken. Obendrauf hat sie selbst gemachte Bourbon-Vanille gestreut.«

Irgendetwas kribbelt in meinem Hinterkopf, als ich die Rezepte durchsehe. Sie sind alle einzigartig und liebevoll durchdacht. Eins ist für eine Torte mit Schokoladenganache, Haselnuss und gebrannten Mandeln, ein anderes für einen Honigkuchen, gefüllt mit Orangenmarmelade, ein weiteres für Donuts, gefüllt mit Kokoscreme und Baiser. Am Rand finden sich zusätzliche Hinweise, zum Beispiel, mehr Kirschen zu verwenden oder den Teig fünf Minuten länger im Ofen zu lassen. Das macht jeder gute Bäcker: Er versucht, sein Gebäck mit der Zeit zu verbessern. Man kann sagen, dass Lotties Mutter eine fantastische Bäckerin war, und ich erkenne, von wem Lottie ihr Talent geerbt hat.

»Sieh mal, die hier klebt fest.« Ich löse vorsichtig eine Karte von einer anderen ab. »Der weltbeste Blaubeer-Buckle«. Ich stoße einen Pfiff aus. »Ein mehrschichtiger Obstkuchen – das ist ein gewaltiger Anspruch.«

Lottie nimmt mir die Karte aus der Hand. »Wenn irgendwer von sich behaupten konnte, das ›Weltbeste‹ zu backen, dann meine Mutter. Sie war die beste Bäckerin, der ich je begegnet bin.«

Lottie liest liebevoll die Rezepte und streicht zärtlich mit der Hand darüber. »Manches davon habe ich nie probiert. Sie hatte nicht oft die Gelegenheit, für uns zwei zu backen, und ich ...« Sie hält abrupt inne.

Ich höre, wie draußen eine Wagentür zugeworfen wird. Auf Zehenspitzen schleiche ich zum Fenster und ziehe den Vorhang ein winziges Stück zurück. Der schwarze SUV ist wieder da. Betsy Martin ist bereits ausgestiegen. Mit energisch schwingenden Armen marschiert sie zur Eingangstreppe.

»Mist! Sie ist schon zurück!«, zische ich. Wir sehen uns erschrocken an. Lottie gleitet die Holzkiste aus der Hand. Das laute Klappern, als sie auf dem Fußboden aufprallt, lässt uns zusammenfahren. Ihre Hände zittern, als wir panisch die Rezepte vom Sekretär fegen. Ich nehme ihr einen Stapel Karteikarten ab und stopfe sie zurück in die Kiste, dann schließe ich den Deckel und klemme sie mir unter den Arm, während ich mich im Zimmer umsehe, um sicherzugehen, dass alles an Ort und Stelle ist.

»Wir müssen uns beeilen«, flüstert Lottie. Ihre Stimme klingt belegt vor Angst.

Wir hasten durch den Flur zu der großen gläsernen Flügeltür, dann bleiben wir abrupt stehen. Mit Entsetzen stelle ich fest, dass es keine Möglichkeit gibt, Betsy aus dem Weg zu gehen, sollte sie die Haupttreppe nach oben nehmen. Lottie packt meinen Arm und hält mich zurück.

»Wir werden ihr auf der Treppe begegnen«, wispert sie.

Ich nicke. »Wir müssen uns verstecken und warten, bis sie an uns vorbei ist.« Ich blicke panisch auf die lange Reihe verschlossener Türen im Flur. Nichts lässt darauf schließen, was sich dahinter befindet. Kurz entschlossen öffne ich eine Tür zu meiner Linken und ziehe Lottie mit in den Raum dahinter. Vorsichtig schließe ich die Tür hinter uns. Mein Herz rast.

Im Zimmer ist es dunkel, die Vorhänge sind fast ganz zugezogen und lassen nur einige wenige silbrige Lichtstrahlen herein. Endlich gewöhnen sich meine Augen an die Dunkelheit, und ich stelle fest, dass wir in einem Schlafzimmer stehen. Ein großes Himmelbett nimmt die Mitte des Raumes ein, die speerförmig endenden Holzpfosten erinnern an ein mittelalterliches Foltergerät. Lottie bemerkt die Gestalt, die sich unter der Bettdecke regt, im selben Moment wie ich und schnappt erschrocken nach Luft. Es ist Archie. *Verdammt.* Von allen Türen im Gang haben wir ausgerechnet die von diesem Schwachkopf geöffnet.

Und dann sehe ich noch etwas anderes. Ein schlanker Knöchel ragt seitlich über die Bettkante. Es dauert einen Augenblick, bis ich begreife, dass eine junge Frau neben Archie liegt. Ein lautes Schnarchen dringt zu uns herüber. Ich spüre Lotties Hand, die meinen Unterarm umklammert, und frage mich, wie viel sie gesehen hat. Draußen auf dem Gang ist nun das Klappern von Betsys Absätzen zu hören. Es wird lauter, dann entfernt es sich und verstummt, als sie in ihren Räumlichkeiten am Ende des Flurs verschwindet. Ich drehe mich zur Tür und öffne sie lautlos. Wir huschen hinaus in den Flur. Mein Körper vibriert vor Adrenalin, als wir durch die Glastür und die Stufen hinunterstürmen. Auf dem Treppenabsatz im ersten Stock bleibe ich stehen und blicke hinunter zu der großen Standuhr im Foyer. 7:25 Uhr. Zeit, sich für einen weiteren Tag im Zelt fertig zu machen.

STELLA

Ich beobachte Archie Morris, der ins Zelt hereinstolziert, und verspüre nichts als Abscheu. Er blickt uns der Reihe nach an und grinst wie ein Hai. Seit ich ihn gestern am späten Abend mit Hannah über den Rasen laufen sehen habe, kann ich ihn nicht mehr ausstehen. Zuvor hielt ich sein Gehabe zwar für ziemlich übertrieben, aber ich dachte, er könne es sich leisten, derart selbstbewusst aufzutreten, weil er gut ist in dem, was er tut. Im Grunde fand ich seine Selbstsicherheit sogar ein wenig charmant. Jetzt allerdings wird mir klar, dass Archies Erfolg nicht nur Selbstbewusstsein, sondern Größenwahn mit sich bringt. Er scheint der Überzeugung zu sein, dass er alles tun darf, *was* er will, *wann* er will und *mit wem* er will, ohne irgendwelche negativen Konsequenzen. Im Gegenteil – die Konsequenzen, die sein Handeln bislang nach sich zog, waren in der Regel positiv.

Doch nun hat er all das ad absurdum geführt, was wir hier tun. Was für ein Hohn! Wir anderen nehmen die *Bake Week* ernst und geben unser Bestes, um die Show zu gewinnen. Und was macht er? Benutzt die Sendung, um junge Mädchen aufzureißen. Was zur Hölle glaubt er, wer er ist? Denkt er wirklich, bloß weil er ein Promi ist, könnte er jede Frau haben, die er will? Ich schaue zu Hannah, die eine Reihe vor mir steht. Lottie ist auf Peters Platz vorgerückt und steht jetzt neben mir, Pradyumna hat Geralds Backstation in der ersten Reihe zugewiesen bekommen. Hannahs Wangen sind ungewöhnlich bleich, als hätte sie vergessen, so viel Make-up aufzulegen wie sonst. Ihr Haar ist strähnig und nicht akkurat gescheitelt wie an den Tagen zuvor. Ich sehe, wie sie auf ihre Hände blickt und nervös zappelt, während wir auf unsere heutige Backaufgabe warten. Am liebsten würde ich sie fragen, ob alles okay ist, und anschließend mit ihr schimpfen, weil sie sich von Archie in eine so üble Situation hat bringen lassen. Ein Teil von mir möchte die beiden verpetzen. Einen Riesenwirbel deswegen veranstalten. Ich möchte ihr sagen, dass sie ihm kein Wort glauben darf, dass er sie nur benutzt und dass sie sich von ihm fernhalten soll. Ich weiß, dass das das Aus der Show bedeuten würde. Sosehr ich Archie dranhängen möchte, so wenig möchte ich die *Bake Week* für uns Teilnehmende ruinieren, also schweige ich.

Betsy wirkt heute auch nicht wie sie selbst. Sie ist genauso professionell wie immer, aber irgendetwas stimmt nicht mit ihr: Ihr Blick ist stechend, der Mund verkniffen. So habe ich sie noch nie gesehen. Wenn sie in diesem Zustand ist, möchte ich ihr lieber nicht in die Quere kommen. Als Archie und sie an den Jurorentisch treten, geht etwas Seltsames zwischen den beiden vor. Für den Bruchteil einer Sekunde ertappe ich Betsy dabei, wie sie ihn voller Zorn anstarrt. Bösartig. Der Ausdruck ist kaum auf ihr Gesicht getreten, als er auch schon wieder verschwindet und dem für Betsy typischen gelassenen Lächeln Platz macht. Womöglich ahnt sie, was Archie für ein geiler Kerl ist. Der Gedanke tröstet mich.

Als Betsy vortritt, um uns die Aufgabe des Tages zu nennen, werden meine Hände feucht und klamm. Diese Art von Adrenalinstoß ist erschöpfend, trotzdem fühle ich mich heute besser gerüstet, ganz gleich, welches Gebäck wir fertigen sollen. Ich spüre eine Zielstrebigkeit in mir, die vorher nicht da war. Ich schaue zu Graham hinüber, der eine Kamera auf Betsy gerichtet hat. Den Typ werde ich im Auge behalten. Es ist echt enttäuschend, dass es sogar in einer vermeintlich so heilen Welt wie der der *Bake Week* immer irgendwelche Fieslinge gibt, mit denen man sich auseinandersetzen muss.

Betsy klatscht fröhlich in die Hände. »So, meine Lieben, heute werden Sie das backen, was ich am liebsten esse, was alle am liebsten essen: Kuchen!«

»Euer Kuchen muss so groß sein, dass mindestens dreißig Personen davon satt werden«, schaltet Archie sich ein, »und er muss mindestens zwei Schichten haben. Wir möchten, dass ihr uns eure Kreativität zeigt – euer Kuchen soll uns umhauen! Es sind nur noch vier Kandidaten im Rennen, und wir wissen, dass ihr alle exzellent backen könnt. Macht euch auf eine harte Challenge gefasst!«

Meine Gedanken rasen. In Gedanken blättere ich durch die Seiten meines Notizbuchs, um den Kuchen zu finden, den ich backen möchte. Ein Bild erscheint vor meinem inneren Auge. Es ist so perfekt, dass ein Lächeln auf meine Lippen tritt, obwohl ich immer noch Abscheu verspüre.

»Auf die Plätze ... fertig ...«, beginnen sie gleichzeitig.

»Backt!«

Ich renne zu meinem Kühlschrank, um die nötigen Zutaten zusammenzusuchen, und wäre beinahe mit Pradyumna zusammengestoßen, der das Gleiche tut.

»Hoppla!«, ruft er grinsend und hebt abwehrend die Hände, um mich vorbeizulassen. Ich lache, doch sobald ich an ihm vorüber bin, verdrehe ich genervt die Augen. Heute habe ich keine Zeit für Spielchen, weder mit ihm noch mit jemand anderem. Heute habe ich einen Plan. Heute werde ich gewinnen.

Die Uhr tickt seit dreißig Minuten, als Archie Morris, umgeben von Kameras, an meinen Tisch tritt. Er lächelt mich an, in dieser Situation ein Zeichen seiner Macht, und erwartet, dass ich entsprechend reagiere. Ich drücke die Wirbelsäule durch und erwidere gelassen seinen Blick.

»Hallo, Archie«, sage ich mit bedeutungsschwerer Stimme.

Ein schiefes Lächeln tritt auf sein Gesicht. »Hallo.«

Ich lehne mich gegen meinen Backtisch, puste die Haare aus

dem Gesicht und warte darauf, dass er weiterspricht. Er ist verwirrt, weil ich nicht wie sonst einfältig lächele, aber er reißt sich zusammen.

»Was kannst du mir über deinen Kuchen erzählen?«, fragt er, beugt sich vor und legt die Hand auf meinen Tisch. Sie ist groß und fleischig, seine Finger sind rund wie Zigarren. Ich denke daran, wie er sie in Hannahs Rücken gelegt und sie zum Haus geschoben hat. Hat er sie gefragt, ob er sie berühren darf? Unwahrscheinlich. Er besitzt das unverdiente Selbstvertrauen eines Menschen, der jahrelang mit diesem Mist durchgekommen ist, vermutlich während seiner gesamten Karriere. Ich mustere ihn mit versteinertem Blick. Das Wichtigste ist, dass ich jetzt cool bleibe.

»Ich werde einen Kuchen mit Honig und Orangenschale backen, den ich mit einem skulpturalen Element verzieren will – was Betsy hoffentlich gefallen wird.« Ich meide den Blickkontakt mit Archie, indem ich meinen Teig in verschiedene Kuchenformen gieße.

»Das klingt großartig«, sagt er lächelnd. Ich schaue zur Seite.

»Es fällt schwer, etwas Hübschem zu widerstehen, nicht wahr?«, frage ich schroff. Jetzt ist er verwirrt. *Gut.* Ich will ihn aus dem Konzept bringen.

»Prima, Stella. Viel Glück«, sagt er rasch und tritt den Rückzug an. Ich bin zufrieden, dass ich den Machtkampf fürs Erste gewonnen habe.

Gestern Nacht, als ich wach lag und mir Sorgen um Hannah machte, kam mir eine Idee. Wenn es mir gelingt, sie umzusetzen, wird das die größte Story aller Zeiten – meine Rückkehr zum Journalismus. Ich stelle mir eine Reportage vor, teils Enthüllungsstory, teils persönlicher Erfahrungsbericht. Hannahs Namen werde ich nicht nennen, nicht, wenn sie das nicht möchte. Allerdings wäre es gut, wenn ich sie zum Reden bringen könnte. Er muss die

Nummer auch bei anderen Frauen abgezogen haben. Ich habe nicht viele Folgen von *The Cutting Board* gesehen, doch ich erinnere mich an einige junge, hübsche Kandidatinnen. Sobald ich wieder zu Hause bin, werde ich ein paar Recherchen anstellen. Zuerst einmal brauche ich Beweise. Beweise dafür, dass er in seinen Shows Kandidatinnen ausnutzt, damit die Leute verstehen, was für ein schrecklicher Mensch Archie Morris in Wirklichkeit ist. Heute flirtet er nicht wie sonst mit Hannah. Er scheint ihr eher aus dem Weg zu gehen, und ich frage mich zynisch, ob er jetzt schon genug von ihr hat. *Ich werde dich im Auge behalten, Archie Morris.* Er wirft mir einen verstohlenen Blick zu, und ich schenke ihm ein kaltes Lächeln.

Als ich meine Teige in den Ofen schiebe, stelle ich fest, dass es für mich bei der *Bake Week* um mehr geht, als nur meine Qualitäten als Bäckerin zu beweisen. Ich war mal eine gute Journalistin. Wenn ich das durchziehe, was ich mir vorgenommen habe, werde ich vielleicht eine herausragende Journalistin sein. Ich reibe Orangenschale für meine Glasur und fühle mich seit Langem wieder selbstbewusst. Heute Abend werde ich mit den anderen am Kamin sitzen und meinen Tagessieg auskosten. Das ist meine Chance, wieder die Person zu werden, die ich zuvor gewesen bin. Die Person, die nicht gelähmt ist vor Furcht, die Angst hat vor ihrem eigenen Schatten. Jemand mit einer Zukunft.

GERALD

Nachdem ich aus dem Taxi gestiegen bin, mache ich mich auf den Weg zurück zum Haus. Es dauert um einiges länger, als ich gedacht hatte. Zurück in Grafton Manor, halte ich mich zwischen den Bäumen versteckt, die das Anwesen umstehen, und warte, bis die Dreharbeiten beginnen und alle beschäftigt sind. Als Nächstes, so habe ich beschlossen, werde ich mich ins Haus zurückschleichen. Das ist meine einzige Chance, den Regelbrecher zu entlarven, der mich sabotiert hat und der ganz offensichtlich der *Bake Week* schaden will. Um mir die Zeit zu vertreiben, öffne ich die Dokumentenrolle, ziehe die Kopien der Baupläne heraus und entfalte sie auf dem Deckel meines Koffers, den ich flach auf den Boden gelegt habe. Ich habe sie bereits gründlich studiert, um mich schon vor meinem Aufenthalt in Grafton Manor mit den Räumlichkeiten vertraut zu machen, die ich während der Zeit hier tagtäglich vor und nach dem Dreh durchqueren würde. Jetzt habe ich ein anderes Ziel. Jetzt studiere ich die Räume, die ich *nicht* betreten soll, auf der Suche nach einem Ort im Ostflügel, an dem ich mich verstecken kann, um von dort aus unbemerkt das Geschehen im Zelt zu beobachten.

Meine Augen bleiben an der Risszeichnung eines Balkons im ersten Stock an der Ostseite des Hauses hängen. Es handelt sich um einen der Salons, einen Raum, der nicht häufig genutzt werden dürfte. Von hier aus wäre ich in der Lage, das Zelt unbemerkt im Blick zu behalten.

Zufrieden stecke ich die Kopien zurück in die Dokumentenrolle, dann fische ich einen Energieriegel aus der Tasche und verspeise ihn methodisch. Melanie hat mir mein Handy zurückgegeben, und ich ziehe es ebenfalls hervor und sehe nach der Zeit: 10:24 Uhr. Selbst wenn man mögliche Verzögerungen berücksichtigt, müssten die Dreharbeiten inzwischen in vollem Gange sein.

Ich stehe auf und klopfe den Staub ab, dann versuche ich, die Falten aus meinem Anzug zu streichen, der bereits ein paar Gras- und Schmutzflecken aufweist. Normalerweise hätte mir meine derangierte Kleidung zu schaffen gemacht, aber glücklicherweise bin ich zu sehr auf die anstehende Aufgabe fokussiert, um dem allzu große Aufmerksamkeit zu schenken. Ich stelle meinen Koffer aufrecht und befestige die Aktentasche daran. Anschließend klemme ich mir die Dokumentenrolle unter den Arm und setze mich in Bewegung. Ich stelle nicht gern Spekulationen ohne ausreichende Beweise an, aber ich tippe darauf, dass die Person, die am Set manipuliert – wenn es sich denn um einen Einzeltäter oder eine Einzeltäterin handelt –, zu den Kandidaten zählt. Wer sonst hätte einen Grund dazu, den Bäckerinnen und Bäckern einen Strich durch die Rechnung zu machen?

Hinter einigen Büschen im Garten bleibe ich stehen. Um diese Zeit werden die Kandidaten allesamt mit ihrem Gebäck beschäftigt sein. Es ist daher ziemlich unwahrscheinlich, dass innerhalb der nächsten Stunde eine Drehpause eingelegt wird. Ich atme tief ein und konzentriere mich auf die Ecke des Gebäudes, hinter der ich verschwinden muss, ohne dass mich jemand vom Team bemerkt. Auf die Plätze … fertig … In scharfem Tempo überquere ich den Rasen. Mein Koffer holpert hinter mir her und reißt mir fast den Arm aus, als er sich im Gras verfängt. Durch das transparente Vinylfenster des Zelts sehe ich Hannah, Stella, Lottie und Pradyumna an ihren Backstationen. Ich bin versucht, näher zu treten, um herauszufinden, wie die heutige Aufgabe lautet, doch dann rufe ich mir ins Gedächtnis, dass ich mich auf einer Mission befinde. Ich muss mich beeilen.

Ich lege noch einen Zahn zu, doch dann verfängt sich ein Rädchen meines Koffers erneut, und ich segele seitlich durch die Luft. Laut ächzend lande ich auf dem Rücken, alle viere von mir gestreckt wie eine umgedrehte Schildkröte. Ich bin mir sicher, dass man mich bemerkt hat. Zögernd hebe ich den Kopf und blicke zum Zelt. Durchs Fenster sehe ich, dass Melanie mir den Rücken zukehrt und einem der Kameraleute etwas ins Ohr flüstert. Anscheinend hat mich keiner gesehen. Beinahe hätte ich gelacht. Eilig rappele ich mich hoch, packe meinen Koffer und nehme einen letzten Anlauf auf die Hausecke zu.

Als ich endlich außer Sichtweite bin, lehne ich mich schnaufend gegen den kühlen Stein. Der Himmel über mir ist überzogen mit Schleierwolken. Bald wird es regnen, die Regenwolken sind sicher schon unterwegs. Die Mauer des Gebäudes ist hier mit Efeu und Weinranken bedeckt. Ich betrachte die chaotischen Muster und stelle bewundernd fest, wie sich die Pflanzen der Architektur anpassen und sich um die Fenster und gemauerten Zierleisten ranken. Ich trete einen Schritt zurück und sehe den Balkon mit der Steinbrüstung, der auf den Bauplänen eingezeichnet ist.

An einer Seite des Balkons führt ein eisernes Abflussrohr vom Dach an der Brüstung entlang bis zur Erde. Ich drücke vorsichtig die Schuhsohle dagegen, um zu prüfen, wie fest es in der Wand verankert ist. Es scheint zu halten. Ich stecke mein Handy und mehrere Energieriegel in meine Jacketttasche und ziehe den Koffer hinter eine Reihe von Sträuchern. Anschließend nähere ich mich zögernd dem Abflussrohr und stelle den Fuß auf die unterste Wandhalterung. Das ist nicht ideal. Die Wahrscheinlichkeit eines Unfalls ist sehr hoch. *Bitte, Vernunft, halt einmal die Klappe.* Ich klettere von Halterung zu Halterung, immer weiter hinauf, bis ich auf einer Höhe mit dem Balkon bin. Nun schwinge ich mich über die Brüstung. Ich spüre, dass sich mehrere Mauersteine bewegen, als ich schwer auf dem Boden des Balkons lande. Ich muss aufpassen, dass die Brüstung nicht bröckelt oder gar abbricht. Zum Glück muss ich mich nur ein kleines Stück vorbeugen, um durch die großen Vinylfenster in den Zeltseiten beobachten zu können, was drinnen vor sich geht. Nun heißt es abwarten.

LOTTIE

Mit leichter Hand rühre ich einen simplen Teig an und schlage Zucker und Butter mit Eiern und Vanille auf. Obwohl ich kaum geschlafen habe, bin ich so wach und munter wie noch nie seit meiner Ankunft in Grafton Manor. Ich fühle mich gestärkt durch das, was ich in den letzten vierundzwanzig Stunden entdeckt habe. Ich kann immer noch nicht glauben, dass meine Mutter und Richard Grafton zusammen waren, wie das Foto es nahelegt. Eine unfassbare Entdeckung, die ich ohne Pradyumna nie gemacht hätte. Kaum zu glauben, dass sich ausgerechnet der junge Millionär als jemand entpuppt, dem ich mich anvertrauen kann und der mir noch dazu hilft. Ich bin so dankbar dafür, dass er mich heute Morgen dazu gebracht hat, mit ihm in den Ostflügel zu schleichen!

Gedankenverloren arbeite ich an meinem Kuchen und verspüre einen überraschenden Anflug von Hoffnung. Ich fühle mich meiner Mutter so nahe wie schon seit Jahrzehnten nicht mehr. Nach so vielen Jahren ihre Rezepte wiederzufinden, hätte mich unglaublich traurig machen können, doch ihre Karteikarten, ihre Handschrift wiederzusehen, fühlt sie so an, als wollte sie mich auffordern, nicht aufzugeben.

Über die Jahre habe ich von Zeit zu Zeit an die Rezepte meiner Mutter gedacht, allerdings ging ich davon aus, dass die Kiste nach meinem unfreiwilligen, überstürzten Auszug aus Grafton Manor verloren gegangen war. Ich habe mich oft gefragt, warum man mir die Holzkiste mit den Rezepten nicht mitgegeben hat. Ich denke an den einfachen Pappkarton, mit dem man mich in die Welt hinausschickte. Er enthielt meine spärliche Garderobe, außerdem einige Kleidungsstücke meiner Mutter, mehrere Bücher, ein Paar Schuhe. Das war alles, was mir von ihr blieb. Ich hatte zwischen ihren Kleidern nach der Kiste mit den Rezepten gesucht, doch ich hatte sie nicht gefunden. Sie jetzt so offen auf Betsy Martins Kaminsims stehen zu sehen, war ein Schock für mich gewesen. Es macht mir bewusst, dass Betsy uns offenbar all die Jahre über nicht vergessen hat.

Während ich eine Zitronenschale raspele, rufe ich mir Erinnerungen an meine Mutter vor Augen. Das mache ich oft in solchen Momenten: Ich denke an die Zeit zurück, die ich mit ihr verbracht habe, an das, was sie angehabt hat, an das, was sie gesagt hat, an den Duft, der in der Luft lag, wenn sie backte. Ich tue das in der Hoffnung, die Erinnerungen auf diese Weise bewahren und meine Mutter ein kleines Stück am Leben erhalten zu können. Jetzt durchkämme ich diese Erinnerungen erneut auf der Suche nach Hinweisen. Wenn ich nur auf ein einziges Detail stoße, das ahnen lässt, was meine Mutter durchgemacht hat, kann ich womöglich das Rätsel ihres spurlosen Verschwindens lösen. Ich versuche, mich an die Male zu erinnern, die ich sie zusammen mit Richard Grafton gesehen habe, an einen vertraulichen Blick oder ein inniges Wort, aber mir fällt nichts Außergewöhnliches ein.

Ich schütte Blaubeeren auf den Backtisch und sortiere die aus, die zu weich sind. Die übrigen wälze ich in Mehl, bis sie alle mit einer gleichmäßigen Schicht bedeckt sind. Anschließend hebe ich sie unter den Teig. Und plötzlich sehe ich meine Mutter vor mir, die an dem großen Holztisch in der Küche von Grafton Manor steht. Es ist Sommer, sie knetet Brot, ihre Hände und die Schürze sind mehlbestäubt. Ich stehe neben ihr und helfe, nehme grüne Bohnen aus einer Schüssel und schneide die Enden ab. Wir arbeiten zusammen, ich schnipple die Bohnen, und meine Mutter knetet den Teig und klatscht ihn ab und an auf den Tisch. Ich erinnere mich genau an den Rhythmus, an das Geräusch, das der Teig macht, wenn er auf dem Tisch aufkommt. Und dass dieser Rhythmus plötzlich unterbrochen wird. Ganz deutlich sehe ich vor mir, wie meine Mutter die Hände vom Teig nimmt.

Ich höre auf, den Kuchenteig zu rühren. Mein Herz setzt einen Schlag aus, als ich mich daran erinnere, wie meine Mutter aufblickt, die Augen geweitet vor Furcht. Ich folge ihrem Blick zur Küchentür, die wir offen gelassen haben, damit von draußen ein Lüftchen hereinwehen kann. Zwei Schatten gehen draußen vorbei, einer groß und stattlich, der andere klein und mit Zöpfen: Richard Grafton und seine Tochter Betsy. Mein Optimismus verpufft, als ich die Hände meiner Mutter vor mir sehe. Sie zittern.

HANNAH

Ich ziehe meine Biskuitböden für den Schichtkuchen aus dem Ofen. Die Oberseiten sind luftig und goldbraun. Erleichtert atme ich auf und stelle sie zum Abkühlen auf ein Drahtgitter. Obwohl ich mir große Mühe gebe, gelingt es mir nicht, heute in meinen Backfluss zu finden. Ich kann nicht einfach in den Rhythmus des Abmessens und Mischens eintauchen wie sonst, bin viel zu abgelenkt, um zu backen. Ich denke an die Nacht mit Archie, gehe den Abend immer wieder in Gedanken durch. Es war so romantisch, dass er mit mir einen Waldspaziergang gemacht hat und mich anschließend erneut in den Ostflügel geschmuggelt hat, diesmal in sein Bett. Ich unterdrücke ein Lächeln, als ich an das denke, was dann folgte. Ich habe noch nie mit jemandem geschlafen, der mir so viel Leidenschaft entgegenbrachte oder solche Dinge zu mir sagte. Ich frage mich, ob sich so eine echte, erwachsene Beziehung anfühlt und ich mich die ganze Zeit unter Wert verkauft habe. Ich weiß, was Archie sagen würde: dass ich es verdient habe, wie eine Königin behandelt zu werden.

Es fällt mir schwer, ihn nicht anzustarren, wenn er selbstbewusst durch das Zelt schlendert und mit den anderen Kandidaten plaudert. Ich versuche, mich nicht verletzt zu fühlen, weil er bislang noch nicht bei mir war. *Er macht nur seinen Job,* sage ich mir. *Und das solltest du auch tun!* Doch meine Hände bewegen sich unbeholfen, und ich muss kämpfen, um selbst die grundlegendsten Schritte meines Rezepts umzusetzen.

Mit flatterndem Magen löse ich einen der Böden vorsichtig aus der Silikonform. Zitternd dehne ich die Seiten und hebe ihn heraus. Mit Entsetzen beobachte ich, dass er kleben bleibt und einen zerklüfteten Brocken auf dem Boden der Form zurücklässt. Das ist mir noch nie passiert. Normalerweise bin ich sehr geschickt. In meiner Brust steigt Panik auf. Beim nächsten Biskuitboden reißt ein großer Teil der goldenen Kruste und entblößt das weiche, helle Innere. Meine Augen brennen vor Verlegenheit.

Einer der Kameramänner hält alles fest: mein besorgtes Gesicht, als ich die fehlenden Stücke aus der Form löse, mein jämmerlicher Versuch, den Boden zu retten, indem ich ihn wieder zusammensetze. Ich habe den Eindruck, dass sich immer mehr Kameras auf mein Missgeschick konzentrieren. Ich setze ein tapferes Lächeln auf. »Niemand mag eine junge Dame mit finsterem Gesicht«, höre ich meine Mom sagen. Ich spanne meine Gesichtsmuskeln an und zwinge mich, ruhig zu bleiben und hübsch auszusehen. Rasch blicke ich zu Archie hinüber, um mich zu vergewissern, dass er mein Gemurkse nicht mitbekommen hat, und stelle erleichtert fest, dass er in ein Gespräch mit Lottie vertieft ist. »Na bitte, geht doch – genau wie bei einem Puzzle«, zwitschere ich munter, obwohl ich die Anspannung in meiner Stimme hören kann. »Wenn erst mal die Glasur ins Spiel kommt, wird man nichts mehr davon sehen.«

Ich hoffe, das stimmt, doch so, wie die Dinge heute für mich laufen, bin ich mir da nicht mehr so sicher. Obwohl es mir gelungen ist, die Böden wieder zusammenzusetzen, sind die Fugen deutlich zu sehen – gezackte Linien in krümeligem Biskuit, der komplett auseinanderzubrechen droht. Ich frage mich, ob ich eine andere Glasur ausprobieren soll, um das Missgeschick zu verbergen, doch ich zaudere, bin unschlüssig, unsicher.

Als Archie mit zwei Kameramännern an meinem Tisch vorbei zu Pradyumna geht, halte ich den Blick gesenkt, dann bücke ich mich hastig und ziehe eine unbenutzte Schüssel aus meiner

Backstation. Ich höre ihn lachen und verspüre einen Anflug von Eifersucht, doch sofort weise ich mich selbst zurecht, dass es ziemlich albern ist, ausgerechnet auf Pradyumna eifersüchtig zu sein. Archie macht nur seinen Job. Denk dran, was er gesagt hat, rufe ich mir ins Gedächtnis. Ich sei die Einzige, hat er behauptet, die das Zeug zu einer professionellen Bäckerin hat, und nicht nur das: *Eines Tages wirst du so erfolgreich sein wie Betsy Martin, Hannah.* Als er mich in der Nacht in den Armen hielt, hat er mir gesagt, wie schön ich bin. Beinahe hätte ich jetzt vor Erleichterung gelacht. *Ich* bin diejenige, die heute früh in seinem Bett aufgewacht ist, nicht die anderen.

Ich habe mich davongestohlen, als er noch schlief, bin auf Strümpfen durch die Flure zu meinem Zimmer gerannt, damit ich genug Zeit hatte, mich für die Dreharbeiten zurechtzumachen. Seine rauen Bartstoppeln haben bei mir einen rötlichen Ausschlag auf Wangen und Kinn hinterlassen, genau wie ich es befürchtet hatte. Ich habe versucht, die Rötungen mit Make-up zu kaschieren, und so lange mit einem Schwämmchen Concealer eingeklopft, bis man nichts mehr sehen konnte.

Ich berühre mein Kinn. Hoffentlich ist im grellen Licht der Scheinwerfer wirklich nichts zu sehen. Ich nehme einen glänzenden Messbecher aus der Station und halte ihn so, dass ich darin mein Spiegelbild erkennen kann. Die Haut ist leicht gerötet, aber nicht so schlimm, wie ich befürchtet habe. Ich atme tief durch. Hoffentlich habe ich nicht Archies Gefühle verletzt, weil ich heute Morgen ohne ein Wort gegangen bin. Vielleicht denkt er, ich wollte nichts mehr von ihm wissen. Diese Möglichkeit haut mich um. Plötzlich schaffe ich es kaum noch, *nicht* mit ihm zu reden und ihm zu sagen, wie sehr mir der gemeinsame Abend, die gemeinsame Nacht gefallen hat und dass ich keine Sekunde davon bereue. Dass ich es kaum erwarten kann, mich wieder mit ihm zu treffen, die Orte zu sehen, die er mir in L. A. zeigen möchte. Ich schaue zu ihm hinüber. Er scherzt mit Pradyumna über Kakaopulver. Ich versuche, seinen Blick aufzufangen. Ich möchte, dass er mich ansieht, damit ich mich vergewissern kann, dass alles in Ordnung ist. Vielleicht finde ich dann in meinen üblichen Backrhythmus hinein.

Doch Archie sieht mich nicht an, seine Aufmerksamkeit ist voll und ganz auf Pradyumna gerichtet. Ich versuche, es für den Augenblick gut sein zu lassen und mich wieder meinem Kuchen zu widmen. Zerstreut hole ich etwas Crème double aus meinem Kühlschrank und kehre an den Backtisch zurück. Als ich mich vorbeuge, um einen Schneebesen aus einer der Schubladen meiner Backstation zu nehmen, höre ich Archies Stimme.

»Na, dann überlasse ich dich mal wieder deinem Kuchen, Pradyumna. Genug Ablenkung.«

Ich höre Schritte, die sich um meinen Tisch herumbewegen und davor stehen bleiben. Erleichtert atme ich aus, als ich die Wärme der Kameralichter auf meiner Kopfhaut spüre. Ich richte mich auf und lächele breit vor lauter Vorfreude, doch dann sehe ich, dass nicht Archie vor mir steht, sondern Betsy Martin. Sie beugt sich über den missratenen Biskuitboden, einen missbilligenden Ausdruck im Gesicht. Einen Moment lang sagt sie gar nichts, und ich fülle die Stille nervös mit einer Erklärung.

»Ich habe Silikonformen benutzt. Das habe ich noch nie gemacht. Mir war nicht bewusst, dass der Biskuit darin festkleben würde.«

Sie sagt nichts dazu. »Wonach wird der Kuchen denn schmecken?«, fragt sie stattdessen.

Ich schlucke. »Es wird ein Himbeer-Vanille-Kuchen. Vanille-Himbeer-Kreisel waren als Kind meine Lieblingssüßigkeiten.«

»Also noch letztes Jahr«, scherzt Betsy. Ich setze mein nettestes Lächeln auf, doch innerlich schäume ich, weil sie einen Witz auf meine Kosten reißt. Wenn Betsy die Geschmackskombination gefällt, lässt sie es sich zumindest nicht anmerken.

»Und was verwenden Sie, um den Himbeergeschmack zu erzeugen?«

»Einer der Biskuitböden enthält tiefgefrorene Himbeeren«, antworte ich. Meine Stimme schnellt am Ende des Satzes in die Höhe, als hätte ich eine Frage gestellt. Sie presst die Lippen zusammen. Vielleicht sollte ich ihr etwas mehr anbieten. »Außerdem werde ich Himbeergelee zwischen die Böden und die Buttercreme streichen. Es steht noch im Kühlschrank, um fest zu werden.«

Eine Lüge. Bis jetzt hatte ich Himbeergelee nicht mal in Erwägung gezogen, aber ich ertrage es nicht, dass sie mich ansieht, als wäre ich ein dummes Kind, das sein Rezept nicht gründlich durchdacht hat.

Ihre Augenbrauen schießen in die Höhe. »In Anbetracht des Wetters eine eher ungewöhnliche Wahl, aber eine gute Idee. Allerdings wird es schwirig sein, in so kurzer Zeit ein festes Gelee zustande zu bringen.«

»Oh, das wird schon klappen«, erwidere ich leichthin, während ich inständig hoffe, dass man mir die Sorge nicht ansieht.

Sie lächelt vielsagend. »Manche Dinge sind innen nicht ganz so perfekt und schön, wie sie von außen erscheinen, nicht wahr?«

Die Worte durchschneiden mich wie ein Messer. Ich höre auf, an meinem Kuchen herumzufummeln, und sehe sie an. Weiß sie von Archie und mir? Sie hält meinen Blick etwas zu lange fest, dann wendet sie sich abrupt von meinem Backtisch ab.

»Noch fünfundvierzig Minuten!«, ruft sie laut in die Runde.

Archie schaut in meine Richtung. Sein Gesichtsausdruck ist nicht zu deuten. Bevor ich reagieren kann, dreht er sich um und flüstert etwas in Melanies perfektes Ohr. Ich versuche erneut, die

Eifersucht zu verdrängen, die in mir aufsteigt, als sie einander anlächeln, und denke daran, wie er mich gestern Nacht angesehen hat. »Du bist ein Star, Hannah«, hat er gesagt. »Ich kann es kaum erwarten, dass du das ebenfalls begreifst.« Ich möchte Archie zeigen, dass ich es begreife. Ich möchte ein Star sein. Ich bin bereit für meinen Aufstieg, und niemand wird mich aufhalten. Plötzlich weiß ich genau, was ich tun muss.

BETSY

Seit ihrem Treffen mit Francis brodelt Betsy vor Zorn. Sie spürt, wie der Ärger jede einzelne Pore durchdringt, wie er hochkocht und droht, aus ihr herauszuplatzen. Doch sie hofft, dass sie ihn unter Kontrolle zu halten vermag. Eine weitere Demütigung kann sie heute nicht ertragen. Auf dem Weg ins Zelt hatte sie eine Begegnung mit Melanie. Melanie schloss zu ihr auf und hielt ihr das verfluchte Clipboard unter die Nase.

»Wir möchten, dass Sie gleich mit einem Ihrer eigenen Kuchen das Zelt durchqueren – sozusagen als Auftakt zur heutigen Challenge.«

»Aber ich habe keinen Kuchen gebacken«, lehnte Betsy schroff ab.

»Keine Sorge, wir haben einen anfertigen lassen.«

Betsy hatte Melanie einen skeptischen Blick zugeworfen.

»Von einem professionellen Bäcker.« Betsy hatte nichts erwidert, woraufhin Melanie selbstbewusst fortfuhr: »Wie würde Ihnen das gefallen? Durch den Gang zwischen den Backtischen mit einem Ihrer wunderschönen Kuchen zu schreiten?«

Es war weniger die Idee, die Betsy missfiel, als vielmehr die Art und Weise, wie sie ihr präsentiert wurde – als wäre sie ein Kind, dem man schmeicheln musste.

Betsy war so abrupt stehen geblieben, dass Melanie ins Stolpern geriet. »Es würde mir sehr gefallen, wenn es tatsächlich *mein* Kuchen wäre. Außerdem fürchte ich, dass den Zuschauern diese Art von Effekthascherei wenig gefällt. Bislang standen stets die Bäckerinnen und Bäcker im Vordergrund, nicht ich.« Melanie war blass geworden bei Betsys schroffem Tonfall, was Betsy gefiel. »Aber was weiß ich schon? Ich bin ja nicht diejenige, die die ganze Show am Laufen hält, oder?« Sie setzte sich wieder in Bewegung und schlug nun ein so hohes Tempo an, dass Melanie Schwierigkeiten hatte, mit ihr Schritt zu halten, während sie versuchte, eine Art Entschuldigung anzubringen.

Jetzt kann Betsy nicht sagen, ob sich die Stimmung verändert hat oder ob es bloß ihre eigene Verbitterung ist, die ihre Wahrnehmung beeinflusst. Die Kandidaten erscheinen ihr angespannter als sonst, weniger selbstbewusst und optimistisch. Sie hofft, dass sich das nicht in den Drehaufnahmen widerspiegelt. Es wäre bedauerlich, wenn sie im Nachhinein die besorgten Gesichter herausschneiden und auf andere Weise Schwung in die Folge bringen müssten. Es ist immer besser, wenn nichts gefakt ist.

Archie klatscht in die Hände und wartet auf die Verkostung. Er scheint förmlich darauf zu brennen, ein Urteil fällen zu können. Er sieht sie nicht an. Vielleicht weil er ahnt, dass sie weiß, was er getan hat? Vielleicht spürt er aber auch nur die schlechte Stimmung, die Betsy verströmt wie Giftgas, und denkt sich, dass es besser ist, auf Distanz zu bleiben. So oder so, sie zieht es vor, wenn er sich zurückhält. Den Mund hält. Ansonsten würde sie aller Wahrscheinlichkeit nach explodieren.

Die Bäckerinnen und Pradyumna bringen ihre Kuchen zum Jurorentisch. Bei allen scheint die Energie schon nachgelassen zu haben, dabei ist erst die halbe Woche um. Die Fernsehzuschauer werden das nicht bemerken, die Produzenten im Schnitt werden dafür sorgen, dass die Sendung leicht und herzerwärmend rüberkommt, doch Betsy kann es spüren. Die Kandidaten konkurrieren stärker, werden rücksichtsloser. Was nur natürlich ist, wenn die Messlatte so hoch liegt. Sie halten einander zwar bei den Händen, während sie darauf warten, dass das Urteil verkündet wird, aber das ist alles nur Show. Jeder wünscht sich inständig, dass die anderen verlieren.

Vier Kuchen stehen vor ihr auf dem Jurorentisch. Betsy beginnt an der linken Seite mit Hannahs Himbeer-Vanille-Biskuit – ein hoher Schichtkuchen mit einer dicken Schicht zartrosa Buttercreme. Ein Berg Himbeeren ist etwas willkürlich darauf aufgetürmt, doch ansonsten ist er meisterhaft dekoriert mit weißen Schokoladentropfen, die an den Seiten hinabfließen. Die Verzierung kann allerdings nicht verbergen, dass der Kuchen innen klumpig ist, die Ausbuchtungen des obersten Biskuitbodens verraten es.

Hannah senkt verlegen den Kopf. »Es tut mir leid! Ich wollte den Kuchen noch mehr dekorieren, aber mir ist die Zeit davongelaufen. Ich hoffe, er ist nicht zu schrecklich!«

Betsy findet Hannahs falsche Bescheidenheit etwas nervtötend, aber eines muss sie dem Mädchen lassen: Seine technischen Fähigkeiten sind in der Tat beispiellos im Vergleich zu den anderen Teilnehmenden der diesjährigen Staffel.

Betsy schneidet zwei dicke Stücke ab und legt sie auf die beiden Probierteller, eins für Archie und eins für sie, während Hannah nervös eine Haarsträhne um den Zeigefinger zwirbelt. Die Anzahl der Schichten ist wirklich bemerkenswert, mindestens acht, abwechselnd rosa und weiß, alle exakt gleich breit, dazwischen jeweils eine dünne Schicht hellrotes Gelee.

Betsy nimmt einen Bissen und spürt, wie ihre Zähne kleben bleiben, anstatt wie erwartet durch die Schichten zu gleiten. Während sie kaut, zoomen die Kameras heran. Hannah verschränkt angespannt die Hände unter dem Kinn. »Der Kuchen ist gut durchgebacken, aber er sieht aus, als wäre er in Stücke gebrochen. Haben Sie versucht, einen zerbrochenen Kuchen wieder zusammenzusetzen?«

Hannah zuckt zusammen und nickt.

»Das merkt man. Hier ist so eine Stelle.« Betsy prokelt mit der Gabel an ihrem Stück herum. »Und wie ich befürchtet habe: Das Gelee ist nicht fest.«

Hannahs Ohren färben sich leuchtend rosa. Sie sieht Archie Hilfe suchend an, aber zu Betsys Überraschung schlägt er sich auf ihre Seite.

»Der Biskuit ist zu schwer«, sagt er und klopft mit der Gabel gegen den Kuchen, um zu zeigen, wie unnachgiebig er ist. Hannah wird blass, ihr Gesicht verzieht sich, als würde sie jeden Moment in Tränen ausbrechen. »Ich finde außerdem, dass die Buttercreme zu dominant ist«, fährt Archie fort. »Der ganze Kuchen schmeckt fast nur nach Buttercreme. Ich hätte mir etwas Frisches darin gewünscht, vielleicht frische Himbeeren statt der tiefgekühlten, außerdem wäre es besser gewesen, statt des Gelees ein Kompott zu verwenden.«

»Für einen Kuchen mit so viel Himbeerrosa schmecke ich erstaunlich wenig Himbeeren.« Es gefällt Betsy gar nicht, ihm beipflichten zu müssen. »Allerdings ist der Kuchen äußerlich wunderschön.«

»Danke, Hannah«, sagt Archie kurz angebunden. Hannahs schmale Schultern sacken herab. Wortlos tritt sie vom Tisch zurück. Geschlagen.

Als Nächster ist Pradyumna an der Reihe. Er hat einen schlanken Turm mit einer Glasur aus dunkler Schokolade gebacken. Die Oberseite seines Kuchens ist mit selbst gemachtem Erdnusskrokant und winzigen Schokoladenbonbons bedeckt, an Ort und Stelle gehalten von einer meisterhaft aufgespritzten dunklen Schokoladenganache – sorgfältig ausgeführt und wunderschön.

»Ich habe einen Kuchen mit dunkler Schokolade und Erdnussbutter gebacken«, sagt er und zuckt beinahe entschuldigend mit den Achseln. »Nicht die originellste Kombi, ich weiß.«

»Uns kommt es auf den Geschmack und die Textur an«, erinnert Betsy ihn. »Sie können die interessantesten Geschmackskomponenten zusammenstellen, doch es muss funktionieren.« Sie hat schon unzählige missglückte Versuche mit seltsamen Geschmackskombinationen gesehen. Niemand sollte zum Beispiel zu viel Mandelextrakt für seine Backwaren verwenden und schon gar nicht Rosenwasser, Gott bewahre.

Sie nimmt einen Bissen und achtet darauf, möglichst viel von der Erdnussbutterfüllung zu erwischen. »Reichhaltig«, stellt sie fest, »beinahe zu reichhaltig.« Sie braucht dringend etwas, um den Bissen hinunterzuspülen.

Archie sticht die Gabel in den Kuchen. Betsy beobachtet, wie er sie in den Mund schiebt und anfängt zu kauen.

»O Mann, da bin ich anderer Meinung. Das schmeckt wahnsinnig gut«, sagt er. Betsy zieht scharf die Luft ein und versucht, ihren Ärger unter Kontrolle zu halten. Ihr fällt auf, dass Archie mit Männern völlig anders umgeht als mit Frauen. Er behandelt sie, als wären sie alte Kumpel. Frauen dagegen, denkt Betsy, lässt er gern im Regen stehen. Aber vielleicht ist sie auch nur empfindlich in Anbetracht der Umstände.

»Sie müssen das Ganze hier ein bisschen ernster nehmen, wenn Sie sich weiter verbessern wollen«, ermahnt sie Pradyumna sanft. Anders als alle anderen, Archie und sie mit eingeschlossen, scheint er heute der Einzige zu sein, der gut gelaunt ist. Ihr ist nicht entgangen, dass er sich verändert hat: Sein Lächeln ist echter, seine Schultern sind entspannt. Er wirkt glücklich, sorglos.

»Betsy, Sie haben mein schlimmstes Geheimnis gelüftet: Ich bin der Überzeugung, backen soll Spaß machen«, sagt er und grinst von einem Ohr zum anderen.

Nun tritt Stella nach vorn. Ihr Kuchen sieht umwerfend aus, die Böden sind terrassenförmig aufeinandergestapelt, wodurch er an einen Bienenstock erinnert. Er ist nur leicht glasiert, die Glasur nahezu transparent und an manchen Stellen abgekratzt, um den perfekt gebackenen Biskuit freizulegen. Von den Seiten tropft ein honigfarbener Guss, kleine Fondantbienen mit ausgebreiteten Mandelflügeln sind an den Böden befestigt, ein paar schweben, auf Drähte gesteckt, um den Kuchen herum, als würden sie fliegen.

»Ich muss zugeben, ich habe noch nie so einen Kuchen gesehen. Wonach schmeckt er?«, fragt Betsy.

Stella strahlt. »Es ist ein Honigkuchen mit dem Aroma von Orangen.«

»Er sieht bemerkenswert aus.«

Stella errötet und steckt sich mit einem breiten Lächeln eine blonde Strähne hinters Ohr.

»Ich hoffe, das ist positiv gemeint.«

»Und ob, der Kuchen sieht großartig aus«, pflichtet Archie Betsy bei und zwinkert Stella zu. Abstoßend. Betsy bemerkt, dass Stella unbehaglich den Blick abwendet, und ist erfreut, dass es Menschen gibt, die immun gegen Archies Charme sind.

Mit etwas Mühe angesichts der außergewöhnlichen Form schneidet Archie zwei Stücke heraus, dann probieren Betsy und er.

»Der Kuchen zergeht auf der Zunge«, schwärmt Betsy und genießt den milden, luftigen Geschmack. »Ich möchte den Mund nicht zu voll nehmen, aber er erinnert mich an einen meiner eigenen Kuchen.«

»O ja, an Ihren ›Honigkuchen für Genießer‹!« Vor lauter Aufregung stolpert Stella über ihre eigenen Worte. »Ich hoffe, das ist okay. Der Kuchen war eine große Inspiration, genau wie all die anderen. Ich liebe einfach alles, was Sie machen, Betsy!«

Betsy lächelt verhalten. Sie fühlt sich geschmeichelt, versucht aber, sich nichts anmerken zu lassen – nicht dass sie sich nachher anhören muss, sie habe Stella wegen ihres Kompliments bevorzugt.

»Man kann tatsächlich die Orangenblüten durchschmecken«, schaltet sich Archie ein. Er lächelt, doch man spürt, dass er beinahe aggressiv versucht, Stella zu beeindrucken. Wenn er etwas will, zieht er wirklich alle Register, stellt Betsy trocken fest. Aus dem Augenwinkel bemerkt sie, dass Hannah unglücklich die Brauen zusammenzieht.

»Es schmeckt wirklich köstlich«, pflichtet sie ihm bei. »Die dünne Glasur mit dem herben Frischkäse passt perfekt zum Honig. Nicht zu süß. Deliziös!«

Zuletzt kommt Lotties Kuchen an die Reihe. Er besteht aus drei Schichten, was beeindruckend ist für einen saftigen Buckle, der für gewöhnlich nur eine Teigschicht hat. Die beiden unteren Schichten werden von einem dicken Vanillequark zusammengehalten, die obere ist mit Streuseln bedeckt, umgeben von einer dekorativen, akkurat mit dem Spritzbeutel aufgetragenen Sahneschicht.

»Das ist ein mehrschichtiger Blaubeer-Buckle«, sagt Lottie und sieht Betsy hoffnungsvoll an.

»Nun, *das* nenne ich eine unkonventionelle Wahl«, sagt Betsy und beäugt die Streusel – eine seltsame Zutat bei einem mehrschichtigen Obstkuchen.

Ein Buckle ist ein eher einfacher Kuchen – altmodisch in seiner Schlichtheit. Betsy hat seit Jahren keinen mehr gesehen. Heutzutage bevorzugen die meisten eine dicke Schicht Zuckerguss und Buttercreme zum Dekorieren. Etwas, womit man bei Tisch oder einen Fotografen beeindrucken kann, nichts, was man bei einem Familienessen oder einem Picknick als Dessert verspeist. Insgeheim verspürt Betsy eine gewisse Erleichterung darüber, dass auch ein ganz normaler Kuchen seinen Platz auf dem Jurorentisch findet.

»Die Dekoration fehlt«, stellt sie rundheraus fest, obwohl man an den unverzierten Seiten die gleichmäßigen Einsprengsel von Blaubeeren sehen kann, was beeindruckend ist. Es ist eine Kunst zu verhindern, dass die Beeren nach unten sinken.

Das Messer gleitet in den Kuchen, der leicht federnd nachgibt.

Betsy schneidet ein Stück ab und hebt es auf einen Probierteller, wobei sie eine kleine Streusellawine auslöst. Innen ist der Kuchen goldgelb und voller saftiger Blaubeeren. Schon bevor sie einen Bissen kostet, weiß Betsy, dass er perfekt gebacken ist.

Der Geschmack explodiert auf ihrer Zunge und lässt eine Welle nostalgischer Gefühle über sie hinwegschwappen, so gewaltig, dass sie sich gegen die Tischplatte lehnen muss. Der Buckle schmeckt köstlich, der süßsaure Geschmack der Blaubeeren ist eingebettet in weichen Vanillequark. Augenblicklich fühlt sie sich in ihre Kindheit zurückversetzt. Lotties Buckle ist ohne Frage der beste von allen, schlicht und befriedigend, die Art Kuchen, den man zu Hause backt und von dem man einfach nicht genug bekommen kann, weshalb man immer wieder in die Küche schleicht, um sich noch ein Stück abzuschneiden. Aber es ist noch etwas anderes im Spiel, etwas Persönliches. Der Kuchen ist genauso wie einer, den sie als Kind geliebt hat.

Betsy tritt einen Schritt zurück und lässt mit einem lauten Klappern die Gabel auf den Teller fallen. Plötzlich wird ihr übel. Sie kann sich gerade noch zurückhalten, den Bissen in ihre Hand zu spucken.

Die Kameras halten alles fest, zoomen dichter heran. Betsy schließt die Augen und zwingt sich zu schlucken. Archie mustert sie verwundert von der Seite, dann schiebt er sich selbst eine Gabel voll in den Mund. Betsy wendet den Blick ab, als er kaut, die Augen genussvoll zusammengekniffen.

»Das ist ein Wahnsinnskuchen. Ausgezeichnet, Lottie«, stellt er aufrichtig beeindruckt fest. »Den Rest nehme ich mit in mein Zimmer.«

Lottie lächelt, die anderen kichern neidisch.

Betsy wird schwindelig.

»Die Konsistenz stimmt ganz und gar nicht«, krächzt sie und beobachtet, wie Lottie entsetzt das Gesicht verzieht. »Wasser ...!«

Archie sieht sie mit zunehmender Besorgnis an, aber sie beachtet ihn nicht. Sie hat das Gefühl, sich in aberwitziger Geschwindigkeit im Kreis zu drehen, durch Zeit und Raum zu stürzen, ohne irgendeinen Halt zu finden.

»Ich brauche eine Pause.« Sie wedelt mit den Armen, um den Kameraleuten zu bedeuten, dass sie aufhören sollen zu filmen. »Bin gleich zurück«, sagt sie zu Melanie.

»Alles okay, Betsy?«, ruft Archie hinter ihr her, als sie aus dem Zelt in Richtung Haus flieht. Er klingt nicht allzu besorgt. Sie ignoriert ihn.

Mit wild hämmerndem Herzen hastet sie über den Rasen, vorbei an den Steinlöwen, die Stufen hinauf und ins Haus, dann steigt sie, so schnell sie kann, die Treppen in den Ostflügel hinauf und verschwindet in ihren Räumlichkeiten. Dort angekommen, stößt sie die Tür zu ihrem Wohnzimmer auf, das ihr gleichzeitig als Büro dient. Der Raum ist tadellos aufgeräumt. Auf den ersten Blick ist alles an Ort und Stelle. Ihr Schreibtisch sieht genauso aus, wie sie ihn zurückgelassen hat – ein Briefpapier-Set mit geprägten Bogen und Umschlägen, ein Stifthalter, ein gerahmtes Foto von ihren Eltern bei einer Party, die von der Familie DuPont gegeben wurde. Ein Stapel Fanbriefe liegt in einem Korb auf der Schreibtischplatte und wartet darauf, gelesen zu werden. Betsy geht schnurstracks zum Kaminsims, doch sie bemerkt schon von hier aus, dass die Holzkiste mit den Rezepten verschwunden ist. Ihre Kehle schnürt sich zusammen. Atemlos dreht sie sich um die eigene Achse, ihr Blick fliegt über die Regale und die Fensterbänke, obwohl sie genau weiß, dass sie die Kiste nicht woanders hingestellt hat.

Betsy wird klar, dass sie Lottie während der vergangenen Tage nicht richtig auf dem Schirm hatte. Natürlich hat sie sie angesehen, aber sie hat sie nicht *wirklich* gesehen, nicht so intensiv gemustert wie die anderen. Offenbar ignoriert sie andere alte Frauen eher, unterschätzt sie. Die Vorstellung erfüllt sie mit Entsetzen. Sie denkt daran, wie Lottie vor ihr am Jurorentisch stand. Lottie mit ihrer grünen Strickjacke zählt zu der bescheidenen, unscheinbaren Sorte Frau. Ihre braunen Clogs betonen ihre dünnen Beine und die knubbeligen Knie.

Betsy ringt nervös die Hände. Im Geiste geht sie all die Menschen aus ihrer Vergangenheit durch, wandert gleich mehrere Jahrzehnte zurück. Und dann setzt ihr Herz für einen Schlag aus. Es kristallisiert sich das Bild eines kleinen, unsicheren Mädchens heraus, das mit gefalteten Händen an ihrer Kinderzimmertür darauf wartet, zum Spielen eingeladen zu werden. Die Erinnerung daran trifft Betsy mit voller Wucht und haut sie förmlich um. Sie sackt auf die Knie.

»Elizabeth Bunting«, flüstert sie und spürt, wie sich ihr Magen vor Furcht zusammenzieht.

PRADYUMNA

Während sich Archie und Betsy in den Gartenpavillon zurückziehen, um über unser Schicksal zu entscheiden, weist Melanie uns an, uns in einer Reihe vor dem Jurorentisch aufzustellen. So haben wir es an den beiden Tagen zuvor auch getan, doch ich habe mich noch immer nicht ganz daran gewöhnt. Eigentlich sollte man meinen, wir dürften auf einem Stuhl oder sonst wo Platz nehmen, aber nein, wir müssen stehen. Es fühlt sich ein wenig seltsam an, fast wie eine Bestrafung – als erwarteten wir etwas so Schreckliches wie ein Erschießungskommando. Melanie wirbelt um uns herum, stellt mich zwischen Hannah und Stella und platziert Lottie neben Letzterer.

Hannah verlagert voller Unbehagen das Gewicht von einem Fuß auf den anderen und kaut an ihren Fingernägeln. Es nervt mich, und ich bin versucht, ihre Hand zu packen und ihr zu sagen, dass sie aufhören soll. Stella wirkt ähnlich angespannt, sie hat die Arme eng um ihre Mitte geschlungen. Von uns vieren macht nur Lottie einen enthusiastischen Eindruck. Sie lehnt sich hinter Stella zurück und wirft mir einen Blick zu. Ihre Augen glänzen beschwingt. Ich lächele sie an. Selbst wenn Betsy nicht reagiert hat wie gehofft, war es gut, dass Lottie den Buckle gebacken und sich damit zu erkennen gegeben hat. Außerdem hat Archie der Kuchen geschmeckt. Er war ganz begeistert, und ich kann es kaum erwarten, auch ein Stück davon zu probieren.

Stella hat sich heute tapfer geschlagen. Ich freue mich für sie. Das hat sie gebraucht. Bei Hannah geht es mir anders: Wenn ich ehrlich bin, gönne ich es ihr beinahe, dass sie heute nicht abliefern konnte. Ich denke, einer von uns beiden wird gehen müssen. Das

Wunderkind auf dem absteigenden Ast. Insgeheim hatte ich mich schon damit abgefunden, dass ich womöglich derjenige wäre, der heute die Show verlassen muss. Natürlich würde ich liebend gern bleiben und Lottie weiter bei ihren Nachforschungen unterstützen, aber ich habe nichts derart Außergewöhnliches zustande gebracht, dass ich es verdiene weiterzukommen. Ich habe in diesen paar Tagen mein Heil in anderen Dingen gefunden als im Backen. Lotties Geschichte hat mir eine neue Perspektive auf das Leben gegeben. Wodurch ich einen Teil von mir entdeckte, von dem ich immer hoffte, dass er da ist. Allerdings hatte ich so große Angst, es gäbe ihn womöglich gar nicht, dass ich gar nicht erst versucht habe, ihn zu finden. Verletzlich zu sein, hat mich mutiger gemacht als jeder billige Kick, den ich erlebt habe, und jetzt will ich mehr über mich selbst erfahren. Aus dem Grund habe ich beschlossen, eine Zeit lang auf Alkohol zu verzichten, wenn ich wieder zu Hause bin. Ich möchte mich nicht mehr betäuben.

Die Kameraleute kehren ins Zelt zurück und nehmen ihre Plätze ein. Auch Melanie dreht eine letzte Runde um uns herum und vergewissert sich, dass alles passt. Sie schiebt mich ein, zwei Zentimeter nach links, dann zieht sie sich an die Seite des Zelts zurück. Die Lichter gehen an und beleuchten den Eingang. Archie und Betsy tauchen auf, bleiben auf der anderen Seite des Jurorentisches stehen und sehen uns an, ein munteres Lächeln auf die Gesichter geklebt.

»Nun, wir hatten ein sehr intensives Gespräch«, beginnt Betsy, »doch am Ende war klar: Die Bäckerin des Tages ist ... Stella!« Neben mir sackt Stella in einer Mischung aus Schock und Erleichterung in sich zusammen.

»Danke«, murmelt sie und stützt sich leicht an der Tischplatte ab. »Danke.«

»Wir würden Sie alle gern bei uns behalten und Ihre Backkünste bewundern, aber Sie kennen diese Show, und wie bei jedem

Wettbewerb muss uns am Ende des Tages einer von Ihnen verlassen«, fährt Betsy fort.

»Der Bäcker ... die Bäckerin, der oder die morgen früh nach Hause fahren muss«, beginnt Archie mit bedauernder Stimme, »ist ...« Ich wappne mich und lächele in die Kameras, um zu zeigen, dass ich bereit bin. Archie zögert und sieht Betsy an, bevor er sich wieder uns zuwendet. »... Lottie.«

Ich hätte damit rechnen müssen, seit Betsy aus dem Zelt gestürmt ist, nachdem sie Lotties Kuchen gekostet hatte. Trotzdem bin ich schockiert. Den anderen geht es nicht anders. Ich sehe, wie sich ihre Augen vor Überraschung weiten. Ich schüttele den Kopf, fassungslos. Da muss ein Irrtum vorliegen. Lottie hat es nicht verdient, nach Hause geschickt zu werden.

»Es tut mir aufrichtig leid, Lottie, du bist eine großartige Bäckerin«, sagt Archie und sieht erneut zu Betsy hinüber. Mir entgeht nicht, dass etwas Unausgesprochenes zwischen ihnen steht, doch noch bevor ich mir einen Reim darauf machen kann, scharen sich die beiden Frauen um Lottie, umarmen sie und verabschieden sich von ihr.

Ich rühre mich nicht vom Fleck, bin wie betäubt. Lotties Kuchen war perfekt. Ich war fest davon überzeugt, dass Hannah uns heute verlassen würde, und ich wünschte mir, genau das wäre der Fall.

Ich beobachte, wie Hannah Lottie in den Arm nimmt – zweifelsohne für die Kameras. In den letzten Tagen hat sie kaum Hallo zu ihr gesagt. Ich denke an ihren nackten Fuß, der heute Morgen unter Archies Bettdecke hervorlugte. *Es gibt einen Grund, warum sie bleiben darf,* denke ich verbittert, doch ich tröste mich mit der Gewissheit, dass jemand wie Archie sie auf keinen Fall zur Siegerin küren wird. Sollte ihre Beziehung jemals ans Tageslicht kommen, wäre das das Aus für ihn, denn niemand würde ihm abkaufen, dass er Hannah nicht bevorzugt behandelt hätte.

Später öffne ich in der Bibliothek eine Flasche Chenin blanc. Mittlerweile habe ich die besten Weine geleert, stelle ich leicht verlegen fest. Ich nehme die offene Flasche mit zum Sofa, setze mich neben Lottie und lege die Füße auf den Couchtisch. Meine Stimmung ist umgeschlagen, ich bin sauer. Ich wünschte, ich könnte mehr tun, einen Weg finden, dass sie bleiben kann. Sie beäugt das Weinglas in meiner Hand.

»Ich dachte, der Buckle würde ihr eine andere Reaktion entlocken, aber da habe ich mich wohl geirrt.« Lottie seufzt.

»Sie fand den Kuchen wohl ungenießbar«, stichele ich. Lottie stößt mir spielerisch den Ellbogen in die Seite.

»Vielleicht habe ich etwas falsch gemacht.« Sie zuckt traurig die Achseln. »Ich habe den Buckle nie zuvor gebacken, habe mich lediglich, so gut es ging, an das Rezept gehalten. Möglicherweise war irgendeine Zutat falsch bemessen.«

»Das bezweifle ich. Die Aufzeichnungen deiner Mutter sind sehr gründlich.«

Lottie nickt. »Oh, heute beim Backen hatte ich übrigens eine Erinnerung. Ich glaube, meine Mutter hatte Angst – vor Richard Grafton.«

Ich horche auf. »*Und?*«

»Und was?«

»Glaubst du, er könnte ... du weißt schon ... ihr etwas angetan haben?«

Lottie schüttelt den Kopf. »Nein, das glaube ich nicht.«

»Ich im Grunde auch nicht«, pflichte ich ihr bei. »Das Foto erzählt etwas anderes. Die beiden sehen so glücklich darauf aus. Vielleicht hat seine Frau von der Affäre erfahren, und er musste Agnes aus dem Weg räumen?«

Lottie lässt sich meine Worte durch den Kopf gehen. »Es ist wirklich seltsam. Ich kann mir das nicht vorstellen. Er war ein so vornehmer Mann. Obwohl natürlich alles möglich ist. Ich hätte mir bis gestern Nacht ja auch nicht träumen lassen, dass meine Mutter eine romantische Beziehung mit ihm hatte. Aber warum hatte sie dann Angst vor ihm?«

Wir trinken unseren Wein, und ich zermartere mir das Hirn auf der Suche nach einer Möglichkeit, das Rätsel noch vor Lotties morgiger Abreise zu lösen. Ihr läuft die Zeit davon. Sie muss etwas tun, wenn dieses Unterfangen, auf das sie jahrelang hingearbeitet hat, nicht umsonst gewesen sein soll.

»Warum sagst du Betsy nicht einfach, wer du bist? Erklär ihr die Situation. Du hast jetzt doch nichts mehr zu verlieren. Vielleicht unterstützt sie dich sogar.«

Lottie sieht mich an, als hätte ich den Verstand verloren, aber dann lehnt sie sich zurück und atmet tief aus. »Ich habe vermutlich Angst.« Sie presst die Daumen auf ihre Augen und verharrt einen Moment reglos. Dann fährt sie fort: »Vielleicht will sie sich ja gar nicht mehr an mich erinnern.« Sie nimmt die Daumen herunter, öffnet die Augen, sieht mich an und lacht hohl. »Nach all diesen Jahren sorge ich mich immer noch darum, was sie von mir denkt. Wie bescheuert ist das denn? Das letzte Mal, als wir uns persönlich begegnet sind, war ich elf. Warum sollte sie sich an mich erinnern wollen?«

Ich stelle mein Weinglas auf einen Beistelltisch neben der Couch und drehe ihr das Gesicht zu. »Aber du musst dich deinen Ängsten stellen, Lottie, wenn du damit abschließen möchtest.« Ich berühre ihren Arm. »Du darfst das nicht wieder mit nach Hause nehmen.«

Ihre Hand, kühl und weich, landet auf meiner. »Wieso bist du plötzlich so weise?« Sie lacht.

»Bin ich gar nicht. Ich plappere nur das nach, was kluge Leute behaupten.«

»Nun, dann werde ich mich jetzt mal ans Packen machen.« Mit einiger Mühe stemmt sie sich vom Sofa hoch. Ich betrachte ihre zarte Gestalt, eingehüllt in eine der für sie typischen, viel zu weiten Strickjacken. Als Lottie auf die Tür zustrebt, werde ich von tiefer Traurigkeit erfüllt.

»Lottie?«, rufe ich ihr nach. Ich möchte ihr sagen, dass ich ihr helfe, dass ich die Suche nach ihrer Mutter fortführe, wenn sie weg ist, dass ich erst Ruhe geben werde, wenn ich herausgefunden habe, was mit Agnes passiert ist. Doch mein Selbstvertrauen schwindet, und ich frage mich, ob ich ihr wirklich von Nutzen sein kann.

Ich stelle mir Lottie in Rhode Island in einem kleinen Haus voller Krimskrams vor, ihre Tochter, die zum Tee vorbeikommt. Es ist ein so heimeliges Bild, dass ich ein bisschen neidisch werde. Ich, der junge Millionär, neidisch auf eine arme Frau Anfang siebzig? Lächerlich, aber wahr. Ich *bin* neidisch. Das Geheimnis um ihre Mutter wird vielleicht nie gelöst werden, aber schlussendlich geht es Lottie gut, wird mir klar, denn Lottie hat ein erfülltes Leben, in das sie zurückkehren kann. Wohin kehre ich zurück, wenn das hier vorbei ist? Selbst wenn es mir gelingen sollte, den Goldenen Löffel zu gewinnen, was dann? Ist es wirklich von Bedeutung? Auf mich wartet ein schickes, leeres Apartment voll Designermöbel und teurer technischer Spielereien, die mir das Leben leichter machen und Zeit ersparen. Aber was nützt mir das? Wofür soll ich Zeit sparen? Für weitere Beziehungen mit Frauen, die mich in den Wahnsinn treiben und an denen ich tief im Innern kein Interesse habe? Die ich letztlich sowieso auf die eine oder andere Weise enttäusche?

»Egal. Verabschiede ich mich eben morgen früh«, grummele ich vor mich hin, dann räuspere ich gegen den Kloß in meiner Kehle an und richte die Aufmerksamkeit auf ein Buch auf dem Couchtisch. *Fantastische Brûlées.* Das Cover verschwimmt vor meinen Augen. Zum ersten Mal seit Jahren, vielleicht seit mehr als einem Jahrzehnt, verspüre ich das Bedürfnis zu weinen.

Ich werde die *Bake Week* vermissen. Aber nicht wegen des Backens. Eine wirkliche Ehre war es mir, Lottie bei ihrer Suche nach Hinweisen auf den Verbleib ihrer Mutter zu unterstützen. Ich wünschte, mir bliebe mehr Zeit. Ich wünschte, ich könnte ihr tatsächlich helfen.

Ich werfe einen Blick auf die Uhr auf dem Kaminsims. 17:15 Uhr. Mir wird klar, dass ich nicht viel mehr tun kann. Das vertraute Gefühl der Leere kehrt zurück, stärker denn je. In mir bildet sich ein schwarzes Loch, das mich zu verschlingen droht.

LOTTIE

Während ich meine Sachen packe, höre ich ein zögerliches Klopfen an der Tür. Ich erwarte, Pradyumna zu sehen, bereit, mich in den Ostflügel zu Betsy Martin zu schleifen, aber als ich öffne, stelle ich überrascht fest, dass es Stella ist.

»Es tut mir so leid ... wegen heute«, stammelt sie. Ihr Kinn zittert, als würde sie jeden Moment in Tränen ausbrechen.

»Nein, nein. Das muss es nicht. Es war doch klar, dass das irgendwann passieren würde«, sage ich zu ihr, öffne weit die Tür und fordere sie auf einzutreten.

Stella durchquert mit hängendem Kopf das Zimmer und lässt sich schwer auf die Bettkante sinken. Sie wirkt zutiefst niedergeschlagen.

»Nein, du hättest niemals wegen dieses Kuchens rausfliegen dürfen. Ich habe ein Stück davon probiert – er schmeckt absolut köstlich.«

Ich lächele. »Danke, Stella. Aber ihr alle habt es verdient weiterzukommen. Mir geht es gut, wirklich.« Ich sehe sie genauer an. Unter ihren Augen liegen dunkle Ränder, ihr Gesicht wirkt eingefallen, als hätte sie nicht gut geschlafen. Ich kenne das. »Was ist mit dir?«, erkundige ich mich, ziehe mir den Schreibtischstuhl heran und setze mich ihr gegenüber. »Wie geht es dir?«

»Oh.« Sie wedelt vage mit der Hand, um ein Lächeln bemüht. »Na ja ...«

Ich beuge mich vor und warte darauf, dass sie fortfährt.

»Hattest du je das Gefühl, du wärest plötzlich auf dem richtigen Weg, nichts könnte dich aufhalten, und dann ... dann verlierst du einfach die Nerven?«

Mir dreht sich der Magen um. »Selbstverständlich.«

Stella lehnt sich auf dem Bett zurück und stützt sich auf die Unterarme. »Ach Lottie, woher wissen wir eigentlich, dass das, was wir tun, das Richtige ist? Ob wir etwas tun, was uns vorwärtsbringt, oder ob wir bloß ein großes Chaos anrichten?«

Ich denke über ihre Fragen nach. »Ich nehme an, das können wir nicht wissen. Wir müssen darauf vertrauen, dass unser Inneres uns sagt, wenn wir den falschen Weg einschlagen. Wir müssen lernen, auf unsere innere Stimme zu hören, wenn diese uns auffordert kehrtzumachen.«

Stella lässt sich meine Worte durch den Kopf gehen. Ihr Blick bleibt an etwas hängen, das hinter mir ist. Sie steht auf, macht ein paar Schritte und greift an mir vorbei auf den Schreibtisch.

»Was ist das?«, fragt sie, die Holzkiste mit den Rezepten in der Hand. Bevor ich ihr eine Antwort geben, geschweige denn entscheiden kann, ob ich ihr die Karteikarten meiner Mutter zeigen möchte oder nicht, hat sie sie schon geöffnet. Am liebsten hätte ich ihr die Kiste aus der Hand gerissen, um sie zu schützen. Ich habe sie gerade erst wiedergefunden, und ich weiß nicht, warum ich so große Angst davor habe, dass jemand sie sieht. Schließlich kann ich keinen Ärger bekommen, weil ich jetzt etwas besitze, was mir die ganze Zeit über hätte gehören sollen.

Ich sehe zu, wie Stella mehrere Karteikarten herauszieht. Sie ist ein nettes Mädchen, sie hat nicht vor, irgendwem zu schaden. Ich nehme an, es ist nichts Falsches daran, ihr die Wahrheit zu sagen, zumindest einen Teil davon.

»Das sind die Rezepte meiner Mutter.«

Stella blättert durch die Karteikarten und überfliegt die handgeschriebenen Rezepte. Bei jeder neuen Karte wird die Falte zwischen ihren Augenbrauen tiefer. Irgendwann reißt sie sich los und sieht mich mit weit aufgerissenen Augen an. In ihrem Blick liegt Verwirrung.

Sie hält eine Karte hoch und betrachtet sie eingehend. Darauf steht in der schrägen Handschrift meiner Mutter: *Agnes' Mandel-Engelskuchen.*

»Warte …«, sagt Stella unsicher. »Das ist exakt Betsys Engelskuchen-Rezept.«

Was meint Stella mit »Das ist exakt Betsys Engelskuchen-Rezept«? Es ist der Engelskuchen meiner Mutter. Ich sehe sie fragend an.

»Dieser Schichtenbiskuit entspricht eins zu eins dem Rezept in ihrem ersten Backbuch: *Betsy Martins Backbuch für alle Jahreszeiten*«, erklärt Stella. »Und *das* hier ist aus der zweiten Staffel der Fernsehserie *In der Küche mit Betsy Martin.*« Sie zeigt mir eine Karteikarte mit dem Rezept für eine herzhafte Tarte mit Lauch, Kräutern und Frischkäse. »Lottie, ich verstehe das nicht.« Sie blättert noch einmal durch die Karten und wird immer aufgeregter. »Die Rezepte sind nicht von deiner Mutter, sie sind von Betsy!«

Meine Brust wird eng. Wieso ist mir das all die Jahre nie aufgefallen? Ich habe sogar ein, zwei ihrer Bücher in einer Buchhandlung durchgeblättert. All die Fernsehsendungen, die ich mir mit meiner Tochter angesehen habe, ohne eins und eins zusammenzuzählen … Um ehrlich zu sein, hatte ich ihr ihren Erfolg stets verübelt, da sie als Kind keinerlei Interesse für das bekundete, was meine Mutter und ich so sehr liebten. Ich hatte nie verstanden, warum sie das Backen zu ihrer Profession machte. Die ganze Zeit über hatte ich im Dunkeln getappt, hatte nicht bemerkt, dass Betsy die Rezepte meiner Mutter als ihre eigenen ausgab, weil ich mich ohne die Holzkiste mit den Karteikarten nicht genau daran erinnern konnte.

Ich ziehe scharf die Luft ein, als ich mich mit Molly vor dem Fernseher sitzen sehe. Wir schauen uns eine von Betsys Shows an. »Glaubst du, Betsy hat das Backen von deiner Mom gelernt?«, fragte meine Tochter mich. Damals hatte ich den Kopf geschüttelt. Nein. Backen ist ein gängiger Zeitvertreib. Meine Mutter mochte Betsy vielleicht inspiriert haben, aber eine andere Verbindung sah ich nicht. Die Graftons achteten stets darauf, die »Hilfe« und ihr Kind – abgesehen von den gelegentlichen Verabredungen zum Spielen – von sich fernzuhalten, deshalb konnte ich mir nicht vorstellen, dass meine Mutter Betsy je eine gründliche Unterweisung in die Kunst des Backens gegeben hatte.

Jetzt allerdings weiß ich mit eiskalter Gewissheit, wem Betsy ihren Ruhm zu verdanken hat. »Betsy hat die Rezepte meiner Mutter gestohlen.«

»So etwas würde Betsy niemals tun«, erklärt Stella voller Überzeugung und klappt den Deckel zu.

»Ich muss jetzt packen«, sage ich und stehe abrupt auf.

»Und was ist mit den Rezepten? Lottie, da muss ein Irrtum vorliegen.« Ich erkenne, was Stella zu einer so guten Reporterin gemacht hat. Sie ist ausgesprochen neugierig, und sie scheint das unersättliche Bedürfnis zu verspüren, Dingen auf den Grund zu gehen, die Wahrheit herauszufinden. Ich darf nicht zulassen, dass sie sich einmischt. Es steht zu viel auf dem Spiel für sie. Außerdem habe ich schon jemanden in diesen Schlamassel hineingezogen, es wäre nicht fair, einen der anderen mit mir zu Fall zu bringen.

»Bitte mach dir keine Gedanken, Stella«, sage ich und öffne die Tür – ein Zeichen, dass sie gehen soll. Sie steht auf, und ich habe das Gefühl, ich hätte sie betrogen. Als sie an mir vorbei in den Flur hinausgeht, den Kopf zwischen die Schultern gezogen, wird mir wieder einmal bewusst, wie zerbrechlich sie wirkt, wie verletzlich. Es gibt so viele Menschen auf dieser Welt, die sich verzweifelt nach einer Mutter sehnen …

HANNAH

Sobald die Beurteilung vorbei ist, haste ich in mein Zimmer und schlüpfe in mein Workout-Outfit und Sneakers. Dann verlasse ich das Haus, um ein wenig zu joggen. Zumindest rede ich mir das ein.

Der Himmel ist schmutzig grau. Dicke, bedrohlich aussehende Wolken brauen sich erschreckend schnell am Horizont zusammen. Ich laufe am Straßenrand entlang in Richtung Grafton, voller Energie. Ob diese Energie von freudiger oder nervöser Erregung herrührt, kann ich nicht sagen, ich weiß nur, dass es mir nach dem langen Tag im Zelt guttut, die Lungen zu füllen und die Arme zu lockern, auch wenn die Luft dick und klebrig ist. Ich bin froh, dass ich mich bewegen kann.

Plötzlich sehe ich Archies Gesichtsausdruck vor mir, als er meinen Kuchen probiert, seine herzzerreißende Enttäuschung, wie er meinem Blick ausweicht, als er die Gabel sinken lässt. Ich versuche, die Bilder zu verdrängen, und überlege stattdessen, was ich anziehen soll, wenn wir uns heute Abend treffen. Ein niedliches Blümchenkleid oder etwas mit mehr Sex-Appeal? Das Kleine Schwarze vielleicht, das ich im Schlussverkauf erstanden habe? Ich bin froh, dass ich so viel eingepackt habe.

Ich erreiche den Rand des kleinen Städtchens, das ich auf der Fahrt hierher gesehen habe. »Städtchen« ist eher geprahlt, Grafton ist ein Dorf, die richtige Kleinstadt ist gut vierzig Meilen entfernt. Dort übernachtet das Team. Hier gibt es nur ein paar Häuser und einige wenige Geschäfte entlang des County Highway.

Ich verlangsame mein Tempo und gehe etwas außer Atem an einer alten Tankstelle, einem Kurzwarenladen, einer Pfandleihe und einem Goodwill-Supermarkt vorbei. Endlich sehe ich das Diner. Es ist ein Stück von der Straße zurückversetzt, davor befindet sich ein Parkplatz. Ich werfe einen Blick hinein. Es sieht ziemlich leer aus, die großen Fenster reflektieren die graue Welt draußen. Doch das ist mir egal. Das, was ich suche, befindet sich direkt neben dem Diner: eine öffentliche Telefonzelle. Erleichtert atme ich auf. Ich schaue verstohlen nach rechts und links, bevor ich mich der Telefonzelle nähere. Sie ist blau gestrichen, ein Lochmuster in den verrosteten Metallwänden stellt einen altmodischen Telefonhörer dar. Ein zerfleddertes Telefonbuch baumelt an einer Kordel von der Ablage. Die Tür fehlt. Ich betrete die Zelle, sorgfältig darauf bedacht, nicht die schmutzigen Seiten zu berühren, und ziehe eine Münze aus der Tasche meiner Yogahose, die eigentlich für Schlüssel gedacht ist. Ich habe sie vollgestopft mit sämtlichen Vierteldollar-Münzen, die ich in meinem Portemonnaie finden konnte.

Ich nehme den Hörer ab. Es tutet laut. Ich habe keine Ahnung, was das zu bedeuten hat. Ich habe noch nie ein öffentliches Telefon benutzt, geschweige denn einen Fernsprecher. Ich bete, dass das Geräusch normal ist und das Telefon funktioniert. Nervös stecke ich einen Vierteldollar in den dafür vorgesehenen Schlitz und höre, wie er scheppernd in den rechteckigen Metallkasten plumpst. Anschließend vergewissere ich mich noch einmal, dass mich niemand beobachtet. Der Parkplatz ist leer, abgesehen von einem stehen gelassenen Einkaufswagen. Ich drücke mir den schweren Hörer ans Ohr. Mit zittrigen Fingern tippe ich Bens Telefonnummer ein. Es klingelt mehrere Male, dann höre ich seine Stimme, die mir so vertraut ist wie meine eigene.

»Hallo?«

Mein Herz hämmert.

»Ich bin's. Ich rufe aus einer Telefonzelle an.« Ich versuche, ruhig zu sprechen.

»Hannah? Hi! Geht es dir gut? Wie ist es heute gelaufen? Was hast du gebacken?«

Für einen Moment bin ich versucht, ihm von dem Kuchen zu erzählen – dass die Buttercreme nicht richtig schmeckte und wie die Böden in den Silikonformen kleben blieben. Er weiß mehr als jeder andere, wie sehr ich mich mit meinen Buttercremes abmühe. Ben hat viele meiner weniger gelungenen Backwaren gegessen, ohne sich zu beschweren. Ich schlucke, unterdrücke das Bedürfnis, mit ihm zu quatschen, und rufe mir vor Augen, was ich zu tun habe. Die Hand um die Sprechmuschel gelegt, stoße ich hervor: »Ben, ich habe einen anderen kennengelernt.«

Am anderen Ende der Leitung herrscht Stille, und für einen kurzen Moment denke ich, die Verbindung wäre unterbrochen. Ich sehe ihn vor mir, wie er an unserem kleinen, weißen Ikea-Tisch sitzt und eine Tasse Kaffee aus seinem Lieblingsbecher mit dem Otter trinkt, die Jalousien vor dem Fenster mit Blick auf den Parkplatz neben unserem Mehrfamilienhaus geöffnet.

»Hallo, Ben?«

»Ich bin noch dran«, sagt er. »Ich versuche bloß zu verstehen, was du meinst. Wenn du sagst, du hast einen anderen kennengelernt ...«

»Es tut mir leid.« Ich versuche, die Tränen zurückzuhalten, die mir in die Augen steigen. »Ich dachte, es ist nicht fair, dir das zu verheimlichen.«

»Wow, Hannah.« Ich höre ein gedämpftes Ausatmen, gefolgt von bedeutungsschwerem Schweigen. Endlich spricht er weiter. »Das ging wirklich schnell. Ist es einer der Kandidaten?«

Ich sage nichts. Mein Blick ist fest auf das Diner geheftet. Ein zerbeulter Pick-up hält neben der Seitentür an. Die Fahrerin steigt aus, ohne mich zu bemerken, kurz darauf gehen die Lichter an.

»Es tut mir leid, Ben. Ich liebe dich sehr, das weißt du. Es ist bloß ... Zwischen uns läuft es doch schon länger nicht mehr gut.«

Ist das wahr? Ich komme mir vor wie eine Heuchlerin. Es mag vielleicht nicht mehr so gut zwischen uns funktionieren wie am Anfang, aber besonders schlecht läuft es doch auch nicht ... »Sobald ich zurück bin, hole ich meine Sachen ab.« Ich frage mich, wie es wohl sein wird, im Anschluss an die *Bake Week* nach New York oder Los Angeles zu gehen, wo Archie viel Zeit verbringt. Er hat gesagt, ich würde L. A. lieben, würde ausgezeichnet dorthin passen.

»Bist du sicher, dass du das wirklich willst?«, fragt er. Ich dachte, er würde weinen, doch das tut er nicht.

»Ich mache mir Sorgen um dich, Hannah. Ich möchte nicht, dass dich jemand ausnutzt.«

»Niemand nutzt mich aus.« Meine Stimme klingt schriller als beabsichtigt.

Damit habe ich nicht gerechnet. Ich dachte, er wäre am Boden zerstört, dachte, er würde um Erklärungen betteln. Er muss es noch nicht ganz begriffen haben. Ich stoße das Messer ein bisschen tiefer in die Wunde, nur um sicherzugehen, dass er kapiert, was ich ihm sagen will.

»Auf lange Sicht hätte das mit uns beiden sowieso nicht funktioniert.« Ich weiß nicht, warum ich das sage. Es ist so, als wäre ich nicht ganz bei mir und würde mir selbst beim Reden zuhören. Im Diner bindet sich eine Frau eine Schürze um, dann nimmt sie ihren Platz hinter einer langen Theke ein und fängt an, Ketchup und Ahornsirup nachzufüllen. So hätte ich auch enden können, mache ich mir bewusst.

»Vielleicht nicht«, pflichtet er mir bei. Seine Stimme klingt weit weg, und ich bekomme das Gefühl, dass die Distanz zwischen uns von Sekunde zu Sekunde größer wird. Ich verspüre den Drang, durch den Telefonhörer zu greifen und ihn am Kragen zu packen, damit ich ihm in die Augen sehen und feststellen kann, ob ich ihm noch etwas bedeute.

»Wir haben verschiedene Ziele. Wir sind völlig verschiedene Menschen, Ben.« Ich stelle mir vor, wie er auf der Couch liegt und seinen Jagdhund streichelt. Werde ich es vermissen, von Sam abgeschleckt zu werden? Auch wenn ich das niemals erwartet hätte, verspüre ich einen Stich in der Brust. Einen Schmerz, der größer und größer wird. Mir war nie klar, wie sicher ich mich bei Ben fühlte. Vielleicht habe ich seine Liebe für zu selbstverständlich gehalten. *Schluss damit, Hannah,* weise ich mich selbst zurecht. *Sicherheit bringt dich nicht weiter.*

»Du hast vermutlich recht«, sagt Ben, »allerdings kennst du meine Ziele doch gar nicht. Wir haben nie darüber geredet. Wir waren so sehr auf dein Backen konzentriert, dass nicht viel Zeit für anderes blieb.« Er spricht vollkommen sachlich, ist kein bisschen gemein, was es nur noch herzzerreißender macht.

Das kann doch nicht sein. Im Eiltempo gehe ich meine Erinnerungen durch, denke an all die Abstecher in die Geschäfte, wo ich etwas besorge, damit ich ein Rezept ausprobieren kann, das mir gerade eingefallen ist. An die täglichen Verkostungen an unserem Küchentisch. Es sind gute Erinnerungen. Dennoch darf ich die anderen, die weniger schönen, nicht einfach verdrängen: meine Wutanfälle, wenn etwas nicht nach Plan lief, meine schlechte Laune, wenn ich mich überfordert fühlte, die Zornausbrüche, die damit endeten, dass ich Geschirr auf dem Boden zerdepperte. Er wusste, dass ich nicht wirklich so war. Dass dies lediglich meinem Ehrgeiz geschuldet war, den ich selbst nach einer langen, erschöpfenden Schicht in Polly's Diner noch an den Tag legte. Das musste er doch wissen, oder nicht? Und ich hätte ihm bestimmt zugehört, wenn er etwas Interessantes zu sagen gehabt hätte. Ich hätte ihn ermutigt. Oder etwa nicht?

»Hannah?« Seine Stimme klingt sanft, bittend. Ich wappne mich. Jetzt wird er mich anflehen zu bleiben, mir sagen, dass er nie jemanden mehr geliebt hat als mich. Ich schließe die Augen und warte.

»Ja?«

Seine Stimme am anderen Ende der Leitung wirkt so viel älter und reifer, als ich sie in Erinnerung habe. Ich schlucke den Kloß hinunter, der sich in meiner Kehle gebildet hat, und unterdrücke ein Schluchzen.

»Pass auf dich auf, okay?«

Langsam hänge ich den Hörer auf. Es ist geschafft.

Als ich aus der Telefonzelle trete, ist der Himmel über mir ist nicht mehr grau, sondern schwarz. So wie es aussieht, wird er jeden Augenblick seine Schleusen öffnen. Mit hämmerndem Herzen jogge ich zur Straße, laufe mit immer schnelleren Schritten am Supermarkt und an der Tankstelle vorbei und schlage den Weg zurück nach Grafton Manor ein. Auf der Landstraße wird mich niemand anhalten und fragen, was ich dort zu suchen habe.

Keiner hat dich gesehen, versuche ich mich zu beruhigen. Ich bin bloß ein junges, blondes Mädchen in einem Sport-Outfit, das seine abendliche Joggingrunde dreht. Trotzdem kann ich die Furcht nicht abschütteln, die mich gepackt hat, den Schmerz, der mir das Herz abschnürt. Ich versuche, mir einzureden, es wäre gut, dass es so einfach war, mit Ben Schluss zu machen. Nun bin ich frei und kann mit Archie zusammen sein. Doch als ich in die schmale Straße einbiege, die nach Grafton Manor führt, kommt mir das Ganze seltsam vor. Ich soll auf mich aufpassen? Was meint er damit?

Als ich über die Zufahrt jogge, spüre ich die ersten Regentropfen auf meinen Armen. Plötzlich bin ich wütend auf Ben. *Ich* war diejenige, die angerufen hat, um mit ihm Schluss zu machen, und er dreht den Spieß um und tut so, als müsse er sich Sorgen um mich machen! Wie kann er es wagen, mich zu behandeln wie ein Baby! Ich hatte so eine Angst, seine Gefühle zu verletzen, aber jetzt bin ich froh, dass ich erfahren habe, was er tatsächlich die ganze Zeit über mich gedacht hat: Er hält mich für ein verwöhntes

Kind, unfähig, vernünftige Entscheidungen zu treffen. Ich werde ihm zeigen, wie sehr er mit seiner Einschätzung danebenliegt, indem ich völlig verändert aus diesem Wettbewerb hervorgehe. Er wird schon sehen, dass er keinen Grund hatte, sich um mich Sorgen zu machen, wenn ich erst einmal eine erfolgreiche Fernseh-Bäckerin bin.

Wenn ich Archie Morris' Freundin bin.

GERALD

Seit nunmehr fast neun Stunden sitze ich auf diesem Balkon, und möglicherweise habe ich mich verschätzt, was die Eignung dieses Aussichtspunkts betrifft. Bislang konnte ich keinen Saboteur ausmachen. Der dritte Backtag ist längst vorüber, und mein Plan sah nicht vor, dass ich so lange hier oben ausharre. Jetzt wird mir klar, dass ich die Zeit nicht so effizient genutzt habe, wie es vielleicht möglich gewesen wäre. Ich hätte nach Hinweisen, *Beweisen* suchen sollen. Hätte ich den Tag damit verbracht, die Räume der anderen zum Beispiel nach einem dort versteckten Kanister Benzin zu durchforsten oder einer doppelten Ausführung der Zucker- und Salzbehälter, hätte ich jetzt etwas in der Hand. Etwas, womit ich weitermachen könnte. Aber dafür ist es nun zu spät. Die anderen sind wieder im Haus, wahrscheinlich in ihren Zimmern, und die Gefahr, ertappt zu werden, wenn ich unbefugt durch die Gänge schleiche, ist einfach zu groß. Um diese Zeit ist am meisten los in Grafton Manor: Die Angestellten bereiten das Abendessen vor, es ist ein ständiges Kommen und Gehen. Mir ist klar, dass ich mich mit meiner Suche gedulden muss.

Dieser Gedanke wühlt mich auf. Rein gar nichts läuft so, wie ich es geplant hatte. Ich greife in meine Tasche, ziehe einen weiteren Energieriegel hervor – mein Abendessen – und nehme auch schon die kleine Taschenlampe für später heraus. Es ist tröstlich, so gut vorbereitet zu sein, vor allem, wenn nichts nach Plan läuft.

Ich richte mich vorsichtig auf, sorgfältig darauf bedacht, keine losen Steine zum Absturz zu bringen, und schiebe den Kopf Zentimeter für Zentimeter über die Brüstung. Eine rosa gekleidete Gestalt läuft die Zufahrt herauf. Als sie näher kommt, sehe ich, dass es Hannah ist. Anscheinend ist sie eine Runde gejoggt. Es hat angefangen zu regnen, dicke Tropfen platschen auf den Rand des Balkons. Ich setze mich wieder, den Rücken an die Hauswand gedrückt, um nicht nass zu werden.

Von unten dringt plötzlich eine Männerstimme zu mir herauf.
»Ich hab's nicht geschafft. Irgendwie hat sich keine günstige Gelegenheit ergeben.«

»Du hattest jede Menge Zeit. Ich habe die anderen sogar abgelenkt, damit du zuschlagen kannst«, erwidert eine Frauenstimme ungnädig.

»Findest du nicht, dass wir diese Woche schon genug Drama hatten?«

»Dafür könnt ihr euch bei mir bedanken. Diese Staffel ist jetzt schon so viel besser als alle anderen.«

»Was war heute eigentlich mit Betsy los? Lottie nach Hause zu schicken, war doch wohl ein Witz!«

Ich horche auf, überrascht, dass Lottie die Show verlassen wird, obwohl sie über exzellente Backfertigkeiten verfügt. Die Wahrscheinlichkeit, dass Stella oder Pradyumna rausfliegen würden, war um einiges höher.

»Verrückt, ja, aber nichts kann Geralds Zusammenbruch toppen.«

»*Das* war erstklassiges Fernsehen.«

Ich zucke zusammen, als ich meinen Namen höre. Vorsichtig richte ich mich wieder auf, trete geduckt an die Brüstung und beuge mich ein kleines Stück vor, gerade so weit, dass ich erkennen kann, wer da spricht, aber das Einzige, was ich sehe, ist eine weiße Dampfwolke.

»Komm, es fängt an zu regnen.«
»Lass uns ins Hotel fahren.«
»Gleich. Ich muss nur noch schnell etwas im Zelt überprüfen.«
»Wir treffen uns am Wagen.«

Ich werde die Gelegenheit verpassen, die Saboteure auf frischer Tat zu ertappen, und das darf nicht passieren. Ich blicke mich eilig um. Wenn ich jetzt losrenne, kann ich durchs Haus abkürzen und sie abfangen, wenn sie zum Parkplatz gehen. Den Kopf zwischen die Schultern gezogen, tappe ich zu der Tür in meinem Rücken und rüttle vorsichtig daran. Den Bauplänen nach gelange ich von hier aus in einen Salon im Ostflügel, von dem aus ich fast unmittelbar auf den breiten Treppenabsatz oberhalb des Foyers gelange. Die Tür gibt nicht nach. Was habe ich mir bloß gedacht?, frage ich mich und wundere mich schon wieder über mich selbst. Warum sollte Betsy Martin an einem so abgeschiedenen Ort wie Grafton Manor die Balkontüren offen lassen?

Ich wende mich wieder zur Brüstung um, lehne mich leicht dagegen und blicke nach unten. Hinunterzuklettern, auf dem Weg, den ich gekommen bin, ist in der Dunkelheit zu gefährlich. Panik steigt in mir auf. Die Saboteure entfernen sich bereits. Ich kann gerade noch die schlanke Gestalt der Frau ausmachen, die die Haare zu einem glänzenden Knoten am Oberkopf zusammengeschlungen hat. Sie dreht sich zur Seite, um etwas zu dem Mann zu sagen. Das Licht aus einem der Fenster fällt auf ihr Profil.

Es ist Melanie. Ich beuge mich weiter vor. Jetzt muss ich nur noch herausfinden, wer der Mann ist, dann kann ich Betsy Martin die beiden Namen nennen, kann ihr erklären, was bei der *Bake Week* passiert ist, damit der Wettbewerb noch einmal ausgetragen wird, diesmal unter fairen Bedingungen.

Ich beuge mich noch mehr vor, den Bauch gegen die Brüstung gestützt, verrenke mir förmlich den Hals, um besser sehen zu können. Regen prasselt auf meinen Hinterkopf. Der Mann zieht eine weiße Dampfschwade hinter sich her. Ich muss sein Gesicht sehen. Muss die beiden auf dem Weg zum Parkplatz abpassen. Ich muss sie zu den anderen bringen, ihnen mitteilen, was sie getan haben. Betsy wird gewiss dafür sorgen, dass sie angemessen bestraft werden.

Als ich mich eilig von der Brüstung abstoße, spüre ich, wie sie nachgibt. Ich gerate aus dem Gleichgewicht, versuche, mich irgendwo festzuhalten, doch meine Hände greifen nur nach den grünen Ranken rechts und links am Haus, die abreißen, als ich mich daran klammere. Steine stürzen in die Dunkelheit, und ehe ich weiß, wie mir geschieht, stürze ich mit ihnen, falle über die Kante in die Tiefe.

STELLA

Ich bin in meinem Zimmer, das Ohr ans Türblatt gedrückt, und warte darauf, dass Hannah sich davonstiehlt. Seit Stunden sitze ich so da, einen Stuhl an die Tür gerückt, mein Notebook aufgeklappt auf dem Schoß. Ein tiefes Donnergrollen erschüttert Grafton Manor. Der Regen hat bereits eingesetzt, zuerst prasselt er nur leise gegen die Fensterscheiben, doch er wird von Sekunde zu Sekunde stärker. Ich fühle mich verletzlich.

Der Besuch bei Lottie hat mir zugesetzt. Was hat sie damit gemeint, als sie behauptete, die Rezepte stammten von ihrer Mutter? Sie mögen vielleicht unterschiedliche Namen tragen, aber ich kenne diese Rezepte, sie haben sich mir ins Gedächtnis eingeprägt, im letzten Jahr, als ich Betsy Martins Backbücher so intensiv studiert habe. Ich spüre, wie sich mein Reporterinnengehirn einschaltet und darauf brennt, Genaueres herauszufinden, aber ich habe jetzt schlichtweg nicht die Zeit, dieses Rätsel zu lösen. Nicht ausgerechnet jetzt. Im Augenblick habe ich mehr als genug um die Ohren.

Ich habe bereits mit meinem Artikel begonnen, und ich bin fest entschlossen, die Story herauszubringen. Sobald sie fertig ist, werde ich sie Rebecca schicken. Sie ist die letzte Freundin, die ich bei der *Republic* noch habe, die einzige, mit der ich in Kontakt geblieben bin. Sie wird mir helfen, die Story unter folgender Schlagzeile zu veröffentlichen: BELIEBTER STARBÄCKER BEIM SEX MIT JUNGER KANDIDATIN ERTAPPT. Der Artikel wird durch die Decke gehen, und er wird Archies Karriere beenden. Und ich hoffe inständig, dass er *meine* Karriere wiederbeleben wird.

Doch gleich darauf schüttele ich unwillig über mich den Kopf. Du *hast gekündigt, hast du das etwa vergessen?* Davon abgesehen, geht es mir hierbei nicht um meinen Ruhm. Ich lasse Archie auffliegen, um das Machtungleichgewicht zu stoppen, das schon viel zu lange andauert.

Endlich höre ich das Klicken einer sich öffnenden Tür. Sie wird wieder geschlossen, dann huschen Schritte vorbei. Ich warte mehrere Herzschläge lang, bevor ich meine Tür ein winziges Stück öffne und hinaus in den Flur spähe. Es ist Hannah, genau wie ich gehofft hatte. Sie trägt ein kurzes schwarzes Kleid und hohe Stiefel, die das dazwischenliegende Stück heller Haut zart und kindlich aussehen lassen. Ich sollte sie aufhalten, wird mir klar. Ich könnte mein Zimmer verlassen und sie rufen, bevor sie eine Dummheit begeht, bevor sie verletzt wird. Aber ich will sie nicht aufhalten. Ich will meine Story.

Ich bereite mich mental vor und hole tief Luft. Der Flur kommt mir dunkler vor als sonst, als ich zur Tür hinausschlüpfe und, dicht an die Wand gepresst, auf den passenden Moment warte, die Verfolgung aufzunehmen. Hannah geht die Treppe hinunter in den ersten Stock. Ich bleibe geduckt stehen und beobachte, wie auch sie auf dem Treppenabsatz oberhalb des Foyers verharrt und unschlüssig zum Ostflügel blickt. Sie wischt sich die Handflächen am Kleid ab und kämmt sich mit den Fingern die Haare. Ich ziehe mein Notebook aus der Tasche und mache mir ein paar schnelle Notizen.

Als ich wieder aufschaue, steigt Hannah drüben die Treppe hinauf, eilt zielstrebig und selbstbewusst zum Ostflügel. Vor der Glastür zögert sie nur eine knappe Sekunde, dann verschwindet sie dahinter. *Verdammt! Ich darf sie jetzt nicht aus den Augen verlieren!* Mein Herzschlag rauscht und dröhnt in meinen Ohren wie das Innere einer Muschelschale.

Ich laufe ihr nach, dann warte ich vor der Glastür, die Hand auf die Klinke gelegt, bis sie ein gutes Stück den Flur entlanggehuscht ist. Ein weiterer Donner grollt draußen. Die Luft fühlt sich spannungsgeladen an, elektrisch. Die unbehagliche Ruhe vor dem Sturm, bevor er sich mit voller Wucht über uns entlädt.

Als Hannah weit genug weg ist, drücke ich die Klinke hinunter und folge ihr in gebührendem Abstand, dicht an die Wand gepresst, jederzeit bereit, mich, falls nötig, in einer Türöffnung zu verstecken. Es ist nicht nötig, denn sie dreht sich zum Glück nicht um.

Vor einer der Zimmertüren bleibt sie stehen. Ich beobachte, wie sie den Saum ihres Kleids zurechtzupft und ihre Ponyfransen glatt streicht. Dann öffnet sie, ohne anzuklopfen, die Tür und tritt ein.

Ich will mich gerade erneut in Bewegung setzen, als mir klar wird, dass ich ihnen etwas Zeit geben muss, wenn ich sie in flagranti erwischen möchte. Ich kann mir nicht vorstellen, dass es lange dauern wird, bis Archie zur Sache kommt. Außerdem ist Hannah nicht gerade die beste Gesprächspartnerin, selbst wenn geistreiche Schlagfertigkeit bestimmt nicht das ist, wonach er sucht. Trotzdem muss ich mich noch etwas gedulden, wenn ich wirkliche Beweise liefern will. Ich ducke mich mit meinem Notebook in die Türöffnung auf der gegenüberliegenden Seite des Flurs und warte.

Gedämpftes Gemurmel dringt zu mir heraus, und ich frage mich, was sie gerade tun. Hat er ihr bereits das Kleid abgestreift? Ich stelle mir Hannah vor, wie sie in seinem Bett liegt, verletzlich, während Archie Morris über ihr aufragt und gierig die Hände nach ihr ausstreckt.

Ich zucke zusammen, als ich begreife, dass ich in Wirklichkeit nicht Hannah auf dem Bett liegen sehe. Ich sehe mich, und es ist nicht Archie, der über mir aufragt und mir ungewollte Avancen macht, sondern ein Mann namens Hardy, Hardy Blaine, für den ich bei der *Republic* gearbeitet habe. Wie Archie war Hardy um einiges älter und um einiges erfahrener als ich zu jener Zeit. Er war der Mann, der die *Republic* gegründet hatte, eine Berühmtheit innerhalb der Redaktion. Mein Held. Ich war völlig aus dem Häuschen, als er auf mich aufmerksam wurde, Vorwände erfand, um an meinem Schreibtisch stehen zu bleiben, und mich nach meiner Meinung zu Story-Ideen für die Website fragte. Ich hatte mich unendlich geschmeichelt gefühlt. Nach jahrelanger beruflicher Unsichtbarkeit hatte er mich endlich bemerkt. Ich genoss es.

Nach zwei Jahren bei der *Republic* wurde ich zu einer Geschäftsreise nach Los Angeles eingeladen, um an einem schicken Abendessen teilzunehmen, bei dem Hardy stellvertretend für die *Republic* eine Auszeichnung entgegennehmen würde. Ich saß mit ihm und einigen anderen an einem Tisch. Ich trug eine Samtrobe von Halston, natürlich geliehen, dazu Diamantohrringe, eine Leihgabe von Rebecca. Es waren nur einige andere Reporter und Herausgeber dabei. Ich war die einzige weibliche Person aus unserer Redaktion und noch dazu die jüngste. Ich fühlte mich sehr geehrt. Damals dachte ich, es sei ein Zeichen dafür, dass mein Leben vor einem Umbruch stand. Dass meine Karriere eine neue, Erfolg versprechende Richtung einschlagen würde.

Nach der Verleihung beugte sich Hardy über den Tisch. »Wenn wir wieder im Hotel sind, stoßen wir darauf an«, sagte er, und ich freute mich riesig darüber, dass er in mir jemanden sah, mit dem er feiern konnte, jemanden auf Augenhöhe. Ich fühlte mich selbstsicher und bestätigt und blickte voller Optimismus in meine berufliche Zukunft.

Wir kehrten ins Oriental zurück und suchten die Hotelbar auf. Unsere harte Arbeit hätte sich ausgezahlt, sagte er, als die Gruppe sich um ihn scharte, und bestellte uns Drinks. »Beim nächsten Mal wirst du den Preis entgegennehmen«, sagte er zu mir und reichte mir einen Manhattan, ohne mich zuvor gefragt zu haben, was ich trinken wollte. Ich mochte nicht undankbar oder schwierig erscheinen, also nahm ich den Cocktail, obwohl ich Whisky hasse.

Da ich zum Abendessen schon Wein getrunken hatte, spürte ich den Alkohol sofort. Zuerst machte er mich euphorisch und versetzte mich in Plauderstimmung. Ich erinnere mich, dass ich an der Bar stand und plapperte und plapperte, bis alle anderen gegangen und nur noch er und ich da waren. »Weißt du eigentlich, wie schön du bist?«, fragte er. »Oh, das sollte ich vermutlich nicht sagen.« Er hielt defensiv die Hände in die Höhe. Ich versuchte, über den Ehering an seinem Finger hinwegzusehen.

Mein Kopf drehte sich, als wir den Aufzug zu seinem Zimmer nahmen. Als wir dort ankamen, drehte er mich zu sich um und küsste mich heftig. Sein Mund schmeckte sauer, widerte mich an, doch ich dachte, nachdem er mich geküsst hatte, könnte ich gehen. Ich erinnere mich vage, dass ich auf wackligen Beinen zur Tür ging, aber ich war plötzlich so müde, so schrecklich müde.

»Leg dich einfach hin, bis du wieder nüchtern bist«, schlug er mir vor und führte mich zum Bett. Ich schloss die Augen, als er mich berührte. »Mir ist schwindelig«, sagte ich. »Leg dich einfach hin«, wiederholte er und zog mich mit sich auf die Matratze. Dann wurde mir schwarz vor Augen. Ich kämpfte dagegen an, das Bewusstsein zu verlieren. Ich spürte, wie ich Angst bekam, aber es war die Angst, ich könnte mich blamieren, könnte ohnmächtig werden oder mich erbrechen.

Als ich wieder zu mir kam, war ich nackt. Ein Laken lag neben mir. Ich rollte mich verwirrt herum und zog es über mich, bis über die Brust. Mein ganzer Körper pochte. Das würde ein gewaltiger Kater werden!

Hardy saß neben mir, ans Kopfende gelehnt, und las etwas auf seinem Handy, die Lesebrille auf die Nasenspitze geschoben.

Graues Morgenlicht erhellte die Fenster. Er sah gut aus, sogar erfrischt. Er sah auf mich herab, und ich rollte mich bestürzt und voller Furcht zusammen. »Du hast ganz schön viel getrunken«, sagte er. »Vielleicht solltest du dich etwas frisch machen.«

Heute wird mir schlecht, wenn ich daran zurückdenke, wie schnell ich tat, was er sagte. Gedemütigt erhob ich mich von dem Bett und schlüpfte, ohne ihn anzusehen, in meine Kleidung, dann kehrte ich in mein Zimmer zurück. Im Bad rieb ich mit einem Waschlappen unter den Augen hin und her und versuchte, die Wimperntusche zu entfernen, die dort verschmiert war.

Meine Haut hatte eine ungesunde gelbliche Farbe, mein Haar war verknotet. An meinem Oberschenkel bildeten sich mehrere tiefblaue Hämatome in Form und Größe von Daumenabdrücken. Ich nahm eine schmerzhaft heiße Dusche, um den Kater und eine neue Art von Furcht wegzuspülen, die sich in meiner Brust breitmachte.

Wir flogen nach New York zurück, als wäre nichts zwischen uns passiert. Tatsächlich verhielt Hardy sich mir gegenüber distanzierter und professioneller denn je zuvor. Wir tauschten uns kaum noch aus, und wenn, dann nur oberflächlich. Je mehr er mich ignorierte, desto mehr fragte ich mich, ob in jenem Hotel tatsächlich etwas zwischen uns geschehen war.

Jetzt, in Betsy Martins Flur, schnappe ich nach Luft. Die Angst ist abermals da, so wie sie immer wiederkehrt, heiße Panik, die in meiner Brust aufsteigt und mich verschlingt. Wieder einmal verengt sich mein Gesichtsfeld, wird dunkler und dunkler, bis ich nur noch zwei verschwommene Lichtpunkte ausmachen kann. Das Blut rauscht in meinen Ohren. Ich bin nicht nur wegen Hannah hier. Ich bin meinetwegen hier. Ich will mir selbst helfen, indem ich sie rette. Ich höre etwas in Archies Zimmer – Gemurmel, eine flehentliche Stimme. Wenn ich ihn doch nur bloßstellen könnte! Ich husche über den Flur und strecke die Hand nach der Tür aus, doch ich spüre, wie ich mehr und mehr das Bewusstsein verliere. Ich drücke die Klinke hinunter, und die Tür springt in dem Moment auf, als die beiden Lichtpunkte, die meine Pupillen noch wahrnehmen, zu erlöschen drohen, als würde man eine Kerze ausblasen.

PRADYUMNA

Es ist offiziell. Ich habe all den guten Wein getrunken. Mein Glas und die letzte Flasche französischer Rotwein, die hier in der Bibliothek zu finden war, stehen auf dem Tisch vor mir. »Das geht ganz und gar nicht«, sage ich zu mir selbst, stemme mich von der Couch vor dem Kamin hoch und spüre, wie sich der Boden unter mir hebt und senkt wie der Bug eines Schiffes. Ich schwanke zur Hausbar. Sicher, dort finde ich eine anständige Auswahl an Scotch, ein, zwei Flaschen Wodka und etwas Brandy – mal ehrlich, wer trinkt schon Brandy? Außerdem habe ich den Abend mit Wein begonnen, und ich habe vor, dabei zu bleiben. Es kann ja nicht sein, dass nur in der Bibliothek Wein bevorratet wird. Hier ist er ja noch nicht einmal richtig temperiert! Nein, er muss anderswo gelagert sein, womöglich in einem eigenen Weinkeller. Ich verlasse die Bibliothek und torkele durch den Flur. Das Gefühl meiner seltsam ausschlagenden Beine bringt mich zum Kichern. So betrunken war ich schon eine ganze Weile nicht mehr. Ich muss mehr Wein in mich hineingeschüttet haben, als mir bewusst war. Ups!

Als ich ins Foyer gelange, bin ich versucht, nach oben zu gehen und an Lotties Tür zu klopfen, um mich zu vergewissern, dass es ihr gut geht. Vielleicht kann ich sie zu dem Abenteuer überreden, sich mit mir auf Weinsuche zu begeben. Ich steuere auf die Treppe zu, doch dann fällt mir ein, dass sie Grafton Manor morgen früh verlässt, und ich bleibe abrupt stehen. Es ist ein echter Schlag in die Magengrube, Lottie so zu verlieren, denn sie ist wirklich absolut klasse.

Ärgerlich mache ich kehrt. Ich muss allein weitermachen. Wie immer. Aber kein Herumschleichen mehr, um irgendwelchen Geheimnissen auf die Spur zu kommen. Jetzt ist meine Mission simpel: Wein. Ein Blitz zuckt durch die Fenster im Foyer, gefolgt von einem Donner, der das Haus erbeben lässt.

Ich tappe weiter in den Gang, der zur Küche führt. Wenn es hier irgendwo einen Weinkeller gibt, dann wahrscheinlich dort, in dem kühlen, etwas tiefer gelegenen Flügel.

Ich betrete die Küche und bleibe stehen, um mich ein wenig umzusehen. Ich war schon mehrfach hier. Oft steht eine Kanne Kaffee auf einer der Anrichten, die das Team nicht getrunken hat, und die nehme ich mir dann mit. Jetzt ist alles still und dunkel. Regentropfen prasseln gegen die beiden kleinen Fenster rechts und links des breiten Herds. Ich öffne einen der Schränke. Auf dem unteren Regal befindet sich ein ordentlicher Stapel Rührschüsseln, darüber eine Reihe von nagelneu aussehenden Tortenständern. Ich berühre eine davon und stelle fest, dass meine Fingerspitzen voll Staub sind. Neugierig öffne ich einen weiteren Schrank. Er ist fast leer, nur etwas Zucker und mehrere ungeöffnete Packungen Tee sind darin. Die Küche wurde offensichtlich seit Jahren nicht mehr benutzt. Ich denke an Lotties Mutter, die hier unten so hart für die Familie Grafton gearbeitet hat.

Meine Finger streichen über die Kerben in dem großen Tisch, während ich mir Richard Grafton vorstelle, der eine Affäre mit der Hilfe hatte und gleichzeitig von ihr erwartete, dass sie Tag für Tag die Mahlzeiten für seine Familie zubereitete. Ich frage mich, ob Agnes es einfach nicht länger ausgehalten hatte, dass sie deshalb fortgegangen war. Doch das würde nicht erklären, warum sie damals Lottie zurückließ. Wenn es doch nur irgendeinen Hinweis auf den Grund für ihr Verschwinden geben würde! Ehe ich mich's versehe, öffne ich auch den Rest der Schränke, auf der Suche nach irgendetwas, was helfen könnte, eine Erklärung zu liefern.

Doch bis auf einige Tellerstapel und mit Spinnweben überzogene Küchenutensilien finde ich nichts, was mich weiterbringen würde. Keine hastig in die Innenseite des Küchenschranks geritzte Nachricht, keinen eilig verfassten Abschiedsbrief, der praktischerweise fünfzig Jahre dort lag, vergessen, nur damit ich ihn jetzt entdecke. Ich muss mich damit abfinden, Lottie nicht weiterhelfen zu können, nutzlos zu sein. Und ich muss überhaupt damit aufhören, mich in diese Geschichte einzumischen. Agnes, die Graftons, selbst Lottie – sie haben nichts mit mir zu tun. Am besten, ich lasse das Ganze auf sich beruhen und verbuche es unter Erfahrungen. Nach dieser Woche kehre ich in mein luxuriöses Apartment zurück, nehme vielleicht Reitunterricht oder mache einen langen Urlaub auf Bali.

Ich verlasse die Küche und gehe weiter den Flur entlang auf der Suche nach einer Tür, die in den Weinkeller führen könnte. Endlich stoße ich auf eine Glastür zu meiner Rechten. Ich drücke das Gesicht dagegen und sehe Holzregale mit Weinregalen voller Flaschen, eine Reihe neben der anderen. Wundervoll. Ich spüre, wie sich mein Körper vor lauter Vorfreude, eine Flasche mit irgendeinem ganz besonders guten Tropfen zu entkorken, entspannt. Vielleicht einen Weißen Burgunder oder einen Chardonnay aus den Mâcon-Villages im südlichen Burgund.

Gerade als ich die Tür aufziehen will, hallt ein markerschütternder Schrei durch den Gang.

HANNAH

Ich packe. Stopfe fieberhaft meine Sachen in den Koffer, wobei ich mir nicht mal mehr die Mühe mache, sie von den Kleiderbügeln zu nehmen. Während ich ganze Arme voll Make-up von den Badezimmerablagen in mein Beautycase fege, fällt mein Blick auf mein Spiegelbild. Meine Haare sind zerzaust, meine Augen gereizt und gerötet. Ohne die falschen Wimpern sehe ich nackt aus, kindlich. In mir drinnen fühle ich mich tatsächlich wie ein Kind. Ein dummes Kind. Mein einziger Gedanke, als ich mich jetzt betrachte, ist: *du Idiotin*.

Die Sache mit Archie war ein schrecklicher Fehler. Das begreife ich jetzt. Schaudernd gehe ich die letzte Stunde im Kopf noch einmal durch. Ich weiß nicht, wie ich so naiv, so unglaublich dämlich sein konnte, auch nur irgendetwas von dem zu glauben, was er zu mir gesagt hat. Keine Ahnung, was schlimmer ist: die Demütigung oder die Enttäuschung. Ich war so aufgeregt gewesen, hatte es kaum erwarten können, Archie zu erzählen, dass ich mit Ben Schluss gemacht hatte, doch er wirkte fahrig, beinahe verärgert deswegen.

Dabei hatte ich mich so selbstsicher gefühlt, als ich mich fertig machte. Ich hatte mir die Angst ausgeredet, die ich zuvor verspürt hatte, indem ich mir immer wieder sagte: Das ist dein Ziel. Du gewinnst die *Bake Week,* damit du mit Archie zusammen sein kannst. Du tust das Richtige. Ich zog das schwarze Kleid und die hohen Stiefel an, dann wartete ich, bis ich mir sicher sein konnte, dass er in seinem Zimmer war. Ich durfte nicht riskieren anzuklopfen, also schlüpfte ich einfach hinein.

Archie fuhr zusammen, als er mich hörte. Er saß im Bett, in

Unterhose und T-Shirt, und schaute auf sein Handy. Plötzlich kam ich mir overdressed vor in meinem Kleid, und ich verpasste mir innerlich eine Ohrfeige, weil ich es angezogen hatte. Ich wartete darauf, dass er anfing zu grinsen und mich zu sich aufs Bett zog, doch stattdessen blickte er nervös zur Tür.

»Du solltest nicht hier sein«, sagte er und stand auf.

»Niemand hat mich gesehen«, versicherte ich ihm und lachte kokett.

»Ich muss noch einiges erledigen, berufliche Dinge«, teilte er mir abweisend mit. »Ich hab jetzt keine Zeit.«

Das Lächeln erstarb auf meinem Gesicht, als ich merkte, dass er es ernst meinte.

»Ich kann später wiederkommen.«

»Nein, nein, tu das nicht.« Er senkte die Stimme. »Es tut mir leid, aber wir können das nicht wiederholen, Hannah.«

Ich taumelte zurück, als hätte er mich in den Magen geboxt. »Aber *warum nicht?*«, wollte ich wissen. »Du wolltest mich doch nach L. A. mitnehmen ...« Er wandte den Blick ab. »Du hast gesagt, du willst mich dabei unterstützen, mir eine eigene Karriere aufzubauen!«

»Ach, Hannah, du bist ein süßes Mädchen und ganz bestimmt äußerst talentiert.« Er vermied es, mir beim Sprechen in die Augen zu schauen. Stattdessen heftete er den Blick auf das schwarze Display seines Handys. Ich kam mir sehr jung und sehr dumm vor.

»Süß?« Meine Stimme schnellte in die Höhe, meine Hände ballten sich zu Fäusten.

Er machte einen großen Schritt auf mich zu, legte mir die Finger auf die Lippen und bedeutete mir, leise zu sein. »Ich habe gestern einen Fehler gemacht. Ich muss an meine Karriere denken, genau wie du. Wir hätten das nicht tun dürfen.«

»Was? Du hast gesagt, du willst mein Mentor sein, willst mich fördern!«, flüsterte ich, als er die Hand von meinem Mund nahm.

Er schaute wieder zur Tür, als hätte er mich am liebsten hinausbefördert, doch dann nahm er meine Hände in seine. Für einen Moment dachte ich, er würde sich entschuldigen, mir sagen, das alles wäre nur ein Missverständnis, doch dann beugte er sich zu mir herab, schaute mir endlich direkt in die Augen und strich mir eine Haarsträhne aus dem Gesicht.

»Hör mir gut zu, Hannah: Wir werden so tun, als sei das zwischen uns nie passiert.«

Meine Augen füllten sich mit Tränen. »Nein, bitte nicht. Bitte sag so etwas nicht!« Ich zog an seinem Ärmel, aber er blieb ungerührt.

Gereizt versuchte er, mich abzuschütteln, dann redete er weiter auf mich ein, als wäre ich ein uneinsichtiges Kind, das er zur Ordnung rufen musste. »Jetzt hör schon auf, Hannah. Du gehst jetzt zurück in dein Zimmer, und zwar *leise,* und du sprichst mit niemandem über das, was zwischen uns war. Solltest du es doch tun, werde ich dafür sorgen, dass du diejenige bist, die morgen nach Hause fährt. Hast du mich verstanden?« Seine Stimme war kalt.

Ich sah ihn mit tränenverschleierten Augen an. Mir brach das Herz, als ich verstand, dass sich mein Traum, Archie Morris' Freundin zu sein, gerade in Luft auflöste. Wie grausam er war. Wie herzlos.

»Du gehst jetzt besser«, wiederholte er schroff und scheuchte mich mit ausgestreckten Händen in Richtung Tür. Unsicher blieb ich stehen, gab ihm eine letzte Chance, es sich anders zu überlegen.

Er zog die Augenbrauen hoch. »Geh.«

Und dann ... An das, was dann passierte, möchte ich lieber nicht denken.

Auf alle Fälle rannte ich, stolperte durch den Flur, plötzlich verzweifelt darauf bedacht, von Archie und dem Chaos, das ich angerichtet hatte, wegzukommen.

Jetzt ziehe ich mein Kleid aus, knülle es wütend zusammen und werfe es in den Koffer zu den anderen Sachen. Wie albern von mir, mich für ihn hübsch zu machen, obwohl er sich nie wirklich für mich interessiert hat! Ich ziehe meine Yogahose und ein Sweatshirt an. Es ist mir gleich, ob mich jemand so sieht, sollen die anderen doch denken, was sie wollen. Ich bin fertig mit alldem hier, möchte nur noch nach Hause, nach Eden Lake. Ich werde Ben anflehen, mir zu verzeihen, ihm versichern, dass ich es nicht so gemeint habe. Er wird natürlich erst einmal wütend auf mich sein, aber dann wird er einlenken. Das tut er immer.

Plötzlich kommt mir der erschreckende Gedanke, dass er mir womöglich nicht verzeiht. Dass ich gezwungen sein werde, bei meiner Mutter einzuziehen. Bestimmt werde ich noch als alte Frau in Polly's Diner arbeiten, und die Leute tuscheln hinter meinem Rücken: »Sie war mal bei der *Bake Week,* und seht euch nur an, was aus ihr geworden ist.«

Ich bücke mich, um einen Lidschatten vom Boden aufzuheben, und breche erneut in Tränen aus, geschüttelt von heftigen, krampfartigen Schluchzern.

Als ich mich wieder aufrichten kann, drücke ich mit aller Kraft den Kofferdeckel hinunter und versuche, den Reißverschluss zu schließen. Erneut steigt Zorn in mir auf, und dann trete ich gegen den Koffer, wieder und wieder, bis er über den Fußboden schlittert und gegen die empfindliche Tapete prallt. Ich verharre reglos, keuchend, die Wangen nass von Tränen.

Und in diesem Augenblick höre ich den Schrei.

STELLA

Als ich wieder zu mir komme, blicke ich durch ein offenes Fenster in einen dunklen Himmel. Schwere, schwarze Wolken, durchzuckt von Blitzen. Regen peitscht schräg ins Zimmer und bildet um mich herum eine Pfütze. Ich bin im Haus, doch ich habe das Gefühl, draußen zu sein. Ich blinzle, versuche, mich zu erinnern, wo genau ich bin und was ich dort mache, aber mein Gehirn fühlt sich an wie eine zusammengeballte Faust. Wenn ich mich nur irgendwie orientieren könnte, würde mir vermutlich alles wieder einfallen.

Ich mache eine Bestandsaufnahme. Wo bin ich? Auf dem Fußboden. Das Hartholz drückt schmerzhaft gegen meine Schulterknochen. In meiner Nähe steht ein Paar Oxford-Herrenschuhe, die Schnürsenkel kriechen in mein Gesichtsfeld wie Würmer. Sie sind klatschnass. Genau wie ich. Meine Kleidung, meine Haare. Stöhnend bringe ich meinen steifen Körper in eine sitzende Position. Hinter meiner Stirn ziehen hämmernde Kopfschmerzen auf. Meine Arme und Beine sind glitschig von Regenwasser, meine Sachen kleben unangenehm an meiner Haut.

Eine kleine Lampe auf dem Nachttisch neben einem Himmelbett verbreitet einen warmen Lichtkegel. Ich halte mich an einem der Bettpfosten fest und ziehe mich hoch. Etwas wackelig tappe ich zur Bettseite. Meine Haare tropfen und hinterlassen ein Muster auf der Bettdecke, die sich kühl anfühlt. Das Bett ist frisch gemacht. Ein Donnerschlag zerreißt die Luft, unmittelbar gefolgt von einem Blitz. Meine Zähne klappern.

Ich lasse mich bibbernd aufs Bett sinken und versuche, meine Erinnerungen zusammenzukratzen, versuche, mich in der Gegenwart zu verorten. Ich kann mich vage an den gestrigen Tag erinnern, den Backwettbewerb, das Abendessen. Hannah. Richtig, ich bin ihr gefolgt. Über der Armlehne eines Sessels hängt ein Langarmshirt. Auf dem Fußboden liegt mein Notebook. Automatisch hebe ich es auf und schiebe es in die Tasche. Mein Herz schlägt schneller, als mir klar wird, wo ich mich befinde: Ich bin in Archies Zimmer. Weil Hannah zu ihm gegangen ist und ich eine Story über ihre Affäre bringen will. Ich frage mich, wie lange ich wohl hier gelegen habe. Bei der Vorstellung, wie sehr ich mich zum Narren gemacht habe, als ich die Tür öffnete und halb bewusstlos in den Raum stürzte, fangen meine Wangen an zu brennen. Aber wo sind die beiden jetzt? Und warum lag ich dort hinten, direkt unter dem offenen Fenster?

Meine Kleidung durchnässt die Decke, ein dunkler Fleck breitet sich auf dem Bett aus. Ich versuche, Archie in dem dunklen Tunnel meiner Erinnerung auszumachen, aber mein Gehirn ist völlig vernebelt. Schaudernd schließe ich die Augen gegen die aufbrandenden Kopfschmerzen. Das ist das Blöde mit meinen Blackouts – sie fühlen sie ärgerlicherweise fast genauso an wie ein Kater. Ich wache auf, fühle mich benommen und verspüre einen dumpfen Schmerz im ganzen Körper, der für Stunden anhält.

Mir fällt ein, dass ich Paracetamol in meinem Zimmer habe. Ich sehe die Packung vor mir. Sie steckt in der Seitentasche meines Koffers, den ich immer noch nicht ausgepackt habe. Ich werde jetzt in mein Zimmer zurückkehren und versuchen, mich dort zu sammeln. Ich werde alles zusammensetzen können, ganz bestimmt. Mit aller mir verbliebenen Kraft stemme ich mich vom Bett hoch und setze mich in Bewegung.

Der Regen prasselt weiter heftig durchs Fenster auf den Hartholzboden. Die Pfütze, in der ich vorhin aufgewacht bin, ist noch größer geworden und droht, auf einen Orientteppich überzugreifen. Ich wanke zum Fenster und greife nach den Läden. Meine

Absicht ist es, sie zu schließen, aber irgendetwas bringt mich dazu, hinauszuschauen. Ich beuge mich über den französischen Balkon, blicke nach unten. Mir wird übel. Um mich herum ist alles pechschwarz. Der Regen lässt sämtliche Umrisse verschwimmen. Das Zelt unter mir ist nicht mehr als ein finsterer Schatten. Ein schwaches Licht blitzt in der Dunkelheit auf. Es hüpft hektisch auf dem Rasen auf und ab – jemand mit einer Taschenlampe, wird mir klar. Die Person bewegt sich eilig durch die Dunkelheit aufs Haus zu. Von hier oben kann ich nicht erkennen, wer es ist. Ich beuge mich noch weiter über das schmiedeeiserne Gitter vor dem bodentiefen Fenster. Regentropfen platschen auf meinen Hinterkopf. Benommen starre ich auf das Zelt hinab. Im Dach ist eine dunkle Kontur. Ist das etwa ein Riss? Wie leicht es wäre, von hier oben hinunter und aufs Zeltdach zu fallen!

Hinter mir, tief im Innern des Hauses, höre ich, wie eine Tür geöffnet wird. Das Quietschen hallt durch die Stille. Und dann höre ich noch etwas anderes. Einen langen, panischen Schrei, der mich am ganzen Körper erschaudern lässt.

Ich stoße mich vom Balkongitter ab und schlage das Fenster zu.

BETSY

Es ist, als hätte sich ihr Körper von ihrem Verstand abgespalten. Die beiden Hälften arbeiten gegeneinander, sodass sie im Grunde völlig gelähmt ist. Sie starrt zu ihm hinauf, das ist alles, was sie zustande bringt. Seine Augen sind hervorgetreten. Sein Mund steht offen, ein dunkles Loch, aus dem ein stummer Schrei dringt. Sein Körper liegt mit dem Gesicht nach unten auf zwei Metallstreben, die das Zelt kreuz und quer durchziehen. Er hängt schlaff da in einer merkwürdig verzerrten, unnatürlichen Position, eine Schulter bis zum Ohr hochgezogen, die andere nach unten gerissen. Aus einer hässlichen dunklen Wunde nahe seiner Schläfe sickert kontinuierlich Blut. Die Tropfen landen mit einem Übelkeit erregenden Platschen auf dem Tisch, laufen über den Kuchen und fließen in einem Rinnsal über die Kante, um sich in einer schwarzroten Pfütze am Boden zu sammeln.

Oberhalb der Metallstreben ist ein dunkles Loch im Zeltdach zu erkennen, ein gezackter Riss in der weißen Leinwand, wo er sie durchbrochen hat. Sie steht unter ihm, während das Wasser durch das Loch strömt und von seinem Körper auf den Zeltboden tropft. Einer seiner Arme baumelt nach unten. Seine Finger sind ausgestreckt, als würde er nach ihr greifen, sie anflehen, ihm zu helfen. Betsy schnappt nach Luft, doch sie ist nicht in der Lage, zu atmen. Als sie den Rückzug antritt, stößt sie gegen einen der Behälter mit Backutensilien, der krachend umkippt. Es dauert einen Moment, bis sie sich so weit von ihrem Schreck erholt hat, dass sie sich wieder bewegen kann. Sie schnappt nach Luft und sieht sich panisch im Zelt um.

»Nein!«, stößt sie hervor, als sich ihre Lungen endlich wieder mit Luft füllen, dann gibt sie einen markerschütternden Schrei von sich. Und noch einen. Und noch einen. *Ich muss etwas finden, womit ich ihn herunterholen kann,* denkt sie, doch anstatt danach Ausschau zu halten, kehrt sie in die Mitte des Zelts zurück, die Taschenlampe auf ihn gerichtet, als könnte er verschwinden oder Schlimmeres. Sie schlängelt sich zwischen den Backstationen hindurch und stolpert. Jeder Standmixer, jedes Rührschüssel-Set sieht in ihrem peripheren Gesichtsfeld aus wie ein Monster. Der Wind peitscht die Zeltseite, der Regen prasselt wie Gewehrkugeln auf die Plane. Endlich gelangt sie zum Hinterausgang. Der Lichtstrahl ihrer Taschenlampe ist schwach, doch als sie einen letzten entsetzten Blick zur Decke des Zelts wirft, meint sie zu sehen, wie sich seine Finger bewegen.

Mit albtraumhafter Benommenheit stürmt sie zum Haus. Ihre Schuhe versinken im matschigen Rasen, sie hat das Gefühl, auf der Stelle kleben zu bleiben. Hektisch zieht sie die Füße heraus, dann läuft sie barfuß die Stufen hinauf, die Arme nach beiden Seiten ausgestreckt. Im Foyer stößt sie einen weiteren Schrei aus. Ihre Stimme, die mit Regen und Wind wetteifert, wird vom Haus verschluckt.

Zitternd durchwühlt Betsy ihre Tasche auf der Suche nach ihrem Handy. Sie zieht es hervor und tippt die Ziffern neun-eins-eins ein. Mit nackten, schlammverschmierten Füßen steht sie mitten im Foyer, die Regentropfen perlen von der Öljacke ihres Vaters ab und bilden eine Pfütze um ihre Füße.

»Hier ist die Neun-Eins-Eins, was für einen Notfall möchten Sie melden?«, dringt eine statische Stimme aus dem Handy.

Betsy räuspert sich und stößt krächzend hervor, dass sie einen Toten auf dem Anwesen von Grafton Manor entdeckt hat, dann drückt sie das Gespräch weg.

Archie Morris ist tot. Betsy kann es nicht fassen. Noch vor wenigen Stunden war Archie ihr schlimmster Feind. Und dann kommt ihr ein Gedanke. Die Show. Was wird jetzt aus der *Bake Week?* Ob alles wieder so wird wie früher, jetzt, da Archie nicht mehr lebt? Ohne sie werden die Produzenten einen Skandal wie diesen nicht überstehen. Sie werden sie brauchen, sie wird das Ruder übernehmen und die Staffel zu Ende bringen müssen. Vielleicht ist Archies Tod für sie ein Geschenk des Universums. Sie schiebt das Handy zurück in die Tasche und ruft um Hilfe.

LOTTIE

In meinem Traum bin ich in einem Labyrinth aus Gängen gefangen. Jemand schreit. Plötzlich wird mir klar, dass es meine Mutter ist, die sich in Not befindet. Ich muss zu ihr, muss ihr helfen, aber ich weiß nicht, wie. Ich laufe und laufe, biege um eine Ecke nach der anderen, um zu ihr zu gelangen, aber die Flure sind endlos, drehen und winden sich und führen mich immer weiter weg von ihr.

Erschrocken fahre ich aus dem Schlaf hoch und blinzle in die Dunkelheit. Das Herz hämmert in meiner Brust. Ich höre etwas. Zunächst denke ich, es ist der Wind, der die Fensterscheiben zum Klirren bringt, doch dann wird mir klar, dass es sich um einen Schrei handelt, schrill und menschlich. Er kommt von unten, aus der Mitte des Hauses. Ich habe Angst, unter der Bettdecke hervorzukriechen. Angst, in die Dunkelheit zu gehen. Zentimeter für Zentimeter schiebe ich die Decke zurück und sehe mich um. Die Fenster sind schwarz, die Scheiben vibrieren unter der Wucht des Regens. Das Zimmer wirkt finster und bedrohlich, die Umrisse der Möbel sind kaum zu erkennen.

Ich höre Schritte im Flur. Die anderen sind auch aufgewacht und rennen zu der Person, die in Not ist. Ich sollte mich ihnen anschließen, herausfinden, was vor sich geht, aber ein Teil von mir ist noch in dem Traum gefangen, und ich habe Angst, Angst, mich zu bewegen. *Na los, mach schon. Steh auf!*

Ich zwinge mich, mich aufzusetzen und das Licht anzuschalten. Die Vorhänge sind zugezogen, doch durch einen Spalt kann ich erkennen, dass es draußen stockdunkel ist. Jetzt höre ich Stimmen im Flur, gedämpft und dringlich. Mit rasendem Herzen nehme ich meinen Bademantel, der über einer Stuhllehne hängt, und eile hinaus zu den anderen. Ich erreiche den Treppenabsatz im ersten Stock zur selben Zeit wie Stella. Sie kommt von der anderen Seite, vom Ostflügel. Verwirrt bleibe ich stehen. Ihre Haare und ihre Kleidung sind nass, das Gesicht schreckverzerrt. Was hatte sie im Ostflügel zu suchen? Unter uns im Foyer ist der Fußboden voller nasser Fußabdrücke. Die Haustür steht offen, der Regen fällt schräg herein und prasselt auf die Bodenfliesen. Hannah und Pradyumna sind schon da und drängen sich um Betsy Martin.

»Ist alles in Ordnung?«, rufe ich.

Sie drehen sich um und sehen zu mir hoch. Auf ihren Gesichtern spiegelt sich Entsetzen. Stella und ich laufen, so schnell wir können, die Treppe hinunter. Als wir bei der kleinen Gruppe ankommen, krümmt Betsy sich zusammen und schnappt nach Luft. Es ist beunruhigend, sie derart aufgelöst zu sehen.

»Was ist los?«, stößt Stella aufgeregt hervor. Ihre Stimme klingt tief und heiser.

Betsy deutet auf die offene Tür in Richtung Zelt.

PRADYUMNA

Ich habe mich immer gefragt, was ich beim Anblick eines toten Menschen wohl tun würde. Ich ging davon aus, dass mich all die Videospiele und blutrünstigen Filme, die ich mir jahrelang reingezogen habe, immun gegen das Entsetzen gemacht hätten, wenn ich in der realen Welt damit konfrontiert würde. In gewisser Weise trifft das auch zu. Denn ich reagiere zunächst gar nicht, als ich mit den anderen ins Zelt gehe und Archies unter der Decke auf zwei Metallstreben liegenden Leichnam betrachte.

Wie paralysiert stehen wir da, während Betsy im Foyer auf uns wartet, und sehen zu, wie das Wasser über Archies geschundenen Körper strömt und sich auf dem Zeltboden sammelt. Es ist seltsam, ihn so zu sehen, so still und reglos. Ich verspüre den Drang, mich davon zu überzeugen, dass die Gestalt echt ist. Er ist ein schwerer Mann, die Metallstreben, auf denen er liegt, biegen sich unter seinem Gewicht. Es ist nur eine Frage der Zeit, bis sie nachgeben.

Hannah stößt als Erste einen Schrei aus. Ein Schluchzen dringt aus ihrem Mund und verwandelt sich in ein lautes Klagen. Stella wendet sich ab und übergibt sich geräuschvoll in eine Ecke des Zelts.

»Ach du lieber Himmel«, sagt Lottie und fasst meinen Arm. »Was sollen wir denn jetzt tun?«

»Vielleicht sollten wir einfach auf die Polizei warten«, schlage ich wenig hilfreich vor. »Betsy hat doch schon angerufen.«

Stella zuckt zusammen. Ich bemerke die tiefe Wunde an Archies Kopf, die nicht recht zu dem Aufprallwinkel passen will. Und ich stelle fest, dass ich mich seltsam leer fühle. Mein Innerstes ist wie ausgehöhlt. *Typisch Pradyumna*, denke ich, *den grauenhaften Tod eines Menschen komplett auf sich selbst zu beziehen.*

Fassungslos schlurfen wir wieder hinein und versammeln uns in der Küche. Es ist fast so, als würden wir, die Bäckerinnen und Bäcker, von dem tröstlichen Herd, den Stapeln von Rührschüsseln und der Ordnung darin angezogen. Es fühlt sich hier sicherer an als im Rest des Hauses, als würden die dicken Steinwände das Unwetter abhalten. Wir lassen uns an dem langen Holztisch nieder. Lottie hat den Kessel aufgesetzt, der munter auf der Herdplatte pfeift, ein seltsam beruhigendes Geräusch in diesem zutiefst beunruhigenden Augenblick.

»Sollte nicht bald die Polizei eintreffen?«, fragt Lottie zum zweiten Mal. Es ist nicht zu übersehen, dass sie in der Krise eine Macherin ist. Sie schaut sich bereits in der Küche um, ob sie noch anderweitig helfen kann, nicht nur mit Tee.

»Die Polizei wurde informiert«, erklärt Betsy, als wäre sie verärgert über Lotties Frage. Sie sitzt leicht zusammengekauert am Kopfende des Tisches, abseits von uns. Ich finde es beinahe amüsant, dass sie das Gefühl zu haben scheint, sie müsse sich selbst jetzt noch, unter diesen Umständen, von den Teilnehmern des Wettbewerbs fernhalten.

»Glaubt ihr, es war ein Unfall?«, fragt Hannah. Ohne das dicke Make-up, das sie sonst trägt, wirkt sie verletzlich, wie ein anderer Mensch.

»Das bezweifle ich. Außer, er wollte sich etwas antun«, sage ich. »Doch bei der Kopfverletzung gehe ich nicht davon aus.«

Ich sehe die anderen der Reihe nach an. Keiner von uns passt in das Profil eines Mörders. Vor allem Lottie ist ganz klar raus. Sie hat weder ein Motiv noch einen wirklichen Bezug zu Archie. Stella wirkt ziemlich abwesend, allerdings hat sie auch gerade erst eine Leiche gesehen. Aber warum waren ihre Haare vorhin nass? Und dann ist da noch Hannah, die definitiv ein sexuelles Verhältnis mit Archie hatte, was sie jedoch nicht zwingend zur Mörderin macht. Es wäre schwer, auf der Erfolgswelle eines anderen mitzuschwimmen, wenn dieser andere tot ist, nicht wahr?

»Es macht keinen Sinn, irgendwelche Spekulationen anzustellen«, entgegnet Betsy unfreundlich. »Das Ganze ist doch absurd.«

Plötzlich blitzt eine Erinnerung in mir auf: der Blick, den Betsy und Archie nach der heutigen Urteilsverkündung austauschten. Was hatte es damit auf sich? Plötzlich überkommt mich Erschöpfung, und ich stütze den Kopf in die Hände.

Wer hätte gedacht, dass Archie Morris' Tod mir ein solches Gefühl der Leere vermitteln würde? Dieser Ort, diese Erfahrung lässt mich viel mehr *empfinden*, als ich empfinden möchte. Deshalb habe ich mich aber nicht angemeldet. Ich suchte lediglich ein bisschen Zerstreuung, wollte ein bisschen backen und etwas zum Angeben zu haben. Ich habe es gar nicht nötig, hier zu sein, wird mir plötzlich klar. Ich könnte zu Hause in meinem Sechzehn-Millionen-Dollar-Apartment mit seinem Humidor und dem begehbaren Weinklimaschrank hocken und mich bei einem netten Film und einem Eimer voll Cannabis-Gummibärchen entspannen. Ich brauche das hier nicht. Würde draußen nicht dieses entsetzliche Unwetter toben, würde ich meine Autoschlüssel nehmen und davonfahren. Die *Bake Week* war ein spaßiges Experiment, aber jetzt ist definitiv Schluss mit lustig. Ich hasse es, bei einer schlechten Party festzusitzen. Vielleicht kehre ich gerade zu der seichten, stumpfsinnigen Version meiner selbst zurück, aber das ist mir egal. Ein Mensch ist gestorben. Das Einzige, was ich im Augenblick möchte, ist ein starker Drink.

»Ich bin gleich zurück. Ich muss nur schnell etwas holen.« Ich fange einen Blick von Lottie auf, als ich mich zum Gehen wende, einen Anflug von Enttäuschung. *Ach, egal,* denke ich. Ich schulde ihr gar nichts. Ich schulde hier niemandem etwas.

STELLA

»Begleiten Sie mich nach oben«, weist Betsy mich an. »Ich muss mich frisch machen.« Ihre Haare sind glatt und feucht und kleben ihr seitlich am Gesicht, das ohne Make-up aufgequollen und bleich wirkt. Dennoch könnte man annehmen, dass ihr der potenzielle Mord an ihrem Co-Moderator in diesem Moment wichtiger wäre als ihr Aussehen.

Ich biete ihr meinen Arm, doch sie ignoriert ihn. Stattdessen eilt sie an mir vorbei in Richtung Haupttreppe. Ich verlangsame meine Schritte und gestatte ihr, die Führung zu übernehmen. Ich kann nicht umhin, mich geschmeichelt zu fühlen, dass Betsy mich ausgewählt hat, ihr zu helfen. Noch vor ein paar Stunden wäre es mir wie die Erfüllung all meiner Träume erschienen, eine Weile mit Betsy Martin allein zu sein. Aber die Karteikarten mit den Rezepten in Lotties Zimmer, mit ihren umgeknickten, ausgefransten Ecken und den handgeschriebenen Backanleitungen für das Gebäck, das Betsy berühmt gemacht hat, haben mich verwirrt. Ist es tatsächlich möglich, dass Lottie lügt? Dass in Wirklichkeit Betsy die Erfinderin dieser Rezepte ist?

Endlich erreichen wir den Treppenabsatz, wo wir stehen bleiben und zu der Glastür zum Ostflügel hochblicken. Ich bemerke einen Anflug von Furcht in ihren Augen. Auch ich fürchte mich. Ich möchte nicht wieder dort hinaufgehen und dann vorbei an seinem Zimmer.

Jetzt greift Betsy doch nach meinem Arm, ihre Hand umfasst meinen Ellbogen. Sie ist schwerer, als ich dachte. Als wir die Treppe zum Ostflügel hinaufsteigen, zieht mich ihr Gewicht wie ein Anker zurück. Wir betreten den Flur, und mich überkommt ein Augenblick der Panik. Ich kann mich immer noch nicht erinnern, was vorhin hier passiert ist, und das macht mir Angst. Mit angehaltenem Atem und geschlossenen Augen tappe ich an Archies Zimmer vorbei, der Weg durch den Gang kommt mir vor wie eine Ewigkeit. Seit ich Archies Leiche gesehen habe, fühlt es sich an, als hätte sich die Zeit zu einem qualvollen Kriechen verlangsamt.

Ich spüre ein Rucken am Arm, und wir bleiben vor einer weiteren Tür stehen. Sie ist ein Stück geöffnet, sodass ich einen Blick in das Zimmer werfen kann. Es handelt sich offenbar um Betsys Wohnzimmer, einen großen Raum, die Wände gesäumt mit Bücherregalen aus Massivholz. Ich sehe auch einen großen, gemauerten Kamin. Betsy öffnet die Tür ganz, durchquert mit großen Schritten das Zimmer und lässt sich in einen ausladenden Ledersessel sinken, dann schaltet sie eine kleine Tiffany-Lampe an, die daneben auf einem Beistelltisch steht. Mit einem beiläufigen Winken bedeutet sie mir, ebenfalls einzutreten.

Über dem Kamin, befestigt an einer Platte aus poliertem Mahagoni, hängt der Goldene Löffel. Ich habe ihn noch nie in echt gesehen, und es fällt mir schwer, ihn nicht allzu auffällig anzustarren. Er hat die Form und Größe eines riesigen Rührlöffels und glänzt matt, als wäre er aus massivem Gold. Er muss schwer sein, denke ich, und trete näher, um ihn genauer zu inspizieren. Ich stelle mir vor, wie ich ihn in den Händen halte, während sich die anderen Wettbewerbsteilnehmer und das Kamerateam um mich scharen, um ihn besser sehen zu können.

»Ich hätte gern etwas Tee.« Betsys Stimme klingt scharf, und ich zucke zusammen und gehe eilig zu einer Marmoranrichte auf der gegenüberliegenden Seite des Zimmers, wo ich beim Reinkommen einen Satz filigraner Porzellantassen und einen Wasserkocher stehen sehen habe. Wütender Donner hallt durchs Haus. Tee, allein mit Betsy Martin. Ist das nicht genau das, worauf ich gehofft hatte? Allerdings hatte ich mir das Ganze etwas fröhlicher vorgestellt.

»Sie sind das erste Mitglied der Sendung, das je einen Fuß in den Ostflügel setzt«, sagt Betsy, als ich den Wasserkocher einschalte und mit zwei kleinen Beutelverpackungen aus Papier kämpfe. Meine Hände fühlen sich kraftlos an, fast so, als wären sie von meinem Körper abgetrennt.

»Eingeladen, meine ich«, fügt sie bitter hinzu.

»Wie bitte?« Meine Stimme klingt hoch und verzweifelt, denn ich wünsche mir tatsächlich verzweifelt, ich wäre zum ersten Mal hier. Wenn ich nicht Hannah gefolgt wäre, wäre ich nicht in Archies Zimmer ohnmächtig geworden und hätte jetzt nicht dieses schreckliche Gefühl in der Magengrube.

»Ich habe den Kandidaten oder Angehörigen des Teams nie Zutritt zu den Räumen meiner Familie gestattet. Meinen Eltern war wichtig, dass dieser Teil des Hauses strikt privat blieb, vor den neugierigen Augen der Öffentlichkeit geschützt. Man muss sich schützen, vor allem, wenn man *jemand* ist.«

Ich weiß nicht recht, was ich erwidern soll. »Ja«, sage ich schließlich, »das ist sicher sehr anstrengend.«

»Diese Situation ist einfach schrecklich«, ereifert sich Betsy, den Mund verkniffen, genau wie am ersten Tag, als sie Peters Hörnchen kostete. Ich bin mir nicht sicher, ob sie Archies Tod meint oder den Umstand, dass ich, ein ganz gewöhnlicher Mensch, den Ostflügel betreten habe.

»In der Tat«, pflichte ich ihr bei.

Der Kocher schaltet sich aus, und ich gieße dampfendes Wasser über die Teebeutel. Ich reiche Betsy eine Tasse und sinke in den Sessel gegenüber. Das Adrenalin lässt nach, ich fühle mich schwach und zittrig. Meine Zähne klappern, als ich mit beiden Händen die heiße Tasse umschließe.

Seit ich in Archies Zimmer zu mir gekommen bin, friere ich,

weil ich einfach keine Gelegenheit bekomme, mich aufzuwärmen. Ich beuge mich über die Tasse und halte mein Gesicht in den Dampf in der Hoffnung, meine Körpertemperatur zu normalisieren.

Betsy nimmt mich gar nicht mehr wahr. Ihre Augen zucken zur Wand; ich sehe, wie ihre Gedanken rasen. Es ist, als wäre ich nicht anwesend. Sie hat gerade ein traumatisierendes Erlebnis hinter sich, sage ich mir, aber das haben wir alle. Schaudernd denke ich an Archies Gesicht, seine aufgerissenen Augen, die auf mich herabstarren, als könnte er bis in mein Innerstes blicken.

»Glauben Sie, die Polizei wird bald hier sein?«, frage ich. Es ist seltsam, dass Betsy als Einzige über ein Telefon verfügt, als Einzige Zugang zur Außenwelt hat.

Betsy stellt ihre Teetasse auf dem Beistelltisch ab. »Melanie hat vorhin angerufen. Offenbar hat der Sturm einige Strommasten umgeknickt, die die Straße blockieren. Es wird wohl eine Weile dauern.« Sie zögert, besorgt. »Sagen Sie den anderen nichts davon.«

»Natürlich nicht.«

Ich nehme einen Schluck Tee. Er ist immer noch viel zu heiß und verbrennt mir beim Schlucken den Hals. Ein Gedanke kommt mir in den Sinn, aufdringlich und erschreckend: *Wäre Archie noch am Leben, wenn ich Hannah nicht gefolgt wäre?*

Betsy sieht mich an, als würde sie auf irgendetwas warten. »Ich brauche ein wenig Zeit, um mich zu sammeln«, sagt sie dann. Ihre Stimme klingt kalt. Und mir wird klar, dass sie will, dass ich gehe. Ich stehe auf, verlegen, weil ich das nicht früher verstanden habe. Ich dachte, sie brauche Gesellschaft, dabei wollte sie offenbar nur, dass ich sie herbringe und ihr einen Tee serviere. Ich stelle meine volle Tasse ab und wende mich zum Gehen.

»Ja. Selbstverständlich.«

Es hat eine ganze Weile gedauert, bis ich begriffen habe, dass

Betsy nicht die Frau ist, für die ich sie gehalten hatte. Sie ist kälter und durchtriebener als die warmherzige Großmutter, die sie im Fernsehen verkörpert. Die echte Betsy scheint keinen einzigen Funken großmütterlicher Fürsorglichkeit in sich zu haben. Ihre Wirbelsäule ist jetzt kerzengerade, ihre Augen blicken verärgert. In diesem Moment erscheint mir das, was Lottie ihr vorwirft, plausibel. Sie sieht mich nicht einmal an, als ich die Tür hinter mir schließe.

Ich fliehe zu der großen Flügeltür und halte den Atem an, als ich an Archies Zimmer vorbeilaufe – *zehn, neun, acht ...* Es war dumm von mir zu glauben, ich hätte einen besonderen Draht zu Betsy. Wie lächerlich es mir jetzt vorkommt, dass ich dachte, die *Bake Week* könnte der Beginn von etwas Neuem, Wundervollem sein. Ich bin noch genauso verwirrt wie zuvor, wenn nicht gar noch mehr.

Eilig springe ich die Stufen hinunter und bleibe auf dem Treppenabsatz stehen. Ein weiterer Gedanke kommt mir, noch erschreckender. *Vielleicht ist alles sehr viel schlimmer, als du vermutest.* Ich schließe die Augen und balle die Fäuste so fest, dass sich die Fingernägel in meine Handflächen graben. *Vielleicht bist du eine Mörderin, Stella.*

LOTTIE

Draußen tobt nach wie vor das Unwetter, wenn überhaupt möglich, ist es noch stärker geworden. Zornige Böen prallen gegen die Seiten des Herrenhauses, der Wind peitscht Blätter und umherfliegende Kleinteile gegen die Fensterläden. Ich habe kein Zeitgefühl, aber ich denke, es ist lange nach Mitternacht. Hoffentlich bricht bald der nächste Morgen an.

»Ich kann nicht glauben, dass er da draußen ist, bei diesem Sturm«, wispert Hannah. Ich habe versucht, nicht daran zu denken, aber immer wieder sehe ich Archies leblosen Körper auf den Zeltstangen liegen. Ich bin erleichtert, als Stella in die Küche zurückkehrt. Sie lässt sich auf einen Stuhl fallen, blass und erschöpft. Meine Erleichterung schlägt um in Sorge, als ich sehe, dass sie heftig zittert. Der Schock scheint bei ihr besonders tief zu sitzen.

»Du frierst«, sage ich zu ihr.

Ihre rot geränderten Augen wirken dunkel und gehetzt, als sie mich ansieht. Ich frage mich, ob wir alle so aussehen: gehetzt.

»Ich hole uns mal ein paar Decken«, sage ich, weil ich mich gern nützlich machen will. »Am besten, wir warten hier unten gemeinsam auf die Polizei.«

»Soll ich nicht mitkommen?« Stellas Stimme klingt schwach und gedankenverloren.

»Sei nicht albern. Mir geht es gut. Du bleibst hier sitzen, trinkst deinen Tee, bevor er kalt wird, und ruhst dich aus. Das Gleiche gilt für dich.« Mein Blick schweift weiter zu Hannah, doch sie sagt nichts. Ihr Schweigen ist besorgniserregend.«

Ich lasse Stella und Hannah in der Küche zurück. Langsam gewöhne ich mich daran, nachts allein durchs Haus zu schleichen, aber diesmal ist es anders. Blitze zucken durch die Fenster, als ich das Foyer durchquere. Ganz gleich, wie gut ich diesen Ort kenne – Grafton Manor wirkt heute Nacht gespenstisch auf mich. Die Wände ächzen und seufzen, als ich eilig die Stufen hinauf und durch den Westflügel gehe. Ich strebe auf den großen Schrank am Ende des Flurs zu und öffne die Türen.

Als ich mehrere dünne Decken herausnehme und den Staub ausschüttele, bemerke ich, dass eines der silbernen Scharniere zur Seite geschoben ist. Ich schlage mir die Erinnerung an die Räume über mir aus dem Kopf. Dafür ist jetzt keine Zeit. Die Decken über den Arm gelegt, schließe ich die massive Schranktür und mache mich zielstrebig auf den Weg zurück in die Küche.

Auf dem Treppenabsatz im ersten Stock bleibe ich stehen und schaue zum Ostflügel hinauf, dann senke ich den Blick und will gerade die Stufen hinuntersteigen, als mich irgendetwas innehalten lässt. Ich schaue erneut nach oben. Verharre, die Decken an mich gedrückt. Das könnte die letzte Gelegenheit für mich sein, mit Betsy allein zu reden. Ich lege die Decken auf der obersten Stufe ab und steige zu der Glastür hoch. Meine Finger schließen sich um die Klinke. Warum fürchte ich mich? Ich erinnere mich genau an diese geschwungenen Klinken, weiß genau, wie sie sich anfühlen. Damals hatte ich mich auch gefürchtet. Ich drücke die Klinke hinunter. Die Tür gibt nach, und ich schlüpfe hinein, in Betsy Martins Fuchsbau.

Zögernd betrete ich den Gang. Ich will mit Betsy sprechen, herausfinden, ob sie mir vielleicht irgendetwas über jene Nacht vor so vielen Jahren erzählen kann, doch noch im Gehen wird mir bewusst, dass ich sie suche und mich gleichzeitig vor ihr verstecke. Je näher ich dem Ziel komme, auf das ich so lange hingearbeitet habe, desto stärker wird in mir der Wunsch, aufzugeben und davonzulaufen. Doch dann rufe ich mir vor Augen, warum ich so viel darangesetzt habe, hierherzukommen. Hier geht es nicht nur um mich, hier geht es um meine Mutter. Ich möchte die

Geschichte ihres Lebens zum Abschluss bringen, damit ich endlich das Gefühl habe, ihr meine Ehre erwiesen zu haben.

Unter dem dicken Teppich knarzt eine Bodendiele, als ich zaghaft einen Fuß vor den anderen setze. Ich erstarre, verharre lauschend. Als ich nichts höre, setze ich mich wieder in Bewegung. Eine der Türen ganz am Anfang des Gangs steht weit offen. Dahinter befindet sich ein opulent ausgestattetes Schlafzimmer. Die Decke ist hoch und mit schnörkeligen Zierleisten versehen. Auf einer Seite steht ein kunstvoll geschnitztes Himmelbett aus dunklem Holz. Ein zierliches Sofa und zwei dazu passende Sessel sind um einen kleinen Kamin mit Bronzegitter gruppiert. Das Hemd eines Mannes hängt über einer der Armlehnen und wartet darauf, getragen zu werden. Archies Zimmer. Ich schaudere und zwinge mich weiterzugehen.

Ich komme an Betsys Kinderzimmer vorbei und halte auf die Tür am Ende des Gangs zu. Bevor ich mit Pradyumna hier war, bin ich nie so weit in den Ostflügel vorgedrungen. Ich ertappe mich bei dem Wunsch, Pradyumna wäre bei mir. Seine gutmütigen Frotzeleien wären mir eine willkommene Ablenkung.

Jetzt komme ich an einer Reihe von Ölgemälden vorbei – Porträtbildern. Hauptsächlich von Männern in Militäruniformen, aus deren Jacken Schwertgriffe ragen. Ich entdecke das kleinere Porträt einer Frau mit einem engen, steifen Kragen. Ihr Gesicht sieht müde und verhärtet aus. Ihre Augen scheinen mich anzuflehen, nicht weiterzugehen.

Der Flur endet an einer großen zweiflügeligen Tür, die weit offen steht. Mit angehaltenem Atem betrete ich Betsy Martins Wohnzimmer. Die Fenster sind geschlossen und verriegelt wegen des Unwetters. Zwei dick gepolsterte Sessel, die Rückenlehnen mir zugewandt, blicken auf einen Kamin, in dem ein munteres Feuer brennt. In einer der Zimmerecken dreht sich ein alter Victrola-Plattenspieler. Das Lied katapultiert mich zurück in meine Kindheit.

In the still of the night
I held you
Held you tight
'Cause I love
Love you so
Promise I'll never
Let you go

In der Stille der Nacht
Hielt ich dich
Hielt ich dich fest
Denn ich lieb dich
Lieb dich so sehr
Ich versprech dir, ich lass dich
Niemals mehr gehen

Wie gebannt gehe ich zu der sich drehenden Schallplatte. Vor meinem Auge blitzt eine Kindheitserinnerung auf. Ich stehe mit meiner Mutter in der Küche von Grafton Manor und helfe ihr, Kartoffeln zu schälen. Das Radio neben der Spüle ist an, und sie summt mit, während sie gelegentlich etwas in einem Topf auf dem Herd umrührt. Ein Schauer läuft mir über den Rücken.

I remember
That night in May
The stars were bright above

Ich erinnere mich
An die Nacht im Mai
Die Sterne strahlten hoch über uns

»Kann ich dir helfen?« Betsys Stimme, schneidend wie Glas, lässt mich zusammenfahren. Ich wirbele herum. Sie sitzt in einem der hochlehnigen Sessel. Anscheinend hat sich mich schon eine Weile beobachtet. Sie wirkt amüsiert, so wie sie als Kind wirkte, wenn sie mir dabei zusah, wie ich Spielzeug für sie hin und her schob. Es bereitete ihr schon damals ganz offensichtlich Vergnügen, Macht auszuüben, und daran hat sich bis heute nichts geändert. Wenn ich sie jetzt ansehe, das Gesicht zu einer teuflischen Grimasse verzerrt, steigt Übelkeit in mir auf, weil ich mir so viele Jahre gewünscht habe, sie wäre meine Freundin.

Zu ihrer Rechten steht ein Tumbler mit einer braunen alkoholischen Flüssigkeit. Sie hebt ihn an die Lippen und trinkt ohne Eile einen großen Schluck davon. Der Wind lässt die Fensterscheiben klirren. Jetzt oder nie. Ich denke an meine Mutter, stelle mich so aufrecht hin wie nur möglich und falte die Hände, dann entfalte ich sie wieder.

»Erkennen Sie mich?«, frage ich sie und wappne mich. Endlich lächelt sie. Es ist kein warmes Lächeln. Sie trinkt einen weiteren Schluck.

Ein Blitz zuckt hinter den Fenstern auf, gefolgt von einem gewaltigen Krachen, als wäre er ganz in der Nähe eingeschlagen. Die Lichter flackern, als sie antwortet.

»Nun, ich kann nicht gerade behaupten, du wärst keinen Tag gealtert, aber an deinem Auftreten hat sich tatsächlich nichts verändert. Schleichst immer noch in diesen abgetragenen Kleidern durch die Gegend. Das macht es dir leicht, unter dem Radar zu bleiben, nicht wahr, Elizabeth Bunting?«

PRADYUMNA

Ich stehe allein in der Bibliothek. Ströme von Regenwasser peitschen gegen die Scheiben, während ich mir einen einundzwanzig Jahre alten Balvenie PortWood aus Betsy Martins wunderschöner Teakholz-Bar einschenke. Ich brauche etwas Besonderes, um das Bild von Archie Morris' verdrehtem Leichnam in bester Salvador-Dalí-Pose aus dem Kopf zu bekommen. Was nicht leicht ist, aber ich muss es versuchen, und ein einundzwanzig Jahre alter Balvenie-PortWood-Whisky kann gewiss dabei helfen.

Doch es gibt noch mehr, was mir zu schaffen macht. Archies Leiche unter dem Zeltdach baumeln zu sehen, hat mir etwas klargemacht: Ich bin nicht glücklich, und ich war schon lange Zeit nicht mehr glücklich.

Meine Hand zittert, als ich das Glas an die Lippen hebe. Ein heftiger Donnerschlag lässt mich zusammenzucken, und ich schütte mir einen Teil des Whiskys aufs Hemd. Die Lampen im Raum flackern, dann erlöschen sie ganz. In der Bibliothek ist es jetzt stockfinster.

»Nun, das ist bedauerlich«, sage ich zu dem dunklen Zimmer. Meine Stimme wird von einem weiteren Donner verschluckt, irgendwo nicht weit von hier entfernt scheint der Blitz eingeschlagen zu haben. Gedämpfte Stimmen sind zu hören. Es sind die anderen, die erschrocken aufgeschrien haben, bevor sie sich durch die Dunkelheit tasten.

Die Fensterscheiben klirren, so heftig trommelt der Regen dagegen. Ich hebe den Tumbler erneut an die Lippen und probiere einen Schluck. Der Whisky ist weich, absolut perfekt. Ich fühle mich schon etwas gestärkt, *das Gefühl* tritt durch die Dringlichkeit der Situation in den Hintergrund – ich funktioniere während einer Krise weit besser als im normalen Leben. *Ich sollte eine Taschenlampe suchen,* stelle ich fest.

Ein Blitz erhellt für eine Sekunde die Bibliothek, und ich nutze den kurzen Augenblick, um mich zu orientieren. Meine Augen landen auf einem mit Schnitzereien verzierten Sekretär, dann wird es wieder dunkel im Raum. Ich taste mich in die entsprechende Richtung vor und stoße mir den Zeh an etwas Hartem. Das Glas fällt mir aus der Hand und zerschellt auf dem Fußboden.

»Verflucht!«

Ich strecke die Arme aus und taste mich Schritt für Schritt vor, bis meine Finger auf die glatte Holzkante treffen. Ich taste weiter, finde den Griff an der Schublade. Ich ziehe sie auf und stecke die Hände hinein auf der Suche nach einer Kerze, einer Taschenlampe – irgendetwas, womit ich Licht machen kann. Meine Hand bleibt seitlich an etwas Scharfem hängen, und ich ziehe sie hastig zurück, wobei ich die Schublade aus der Verankerung reiße. Es gibt einen Mordskrach, als sie auf den Boden prallt.

»Scheiße! Verfluchter Mist! Au!«

Ich spüre etwas Nasses an der Stelle, die wehtut, und lecke meine Hand ab. Ich kann das Blut schmecken, aber nicht sehen – ein merkwürdiges Gefühl. Jetzt taste ich nach etwas, womit ich die Wunde, einen Schnitt, umwickeln kann.

Ein weiterer greller Blitz erhellt den Kamin neben mir, und ich entdecke einen großen Behälter mit extralangen Streichhölzern auf dem Fußboden neben dem Kamingitter. *Na klar!* Wie dumm, dass ich nicht früher daran gedacht habe. Im selben Moment, als es wieder dunkel wird, strecke die Hand danach aus. Ich bekomme den Behälter zu fassen, fische ein Streichholz heraus und fahre damit mehrere Male über die Innenseite des Kamins, bis ich mit einem Zischen und einer winzigen Flamme belohnt werde, gerade groß genug, um einen engen Radius um mich herum zu erhellen. Ich ziehe mit der anderen Hand mehrere Scheite aus dem Holzbehälter und schichte Feuerholz auf. Dunkles Blut tropft von meiner Hand in den Kamin. Mein Blick fällt auf eine Zeitung. Ich wickle sie wie eine Bandage um die Hand, dann zerknülle ich ein paar weitere Blätter und schiebe sie zwischen das Holz. Anschließend halte ich das brennende Streichholz an das Papier, warte, bis es Feuer fängt, und blase in die Flammen, damit sie das Holz entzünden. Endlich brennt das Feuer, und der Raum um mich herum wird hell.

Ich zünde ein weiteres Streichholz an, klemme mir den Behälter unter den Arm und kehre zum Sekretär zurück, um die Sauerei zu beseitigen. Der Inhalt der Schublade ist auf dem Boden verteilt, einschließlich eines Brieföffners, voll mit meinem Blut. Prompt fängt meine Hand an zu pochen. Ich lasse mich auf die Knie fallen und fange an, die Gegenstände wieder in die Schublade zu legen – ein Vergrößerungsglas, mehrere zusammengefaltete Karten und eine Reihe schwerer Stifte. Ich stecke einen davon in meine Tasche, vielleicht kann ich ihn später noch gebrauchen.

Als alles eingesammelt ist, richte ich mich auf und hänge die Schublade wieder in die Holzführungen. Sie rastet ein, doch als ich sie zuschieben will, lässt sie sich nicht bündig mit den anderen Schubladen schließen. Ich ziehe sie wieder heraus und stelle sie auf den Boden, dann zünde ich ein Kaminstreichholz an und halte es vor die leere Öffnung.

Ein großer Papierumschlag ist mit Klebeband an der Rückwand des Sekretärs befestigt. Wahrscheinlich hat er sich an einer Stelle gelöst, als ich die Schublade aus den Schienen gerissen habe. Ich stecke den Arm in die Öffnung und ziehe ihn heraus. Der Umschlag ist flach und ziemlich leicht.

Ich blase das Streichholz aus und nehme ihn mit zum Kamin. Dort kann ich erkennen, dass er gelb und verblichen ist und mit

Bindfaden verschnürt. Ich betrachte den Umschlag, drehe ihn im Feuerschein hin und her. Das Klebeband an den Ecken ist so alt, dass es zerbröselt, als ich es berühre.

Donner grollt durchs Haus, als ich den Bindfaden löse und den Inhalt herausziehe. Zwei dünne Pappdeckel schützen ein einzelnes, makelloses Dokument. Ich lese es und versuche, das, was ich da sehe, zu verstehen.

Und dann macht es plötzlich klick, und ich begreife etwas, was erschreckend und wunderbar zugleich ist.

HANNAH

Stella und ich sind allein in der Küche. Ich hocke auf dem Fußboden in der Ecke, die Knie unter mein Sweatshirt gezogen. Stella sitzt mir gegenüber, an die Küchenanrichte gelehnt. Wir haben schon außergewöhnlich lange kein Wort mehr gesagt. Heute haben wir einfach zu viel durchgemacht. Ich wünschte, ich wäre den anderen nicht ins Zelt gefolgt. Es war nicht nötig, ihn so zu sehen. Ich schaudere, als ich an Archies Gesicht denke. Jedes Mal, wenn ich die Augen schließe, sehe ich vor mir, wie er oben auf den Streben unter dem Zeltdach liegt, den Mund zu einem stummen Schrei geöffnet. Ich weiß, dass ich sehr lange Zeit nicht mehr ruhig schlafen werde.

Stella sieht genauso schockiert aus.

»Ich wünschte, jemand würde ihn da runterholen«, sage ich schließlich. »Ich mag mir nicht vorstellen, dass er immer noch so daliegt.«

»Das geht mir genauso. Aber bestimmt kommt bald die Polizei, und vorher darf man ja nichts verändern«, entgegnet sie angespannt.

Wir schweigen wieder und lauschen dem Regen, der gegen die Außenmauer trommelt. Mein Magen ist leer und sauer.

»Hannah, ich hätte dich schon früher fragen sollen: Wie geht es dir?«, durchbricht Stellas besorgte Stimme die Stille. »Ist alles in Ordnung mit dir?«

Ich versuche, ihre Frage mit einem Lachen abzutun, doch es bleibt in meiner Kehle stecken. Als es herauskommt, klingt es wie ein Schluchzen.

»Ich weiß Bescheid«, sagt Stella und sucht meinen Blick.

Mir wird übel. »Was meinst du?«

»Ich weiß über dich und Archie Bescheid.«

Ich zucke zusammen. Der Schmerz über Archies Zurückweisung sitzt noch tief. Ich ziehe mein Sweatshirt bis zu den Knöcheln.

»Möchtest du mir erzählen, was genau passiert ist?«, fragt Stella. »Ich kann mich nur sehr verschwommen erinnern.«

Ich bin wie gelähmt, unfähig zu antworten. Kann ich ihr vertrauen? Bringe ich es über mich, ihr zu gestehen, dass ich mich von Archies dämlichen Lügen und leeren Versprechungen habe einwickeln lassen, was mich mit solcher Scham erfüllt, dass ich kaum zu atmen vermag? Am liebsten hätte ich Stella weggestoßen und wäre den ganzen Weg nach Eden Lake zurückgerannt, zurück nach Hause.

Ein gewaltiger Donner erschüttert die Küche. Die Deckenlampen summen laut, leuchten hell auf und gehen dann ganz aus. Die Küche ist jetzt in absolute Dunkelheit getaucht. Reglos sitzen wir da und lauschen auf die Geräusche des Unwetters – das Heulen des Sturms und das unablässige Trommeln des Regens gegen die kleinen Küchenfenster. Die Schwärze um mich herum verleiht mir das Gefühl, ich würde allein durchs Weltall treiben, als wäre ich plötzlich körperlos. Als wäre ich tot.

Ich fange an zu weinen. Zuerst leise, doch schon bald werde ich von krampfartigen Schluchzern geschüttelt. In der pechschwarzen Küche findet Stellas Hand meine Schulter. Zunächst sträube ich mich, doch dann lasse ich mich von ihr in eine Umarmung ziehen. Ich kann das alles nicht länger allein bewältigen. Die Geheimnisse, die ich laut Archie unbedingt für mich behalten sollte, machen mich krank. Jetzt ist er tot, und ich muss keine möglichen Repressalien mehr fürchten. Er kann mir weder helfen noch mir schaden. Die *Bake Week,* Archie – aus und vorbei.

»Er hatte versprochen, mich zu unterstützen, aber nur, weil er mit mir schlafen wollte. Ich kann es immer noch nicht glauben. Ich komme mir so unfassbar dumm vor!« Schniefend wische ich mir mit dem Ärmel die Nase ab. Während Stella meinen Kopf streichelt, erzähle ich ihr, dass Archie mir versichert hatte, ich würde berühmt werden, dass er mich mit nach L. A. nehmen wollte, um eine berühmte Bäckerin aus mir zu machen.

Stellas Stimme ist voller Abscheu, als sie sagt: »Du weißt, dass dich keine Schuld trifft, Hannah. Männer wie Archie sind immer auf der Jagd nach frischer Beute.«

Ich weiß, dass sie recht hat, trotzdem verspüre ich einen Anflug von Traurigkeit. Selbst jetzt noch, nach all dem, was passiert ist, möchte ich glauben, dass es zwischen uns ein besonderes Band gab. Ich denke daran, wie seine Finger im Wald über meine Wangen strichen, und schaudere. Ich möchte immer noch, dass sein Interesse an mir aufrichtig war, anders als an den Frauen vor mir.

»Mir ist mal etwas Ähnliches passiert«, höre ich Stella sagen. Ich wünschte, ich könnte ihr Gesicht sehen.

»Tatsächlich?«

»Ja, deshalb habe ich mir ja solche Sorgen um dich gemacht. Ich erkannte, dass Archie genauso war wie …«

Schritte hallen durch den Gang. Stella verstummt.

»Wer ist das?«, flüstere ich und taste in der Dunkelheit nach Stellas Händen. Wir verschränken unsere Finger.

Der Strahl einer Taschenlampe erscheint hinter der Küchentür, dann tanzt er wie ein Glühwürmchen durch die Luft in unsere Richtung, gefolgt von schwerem Atmen. Stella drückt meine Hand.

»Hallo? Ist hier jemand?«

»Pradyumna?«, ruft Stella.

»Wir sind es«, krächze ich mit unsicherer Stimme.

Das Licht kommt näher, hell und tröstlich. Es erfasst uns, und ich kann Stellas Gesicht sehen. Ihre Augen sind tränenverschleiert und voller Angst. Plötzlich steht sie auf, schwankt und fängt sich im Schein der Taschenlampe. Ich rappele mich ebenfalls hoch. Der Lichtstrahl ist so grell, dass ich meine Augen beschirmen muss. Blinzelnd starre ich die dunkle Gestalt mit der Taschenlampe an, bis ich erkennen kann, dass es sich keineswegs um Pradyumna handelt.

»Gerald?«, fragt Stella überrascht.

Er bleibt vor uns stehen. Sein Anzug ist zerrissen und klatschnass.

»Was machst du hier?«, frage ich nervös.

Er humpelt zum Tisch.

»Ist alles okay? Was ist passiert?« Stellas Stimme bebt.

»Ich bin zurückgekommen, um die Show zu retten. Jemand sabotiert die *Bake Week,* und ich weiß auch, wer.« Etwas unsicher fügt er hinzu: »Nun, zumindest kenne ich *einen* der Saboteure.«

Ich spüre, wie sich Stellas Hand in meiner entspannt, als ihr, genau wie mir, klar wird, dass Gerald vor uns steht und kein gemeingefährlicher Mörder. Obwohl ich ihn zuvor nicht sonderlich mochte, bin ich doch erleichtert, dass er jetzt hier ist.

»Ich denke, dafür ist es zu spät«, stoße ich schnaubend hervor und versuche zu lachen, doch dann spüre ich, wie meine Lippen erneut anfangen zu zittern. Stellas Hände umfassen meine Schultern, als wollte sie mir nicht nur psychisch, sondern auch physisch Halt geben.

Jetzt sind weitere Geräusche im Gang zu vernehmen, trappelnde Schritte, die uns erneut zusammenzucken lassen. Jemand flucht in der Dunkelheit, dann folgt ein Ratschen, als würde ein Streichholz entzündet. Gerald richtet die Taschenlampe auf die Küchentür. Der Lichtstrahl fällt auf Pradyumna. Seine Haare sind zerzaust, seine Brust hebt und senkt sich sichtbar vor angestrengtem Atmen. Seine Augen huschen zwischen uns hin und her und weiten sich überrascht, als er Gerald erblickt.

»Gerald? Was machst du denn hier?«

»Ich musste nach Beweisen suchen, dass die ...«, setzt Gerald zu einer Erklärung an, aber Pradyumna fällt ihm ins Wort. »Später.«

Er schüttelt den Kopf. »Als wäre das Ganze hier noch nicht seltsam genug ... Okay, gib mir mal bitte die Taschenlampe.« Als Gerald sie ihm reicht, stelle ich fest, dass Pradyumnas rechte Hand mit einer blutgetränkten Zeitung umwickelt ist. »Seht euch das mal an!«, ruft er in einer Mischung aus Aufregung und Furcht und wedelt mit irgendetwas vor unseren Nasen herum. Der Lichtstrahl fällt auf ein Blatt Papier mit einem glänzenden, offiziell aussehenden Siegel.

»Was ist das, Pradyumna?«, fragt Stella, doch er stürmt bereits aus der Küche und den Gang entlang in Richtung Foyer.

»Kommt mit! Wir müssen Lottie finden!«

Seine Aufforderung klingt dringlich, die Furcht in seinen Augen ist nicht zu übersehen. Plötzlich habe ich Angst, Lottie könnte etwas zugestoßen sein. Ich möchte heute nicht noch etwas Schreckliches sehen. Ich habe genug von dem Unwetter, genug von dem gruseligen alten Haus, sogar genug von der *Bake Week*. Ich möchte nur noch nach Hause.

Am wenigsten aber möchte ich allein hier unten in der Dunkelheit bleiben. Also folge ich den anderen, verlasse die sichere Küche und betrete zögernd den Gang. Pradyumna, die Taschenlampe in der Hand, übernimmt die Führung. Gerald folgt ihm, die Handylampe eingeschaltet. Wir gelangen ins Foyer, und als wir die Stufen hinaufsteigen, klammere ich mich an Stella. Ich weiß, wohin wir gehen, und die Vorstellung, in den Ostflügel zurückzukehren, ist mir unerträglich. Ein Schauder läuft mir das Rückgrat hinunter, doch ich muss den anderen folgen, will auf keinen Fall allein zurückbleiben.

Ich drehe mich nicht um, denn ich bin mir sicher, wenn ich das tue, wird er unten auf den Steinfliesen stehen, nass bis auf die Knochen, mit blutender Kopfwunde, den Mund aufgerissen zu einem endlosen Schrei.

LOTTIE

»Die kleine Elizabeth Bunting. Du hast dich kaum verändert.« Betsy legt die Fingerspitzen zu einem Dreieck zusammen und lehnt sich in ihrem Sessel zurück. »Ich kann kaum glauben, dass ich das nicht früher bemerkt habe. Ein äußerst unschönes Versehen meinerseits.« Ihre Stimme klingt genauso ausdruckslos wie zuvor, sie enthält keinerlei Wärme oder Vertrautheit. Ich schaudere.

»Wir waren Freundinnen, erinnerst du dich? Agnes, meine Mutter ...«

Betsy zuckt die Achseln und dreht das Gesicht zum Feuer. Ich gehe zu ihr.

»Ich wollte nicht auf diese Art und Weise an dich herantreten«, sage ich und wende ihr flehentlich meine offenen Handflächen zu. »Ich habe dir jahrelang Briefe geschickt, aber du hast nie geantwortet.«

»Weißt du eigentlich, wie viele Briefe ich bekomme, Elizabeth? Da kann einem schon mal etwas durchgehen.« Die Schallplatte auf dem Victrola dreht sich noch immer, doch es ist jetzt keine Musik mehr zu hören, sondern ein statisches Rauschen.

»Du musst mir glauben, dass ich dir schon die ganze Zeit über sagen wollte, wer ich bin. All die Jahre habe ich mir vorgestellt, wie es wohl sein würde, wenn wir uns wiedersehen, wie viel wir uns zu erzählen haben.«

Das Licht der Flammen tanzt seitlich auf Betsys Gesicht. »Oh, hast du wirklich geglaubt, ich würde dich mit offenen Armen willkommen heißen? Also wirklich, Elizabeth. Du hast dich in meine Sendung geschlichen, um dir aus mir unerfindlichen

Gründen Zutritt zu Grafton Manor zu verschaffen! Ich muss sagen, ich habe keine Ahnung, was für ein Spiel du spielst.«

»Ich spiele kein Spiel.«

Sie schnaubt verächtlich. Ein Scheit knackt, Funken stieben durch den Kamin. Ich gebe mir solche Mühe, tapfer zu sein, aber ich fühle mich zittrig und ausgelaugt und fürchte, dass meine Beine jeden Augenblick nachgeben. Es hat mich alle Kraft gekostet, Betsy gegenüberzutreten, und nun muss ich mich unbedingt hinsetzen. »Verstehst du denn nicht? Ich bin hier, um herauszufinden, was mit meiner Mutter passiert ist.«

»Du weißt, was passiert ist.« Ein höhnisches Grinsen tritt auf Betsys Lippen.

»Nein, denn das ergibt keinen Sinn«, widerspreche ich.

»Sie war faul. Sie wollte nicht mehr arbeiten, und anscheinend wollte sie auch nicht mehr Mutter sein.«

»Das stimmt nicht! Sie hätte mich niemals zurückgelassen. Wir waren unzertrennlich.« Hoffnungslosigkeit steigt in mir auf, die meine Brust zu zerreißen droht. Trauer, die keinen Ort findet. Ein Gefühl, das mich seit einundsechzig Jahren begleitet.

»O ja, Agnes und du, ihr wart ein perfektes Gespann.« Betsys Stimme klingt wie ein Knurren. »Unzertrennlich wart ihr, habt gespielt und gekichert, als wärt ihr beide Kinder. Es war unziemlich – so sollten sich Mutter und Tochter nicht verhalten.«

Betsy war eifersüchtig, wird mir plötzlich klar. Die ganze Zeit über dachte ich, sie würde auf uns herabsehen, dabei war sie insgeheim neidisch auf unsere Beziehung. Diese Erkenntnis verblüfft mich, und für einen Moment bin ich unfähig, etwas zu sagen.

»Um ehrlich zu sein, habe ich dieses Gespräch satt.« Betsy verschränkt die Arme vor der Brust. »Du solltest jetzt gehen.«

»Aber ich habe so lange darauf gewartet, mit dir reden zu können!«, protestiere ich. »Ich hatte nie die Gelegenheit, zurückzukehren, richtig mit der Geschichte abzuschließen. Ich will einfach nur ...«

»Was? Was willst du nur, Elizabeth?«, blafft Betsy.

»Ich will einen Abschluss finden.« Langsam werde ich ärgerlich.

»Einen *Abschluss?* Du veranstaltest dieses ganze Theater, um zu einem *Abschluss* zu gelangen? Es wäre einfacher gewesen, du hättest einen Therapeuten aufgesucht!«

Ich schließe die Finger um die Sessellehne. Wie kann sie es wagen, mich so zu behandeln, als wäre ich noch immer das kleine Mädchen, das es nicht verdient hat, hier zu sein? Wir sind keine Kinder mehr. Ich habe dieser verbitterten Frau zu viel Macht über mich gegeben, aber damit ist jetzt Schluss.

»Ich weiß über die Rezepte Bescheid. Ich weiß, dass du sie Agnes gestohlen und für deine ersten Backbücher verwendet hast. Ohne meine Mutter wärst du heute nicht dort, wo du ...«

Im Flur werden Schritte laut, dann platzt Pradyumna durch die geöffnete Doppeltür herein.

»Lottie!« Er kommt zum Kamin gestürmt, gefolgt von Stella und Hannah, die Augen vor Besorgnis weit aufgerissen.

Pradyumna streckt mir die Hand entgegen, die mit einem Blatt Zeitung umwickelt ist. Blut tropft von seinem Handgelenk. Er hält etwas zwischen den Fingern, ein Stück Papier.

»Ist alles in Ordnung, Pradyumna?«, frage ich.

»Das musst du sehen, Lottie!«, ruft er und schwenkt wie wild das Dokument durch die Luft, als hätte er soeben eine besondere Siegerurkunde erhalten.

»Nein!«, schreit Betsy, springt auf und greift nach dem Papier. »Woher haben Sie das?«

Doch Pradyumna ist schneller. Er drückt mir das Dokument in die Hand. Ich wende mich ab, weg von Betsys grapschenden Fingern. Im flackernden Licht der Taschenlampe sieht das Papier beinahe transparent aus. Die wellenförmigen Wasserzeichen einer Geburtsurkunde erscheinen.

»Das ist eine Fälschung«, behauptet Betsy.

Das goldene Siegel fängt den Feuerschein des Kamins ein. Dort steht alles geschrieben, in Schreibmaschinenschrift fest ins Papier gedrückt. Geboren am achten Juni 1952. Elizabeth Bunting Grafton, Tochter von Agnes Bunting und Richard M. Grafton. Versehen mit der krakeligen Unterschrift eines Arztes und einem offiziellen Siegel.

»Das kann doch nicht sein«, flüstere ich. Warum habe ich diese Möglichkeit niemals in Betracht gezogen? All die Jahre bin ich davon ausgegangen, ich wäre das Produkt einer Zufallsbegegnung, aber das bin ich nicht. Mein Vater war die ganze Zeit über hier, direkt vor meinen Augen. Hatte er es gewusst? Ich denke schon. Plötzlich fallen mir wieder meine Begegnungen mit Richard Grafton ein. Er war stets freundlich zu mir, aber niemals wie ein Vater, und ganz bestimmt nicht wie *mein* Vater.

Gerald tritt vor. Woher kommt er denn auf einmal? Er ist klatschnass und sieht völlig derangiert aus – an den so akkurat gekleideten Mathelehrer erinnert nichts mehr. Er hält sein Handy hoch und richtet das Licht gegen die Rückseite der Geburtsurkunde. »Diese Art von Dokument ist nahezu fälschungssicher, es sei denn, man verfügt über eine extrem hoch entwickelte Ausrüstung. Seht euch das Wasserzeichen an! Ich gehe davon aus, dass die Urkunde echt ist.«

»Da liegt ganz offensichtlich ein Irrtum vor.« Betsys Stimme zittert. Es scheint sie große Anstrengung zu kosten, ruhig zu bleiben. »Richard Grafton war *mein* Vater, und zwar *nur* meiner.«

»Die Geburtsurkunde sagt aber etwas anderes«, hält Pradyumna dagegen.

Ich schüttele verbittert den Kopf. »Sie hat recht, Pradyumna. Warum sollte ich eine Grafton sein wollen? Was haben die Graftons je für mich getan? Wenn er tatsächlich mein Vater war, hat er es mir die ganze Zeit verschwiegen, und dann hat er mich weggeschickt.«

»Mein Vater war ein Engel. Er hat euch behandelt, als wäret ihr aus Gold, sogar deine Mutter, diese Schlampe.«

Ich zucke zurück, als hätte Betsy mich geohrfeigt. »Wie kannst du es wagen, so über meine Mutter zu reden?«, stoße ich mit zusammengebissenen Zähnen hervor. »Du verdankst ihr alles!«

»Ich habe mir meine Karriere hart verdient …« Betsys Gelassenheit bekommt Risse, aber sie ist nicht die Einzige, die die Beherrschung verliert. Ich balle die Hände, so fest, dass sich die Fingernägel schmerzhaft in meine Handflächen drücken. »Dann hat sie halt ein paar Worte auf ein paar Karteikarten gekritzelt, na und? *Ich* habe das hier geschaffen! *Ich* habe das alles hier aufgebaut!«

»Du hast deine gesamte Karriere auf dem Rücken meiner Mutter aufgebaut! Du hast ihre Rezepte gestohlen. Was hat sie je von euch Graftons bekommen?«

Betsy baut sich vor mir auf. »Ich bin Agnes *gar* nichts schuldig! Sie musste mir nicht beibringen, wie man ein bisschen Mehl zu einem Kuchen zusammenrührt. Sie musste mir gar nichts beibringen, ich habe deine Mutter nicht für meine Karriere gebraucht!«

»Ich habe die Rezepte gesehen, Betsy«, sagt Stella, die Hand aufs Herz gedrückt, als litte sie körperliche Schmerzen. »Ihre Karriere ist ein absoluter Fake! Ich kann nicht fassen, dass ich Sie verehrt habe!«

»Oh, jetzt machen Sie aber mal halblang. Sie alle! Ein Haufen unbedeutender Nichtsnutze!«, schreit Betsy. Ihre Schultern heben und senken sich. Ihre Blicke sind wie Nadelstiche. Ich schaudere.

Pradyumna legt die Hand auf meine Schulter und macht einen Schritt auf Betsy zu. »Lottie, mir ist gerade etwas klar geworden. Agnes hatte keine Angst vor Richard Grafton. Sie hatte Angst vor Betsy.«

BETSY

Sie haben sie in die Enge getrieben, in ihrem eigenen Zuhause. Sie will nach ihnen schlagen, sie kratzen und treten. Sie hat so lange versucht, ihren Zorn unter Kontrolle zu halten! Betsy Martin, Amerikas Großmutter, zu werden, war ihre Chance zu heilen, sich selbst zu beweisen, dass sie sich unter Kontrolle hat. Doch Elizabeth wiederzusehen, hat etwas in ihr wachgerüttelt. Sie spürt, dass sie sich in das Kind zurückverwandelt, das sie einst war: ein schrecklich zorniges kleines Mädchen.

»Ich habe sie umgebracht! Ist es das, was du hören willst? Und ich würde es wieder tun!«, platzt es aus ihr heraus. Weiße Punkte tanzen vor ihren Augen. Betsy sieht, wie Lottie die Kinnlade herunterfällt, doch sie kann sich nicht bremsen. »Sie hatte es verdient.« Die Worte kommen aus ihrem tiefsten Innern und dringen wie abgehackte Schreie über ihre Lippen. Lottie und die anderen treten erschrocken einen Schritt zurück. Sie sollte aufhören, sollte sich zusammenreißen, sollte retten, was von ihrer Karriere, ihrem rapide bröckelnden Ruf noch übrig ist, doch es ist ihr nicht möglich, die Wut einzudämmen, die über sie hinwegschwappt wie ein reißender Strom. Der Zorn hat sie überwältigt, und es fühlt sich gut an, ihn endlich zuzulassen. Betsy wirbelt zurück durch die Zeit und durchlebt noch einmal all die Ungerechtigkeit, die sie wegen Agnes ertragen musste.

Sie erinnert sich, wie ihr Vater und Agnes eines Nachmittags in das Gewächshaus stolperten, in dem sie gerade spielte. Die Art und Weise, wie die beiden sich anblickten, wie ihr Vater Agnes anlächelte, als er sie in den Raum zog, verrieten ihr, dass sie sich heimlich trafen. Betsy hatte sich hinter einer Holzkiste versteckt und beobachtet, wie Agnes glücklich, mit geröteten Wangen, das Gesicht ihres Vaters mit den Händen umschloss, es an sich zog und ihn auf den Mund küsste. Betsy musste sich alle Mühe geben, nicht zu würgen und sich dadurch zu verraten – ihr eigener Vater, der die Hilfe küsste! Sein Gesicht war voller Begierde, seine Hände glitten über Agnes' Kittel. Betsys Mutter sah er nie so an.

Seit Jahren versuchte Josephina Grafton nun schon, mit ihrem Mann eine Beziehung zu führen, die es verdient hatte, »Ehe« genannt zu werden. »Wie hast du geschlafen?«, fragte sie zum Beispiel jeden Morgen beim Frühstück, doch ihr Vater blätterte bloß die Zeitung um und tat so, als hätte er ihre Frage nicht gehört. Und jedes Mal verschwand das Lächeln vom Gesicht ihrer Mutter, das mit der Zeit einer Maske der Enttäuschung und Verbitterung wich.

Bevor Betsy herausfand, dass Richard Grafton ein Verhältnis mit der Hilfe hatte, hatte es Tage gegeben, an denen eine beinahe unkontrollierbare Wut in ihr aufstieg, weil ihre Mutter das Ganze einfach so hinnahm, ohne etwas dagegen zu tun. An solchen Tagen zog sie sich in ihr Zimmer zurück und zerstörte etwas, was ihre Mutter ihr gekauft hatte, zerschmetterte eine Porzellanpuppe oder ribbelte den Saum eines ihrer Kleider auf. Doch nachdem sie gesehen hatte, wie innig ihr Vater mit einer anderen Frau umging, war sie nicht länger wütend auf ihre Mutter. Sie begriff, dass diese lediglich in der unglückseligen Situation gefangen war, die ihr Vater und Agnes geschaffen hatten.

Eines späten Abends war sie nach unten geschlichen, um sich noch ein Glas Milch und ein Stück Kuchen zu holen, und hatte unvermittelt ihren Vater und Agnes beim Pläneschmieden in der Küche belauscht. Ihr Vater wollte mit Agnes und Elizabeth fortgehen, das war beschlossene Sache. Eine glückliche kleine Familie. Ihr Verhalten war so dreist – sie hatten sich nicht einmal die Mühe gemacht, für dieses Gespräch das Herrenhaus zu verlassen! Was, wenn ihre Mutter etwas von den Plänen mitbekommen hätte? Ihrem Vater konnte Betsy keinen Vorwurf machen. Es war Agnes' Schuld. Er stand völlig in ihrem Bann.

Betsy rannte zu ihrem Zimmer zurück. Ihr war übel. Die Worte ihres Vaters, an Agnes gerichtet, hallten in ihrem Kopf wider: »*Du* bist diejenige, die ich liebe, mein Schatz, und unser wundervolles kleines Mädchen hat etwas Besseres als das Leben einer Dienstbotin verdient. Das gilt auch für dich, Agnes.«

Sie musste etwas unternehmen. Musste die beiden aufhalten.

In der Nacht, in der es passierte, nahm Agnes sich offenbar spontan vor, ihr Verhältnis zu Betsy in Ordnung zu bringen. Beide hatten zur selben Zeit den Treppenabsatz im ersten Stock betreten, Betsy vom Ostflügel, Agnes vom Westflügel kommend. Agnes hatte eine Schürze umgebunden und wollte in die Küche, um nach dem Dinner noch aufzuräumen. Als sie einander begegneten, wandte Betsy den Kopf ab, ohne Agnes eines Blickes zu würdigen. So ging es nun schon seit Wochen. Jedes Mal, wenn sie sich über den Weg liefen, wirbelte Betsy zornig herum, damit Agnes auch ja wusste, wie sie sich fühlte. Sie sollte sehen, wie sehr allein ihre Anwesenheit Betsy verletzte, sie wollte den Schmerz in Agnes' Augen sehen, wenn sie die Hilfe zurückwies. Diesmal jedoch verstellte Agnes ihr den Weg und berührte sanft Betsys Arm. »Ich weiß, dass du wütend auf mich bist«, sagte sie und bückte sich, um mit Betsy auf Augenhöhe zu sein. »Aber ich möchte, dass du weißt, dass du mir sehr viel bedeutest, Betsy. Du bist für mich wie eine zweite Tochter.«

Betsy riss sich von Agnes los, als hätte die Berührung sie verbrannt, dann funkelte sie sie hasserfüllt an. Wie konnte sich Agnes, die Ehezerstörerin, anmaßen, so mit der Tochter des Hauses zu sprechen? »Nun, du bist für *mich* bloß die Hilfe«, schleuderte sie Agnes entgegen und spürte, wie übermächtiger Zorn in ihr aufwallte. »Ich hasse dich«, zischte sie. Agnes richtete sich erstaunt auf, während Betsy ein paar Schritte zurücktrat, Anlauf nahm und ihren Kopf mit aller Kraft in Agnes' Bauch rammte. Agnes taumelte rückwärts gegen das Geländer. Nach Luft schnappend, versuchte sie, das Gleichgewicht wiederzufinden, doch für ein paar Sekunden schwankte ihr Oberkörper bedenklich über dem Abgrund. Alles, was Betsy tun musste, war, sie erneut zu schubsen. Und das tat sie, so fest sie konnte. Agnes riss die Augen auf und öffnete den Mund zu einem wortlosen Schrei. Sie streckte die Arme nach Betsy aus, doch es war zu spät. Mit dem Kopf voran stürzte sie rücklings über das Geländer und landete mit einem lauten Krachen auf den Steinfliesen. Betsy rannte nicht los, um Hilfe zu holen, rührte sich nicht von der Stelle. Sie wartete einfach ab, beobachtete vom Treppenabsatz aus, wie Blut aus Agnes' Kopf auf die Fliesen strömte.

Es war der Hilfeschrei eines vernachlässigten Kindes, erklärte Betsys Mutter ihrem Vater mit einem lauten Flüstern, als dieser auf einem Stuhl saß, den Kopf in den Handflächen vergraben. »Hätte diese Frau nicht versucht, dich deiner Familie wegzunehmen, wäre das nicht passiert«, hatte sie gezischt. Der Leichnam war bereits aus dem Foyer geschafft, der Boden geschrubbt worden. Sie hatten Elizabeth zu entfernten Verwandten geschickt und eine neue Hilfe engagiert, anschließend hatten sie den dritten Stock verschlossen, damit ihn nie wieder jemand betreten würde. So hatten sie dafür sorgen wollen, dass Richard Grafton über den Verlust seiner Liebe hinwegkam, doch er konnte Agnes einfach nicht vergessen. Betsy hatte ihn nie wieder glücklich gesehen.
    Und dafür hasste Betsy Agnes noch immer.

»Sie wollten *heiraten!* Ich durfte nicht zulassen, dass er meine Mutter ihretwegen verließ. Das wäre ein Unding gewesen! Agnes hätte unser Leben ruiniert. Mir blieb keine Wahl, verstehen Sie das denn nicht?« Betsy sieht die anderen um Verständnis heischend an, doch niemand scheint ihre Tat zu begreifen. In den Augen der fünf ist nichts als Furcht und Entsetzen zu erkennen. Sie hätte wissen müssen, dass sie von diesem Haufen keine Empathie erwarten konnte.

»Und ich?«, jammert Lottie. Ihre Stimme klingt wie die eines verängstigten Kindes. Jämmerlich.

»Mein Vater wusste, dass er mich schützen musste. Mein Leben wäre zerstört gewesen, also hat er sich darum gekümmert. Wir durften nicht zulassen, dass du hier herumschnüffelst, Fragen stellst und uns ständig daran erinnerst, was geschehen war.« Betsy atmet schwer, erschöpft von ihrem Ausbruch. Nach Agnes' Tod war ihr Vater mit herabgesackten Schultern durch die Flure von Grafton Manor geschlurft, ein gebrochener Mann. »Er wird sich schon wieder fangen«, hatte Betsys Mutter während der ersten Jahre häufig behauptet, doch sie täuschte sich. Er zog sich im Laufe der Zeit immer mehr in sich selbst zurück und befasste sich nur mit Betsy und ihrer Mutter, wenn es absolut nötig war. Jeden Tag verschwand ein Stückchen mehr von dem alten Richard Grafton, den Betsy einst geliebt hatte. Und irgendwann hasste ihn genauso, wie sie Agnes gehasst hatte.

Betsys Kehle fühlt sich rau und wund an, als hätte sie Glasscherben geschluckt. Pradyumna tritt so vorsichtig auf sie zu, als würde er ein wildes Tier aus einer Höhle locken.

»Wo ist Agnes, Betsy?«

Unversehens zucken Betsys Augen zum Fenster. Sie betrachtet die dunklen Umrisse des Rasens, die gerade in der anbrechenden Dämmerung sichtbar werden. Lottie folgt ihrem Blick, dann eilt sie an Betsy vorbei und drückt die Finger gegen die Scheibe. Die Wolken sind aufgerissen, das frühe Morgenlicht fällt auf einen Hartriegel im Garten, dessen Blüten gespenstisch weiß leuchten.

Betsy lässt sich geschlagen in ihren Sessel fallen. Der Zorn, den sie empfunden hat, ist vorübergezogen wie der Sturm. Es ist seltsam, wie Wut sich aufbäumt und wieder vergeht, denkt sie.

In der Ferne ist jetzt das leise Heulen von Sirenen zu hören, das langsam lauter wird. Flackerndes rot-blaues Licht zuckt durch die Fenster, als eine Reihe von Polizei- und Rettungsfahrzeugen die Zufahrt heraufrast.

EIN JAHR SPÄTER

STELLA

Ich öffne die Augen, und für einen Moment vergesse ich, wo ich bin. Das Bett, in dem ich schlafe, ist opulent, bedeckt mit luxuriösen Kissen. Die Stuckleisten des Raumes laufen von den Ecken auf einen goldenen Kronleuchter zu, der über mir von der Decke herabbaumelt. Ich werfe die Bettdecke zurück, setze mich auf und reibe mir die Augen. Sonnenlicht strömt durch das hohe Sprossenfenster. Verschlafen stehe ich auf und tappe hin, um auf den Rasen von Grafton Manor zu blicken. Ich bin in einem anderen Zimmer untergebracht als beim letzten Mal. Dieses Fenster geht auf das endlose Grün vor dem Haus hinaus, wo seitlich vor dem Ostflügel eigentlich das Zelt gestanden hätte, doch es ist fort. Abgesehen von einer frisch ausgelegten hellgrünen Rasensode, weist nichts darauf hin, dass es jemals dort gestanden hat. Niemand würde auf die Idee kommen, dass sich dort vor gerade mal einem Jahr grauenhafte Dinge abgespielt haben. Nervosität steigt in mir auf, aber ich hole tief Luft, und die Nervosität verschwindet. Ich kann meine Angst jetzt viel besser kontrollieren, muss nicht einmal mehr gegen meine Panik anzählen.

Nach Archies Tod und Betsys Inhaftierung wurde meine Story um einiges größer, als ich mir je hätte erträumen lassen. Ich konzentrierte mich in meinem Artikel darauf, dass Archie bei *The Cutting Board* junge Köchinnen verführt hatte, ohne darauf einzugehen, was Hannah mit Archie erlebt hatte. Es wurde so viel über seine Ermordung und Betsys Verhaftung geredet und spekuliert, da fand ich es nur fair, dass sie ihr Leben wieder auf die Reihe bringen konnte. Für meine Arbeit war Hannah allerdings eine Quelle von unschätzbarem Wert, denn sie gab mir die Insiderinformationen, die ich benötigte, um nachzuweisen, auf welche Art und Weise Archie die Frauen manipulierte und verführte.

Nach einem derart großen Skandal ging die Story sofort viral. Ich bekam Anrufe von Radio- und Fernsehsendern, die wollten, dass ich die Ereignisse aus meiner einzigartigen Perspektive als Journalistin und gleichzeitiger Kandidatin der *Bake Week* schilderte und kommentierte. Kurz darauf erhielt ich Angebote von Literaturagenten, die mich für ein Buch verpflichten wollten, und dann, zu meiner großen Freude, tatsächlich einen Buchvertrag.

Ich liebe es, wieder eine Journalistin zu sein. Ich kann spüren, wie mein Selbstbewusstsein von Tag zu Tag zunimmt, wie ich zu einer stärkeren, gesünderen Version meiner selbst zurückfinde. Jetzt, da dieses Projekt abgeschlossen ist und der erste Entwurf des Buches bereits meinen Verlegern vorliegt, freue ich mich darauf, weiterzumachen. Ich bin fest entschlossen, Geschichten zu erzählen, die dazu beitragen, Menschen zu stärken, die viel zu lange in Angst gelebt haben.

Es fällt mir leicht, darin aufzugehen. Manchmal muss ich mir vor Augen rufen, dass ich als Kandidatin zur *Bake Week* gegangen bin, nicht als Undercover-Journalistin. Wenn ich an Archie denke, wie er tot auf den Streben unter dem Zeltdach lag, oder an Betsy, die jetzt in einem Frauengefängnis sitzt, ohne dass irgendwer ihr Tee macht, bekomme ich beinahe Schuldgefühle, weil sich für mich alles so positiv entwickelt hat. *Beinahe.*

Das Wichtigste, womit ich im letzten Jahr begonnen habe, ist definitiv die neue Therapie. Die jetzige Therapeutin kann weit mehr für mich tun, als mir beizubringen, in Stresssituationen rückwärts zu zählen. Sie hat mir geholfen zu begreifen, dass viel von meinem Stress von einem ungelösten Trauma aus einer Zeit lange vor meinen Erlebnissen bei der *Republic* herrührt. Dass ich als Kind unter mangelnder Fürsorge und Stabilität gelitten habe.

Wenn ich jetzt Angst bekomme, weiß ich, wie ich mir selbst Halt geben kann.

Natürlich habe ich immer noch manchmal zu kämpfen. Zum Beispiel musste ich fast weinen, als ich Lottie wiedersah. Wir sind zwar in Kontakt geblieben, doch gestern Abend nach Grafton Manor zurückzukehren, die Zufahrt hinaufzufahren und zu sehen, wie sie die Haustür öffnet, hat mich irgendwie umgehauen. Ich stand im Foyer, schnappte nach Luft, und als wir uns umarmten, musste ich gleichzeitig lachen und weinen. Die ganze Truppe in dem alten Herrenhaus wiederzusehen, hat auch etwas Befreiendes.

Wir sind alle wegen der Doku hier. Hoffentlich wird sie am Ende rüberbringen, was wirklich passiert ist, damit wir endlich mit der Sache abschließen können. Ich glaube nicht, dass irgendwer von uns für immer mit etwas so Düsterem, Verquerem in Verbindung gebracht werden möchte. Ich denke an Lottie, und mir bricht das Herz. Sie ist so eng mit Grafton Manor und den Graftons verbunden, dass sie nicht wirklich eine Wahl hat, ob sie sich aus diesen Verstrickungen lösen möchte oder nicht. Doch sie scheint mehr mit sich im Reinen zu sein als vor einem Jahr, als ich sie kennenlernte, scheint endlich zu sich selbst gefunden zu haben. In gewisser Weise sind wir alle an dem, was wir hier erlebt haben, gewachsen.

Sogar Gerald ist wegen des Dokumentarfilms zurückgekehrt. »Meiner Berechnung nach braucht ihr mich hier, damit ich meine objektive Sicht auf die Ereignisse darlegen kann, wenn sie am Ende sachlich korrekt sein sollen«, sagte er, bevor ich ihn in die Arme schloss. Er räusperte sich verlegen, doch als ich von ihm zurücktrat, sah ich ein kleines Lächeln auf seinem Gesicht.

Ich hätte nie gedacht, dass ich noch einmal vor einer Kamera stehen würde. Um ehrlich zu sein, hatte ich keine große Lust dazu, doch ich hätte Lottie niemals eine Bitte abschlagen können, und deshalb bin ich nun hier. Und es tut mir gut, die Dinge ins rechte Licht zu rücken. Meine neue Therapeutin ist sehr stolz auf mich, weil ich diesen Schritt gemacht habe. Doch natürlich erzähle ich auch ihr nicht alles.

Ich ziehe eine fließende Hose und eine schmal geschnittene Weste an, um zielstrebig und effizient rüberzukommen. Anschließend trete ich vor den Spiegel, stecke meine Haare zurück und lege silberne Ohrringe an. Mein Blick schweift zu der alten Standuhr in einer der Zimmerecken. Die anderen sind wahrscheinlich schon unten, und ich möchte nicht zu spät kommen. Diesmal nicht.

LOTTIE

Der Kessel kocht. Ich gieße heißes Wasser in einen Filter und mache mir eine frische Tasse Kaffee. Es gibt bereits Kaffee, einen ganzen Papphalter voller Becher mit einer verdächtig aussehenden Brühe, aber ich ziehe es vor, meinen Kaffee auf die altmodische Art zuzubereiten. Molly schaut zur Küchentür herein. »Bist du fertig, Mom? Das Team ist so weit ...«

Ich wende mich meiner Tochter zu. »Ich bin gleich da.« Wir filmen heute in der Bibliothek.

Ich lächele, dankbar dafür, dass sie hier ist. Das ist ein Geschenk für mich, denn so erfährt sie, woher ich komme, und kann einen – wenn auch nur symbolischen – Bezug zu der Großmutter aufbauen, die sie nie kennenlernen durfte. Ich vergewissere mich, dass der Herd ausgeschaltet ist. Agnes' Rezepte stehen jetzt hier, an ihrem angestammten Platz in dem Regal neben dem Ofen. Es kommt mir seltsam vor, dass ich mich so schwergetan habe, meine Mutter zu finden, stoße ich doch jetzt nahezu täglich auf neue Hinweise. Vor allem hier, in der Küche. Ich finde sie in den Kerben im Holz des großen Landhaustisches, auf dem sie früher Gemüse geschnippelt hat, sehe sie beim Brotkneten vor der abgenutzten Anrichte stehen, finde sie wieder in den weißen Blüten des Hartriegels auf dem Rasen im Garten.

Ich nehme an, dass Richard Grafton oft auf der Bank in der Nähe des Hartriegels gesessen hat, da er nicht öffentlich um meine Mutter trauern konnte. Ich habe noch immer das Foto von den beiden vor dem blühenden Strauch in meinem Schlafzimmer stehen.

Anscheinend hat er sich nie wirklich von ihrem Tod erholt.

Mein Vater. Es ist nach wie vor seltsam, ihn so zu nennen. Ein Teil von mir wird sich wohl immer so fühlen wie das kleine Mädchen, das zögernd auf der Schwelle von Betsys Kinderzimmer steht, ein Eindringling. Wie gern würde ich die Zeit zurückdrehen, um drängende Fragen zu stellen – doch mitunter bekommt man keine Antworten, so ist das Leben nun mal.

Pradyumna kommt hereingeschlendert und nimmt sich einen Kaffee. Er scheint sich hier zu Hause zu fühlen. Was keine Überraschung ist, wenn man bedenkt, wie viel Zeit er in Grafton Manor verbringt. Ohne ihn wüsste ich nicht, wie Molly und ich das alte Herrenhaus am Laufen halten sollten. Ich erbte Grafton Manor, kurz nachdem die Ermittlungen zu Archies Tod offiziell eingestellt wurden und man Betsy in eine psychiatrische Einrichtung für Gewalttäter eingewiesen hatte. Als Richard Graftons andere leibliche Tochter ging der Nachlass an mich. Ich hatte nicht die leiseste Ahnung, was es kostet, ein Anwesen wie dieses in Schuss zu halten. Pradyumna ist ein wundervoller Geschäftspartner. Als Investor habe ich ihm einen Teil von Grafton Manor übertragen, und ihm fallen ständig neue, originelle Ideen zum Unterhalt des Hauses ein. Es war seine Idee, Peter zu engagieren, der als Erstes die alte Treppe wiederherstellte. Als Nächstes soll er mit der Renovierung des dritten Stocks beginnen. Als einige Produzenten von Flixer Pradyumna wegen des Dokumentarfilms kontaktierten, empfahl er, dass wir uns ihren Vorschlag durch den Kopf gehen lassen sollten. Jetzt, da es zum Schauplatz zweier Morde geworden ist – dem Mord an meiner Mutter und an Archie Morries, beide von der durchgedrehten Betsy Martin zu Tode gestoßen –, übt Grafton Manor große Anziehung auf Besucherinnen und Besucher aus.

»Bist du nervös?«, frage ich ihn.

»Nö. Wir brauchen uns doch keine Gedanken zu machen.«

Ein Lieferdienst hat jede Menge Essen gebracht. Mittelmäßig aussehende Backwaren türmen sich auf der Küchenanrichte neben einem Aluminiumtablett mit rohem Gemüse. Ich nehme mir einen faustgroßen Muffin und inspiziere ihn kritisch.

»Nicht gerade einfallsreich, oder?« Pradyumna lacht. Molly kommt herein und lehnt sich neben ihn an die Anrichte. Ich sehe, wie er verstohlen ihre Hand in seine nimmt. Sie denken, ich bemerke das nicht, aber irgendwie unterschätzen mich die Menschen permanent. Doch das ist einer der vielen Vorteile des Alters: Man kann andere beobachten, die nicht damit rechnen, beobachtet zu werden. Zum Beispiel habe ich Hannah gegenüber nie verlauten lassen, dass ich sie an dem Morgen, an dem ich mit Pradyumna im Ostflügel herumschnüffelte, in Archies Bett liegen sehen habe. Sie wird schon von allein damit herausrücken, denke ich, wenn sie das möchte. Ich bin überrascht, dass sie sich bereit erklärt hat, bei der Doku mitzuwirken. Ich dachte, gerade sie würde diese so tragischen Ereignisse nicht noch einmal durchleben wollen, aber sie war die Erste, die zusagte.

»Ich glaube, Hannah nimmt alles an Aufmerksamkeit mit, was sie kriegen kann«, hatte Pradyumna trocken bemerkt, als ich ihm davon erzählte.

Stella kommt in die Küche geschlendert und schenkt mir ein unsicheres Lächeln. »Sind wir bereit? Passiert das alles wirklich? O Gott, bin ich nervös!«

»Du wirst das super machen«, versichere ich ihr.

Die Produzenten der *Bake Week* hatten die umstrittene Entscheidung getroffen, die ersten drei Folgen im vergangenen Winter auszustrahlen, und zwar nicht wie sonst pro Woche eine, sondern alle auf einmal. Einen guten Monat lang wurden diese drei Folgen im ganzen Land wieder und wieder angeschaut, und alle behaupteten, nach Hinweisen zu suchen, dass Betsy Martin kurz davorstand, erneut zuzuschlagen. Eine Zeit lang erschienen unzählige Artikel, die versuchten, den genauen Moment zu bestimmen, in dem Betsys Geisteszustand gekippt war.

Schließlich wurde nur noch von den *Bake Week*-Morden gesprochen, und auch wenn es mir gar nicht gefällt, dass das Schicksal meiner Mutter derart breitgetreten wird, gefällt es einem Teil von mir, dass man ihre Geschichte so offen erzählt.

»Mom?«, fragt Molly noch einmal. »Bist du jetzt bereit?«

Ich sehe die beiden an, meine wundervolle, unkonventionelle Familie. »Ich denke schon.«

GERALD

Die Produzenten haben beschlossen, meine Szenen draußen vor Grafton Manor zu filmen, damit ich ihnen zeigen kann, wo ich war, als Archie ermordet wurde. Ich führe sie die Stufen der Eingangstreppe hinunter und biege um die Ecke zur Seite des Hauses, wo ich unter dem Steinbalkon stehen bleibe.

Das Team beginnt mit dem Set-Aufbau. Obwohl die Sonne scheint, müssen erst Führungslicht und Aufheller positioniert werden. Die Warterei macht mich nervös, daher erlaube ich mir, einen Winkel zu empfehlen, der die Hauswand als Referenzpunkt verwendet.

»Bitte setzen Sie sich einfach hierher, während wir das Set vorbereiten«, sagt die Interviewerin und führt mich zu einem Klappstuhl. Ich blicke auf die Stelle, wo im letzten Sommer das Zelt gestanden hat. Aller Wahrscheinlichkeit nach wird hier nie wieder ein Zelt stehen. Das macht mich nicht traurig, es ist einfach eine Tatsache.

Um die Ecke des Herrenhauses wabert eine weiße Dampfwolke. Mein Körper spannt sich an, als mir klar wird, was das bedeutet.

»Entschuldigen Sie mich«, sage ich, stehe auf und gehe auf die Hausecke zu. »Ich muss nur kurz ...«

»Bitte bleiben Sie«, sagt die Interviewerin und legt eine Hand auf meinen Arm. »Wir dürften jeden Augenblick bereit sein.« Ich ziehe den Arm weg, noch immer abgelenkt von der Dampfschwade. Die Hausecke ist keine zwei Meter von mir entfernt. Ich könnte in zwanzig Sekunden – also im Grunde im Nullkommanichts – wieder da sein. Ich werde an ihren Verstand appellieren und ihr genau das mitteilen.

»Sind wir endlich so weit?«, ruft sie dem Team mit scharfer Stimme zu.

»Fast«, antwortet jemand hinter mir.

»Wo ist Graham?«

»Herrgott, ich komme ja schon.« Ich erkenne seine Stimme, bevor ich den hochgewachsenen Mann sehe, der mit großen Schritten um die Ecke biegt. Er hat seinen Bart abrasiert, aber er ist es, keine Frage. Ich kann mir ausgezeichnet Gesichter merken. Er nimmt seinen Platz an der Kamera hinter der Interviewerin ein, sodass ich ihn perfekt im Blick habe.

Bevor ich irgendwem mitteilen kann, dass ich ihn wiedererkannt habe, beginnt die Frau mir gegenüber zu sprechen. »Willkommen in Grafton Manor, dem Schauplatz eines der faszinierendsten Doppelmorde der jüngeren Geschichte.«

Er muss Melanies Begleiter gewesen sein an dem Abend, als ich vom Balkon gestürzt bin. Ich gehe das Gespräch der beiden im Kopf noch einmal durch.

»Gerald?«, sagt die Interviewerin und beugt sich vor. Sie muss mir eine Frage gestellt haben, aber ich habe jetzt keine Zeit, sie zu beantworten.

»Er war's!« Ich springe so abrupt auf, dass mein Klappstuhl umkippt.

»Was meinen Sie, Gerald?«

Ich mache einen Schritt auf Graham zu und deute mit dem Finger auf ihn. »Dieser Mann hat mich sabotiert! Er hat mein Gebäck manipuliert! Er hat auch Pradyumnas Kühlschrank offen stehen lassen, und er hat Peters Salz- und Zuckerbehälter vertauscht!«

»Hast du das drauf?«, höre ich einen der Produzenten flüstern.

»Darauf kannst du einen lassen«, flüstert jemand zurück.

Der Kameramann starrt mich an. Er wirkt überrascht, dass ich eine solche Anschuldigung gegen ihn vorbringe.

»Was hast du zu deiner Verteidigung vorzubringen?«, will ich wissen.

»Meinst du das ernst?«, fragt er mich und sieht dann das Team Hilfe suchend an, aber die Interviewerin verschränkt die Arme vor der Brust. »Das wüsste ich auch gern. Du bist der Einzige im Team, der bei der letzten Staffel dabei war.«

Er verdreht die Augen. »Na schön. Aber eins versichere ich euch: Wir hatten nicht vor, irgendwem ernsthaften Schaden zuzufügen. Es ging uns ausschließlich um die Einschaltquoten. Die Sendung war einfach zu langweilig geworden«, sagt er. »Melanie wollte das so. Sie hat uns angewiesen, für ein bisschen Schwung zu sorgen.«

»Tatsächlich? Ihr habt unschuldige *Bake Week*-Kandidaten sabotiert? Wisst ihr eigentlich, wie wichtig den Leuten die Seriosität einer solchen Show ist?«

»Ach, kommt schon, es ist ja nicht so, als hätte ich jemanden umgebracht.« Er winkt genervt ab.

»Oh, ganz schlechter Stil, Graham«, stöhnt jemand aus dem Team um mich herum.

»Diesen Scheiß muss ich mir nicht geben«, sagt er und wendet sich zum Gehen.

Je mehr sich das Team und die Produzenten aufregen, desto ruhiger werde ich. Ein Gefühl von innerem Frieden überkommt mich.

»Das sollten wir unbedingt in die Doku einfügen«, höre ich einen der Produzenten sagen.

»Oh, definitiv«, pflichtet die Interviewerin ihm bei.

»Was für ein Arschloch.«

Jemand hebt meinen Stuhl auf, und ich setze mich wieder, jetzt entspannt.

Die Frau mir gegenüber hat ihre vorherige Haltung wieder eingenommen und beugt sich zu mir.

»Wo waren wir stehen geblieben? Ich denke, Sie wollten uns erzählen, wie Sie das Abflussrohr hinaufgeklettert sind.«

»Nun, ja, das war wirklich nur eine Frage der Physik«, erwidere ich lächelnd.

HANNAH

Ich werde mit einem kleinen Mikro verkabelt, das am Kragen meines Kleids befestigt ist. Ich setze mich in einen von zwei einander gegenüberstehenden, dick gepolsterten Sesseln, hinter denen jeweils mehrere Kameras und Mikrofone positioniert sind. Die Lichter scheinen mir heiß ins Gesicht, aber mittlerweile bin ich daran gewöhnt. Ich hole tief Luft, um meine Nerven zu beruhigen. Die Frau, die mich interviewen wird, nimmt mir gegenüber Platz. Sie ist eine hübsche Brünette, die einen modischen Designer-Hosenanzug trägt. Ich habe den gleichen in meinem Apartment, daher weiß ich, wie teuer er ist. Sie ist total versessen darauf, mit mir zu reden, doch sie versucht, es zu verbergen, indem sie die Beine übereinanderschlägt und sich lässig in ihrem Sessel zurücklehnt. Jetzt erhält sie das Signal, mit dem Interview zu beginnen.

»Ich komme gleich zur Sache: Was ist in jener Nacht passiert, Hannah?«, legt sie los. Das Herz hämmert in meiner Brust, aber ich bewahre die Fassung.

Ich lächele, nehme eine einstudierte Pose ein und lege die Handflächen in meinen Schoß. Dann blicke ich auf meine Hände hinab. Meine Fingernägel sind lang und rot, nicht abgekaut. Ich habe daran gearbeitet. Ich habe an vielen Dingen gearbeitet. Ich habe mich verändert. Meiner Mutter ist das gleich bei meiner Rückkehr aufgefallen. »Du bist anders«, sagte sie und umkreiste mich wie ein Hai, um der Sache auf den Grund zu gehen. Sie war diejenige, die mir half, in New York einen Neuanfang zu machen. Sie wusste, dass ich aus Eden Lake raus musste. Sie hat Ben mit keiner Silbe erwähnt, auch nicht, als sie mich zu ihm gefahren hat, damit ich meine Sachen abholen konnte. Dafür war ich ihr dankbar. »Ich komme dich in New York besuchen«, sagte sie, als sie mich am Flughafen absetzte. »Mein kleiner Fernsehstar!« Sie war bis heute nicht da.

Die Nachricht von Archies Tod verbreitete sich, noch ehe wir Grafton Manor verlassen hatten. Als wir wieder unter die Leute gingen, waren wir schon kleine Berühmtheiten, und Betsy war bereits eine Verbrecherin. Wochenlang wurden wir mit Anrufen und E-Mails wegen Interviewanfragen bombardiert. Ich sagte Ja zu allem und jedem. Sobald ich im Fernsehen präsent war, fing ich an, mich beim Backen zu filmen und die Clips auf meinem YouTube-Kanal hochzuladen. Innerhalb einer Woche hatte ich eine halbe Million Abonnenten.

Das Lächeln friert auf meinem Gesicht ein. Irgendwelche Fieslinge gibt es natürlich immer. Leute mit eigenen YouTube-Kanälen und Blogs, in denen sie Verschwörungstheorien verbreiten. Sie lieben es, darüber zu spekulieren, was in Grafton Manor passiert ist. Manche behaupten, Betsy wäre es gar nicht gewesen. Dass die Zeitschiene nicht stimmen würde. Manche denken sogar, *ich* wäre es gewesen. Ich versuche, so etwas nicht an mich heranzulassen, trotzdem werden mir jedes Mal die Knie weich, und meine Handflächen fangen an zu schwitzen.

»Was ist Ihnen von jener Nacht am stärksten in Erinnerung geblieben?« Die Interviewerin beugt sich in ihrem Sessel vor. Die Leute lieben einen guten Kriminalfall.

»Der Regen. Ich habe noch nie ein solches Unwetter erlebt«, antworte ich. »Und dann fiel der Strom aus. Wir stolperten im Dunkeln durchs Haus. Das war wirklich unheimlich …«

Ich erzähle ihr nicht, dass es Archies Gesicht ist, woran ich mich am deutlichsten erinnere. Sein Gesicht, als ich seine Zimmertür öffnete. Das strahlend weiße Lächeln, das seine aufblitzende Verärgerung nicht verbergen konnte. Ich fand es merkwürdig, dass er sauer zu sein schien, weil ich bei ihm auftauchte – keine vierundzwanzig Stunden nachdem ich mit ihm geschlafen und er mir die Welt versprochen hatte. Ich schob meine Verwirrung beiseite. Vermutlich ärgerte er sich über irgendetwas, die Sendung betreffend. Betsy und er hatten tagsüber oft abwesend gewirkt. Ich schlüpfte ins Zimmer.

»Ich habe mit Ben Schluss gemacht«, teilte ich Archie stolz mit und lehnte mich in meinem kurzen schwarzen Kleid und den hohen Stiefeln verführerisch gegen sein Bett in der Hoffnung, er würde mich zu sich auf die Matratze ziehen. Doch das tat er nicht. Stattdessen sprang er auf und ging im Zimmer auf und ab. »Mit *wem?*«

Er erinnerte sich nicht einmal an den Namen, obwohl ich Ben mindestens drei Mal erwähnt hatte.

»Mit Ben, meinem Freund. Ich habe ihn angerufen und ihm gesagt, dass ich einen anderen kennengelernt habe.« Endlich blieb Archie stehen und sah mich an. Wann immer ich anfange, mich schuldig zu fühlen oder mein Handeln zu hinterfragen, rufe ich mir diesen Blick in Erinnerung. In seinen Augen stand der blanke Hohn. Als wäre ich der dümmste Mensch auf Erden.

»Warum hast du das getan?«, fragte er sehr langsam.

»Damit du und ich frei sind, das zu tun, wonach immer uns der Sinn steht.« Noch während ich sprach, spürte ich, wie ich in mich zusammensackte. Mir wurde klar, dass ich einen Fehler gemacht hatte. Dass ich die Situation völlig falsch eingeschätzt hatte.

Er öffnete den Mund und schloss ihn wieder. Geschockt. Dann spiegelte sich Belustigung in seinem Gesicht. »Hast du wirklich gedacht ...«, platzte er heraus und wedelte mit dem Zeigefinger zwischen uns hin und her. »Hast du wirklich gedacht, wir beide ...? O Hannah, da liegt definitiv ein Missverständnis vor.« Er fing an zu lachen, ein trockenes, humorloses Gackern.

»Ich schreie«, drohte ich, als meine Demütigung in weiß glühenden Zorn umschlug. Sein Grinsen verschwand. »Ich werde allen die Wahrheit über dich erzählen, ihnen sagen, dass du eine hilflose junge Kandidatin verführt hast.« Ich klimperte mit den Wimpern, um ihm zu zeigen, wie leicht ich, wenn nötig, in diese Rolle schlüpfen konnte.

»Das tust du nicht.« Plötzlich sprang er auf mich zu und drückte mir die Handfläche auf den Mund.

»Das tust du nicht«, zischte er erneut. Seine Augen waren klein und hässlich. Wie hatte ich sie je für schön halten können? Er packte meinen Oberarm. Drückte fest zu. Tat mir weh. Ich bekam keine Luft und geriet in Panik. Alles, was ich mir gewünscht hatte, löste sich in Luft auf. Und dann sprang die Tür auf, und Stella stürzte ins Zimmer.

Die schöne Stella, die versuchte, mich vor mir selbst zu retten – oder was immer sie da zu tun glaubte. Entsetzt riss sie den Mund auf, als sie sah, was da zwischen uns passierte.

Die Interviewerin schlägt die Beine übereinander. »Und dann haben Sie einen Schrei gehört?«

Ich setze mich aufrechter hin und versuche, sie mit meinem Selbstvertrauen zu übertrumpfen.

»Ja, das war Betsy Martin. Wir sind die Treppe hinuntergestürmt, und da stand sie zusammengekrümmt im Foyer und teilte uns mit, dass sie soeben Archie gefunden habe, draußen, im Zelt. Zu dem Zeitpunkt ahnten wir nicht, dass sie diejenige war ... Sie wissen schon ... Dass sie diejenige war, die ihn umgebracht hatte. Jetzt wissen wir es natürlich, aber damals hat sie uns davon überzeugen können, dass es ein Unfall war.«

Stella, die hinter der Interviewerin steht, nickt und lächelt mich ermutigend an. Sie war es, die mich zu diesem Interview überredet hat. »Es wird befreiend sein«, hatte sie behauptet. »Außerdem:

Denk an all die Zuschauerinnen und Zuschauer, die dich sehen werden.«

Ich bin nicht mehr neidisch auf Stella. Es ist schwer, neidisch auf Menschen zu sein, von denen man weiß, was sie alles durchgemacht haben. Mittlerweile ist Stella für mich eher wie eine große Schwester. Ich weiß nicht, wie ich mich in New York zurechtgefunden hätte, hätte sie mich nicht unter ihre Fittiche genommen. Sie hat mich anfangs sogar bei sich wohnen lassen. In gewisser Weise haben wir uns gegenseitig gerettet.

»Dann haben Sie Archie ... tot gesehen?«, fragt die Interviewerin.

Ich blicke in meinen Schoß, damit die Kameras einfangen, wie sehr ich mit mir kämpfe. Die Leute sollen sehen, wie schwer es mir fällt, mich an diese Szene zu erinnern.

»Es tut mir leid, Hannah«, entschuldigt sich die Brünette bei mir. »Ich weiß, dass das schlimm für Sie sein muss.«

»O ja.« Ich nicke. »Ich werde den Anblick wohl niemals vergessen.«

Und das ist nicht gelogen.

Er schubste mich von sich, als Stella hereinkam, versuchte, seinen Ruf zu retten, so zu tun, als wäre nichts passiert.

»Ich weiß nicht, was sie hier zu suchen hat«, sagte er zu ihr und drehte sich mit einem verlegenen Lachen kopfschüttelnd zu mir um. Auf seiner Stirn standen Schweißperlen.

»Ach, erspar uns diesen Scheiß«, fauchte Stella und trat weiter ins Zimmer. »Ich weiß genau, was hier los ist.«

Unsicher blickte Archie von mir zu ihr. Ich bemerkte die Verwirrung in seinen Augen, konnte sehen, dass er verzweifelt überlegte, wie er mit heiler Haut aus dieser Situation herauskommen konnte.

»Du glaubst wohl, du kannst dir erlauben, was du willst«, fuhr Stella mit blitzenden Augen fort. »Denkst, dass du Leben zerstören kannst, wann immer du Lust darauf hast, dass du alles entscheiden kannst!«

Archie zuckte zurück, als Stella ihn anfauchte, und ich stellte fest, dass seine Macht über mich verpuffte, als würde man die Luft aus einem Luftballon herauslassen.

»Du Miststück«, knurrte Archie. Er stürzte sich auf Stella, packte ihren Oberkörper und drängte sie zur Rückseite des Raumes, wo das bodentiefe Fenster mit dem französischen Balkon offen stand. Regen prasselte ins Zimmer.

Ich nahm eine schwere Keramikvase vom Kaminsims und schleuderte sie auf ihn. Sie traf ihn mit voller Wucht direkt über dem linken Auge. Er wirkte überrascht, als er an seine Stirn fasste und die Hand blutverschmiert zurückzog. Seine Augen blickten so zornig, so gehässig, dabei war alles, was ich je getan hatte, ihn zu bewundern, ihn zu lieben. Doch er hatte mich betrogen.

Blinzelnd versuchte er, sich zu sammeln, dann stürzte er sich erneut auf Stella. Ich rannte zu den beiden, löste seine Finger von Stellas Oberarmen und riss ihn mit aller Kraft von ihr weg. Wir ließen uns nicht unterkriegen. Gemeinsam trieben wir ihn nach hinten, in Richtung des offenen Fensters. Er rutschte auf dem nassen Boden aus, verlor das Gleichgewicht und taumelte zur Seite. Seine Knie knickten ein, als er versuchte, die Balance wiederzufinden. Es bedurfte nur eines kleinen Stoßes, um ihn aus dem Fenster zu befördern.

Es war Stella, die ihm diesen letzten Schubs gab. Er kippte seitlich über den französischen Balkon. Sein Fuß verhakte sich kurz an dem schmiedeeisernen Gitter, dann war er verschwunden. Und Stella fiel in Ohnmacht.

»Einige Leute wollen nach wie vor nicht glauben, dass Betsy Martin Archie getötet hat«, sagt die Interviewerin und rückt näher an mich heran, als stünde ich kurz davor, eine Bombe platzen zu lassen.

Ich sehe sie fragend an. »Wenn Sie irgendetwas wissen, was ich nicht weiß, sagen Sie es mir bitte«, erwiderte ich nur.

Stella hinter mir lächelt augenzwinkernd.

Mittlerweile wird Stella nicht mehr von Blackouts heimgesucht. Seit unserem Aufenthalt in Grafton Manor im vergangenen Jahr hat sie keinen einzigen mehr gehabt. Was natürlich an jener Nacht liegt und daran, dass sie sich erinnern und sich so auch mit dem auseinandersetzen musste, was dieser grässliche Typ in ihrem alten Job ihr angetan hatte. Das hat sie geheilt.

Eigentlich hätten wir zugeben können, was wir getan hatten, immerhin handelten wir in Notwehr, doch die Geschichte mit Lotties Mom rückte alles in ein anderes Licht. Betsy war bereits in einen Mord verwickelt und hatte zugegeben, Lotties Mutter getötet zu haben. Warum sollten wir ihr also nicht einen zweiten Mord in die Schuhe schieben? Zumal sie uns untersagt hatte, den Ostflügel zu betreten, und niemand wusste, dass wir dort gewesen waren. Melanie hatte ausgesagt, sie habe Betsy und Archie streiten hören. Also schlug ich Stella vor, die Leute glauben zu lassen, was sie glauben wollten. Sollten sie sich doch selbst einen Reim auf das machen, was passiert war. Ich musste nicht mal etwas vertuschen, es war wirklich ein Kinderspiel.

PRADYUMNA

Wir sitzen am Kamin in der Bibliothek. Alle sechs Kandidaten, ein Jahr später am selben Ort versammelt. »Wein?«, fragt Lottie und hält eine Flasche hoch.

»Für mich nicht, danke«, sage ich und lehne mich in meinem Sessel zurück.

Nachdem die Polizei eingetroffen war und Betsy fortschaffte – was für ein fulminantes Ende für die zehnte Staffel der *Bake Week!* –, waren wir alle zutiefst schockiert. Wir packten unsere Sachen zusammen, nahmen auf dem Rücksitz mehrerer Streifenwagen Platz und ließen uns zu einem Motel in der Stadt bringen. Die Beamten befragten uns den ganzen Nachmittag lang. Ich teilte ihnen mit, was ich wusste, erzählte, dass Lottie und ich nach Hinweisen auf den Verbleib ihrer Mutter gesucht hatten und dass Betsy zugegeben hatte, Agnes als Kind in einem Anfall von Eifersucht getötet zu haben. Sie hatte Lotties Mutter vom Treppenabsatz in den Tod gestürzt. Wahrscheinlich wäre sie dafür nicht ins Gefängnis gewandert – sie war damals noch nicht strafmündig –, doch da war noch Archies Tod. Auch er wurde zu Tode gestürzt, aus dem Fenster in seinem Zimmer im Ostflügel. Trotzdem ist diese Geschichte für mich immer noch ein wenig undurchsichtig. Hat tatsächlich Betsy ihn getötet? Ich weiß es nicht.

Ich sehe zu Hannah und Stella hinüber. Sie sitzen aneinandergelehnt auf dem Sofa. Es ist lustig, dass ausgerechnet sie sich zusammengetan haben. Ich weiß noch, dass ich sie zu Beginn der *Bake Week* beobachtet habe. Zunächst mochten sie sich nicht sonderlich, schienen sich fast voneinander abgestoßen zu fühlen.

Natürlich muss die jetzige Veränderung nicht wirklich etwas

bedeuten. Menschen entwickeln Bindungen, wenn sie ein Trauma teilen, und wir durchlebten alle eine traumatische Nacht. Allerdings erinnere ich mich sehr gut an den Fußknöchel, der unter Archies Bettdecke hervorragte, als ich mich zusammen mit Lottie in seinem Zimmer verstecken musste, nachdem wir Agnes' Rezepte in Betsys Räumen im Ostflügel entdeckt hatten. Und ich weiß noch, dass Stella klatschnass war, als wir am Abend von Archies Tod im Foyer zusammenströmten und später in die Küche gingen. Diese Unstimmigkeiten bringen mich immer wieder ins Grübeln.

Aber ich bin nicht der Typ für Schuldzuweisungen. So etwas würde ich mir niemals anmaßen. Wie ich schon sagte: Als jemand mit einem dehnbaren Moralverständnis verurteile ich keinen. Und Archie war wirklich ein Arschloch. Hat er es deswegen verdient zu sterben? Wahrscheinlich nicht. Aber viele Menschen kriegen nun mal alles Mögliche, was sie nicht verdient haben, da muss man nur mich und meine Millionen nehmen. Ich hatte es ganz bestimmt nicht verdient, mit einer App, die nicht mal mehr verfügbar ist, so viel Geld zu scheffeln. (Es stellte sich heraus, dass das Anzeigen verfügbarer Parkplätze die Leute übermäßig aggressiv machte, weshalb mehrfach die Fäuste flogen.)

Ich habe versucht, eine neue Sichtweise auf mein Vermögen zu entwickeln. Mittlerweile sehe ich es als Werkzeug, um anderen Menschen zu helfen, und im Augenblick nutze ich es dazu, Grafton Manor zu renovieren. Wir haben Peter beauftragt, einige Reparaturarbeiten vorzunehmen, was bedeutet, dass er ebenfalls hier ist. Selbstverständlich durfte er seinen Partner Frederick und die kleine Tochter mitbringen. So handhaben wir es hier: je mehr, desto besser – oder so ähnlich. Ich bin froh, dass sie gekommen sind. Peter ist mir ein wahrer Freund geworden. Lottie hat mich schon gefragt, ob ich nicht traurig sein werde, wenn die Arbeiten abgeschlossen sind und er wieder geht. Nun, das Schöne an so riesigen Herrenhäusern wie Grafton Manor ist, dass niemals alles erledigt sein wird, aber das behielt ich für mich. Außerdem: Wenn wir erst einmal das Backhaus draußen vor der Eingangstreppe hinzugefügt und die Gärten wieder hergerichtet haben, werden wir jede Menge Unterstützung brauchen, um alles instand zu halten.

Es ist seltsam, wie sich die Dinge für mich verändert haben. Bevor ich an der *Bake Week* teilnahm, war ich depressiv. Ich scheue jetzt nicht einmal mehr davor zurück, es laut auszusprechen. Ich habe Trost in allen möglichen Aktivitäten und im Alkohol gesucht. Das lag wohl daran, dass ich allein war.

Ich werfe einen Blick durch den Raum zu Lottie. Sie sitzt in einem Ohrensessel, die Füße in kuscheligen Pantoffeln. Sie sieht aus, als hätte sie immer hier gelebt. Manchmal fällt es mir schwer, mich zu erinnern, wie Grafton vorher war, als Betsy hier residierte und wir als Fremde herkamen. Wer hätte gedacht, dass sich mein Leben derartig zum Besseren wenden würde, als ich mich spontan bei der *Bake Week* bewarb? Doch diese Menschen bedeuten mir so viel mehr als der Sieg bei einem Backwettbewerb.

Lottie fängt meinen Blick auf und lächelt. Es heißt immer, man müsse sich selbst genügen, bevor man Heilung finden könne, doch dem möchte ich respektvoll widersprechen. Ich allein genügte mir nicht. Ich bin überzeugt, dass man andere Menschen braucht, um sich selbst zu erkennen, und ich bin überzeugt, dass der Weg zur eigenen Wertschätzung darin besteht, gut zu jemand anderem zu sein. Das ist das eigentliche Ziel, und nichts schmeckt so süß, wie dieses Ziel zu erreichen.

EPILOG

BETSY

Es ist wirklich erstaunlich, wie gut sie sich angepasst hat, nachdem ihr ganzes Leben in die Brüche gegangen ist. Dabei genießt sie es keineswegs, im Gefängnis zu sitzen. Sie ist angewidert von dem Essen, und niemand, der bei klarem Verstand ist, würde behaupten, dass er sich nicht beeinträchtigt fühlt, wenn er plötzlich jeglicher persönlichen Freiheit beraubt ist. Doch etwas weiß sie zu schätzen: Sie würde es niemals laut aussprechen, aber Betsy kann sich an keine Zeit erinnern, in der sie weniger Sorgen hatte. An manchen Nachmittagen liest sie einfach nur ein Buch. Sie weiß nicht mehr, wann sie das zum letzten Mal getan hat.

Es gibt natürlich Momente, in denen sie sich dabei ertappt, an Grafton Manor zu denken – sie kann nicht anders. Und dann trifft sie schlagartig die Erkenntnis, in einer Mischung aus Entsetzen und Erleichterung, dass ihr größtes Geheimnis endlich gelüftet ist. Nachdem sie sich so viele Jahre lang das Schlimmste ausgemalt hatte, war es befreiend, als endlich alles ans Licht kam – das Geheimnis, das ihre Familie zerstört hatte. Nun wissen es alle. Wie so oft verspürt sie einen Anflug von Bedauern, dass es nicht eher passiert ist – als ihre Eltern noch lebten. Es wäre besser gewesen, ihre Mutter hätte Betsy damals erlaubt, die Schuld auf sich zu nehmen für das, was sie getan hatte. Dann wäre ihr Vater vielleicht nicht langsam und qualvoll verschwunden. Vielleicht hätte er Heilung finden können, bevor es zu spät war.

Metall scharrt über Metall, als ein Wärter die vergitterte Klappe in ihrer Zellentür öffnet. »Sie haben Besuch.«

Fast hätte sie ihr wöchentliches Treffen mit Francis vergessen. Seit sie hier ist, hat sie jegliches Zeitgefühl verloren. Sie steht auf und kämmt sich mit den Fingern die Haare, dann versucht sie, mit den Händen ihren Overall glatt zu streichen. Es ist ihre Kleidung, die sie am meisten vermisst. Hätte sie ihre Kaschmirstrickjacken bei sich, würde sie sich beinahe wohlfühlen. *Beinahe.* Denn auch wenn sie sich sehr gut an das Gefängnisleben angepasst hat, möchte Betsy gern fort. Das hier ist bloß ein einzelnes Kapitel in ihrer Geschichte und keineswegs ein passender Ort für jemanden wie sie.

Betsy folgt dem Wärter durch den Gang und durch den Gemeinschaftsraum. Kurz darauf bleibt er stehen und hält seine Marke vor ein Keypad. Die Tür vor ihnen öffnet sich mit einem ärgerlichen Summen.

Sie sieht Francis im Besucherraum sitzen. Er hat ihr den Rücken zugewandt. Die kahle Stelle an seinem Hinterkopf scheint in letzter Zeit noch größer geworden zu sein. Bald wird er eine Vollglatze haben. Sie geht zu dem Tisch, an dem er sitzt, und lässt sich auf den Plastikstuhl ihm gegenüber fallen. »Francis.«

Er lächelt mitleidig, als er sie sieht. »Wie geht es dir? Ist so weit alles in Ordnung?«

»Was denkst du denn?«, erwidert Betsy schnippisch. Sie beugt sich vor, mustert ihn ungeduldig. Am liebsten würde sie ihn schütteln, damit er endlich mit Informationen herausrückt. »Hast du mit den Produzenten gesprochen? Ich habe nachgedacht, Francis, und ich weiß, dass wir eine echte Chance haben, etwas Großes auf die Beine zu stellen, sobald ich hier raus bin.«

Francis räuspert sich. »Das dürfte nicht so leicht werden.«

»Ich verstehe nicht, warum«, widerspricht ihm Betsy. »Martha Stewart war im Gefängnis, und sieh dir nur an, was für ein Comeback sie hingelegt hat. Wenn überhaupt möglich, mögen die Leute sie jetzt noch mehr als zuvor.«

»Martha Stewart hat nicht zwei Menschen ermordet«, gibt Francis zu bedenken.

»*Einen* Menschen, Francis«, unterbricht Betsy ihn. »Ich habe *einen* Menschen umgebracht, und damals war ich zwölf.«

»Ich denke nicht, dass die Verteidigung auf diese Strategie setzen wird«, gibt er zu bedenken, lehnt sich auf seinem Plastikstuhl zurück und verschränkt die Arme.

»Warum kommst du überhaupt her, wenn du mich nicht unterstützen willst?«, blafft Betsy und macht Anstalten, aufzustehen. »Ich könnte jetzt auch gemütlich in meiner Zelle sitzen und lesen.«

Francis klappt die Kinnlade runter. »Einen Augenblick, Betsy, warte!«, sagt er dann. »Ich habe mit deinen Anwälten gesprochen. Du hast recht, wir können etwas auf die Beine stellen. *Wenn* sie beweisen können, dass du Archie *nicht* umgebracht hast.«

Betsy blickt interessiert auf.

»Die meisten Straftaten unterliegen einer Verjährungsfrist. Mord gehört leider nicht dazu. Da du jedoch zum Zeitpunkt von Agnes Buntings Tod minderjährig warst, überlegen deine Anwälte und ich, beim Richter Berufung einzulegen und ihm vorzuschlagen, wenn überhaupt das Jugendstrafrecht anzuwenden und dich nicht als Erwachsene zu verurteilen.«

»Und was nützt mir das?«

»Nun, in Anbetracht dessen, dass das Verbrechen nun schon so lange zurückliegt und im Grunde keine Zeugen vorhanden sind, ist es wahrscheinlich, dass du im Höchstfall ein oder zwei Jahre absitzen musst. Das Strafmaß ist bei Kindern in der Regel drastisch reduziert.«

Betsy windet sich vor Zorn bei der Vorstellung, Lottie vor Gericht gegenüberzustehen und ihre Anschuldigungen über sich ergehen lassen zu müssen. Es war ekelerregend, wie sie Betsys Verhaftung genutzt hat, sich Grafton Manor unter den Nagel zu reißen. Wenn sie Lottie wiedersieht, wird sie sie daran erinnern, dass sie immer noch Anspruch auf die Hälfte des Anwesens hat, sobald sie aus dem Gefängnis entlassen wird, auf die Hälfte des Nachlasses ihres Vaters. Sie stellt sich vor, was sie damit anfangen wird: Sie wird sich ein hübsches Apartment am Wasser kaufen. Eine neue Fernsehshow auf die Beine stellen, um wieder zu Ruhm und Ehren zu kommen.

»Und wie lange wird es dauern, bis wir einen Gerichtstermin erhalten?«

»Wir arbeiten noch daran. Im Augenblick hängt alles davon ab, ob wir beweisen können, dass du Archie nicht umgebracht hast.«

»Das dürfte doch nicht schwer sein. Ich war gar nicht in seiner Nähe! Hab ihn nicht mal zu Gesicht bekommen an dem Abend, als er aus dem Fenster gestoßen wurde.«

»Na ja, genau genommen warst du die einzige andere Person, die sich im Ostflügel aufgehalten hat.«

»Auf Wiedersehen, Francis.« Betsy steht auf und geht zur Tür.

»Warte, Betsy! Wir machen einen Plan!«, ruft Francis ihr nach. Sie dreht sich nicht um, stattdessen deutet sie ein Winken an, wobei sie nur leicht das Handgelenk hin und her dreht, als wäre sie die Königin von England. Sie lässt sich aus dem Besucherraum führen, durchquert den Gemeinschaftsraum und bleibt stehen, um einen Blick auf eine Zeitung zu werfen, die auf einem der Tische liegt. RECHTE HAND DER IN UNGNADE GEFALLENEN BAKE-WEEK-MODERATORIN IN FERNSEH-DOKU DER SABOTAGE BESCHULDIGT. Betsy schlägt die Zeitung auf und entdeckt ein Bild von Melanie. Die Fotografen haben sie beim Verlassen ihres Apartments erwischt. Sie ist nicht zurechtgemacht, ihr Haar ist ungekämmt, die Kleidung nachlässig. Betsy hatte noch keine Zeit, sich an Melanie zu rächen, aber jetzt, als sie den Artikel liest, sieht es so aus, als hätte Gerald das für sie erledigt. Sie hat Gerald immer gemocht. Wenigstens etwas Gutes ist bei diesem grauenhaften Dokumentarfilm herausgekommen, denkt sie: Melanie und dieser widerliche Kameramann werden nie wieder fürs Fernsehen arbeiten.

Ein selbstgefälliges Lächeln tritt auf Betsys Gesicht, als sie sich vom Wärter in ihre Zelle bringen lässt und hört, wie die Tür mit einem metallischen Klacken hinter ihr ins Schloss fällt.

DANK

Am meisten möchte ich meiner Mutter danken für all die Zeit am Telefon, in der sie mit mir geduldig in qualvoller Kleinstarbeit die Handlung durchgegangen ist, außerdem für ihre unzähligen brillanten Erkenntnisse. Ohne sie hätte ich niemals das Selbstvertrauen gehabt, einen Roman zu schreiben. Oder die meisten anderen Dinge zu tun.

Ich bin glücklich, derart kompetente, inspirierende Frauen hinter mir zu wissen. Mein Dank gilt Lindsay Sagnette, die aus meinen Ideen ein richtiges Buch gemacht hat. Ein Traum ging in Erfüllung, als ich mit ihr arbeiten durfte. Ihretwegen und wegen des Teams bei Atria Books habe ich mich während dieses Prozesses rundum unterstützt gefühlt.

Ein Dankeschön an Alexandra Machinist, die das Potenzial in diesem Buch erkannt hat, während ich selbst im Nebel des Arbeitsprozesses tappte und nur darauf hoffte und betete, dass genau so etwas passieren würde. Ich könnte mir keine bessere Agentin wünschen, es gibt einfach keine.

Danke an Jade Hui, dass sie alles zusammengehalten hat, und an Falon Kirby und Morgan Hoit, die das Buch unter die Leute gebracht haben.

Vielen Dank, James Iacobelli, für das brillante Cover der Originalausgabe. Es ist einfach großartig! Besser als ich es mir je hätte vorstellen können. Dicken Kuss!

Danny Yanez bin ich auf ewig dankbar für seine Freundschaft und dafür, dass er mich so vielen Leuten vorgestellt hat.

Ein riesiges Dankeschön an meinen Mann Tim, der nie in seinem Glauben an mich oder dieses Buch geschwankt hat, obwohl ich so etwas noch nie zuvor gemacht hatte. Deine Ermutigung und deine Begeisterung für meine Bemühungen bedeuten mir die Welt. Ich liebe dich.

NITA PROSE
THE MAID
EIN ZIMMERMÄDCHEN ERMITTELT

Jeden Morgen freut sich die 25-jährige Molly Gray darauf, in ihre frisch gestärkte Uniform zu schlüpfen: Sie liebt ihren Job als Zimmermädchen im altehrwürdigen Regency Grand Hotel und ist erst zufrieden, wenn sie die eleganten Suiten wieder in einen tadellosen Zustand versetzt hat. Doch als Molly den ebenso berüchtigten wie schwerreichen Mr Black tot in seinem zerwühlten Zimmer vorfindet, bringt das nicht nur ihren Sinn für Sauberkeit gehörig durcheinander.

Denn Molly ist nicht wie andere, und ihr etwas eigenartiges Verhalten macht sie prompt zur Hauptverdächtigen. Zum Glück hat Molly die Sinnsprüche ihrer Oma, ein Faible für Inspektor Columbo – und echte Freunde im Hotel, die ihr helfen, die Ordnung wieder herzustellen.

»Nita Prose hat einen herzerwärmenden Krimi mit einer
scharf gezeichneten Heldin geschrieben, die die
Leser*in voll und ganz mitfiebern lässt.«
Publishers weekly

Unkraut vergeht nicht!

MONA NIKOLAY
ROSENKOHL
UND TOTE BETE

SCHREBERGARTENKRIMI

Vorfreude auf das neue Gartenjahr? Von wegen! Manne Nowak, Ex-Polizist und Vorsitzender der Berliner Kleingartenanlage „Harmonie e.V." kann es nicht fassen. Die neuen Nachbarn von Parzelle 9, Eike und Caro von Ribbek, haben vom Gärtnern ganz offensichtlich keine Ahnung. Und zu den ersten Grillwürstchen des Jahres wollen sie Manne einen Quinoasalat andrehen! Dann wird in ihrem Gemüsebeet eine Leiche entdeckt. Weil die Polizei den Falschen verdächtigt – nämlich Manne –, macht er sich mit Caro selbst auf die Suche nach dem Mörder, was sie nicht nur einmal quer durch die Schrebergarten-Anlage, sondern auch durch die deutsch-deutsche Geschichte führt…

»Nikolay gelingt Crime-Time weit entfernt von nullachtfünfzehn. Was man hier in die Hände kriegt,
ist ein Knaller im Bücherregal!«
Literaturmarkt.info